중학생을 위한
고전소설 베스트 30 상

중학생을 위한
고전소설 베스트 30 상

1판 1쇄 발행 2015년 7월 13일
1판 11쇄 발행 2023년 12월 5일

지은이	이규보 외
엮은이	김형주, 권복연
편집	최현영, 최다미, 안주영, 김은영
메인 삽화	이지은
인물관계도	창백한 기린
디자인	박민정, 이재호, 김혜진
마케팅	조병훈, 박민규, 최진주, 김도언

발행처	(주)리베르스쿨
주소	서울특별시 성동구 왕십리로58 서울숲포휴 11층
등록번호	제2013-16호
전화	02-790-0587, 0588
팩스	02-790-0589
홈페이지	www.liber.site
커뮤니티	blog.naver.com/liber_book(블로그)
	www.facebook.com/liberschool(페이스북)
e-mail	skyblue7410@hanmail.net
ISBN	978-89-6582-085-7(44800)
	978-89-6582-081-9(전 2권)

리베르(Liber 전원의 신)는 자유와 지성을 상징합니다.

중학생을 위한

고전
소설
베스트
30장

(주)리베르스쿨

문학은 배고픈 사람에게 따뜻한 밥 한 끼가 되어 주지는 못하지만 우리 사회에 배고픈 이들이 있다는 사실을 알림으로써 요란한 구호나 피켓이 없이도 우리의 잠든 양심을 깨우는 힘이 있습니다. 또한 아무것도 강요하지 않기 때문에 아무것도 얻는 것이 없을지 모르지만, "왜 사는지, 어떻게 살아야 하는지?" 삶의 의미와 태도를 돌아보게 만듭니다. 우리 아이들이 문학 작품을 읽어야 하는 까닭이 바로 여기에 있습니다. 어떻게 사는 것이 사람답게 사는 일인지 이해하기 위해서입니다.

다행인지 불행인지 매년 새 학기가 되면 수많은 문학 해설서가 쏟아져 나옵니다. 그만큼 문학 작품을 쉽게 접할 수 있는 환경이 조성되었지만, 원문만 제공하거나 해설과 질문이 부실한 책들이 대부분입니다. 책은 눈으로만 읽는 것이 아니라 때로는 머리로, 때로는 가슴으로 읽어야 하므로 "재미있게 읽었니?"라는 질문보다 "어떻게 생각하니?"라는 질문이 많아야 합니다.

『중학생을 위한 고전소설 베스트 30』에는 중학생이 반드시 읽어야 할 고전 소설이 실려 있습니다. 기본적인 어휘 풀이는 물론이고 '인물관계도, 작가 소개, 작품 정리, 구성과 줄거리, 생각해 보세요' 등 다양한 콘텐츠를 함께 제공해 작품을 보다 쉽게 읽을 수 있도록 구성했습니다.

『중학생을 위한 고전소설 베스트 30』의 특징은 다음과 같습니다.

1. 중학생이 반드시 읽어야 할 고전 소설 30편을 엄선해 수록했습니다. 이 작품들은 다양한 정서를 이해하는 데 도움을 줄 뿐만 아니라, 수행 평가를 비롯해 수능·논술·구술시험에 출제될 가능성이 높습니다.

2. 작품 원문 외에도 '인물관계도, 어휘 풀이, 작가 소개, 작품 정리, 구성과 줄거리, 생각해 보세요' 등 다양한 콘텐츠를 제공해 작품을 보다 쉽게 이해할 수 있도록 구성했습니다. 특히 작품마다 '인물관계도'를 그려 넣어 주요 등장인물을 한눈에 파악할 수 있도록 했고, '생각해 보세요'는 질문과 답변을 함께 실어 독서 효과를 극대화할 수 있도록 했습니다.

3. 작가가 사용한 예스러운 표현은 현대적인 표현으로 바꾸지 않고 원문에 충실하게 편집했습니다. 원문의 맛을 최대한 살리고 어휘 시험에 대비할 수 있도록 하기 위해서입니다.

4. 어휘 풀이는 각주가 아니라 내주로 처리해 가독성을 높였습니다. 일반적으로 학생들이 소설을 어려워하는 까닭은 생소한 어휘들 때문입니다. 그래서 한자어에는 한자를 표기하고 현대어 풀이를 덧붙였습니다.

우리 아이들이 10년 뒤 어떤 사람으로 성장하느냐는 현재 '만나는 사람'과 '읽고 있는 책'이 결정한다고 합니다. 그런데 주로 만나는 사람들이 또래이고, 주로 읽고 있는 책이 만화책이라면 어떻게 될까요? 사랑도, 성공도, 인생도 모두 또래와 만화책을 통해 배우지 않을까요?

　　'중학생을 위한 베스트 문학' 시리즈는 이 땅의 모든 중학생에게 우리가 살아가는 이 세상과 이 세상 사람들에 대한 이야기를 들려주기 위해 기획되었습니다. 독서는 책을 통해 세상과 만나고 사람과 만나는 일입니다. 모쪼록 이 책이 중학생인 저의 둘째 딸과 여러분에게 좋은 만남으로 기억되기를 바랍니다.

김형주 씀

차례

·단군 신화 ·바리데기 ·조신몽

상고 시대 上古時代

우리 민족은 해마다 추수할 무렵이 되면 자연을 숭배하는 제사를 지냈습니다. 부여는 이를 영고라고 했고, 고구려는 동맹, 동예는 무천이라고 했습니다. 이때 연행演行된 의식을 원시 종합 예술이라고 하는데, 시간이 흐르면서 점차 축제와 문학으로 분리되었습니다. 초기 문학은 전승 집단의 문화와 세계관에 바탕을 두고 있으며 신화, 전설, 민담 등 설화의 형태로 구전되었습니다.

• 설화 說話
삼국 시대에 이르러 신화의 시대는 가고 전설과 민담의 시대가 시작되었습니다. 신화가 정복과 지배를 정당화하고 집단의 상대적 우월성을 강조하며 통치의 기반을 닦는 데 사용되었다면, 전설과 민담은 민중의 삶과 직결된 도덕률이나 불교의 이치를 가르치는 데 주로 사용되었습니다.

인물관계도

아버지(환인)는 저(환웅)의 뜻대로 인간 세계를 다스리게 해 주셨어요. 저는 지상으로 내려와 인간 세계를 질서 있게 다스렸지요. 사람이 되고 싶어 하는 범과 곰이 있었는데, 곰만 여자의 몸으로 변했어요. 저는 사람이 된 웅녀와 혼인해 단군왕검을 낳았지요. 단군은 고조선을 건국하고 1,500년 동안 다스리다가 산신이 되었답니다.

단군 신화

고기古記 단군의 사적을 기록한 「단군고기」는 이렇게 전한다.

옛날에 환인桓因 환웅의 아버지이며 단군의 할아버지. 하늘의 신의 서자庶子 본래는 첩의 아들이라는 뜻이나 맏아들을 제외한 여러 아들을 이름 환웅桓雄은 늘 천하에 뜻을 두고 인간 세상을 다스려 보고 싶은 욕망이 있었다. 아들의 뜻을 알게 된 환인이 삼위태백산三危太伯山 '세 개의 높은 산 가운데 태백산'이라는 뜻을 내려다보니 그곳이 가히 인간 세계를 널리 이롭게 할 만한 곳으로 적합하다고 생각했다. 이에 천부인天符印 신의 위력과 영험을 표상하는 부적과 도장 세 개를 주어 지상에 내려가서 세상을 다스리게 했다.

환웅은 삼천 명의 무리를 이끌고 태백산太伯山 지금의 묘향산 꼭대기에 있는 신단수神壇樹 신에게 제사를 지내는 제단인 신단에 서 있는 나무. 하늘과 땅을 연결하는 신성한 지점의 표지 밑에 내려왔다. 그는 이곳을 신시神市 고대 사회에서 제(祭)와 정(政)의 집회지라 불렀다. 환웅 천왕桓雄天王으로 불리는 그는 풍백風伯, 우사雨師, 운사雲師 각각 바람, 비, 구름을 주관하는 주술사로 추정됨를 거느리고 곡식, 수명, 질병, 형벌, 선악 등 인간에 관한 삼백예순 가지나 되는 일을 주관하면서 인간 세상을 널리 교화했다가르치고 이끌어서 좋은 방향으로 나아가게 했다.

이때 곰 한 마리와 범 한 마리가 같은 굴에 살고 있었다. 이들은 늘 신웅神雄 환웅에게 사람이 되고 싶다고 빌었다. 이에 신웅이 신령한 쑥 한 심

지뿍_쑥와 마늘 스무 개를 주면서 당부했다.

"너희가 이것을 먹고 백 일 동안 햇빛을 보지 않는다면 너희의 소원대로 사람이 될 것이다."

곰과 범은 쑥과 마늘을 받아서 먹었다. 곰은 기_忌 몸과 마음을 깨끗이 하고 삼감한 지 삼칠일_{三七日} 만에 여자의 몸이 되었으나 기하지 못한 범은 사람이 되지 못했다. 곰은 여자, 즉 웅녀는 여자가 되었지만 자신과 혼인할 상대가 없었으므로 늘 신단수 밑에서 아이를 밸 수 있기를 기원했다. 이에 웅녀의 소원을 받아들여 임시로 사람으로 화신한 환웅은 웅녀와 혼인했고 웅녀는 아들을 낳았다. 아들은 단군왕검_{檀君王儉}이라 불렸다.

요_堯 중국 고대 전설상의 임금임금이 왕위에 오른 지 50년인 경인년, 단군은 평양성_{平壤城}에 도읍을 정한 다음 이곳을 조선_{朝鮮}이라 불렀다. 그는 뒤에 도읍을 백악산_{白岳山} 아사달_{阿斯達} 조선의 본뜻으로 추정되기도 함. 아침 해가 비치는 곳이라는 뜻로 옮겼는데 그곳을 궁_弓 홀산_{忽山} 또는 금미달_{今彌達}이라 한다. 그는 이곳에서 일천오백 년 동안 나라를 다스렸다.

주_周의 무왕_{武王}이 왕위에 오른 기묘년에 기자_{箕子} 중국 은나라 주왕의 친척를 조선의 제후로 봉하매 단군은 장당경_{藏唐京} 황해도 구월산 아래의 땅 이름으로 옮기었다가 훗날 아사달에 돌아와 산신_{山神}이 되었다. 그때 단군의 나이는 일천구백팔 세였다. 🖉

단군 신화

🖉 작품 정리

- **작가** 미상
- **갈래** 설화, 건국 신화
- **성격** 신화적, 서사적, 민족적
- **배경** 시간적 배경 – 고조선 / 공간적 배경 – 한반도
- **시점** 3인칭 전지적 작가 시점
- **구성** '기-승-전-결'의 4단계 구성
- **특징**
  - 환인 – 환웅 – 단군에 이르는 3대기 구조
  - 천손하강, 천부지모 모티브
  - 후대 영웅 신화의 원류이나, 건국을 위한 투쟁 과정이 나타나지 않음
- **재제** 고조선의 시조 단군 탄생과 고조선 건국
- **주제** 고조선의 건국 과정과 건국 이념
- **의의** 민족적 영웅 서사시의 원류로 민족적 일체감을 조성
- **출전** 『삼국유사』 권1 「고조선」편

🖉 구성과 줄거리

- **기** **환웅의 강림**

  환인의 아들 환웅이 홍익인간의 정신을 가지고 신단수 아래로 내려와, 인간 세계를 다스리고 교화했다.

- **승** **단군의 탄생**

  인간이 되기를 소망한 곰과 범에게 환웅은 쑥과 마늘을 주며 100일 동

안 햇빛을 보지 말라고 하고, 이를 지킨 곰이 21일만에 웅녀로 변해 환웅과의 사이에서 단군을 낳았다.

- 전 **고조선의 건국**
  단군은 평양성에 도읍을 정하고 고조선을 건국한 뒤, 1,500년간 나라를 다스렸다.

- 결 **단군의 신격화**
  단군은 1,908세에 산신이 되었다.

🖉 생각해 보세요

1 이 글의 내용을 통해 추측할 수 있는 당시의 사회상은 어떠한가?

첫째, 환웅이 신단수 아래로 내려올 때 풍백, 우사, 운사를 거느리고 강림했다는 것은 당시 사회가 농경 생활을 중시하는 사회였음을 의미한다. 둘째, 곰과 범 이야기를 통해 당시의 사람들에게 토테미즘이 있었음을 알 수 있다. 셋째, 환웅과 웅녀의 결합 과정을 통해 이주족과 선주족의 결합이라는 방식으로 고조선이 건국되었다고 추측할 수 있다. 넷째, '단군'은 종교적 제사장을, '왕검'은 정치적 통치자를 의미하므로 단군왕검이라는 명칭을 통해 당시의 사회가 제정일치 사회였음을 짐작할 수 있다.

2 곰과 범에게 환웅이 준 쑥과 마늘의 상징적 의미는 무엇인가?

단군 신화에서 쑥과 마늘은 주술적인 효과를 가진 소재이다. 지상적이고 세속적인 존재인 곰이 쑥과 마늘을 먹으며 100일간 햇빛을 보지 않는 것은 신성한 존재인 환웅과 만나기 위해 치른 통과 제의이다. 인간은 인생의 여러 단계를 거치고, 시련과 고통을 맛보며 새로운 존재로 거듭나게 된다. 쓴맛이 나는 쑥과 매운맛이 나는 마늘을 먹음으로써 짐승이었던 곰은 동물로서의 속성을 버리고 인간이라는 더 높은 차원의 존재로 거듭나게 되는 것이다.

인물관계도

오구대왕 ——— 왕비

(버림) (살림)

무상신선 바리데기 공주 석가세존

(구출)

일곱 아들

일곱 번째 딸로 태어난 저(바리데기)는 부모님께 버림받았어요. 제가 컸을 때 부모님이 큰 병에 걸리셨지요. 저는 서역국의 약려수를 구하기 위해 길을 떠났어요. 가는 도중에 어려움이 많았지만 석가세존이 많은 도움을 주셨답니다. 저는 무상 신선과 결혼해 일곱 아들을 낳고 약려수를 얻게 되었어요. 약려수 덕에 부모님은 다시 살아나셨지요.

바리데기

• 앞부분 줄거리

옛날 어느 왕국의 왕이 즉위해 결혼을 하기 전에 문복問卜 점쟁이에게 길흉을 묻는 일을 한다. 점쟁이는 금년에 결혼을 하면 공주만 일곱을 낳을 것이고, 내년에 결혼을 하면 왕자 셋을 낳을 것이라고 한다. 왕은 점쟁이의 말을 따르지 않고 그 해에 결혼을 했는데, 왕비는 공주만 여섯을 낳는다. 점쟁이의 예언대로 되자 왕은 왕자를 낳게 해 달라고 신에게 치성致誠 신이나 부처에게 지성으로 빎을 드린다. 왕과 왕비는 상서로운 태몽을 꾸고 일곱째 아기를 낳았으나 또 공주였다. 화가 난 왕은 일곱 번째 공주를 옥함에 넣어 강물에 띄워 버린다. 석가세존의 지시를 받은 바리공덕 할아버지와 바리공덕 할머니는 바리공주를 구출한 뒤 양육한다. 바리공주가 열다섯 살이 되었을 때 왕은 병이 들고 꿈에 청의동자靑衣童子 신선의 시중을 든다는 푸른 옷을 입은 사내아이가 나타난다. 청의동자는 하늘이 내려 준 바리공주를 버린 죄로 병이 들었으니, 병을 고치려면 바리공주를 찾아 신선 세계의 약수를 구해 먹어야 한다고 말한다. 충성스러운 신하가 고생 끝에 바리공주를 찾아오고, 여섯 언니가 모두 마다한 일을 자청해 바리공주 홀로 약수를 구하러 길을 떠난다.

일곱 번째 공주를 불러내어,

"부모 소양봉양 가려느냐?"

"국가에 은혜와 신세는 안 졌지만은 어마마마 배 안에 열 달 들어 있던 공으로 소녀가 가겠습니다."

"거동시위군사들의 호위를 받음로 해 주랴, 구수덩오색 구슬로 꾸민 가마 싸덩비단으로 꾸민 가마을 주랴?"

"필마단기匹馬單騎 홀로 한 마리 말을 탐로 가겠나이다."

사승포四升布 고의적삼 오승포伍升布 두루마기 짓고 쌍상투머리를 둘로 갈라 틀어 올린 상투 짜고 세패래이새로 만든 패랭이 닷죽다섯 죽. 한 죽은 열 개 무쇠주랑무쇠 지팡이 짚고 은지게에 금줄 걸어 매고 양전兩殿 왕과 왕비마마 수결手決 확인 표시 받아 바지끈에 매고,

"여섯 형님이여 삼천 궁녀들아, 대왕 양 마마님께서 한날한시에 승하하실지라도 나 돌아올 때까지 기다려서 인산거동因山擧動 임금이 죽어 상여가 나가는 것내지 마라."

양전마마와 여섯 형님에게 하직下直 먼 길을 떠날 때 웃어른께 작별을 고하는 것하고 궐문 밖으로 내달으니 갈 바를 알지 못하는구나.

우여 슬프다. 선후망先後亡 먼저 죽은 사람이나 나중에 죽은 사람의 아모 망재어느 망자 일곱 번째 공주 뒤를 쫓으면은 서방 정토 극락세계 후세발원後世發願 남자 되어 연화대蓮花臺 부처상과 보살상을 앉히는 자리로 가는 날이로성이다.

아기가 주랑지팡이을 한 번 휘둘러 짚으니 한 천 리一千里를 가나이다. 두 번을 휘둘러 짚으니 두 천 리二千里를 가나이다. 세 번을 휘둘러 짚으니 세 천 리三千里를 가나이다.

이때가 어느 때냐 춘삼월 호시절이라. 이화도화梨花桃花 배꽃과 복숭아꽃 만발하고 향화방초香花芳草 향기로운 꽃과 싱그러운 풀 흩날리고 누른 꾀꼬리는 양류楊柳 버드나무 사이로 날아들고 앵무공작 깃 다듬는다. 뻐꾹새는 벗

부르며 서산에 해는 지고 월출동령月出東嶺 달이 동쪽에 있는 재에서 떠오름 달이
솟네.

앉아서 멀리 바라보니 어령성어둑어둑해짐 금 바위에 반송盤松 키가 작고 가지
가 옆으로 퍼진 소나무이 덮였는데 석가세존이 지장보살과 아미타불과 설법說
法 불교의 교의를 풀어 밝힘을 하는구나.

아기가 가까이 가서 삼배나삼배三拜又三拜 삼배 또 삼배 삼삼구배三三九拜를
드리니,

"네가 사람이냐 귀신이냐? 이곳은 날김생날짐승 길버러지기어 다니는 벌레
도 못 들어오는 곳인데 어떻게 들어왔느냐?"

아기 하는 말이,

"국왕의 세자인데, 부모 소양 나왔다가 길을 잃었사오니 부처님 은덕恩
德으로 길을 인도하옵소서."

석가세존 하는 말이,

"국왕에게 칠 공주가 있다는 말은 들었어도 세자 대군이 있다는 말은
금시초문이다. 너를 대양서촌大洋西村에 버렸을 때 너의 얼마 남지 않은
목숨을 구해 준 것이 나이다. 그도 그러하려니와 평지 육천 리를 왔지마
는 험로險路 삼천 리를 어찌 가려느냐?"

"가다가 죽을지라도 가겠나이다."

"나화羅花 비단으로 만든 꽃를 줄 것이니 이것을 가지고 가거라. 도중에 큰
바다가 나올 테니 이것을 흔들어라. 대해大海가 육지가 될 것이니라."

가시성가시나무 울타리로 둘러친 성 철성鐵城이 하날하늘에 닿은 듯하니, 부처님
말씀을 생각하고 나화를 흔드니 팔 없는 귀신, 다리 없는 귀신, 눈 없는
귀신 억만 귀졸鬼卒 온갖 잡스러운 귀신이 앙마구리 끌듯'악머구리 끓듯'이라는 관용구.
많은 사람이 모여서 시끄럽게 떠드는 모양 하는구나.

칼산지옥, 불산지옥, 팔만사천 모든 지옥문을 열어, 십왕十王 저승에서 죽은 사람을 재판하는 열 명의 대왕 갈 이사람 십왕으로, 지옥 갈 이 지옥으로 보낼 때,

우여 슬프다. 선후망의 아모 망재 썩은 귀 썩은 입에 자세히 들었다가 제보살에게 외오면 바리공주 뒤를 따라 서방 정토 극락세계로 가는 날 이로성이다.

아기가 한곳을 바라보니, 동에는 청유리靑琉璃 장문墻門 담장에 난 문이 서 있고 북에는 흑유리黑琉璃 장문이 서 있고, 한가운데는 정렬문貞烈門 여성의 행실이나 지조가 곧음을 기리기 위해 세운 문이 서 있는데 무상신선이 서 있다. 키는 하늘에 닿은 듯하고, 얼굴은 쟁반만 하고 눈은 등잔만 하고, 코는 줄병질병. 질흙으로 만든 병 매달린 것 같고, 손은 소댕釜蓋 솥뚜껑만 하고 발은 석 자 세 치라.

하도 무섭고 끔찍해 물러나 삼배를 드리니 무상신선 하는 말이,

"그대가 사람이뇨, 귀신이뇨? 날김생 길버러지도 못 들어오는 곳에 어 떻게 들어왔으며 어디서 왔느뇨?"

"나는 국왕마마 세자로서 부모 봉양 왔나이다."

"부모 봉양 왔으면은 물값 가지고 왔소? 나무 값 가지고 왔소?"

"총망길에바쁘게 오느라 잊었나이다."

"물 삼 년 길어 주소, 불 삼 년 때어 주소, 나무 삼 년 베어 주소."

석삼년 아홉 해를 살고 나니 무상신선 하는 말이,

"그대가 앞으로 보면 여자의 몸이 되어 보이고, 뒤로 보면 국왕의 몸이 되어 보이니, 그대하고 나하고 백년가약을 맺어 일곱 아들 산전바다낳아 주고 가면 어떠하뇨?"

"부모 봉양할 수 있다면 그렇게 하겠소."

천지天地로 장막帳幕을 삼고, 등칙등나무으로 베개 삼고, 잔디로 요를 삼

고, 떼구름으로 차일遮日 햇볕 가리개을 삼고, 샛별로 등촉燈燭 등불과 촛불을 삼아, 초경初更 저녁 일곱 시에서 아홉 시 사이에 허락하고, 이경二更 밤 아홉 시부터 열한 시 사이에 머무시고, 삼경三更 밤 열한 시에서 새벽 한 시 사이에 사경오경四更伍更에 근연近緣 가까이해 인연을 맺음 맺고, 일곱 아들 산전바더 준 연후에 아기 하는 말이,

"아무리 부부 정도 중하지만 부모 소양 점점 늦어 감네. 초경에 꿈을 꾸니 은바리은그릇가 깨져 보입디다. 이경에 꿈을 꾸니 은수저가 부러져 보입디다. 양전마마 한날한시에 승하하옵신 게 분명하오. 부모 봉양 늦어 가오."

"그대 깃든긷던 물 약려수藥靈水 생명수이니 금장군금으로 만든 물항아리에 지고 가오. 그대 비든베던 나무는 살살이살을 살리는 것 뼈살이뼈를 살리는 것니 가지고 가오."

(중략)

"앞바다 물 구경하고 가오."

"물 구경도 경景 경황이 없소."

"꽃동산의 꽃구경하고 가오."

"꽃구경도 경이 없소."

"전에는 혼자 홀아비로 살아왔거니와 이제는 일곱 아들 홀아비가 되어 어찌 사나? 일곱 아기 데리고 가오."

"그도 부모 소양이면 그리하여이다."

큰 아기는 걷게 하고 어린 아기 업고, 무상신선 하는 말이,

"그대 뒤를 쫓으면 어떠하오?"

"여필종부女必從夫 아내는 반드시 남편을 따라야 한다는 말라 했으니 그도 부모 소양이면 그리하여이다. 한 몸이 와서 아홉 몸이 돌아가오."

• 뒷부분 줄거리

바리공주가 돌아와 보니 왕과 왕비는 이미 죽어 상여가 나가고 있었다. 바리공주는 약수로 왕과 왕비를 살린다. 왕은 바리공주의 공을 인정해 소원을 들어준다. 바리공주는 무신巫神이 되어 무당의 제향祭享을 받고, 일곱 아들은 저승의 대왕이 되고, 무상신선은 산신山神이 된다. 🖉

바리데기

📝 작품 정리

- **구술 · 채록**   김복순 구술, 최정여 · 서대석 채록
- **갈래**   서사 무가巫歌, 무속 서사시
- **성격**   주술적, 신화적, 서사적, 무속적, 교훈적
- **구성**   '발단 – 전개 – 위기 – 절정 – 결말'의 5단계 구성
- **특징**   • '탄생 – 시련 – 영웅'의 영웅 설화적 구조임
    - 구연口演을 위한 4 · 4조의 운문체를 사용함
    - 전통 사회의 남성 우월주의를 비판함
- **주제**   바리데기가 겪는 고난과 소원 성취의 과정
- **출전**   경상북도 영일 지방의 무가

📝 구성과 줄거리

- **발단**   **일곱 번째 공주를 산속에 버림**

  딸만 여섯을 낳은 불라국의 오구대왕은 일곱 번째로 태어난 바리데 기버려진 아이라는 뜻 공주를 내다 버린다. 산속에 버려진 바리데기 공주를 학이 나타나 채 간다.

- **전개**   **오구대왕이 병에 걸림**

  오구대왕이 병에 걸려 서천 서역국으로 가 약수를 구해야 하는데 구하러 갈 사람이 아무도 없다. 이때 오구대왕은 꿈을 통해 계시를 받고 신하를 보내 바리데기를 찾아오라 명한다. 신하는 까막까치가 알려 준 곳으로 가 바리데기를 찾는다.

- 위기　바리데기의 모험

　　신령의 도움으로 무사히 지내던 바리데기는 부모와 만나자마자 자청
　　해서 약수를 구하러 길을 떠나고, 우여곡절 끝에 서역국에 도착한다.

- 절정　바리데기가 약수를 구함

　　약수를 지키던 무상신선은 자신과 결혼할 것을 바리데기에게 요구한
　　다. 바리데기는 그와 결혼해 일곱 아들을 낳은 뒤에 약수와 신비한 꽃
　　을 얻어 불라국으로 돌아온다.

- 결말　오구대왕이 살아남

　　장례식 도중 오구대왕의 입에 약수를 흘려 넣자 오구대왕이 살아나
　　고, 바리데기는 죽은 사람을 저승으로 인도하는 오구신이 된다.

🖉 생각해 보세요 -

1 「바리데기」에 나타난 서사 구조의 특징은 무엇인가?

　바리데기는 공주라는 고귀한 신분으로 태어나지만 남존여비의 인습에 얽매
여 아버지에게 버림을 받는다. 단순히 버려진다는 점에서는 「숙향전」의 '숙
향'이나 「적성의전」의 '성의'와 다르지 않고, 버림받은 딸이 부모에게 도움을
준다는 점에서는 「바보 온달」의 '평강 공주'나 「숯 굽는 총각」의 '셋째 딸'과 유
사하다. 바리데기가 죽을병에 걸린 아버지를 살리기 위해 자신을 희생한다는
점에서는 「효녀 지은」의 '지은'이나 「심청전」의 '심청'과 같다. 약수와 신비한
꽃을 얻어 오구대왕을 살리는 과정은 '시련-극복'의 영웅적 서사 구조로도 볼
수 있다. 요컨대 「바리데기」는 기아棄兒 남몰래 아이를 내다 버림, 구약求藥 약을 구함, 회
생의 과정을 거치는 효행 설화이다.

2 「바리데기」의 구전 양식인 무가의 특징은 무엇인가?

　무가는 주술적 기능이 강조된 무당의 노래이다. 신에게 복을 빌거나 화를 피

하기 위한 노래라는 점에서 무가는 무속인뿐만 아니라 일반인에게도 중요한 의미가 있다. 더욱이 무가는 주술적 기능과 함께 오락적·문학적 기능도 동시에 가지고 있다. 즉, '굿판'이라는 축제의 장에서 펼쳐지는 일종의 구비 문학 _{口碑文學}입에서 입으로 전해 오는 문학이라고 할 수 있다.

3 황석영의 소설 「바리데기」에서 '약려수'에 해당하는 것은 무엇인가?

황석영의 소설에 나오는 바리데기는 자신을 버린 부모를 만나기는커녕 오히려 딸을 사고로 잃게 된다. 이후 환상 속에서 생명수를 찾아 서천국으로 여행을 떠나고 결국 그 생명수란 것이 동네에서 '밥해 먹는 샘물'이라는 사실을 알게 된다. 이는 생명수가 먼 곳에 있지 않고 우리 가까이 있으며, 바로 자신의 마음속에 있다는 것을 강조한 것이라고 볼 수 있다. 바리데기가 진정한 무당으로 거듭날 수 있었던 것은 바로 이러한 깨달음에 근거한다.

인물관계도

〈현실〉

조신 —(반함)→ 김씨 낭자

〈꿈〉

(50년 후)

조신 ♥ 김씨 낭자

조신
+ 아이들 ♥ 김씨 낭자
+ 아이들

승려인 저(조신)는 김씨 낭자를 보고 반하게 되었어요. 낙산사에 가서 김씨 낭자와 살게 해 달라고 빌었지요. 잠깐 잠이 들었는데 꿈속에서 김씨 낭자와 부부가 되었어요. 아이들도 낳았지만 가난이 큰 고통을 주더군요. 늙고 병들자 부인은 헤어지자고 했어요. 집을 떠나려는 순간 꿈에서 깼는데, 세속적 욕망이 덧없게 느껴지더군요.

조신몽 調信夢

신라 시대에 세규사의 장원莊園 궁정·귀족·관료의 사유지은 명주溟洲 지금의 강원도 강릉 날리군에 있었다. 본사本寺에서 승려 조신을 보내 장원을 관리하게 했는데, 조신은 태수 김흔의 딸을 보고 그만 반해 버렸다.

조신은 남몰래 여러 번 낙산사 관음보살 앞에 가서 그 여인과 함께 살수 있게 해 달라고 빌었다. 그로부터 몇 해가 흘러 여인에게는 배필이 생겼다. 조신은 불당 앞에 가서 관음보살이 자신의 소원을 들어주지 않는다고 원망하며 날이 저물도록 슬피 울다가 잠시 잠이 들었다.

꿈속에 갑자기 김씨 낭자가 기쁜 낯빛을 하고 문으로 들어와 활짝 웃으면서 말했다.

"저는 일찍이 스님을 잠깐 뵌 뒤로 마음속으로 사랑해서 잠시도 잊지 못했으나 부모의 강요에 못 이겨 억지로 다른 사람에게 시집을 갔었습니다. 그러나 지금 부부가 되기를 원해서 이렇게 찾아왔습니다."

조신은 크게 기뻐하며 낭자와 함께 고향으로 돌아갔다. 조신은 그녀와 사십여 년 동안 함께 살면서 자녀를 다섯이나 두었다. 집이라곤 네 벽이 전부였고, 음식마저도 계속 먹을 수 없었다. 조신은 형편이 너무 어려워 식구들을 이끌고 사방으로 다니면서 걸식하며 지냈다. 이렇게 십 년 동안 초야를 헤매다 보니 옷은 갈래갈래 찢어져 몸도 가릴 수 없게 되었다.

명주 해현령蟹縣嶺을 지날 때 열다섯 살 되는 큰아이가 굶어 죽자 통곡하면서 길가에 묻었다. 조신 내외는 남은 네 식구를 데리고 우곡현으로 가서 길가에 모옥茅屋 띠나 이엉 따위로 지붕을 이어 만든 집을 짓고 살았다. 이제 내외가 늙고 병이 든 데다 굶주려서 일어나지도 못했다. 그 후 열 살 되는 계집아이가 밥을 동냥하다가 개에게 물렸다. 아이가 신음하며 누워 있었으나 부모는 하염없이 눈물만 흘렸다.

부인이 눈물을 씻더니 갑자기 이렇게 말했다.

"처음 당신을 만났을 때 저는 젊고 아름다웠으며 깨끗한 옷을 입고 있었습니다. 음식 하나도 당신과 나눠 먹었고 옷 한 벌도 나누어 입었습니다. 제가 집을 나온 뒤 오십 년 동안 정은 깊어지고 사랑은 굳어졌으니 실로 당신과 두터운 인연이라 하겠습니다. 그러나 해마다 병이 깊어지고 굶주림과 추위가 심해지는데도 곁방살이나 하고 있고, 이제는 보잘 것없는 음식조차 빌어먹을 수가 없게 되었으니, 문전걸식하는 부끄러움은 산더미보다 더 무겁습니다. 아이들이 추위에 떨고 배고파 해도 돌봐주지 못하는 처지에 어찌 부부간의 정을 나눌 수 있겠습니까? 꽃다운 얼굴과 화사한 웃음도 풀 위의 이슬이요, 지초芝草와 난초 같은 약속도 바람에 나부끼는 버들가지나 마찬가지입니다. 이제 저는 당신에게 누累가 되고 저는 당신으로 인해 근심스럽습니다. 가만히 지난날의 즐거운 일들을 생각해 보니, 바로 그것이 근심의 시작이었습니다. 당신과 제가 어찌해서 이런 지경에 이르렀습니까? 뭇 새가 함께 굶어 죽는 것보다는 차라리 짝 잃은 난조鸞鳥 중국 전설에 나오는 상상의 새가 거울을 향해 짝을 부르는 게 나을 것입니다. 추우면 버리고 더우면 가까이하는 것은 인정상 차마 못할 일입니다. 하지만 행하거나 행하지 않는 것은 사람의 힘으로 되는 것이 아니고, 헤어지고 만나는 것도 운수가 있는 것입니다. 원컨대 제 말에 따라 헤어지기로 합시다."

조신은 부인의 말을 듣고 옳게 여기고 각자 아이를 둘씩 데리고 떠나려 했다.

"저는 고향으로 갈 테니 당신은 남쪽으로 가십시오."

라고 부인이 말한 뒤 각자 길을 떠나려는 순간, 조신은 갑자기 꿈에서 깨어났다.

이때 타다 남은 등잔불이 깜박거리니 날이 새어 아침이 되었다. 수염과 머리털이 모두 희어지니 세상일에 뜻이 없게 되었다. 힘들게 살아가는 것도 이제는 싫어졌다. 마치 한평생의 고생을 다 겪고 난 것 같아 재물을 탐하는 마음도 얼음 녹듯이 깨끗이 없어졌다. 이런 생각이 들자 갑자기 관음보살의 상像을 대하기가 부끄러워지고 잘못을 뉘우치는 마음을 억누를 수가 없었다. 조신이 해현에 돌아가서 묻은 아이를 파 보니 돌미륵이 나왔다. 그는 돌미륵을 물로 씻어서 근처에 있는 절에 모신 후 서울로 돌아갔다. 장원을 맡은 책임을 내놓고 사재를 털어 정토사淨土寺를 지었으며, 후에도 착한 일을 많이 했다. 그 후 조신이 어디에서 삶을 마쳤는지는 아무도 알 수 없었다. 🖉

조신몽

작품 정리

- **작가** 미상
- **갈래** 전설, 환몽幻夢 설화
- **성격** 환몽적, 불교적, 서사적, 교훈적
- **구성** '도입 – 전개 – 종결'의 3단계 구성
- **특징** • 동일한 모티브에 다양한 변이가 나타남
  - • 액자식 구조임(현실 – 꿈 – 현실)
- **제재** 꿈
- **주제** 세속적 욕망의 무상함
- **의의** 몽자류夢字類 소설의 근원 설화임
- **출전** 『삼국유사』권3「탑상塔像」편

구성과 줄거리

- **도입** **꿈꾸기 전의 간절한 소망(현실)**

  세규사 장원을 관리하던 조신은 태수 김흔의 딸을 보고 인연 맺기를 소망해 낙산사 관음보살에게 소원을 빈다.

- **전개** **꿈속에서의 체험(꿈)**

  김흔의 딸이 조신에게 함께 살자고 제안해 오십 년 동안 고락을 같이 한다. 하지만 늙고 병들어 빌어먹기도 힘들어지자 부인이 헤어지자 고 제안한다. 조신은 이를 받아들인다.

- **종결   꿈에서 깨어난 뒤의 깨달음(현실)**

  조신은 세속적 욕망의 덧없음을 깨닫고 정토사를 세운다.

생각해 보세요

1「조신몽」에서 '꿈'은 어떤 역할을 하는가?

조신은 꿈속에서 현실의 행복과 쾌락을 좇지만, 꿈에서 깨어난 후에는 욕망의 덧없음을 깨닫는다. 꿈을 통해 미망에서 벗어나고 깨달음을 얻은 것이다. 고대 철학자들은 비이성적인 행위라는 관점에서 꿈을 '광기'에 비유했고, 프로이트는 욕망의 상징적 충족이라는 관점에서 꿈의 필요성을 역설하기도 했다. 실제로 오늘날 해몽하는 풍습이 있는 것은 꿈이 주는 교훈을 존중하기 때문이다.

2 꿈의 형식을 빌린 장르로서 '몽유록'과 '몽자류 소설'은 어떻게 다른가?

사대부들이 모순된 현실과 타락한 권력을 비판할 때 일종의 안전장치로 꿈의 형식을 빌려 쓴 글을 몽유록이라고 한다. 세조의 왕위 찬탈 과정을 폭로한「원생몽유록元生夢遊錄」이 좋은 예이다. 반면에 몽자류 소설은 꿈을 꾸기 전과 꾼 후를 대비해 꿈을 통해 깨달음을 얻는다는 발상을 적극적으로 활용한다.「구운몽」이 좋은 예이다.

3「남가태수전」과 「조신몽」의 차이는 무엇인가?

당나라 이공좌가 지은「남가태수전南柯太守傳」은 주인공 순우분이 꿈속에서 괴안국 왕녀와 결혼하고 남가군의 태수가 되어 호강을 누리다 왕녀가 죽고 난 다음에 잠에서 깨어난다는 이야기이다. 하지만『삼국유사』에 전하는「조신몽」은 주인공 조신이 태수의 딸과 결혼해 남녀의 정을 나누지만 결국 가난 때문에 아이도 죽고, 늙어서 헤어진 뒤에 깨어난다는 이야기이다. 글의 주제는 남가일몽南柯一夢, 일장춘몽一場春夢이라는 점에서 같지만 조신몽이 현실적 개연성이 훨씬 높다는 평가를 받는다.

·공방전 ·국순전 ·국선생전

고려 시대 高麗時代

고려 초기에는 통치 질서를 수립하기 위해 과거 제도를 시행하면서 한문학이 크게 융성했습니다. 한문학의 발달에 힘입어 구전 전승 설화가 기록되기 시작했는데, 기록하던 사람들의 창의성까지 더해지게 되었습니다. 고려 시대에 들어와 이러한 패관 문학이 정착되면서 가전체 소설을 거쳐 고대 소설로 발전했습니다. 흔히 가전체 소설이 설화와 소설의 교량 역할을 했다고 하는데, 그 이유는 개인의 창작물이 아닌 설화에 개인의 창의성이 더해져 좀 더 소설 양식에 가까워졌기 때문입니다.

• 가전체 소설 假傳體小說

가전이란 사물을 역사적인 인물로 의인화해 그의 생애와 인품, 업적 등을 기록한 것입니다. 가전의 목적은 한 사람의 일생을 요약적으로 서술해 교훈을 주는 것입니다.

인물관계도

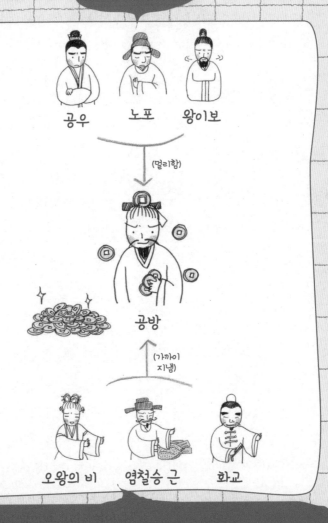

공우   노포   왕이보

(멀리함)

공방

(가까이 지냄)

오왕의 비   염철승 근   화교

공방은 출셋길에 오르면서 염치없는 사람이 되었어요. 오왕의 비나 염철승 근, 화교 등과 어울리면서 온갖 비리와 악행을 저질렀지요. 결국 저(공우)는 임금에게 상소를 올렸고, 공방은 조정에서 쫓겨났지요. 공방이 죽자 그를 따르던 무리가 조정에 등용되어 정직한 사람들을 모함하더군요.

공방전 孔方傳

공방孔方 안에 네모난 구멍이 있는 엽전의 자字는 관지貫之 엽전을 끈으로 꿴 꿰미이다. 그의 조상은 일찍이 수양산에 숨어들어 한 번도 세상에 나온 일이 없었다. 그러다가 황제黃帝 시절에 잠시 조정에 출사한 적이 있으나, 워낙 성질이 굳세어 세상일에는 그다지 쓸 만하지 못했다.

어느 날 황제가 상공相工 관상쟁이을 불러 공방의 관상을 보게 했다. 상공은 공방을 한참 들여다보고 나서 말했다.

"공방은 산야의 거친 성질을 지녀서 지금으로서는 쓸 만하지 않습니다. 다만 풀무나 망치로 때를 긁어내고 빛을 낸다면 차츰 본바탕이 드러날 것입니다. 무릇 왕이란 모든 사람을 올바른 그릇이 되게 해야 합니다. 원컨대 폐하께서는 공방을 쓸모없는 완고한 구리처럼 내버리지 마시옵소서."

이리하여 공방은 그 이름을 세상에 알리기 시작했다. 뒤에 공방은 난리를 피해 강가의 숯 굽는 거리에 눌러살게 되었다. 그의 아버지 천泉 중국 전한 말에 왕망이 주조한 화천(貨泉)이라는 엽전을 뜻함은 주周나라의 대재로서 나라의 세금에 관한 일을 맡고 있었다.

공방의 생김새는 밖은 둥글고 안은 모나게 뚫렸다. 그때그때 일을 잘 처리하는 재주가 있어 한나라 때 홍려경鴻臚卿 중국 한나라의 관직. 외국 손님을 접대하는 벼슬이 되었다. 당시 오왕吳王의 비妃가 교만하고 분수에 넘는 짓을 잘해 나라의 권력을 손에 쥐고 있었는데, 공방은 여기에 붙어서 많은 이익을 보았다. 무제 때에는 경제가 극심하게 어려워 국고가 바닥이 났다. 몹시 걱정이 된 임금은 공방에게 나라의 재정을 담당하는 부민후富民侯의 벼슬을 내렸다. 그리고 그의 무리인 염철승鹽鐵丞 소금과 철의 전매 사업을 담당하는 승상 근僅과 함께 조정에 있게 했다. 이때 근은 공방에게 항상 형이라 하고 이름을 부르지 않았다.

공방은 욕심이 많은 데다가 염치도 없었다. 이런 사람이 나라의 재물을 도맡아 처리하게 된 것이다. 그는 백성과 한 푼의 이익이라도 다투는 한편, 물건 값을 낮추어 곡식을 몹시 천하게 만들고 다른 재물을 중하게 여겼다. 그리하여 백성들이 본업인 농업을 버리고 사농공상士農工商 백성을 나누던 네 가지 계급. 선비, 농부, 공장(工匠), 상인을 이르던 말의 맨 끄트머리인 장사에만 매달리게 하여 농사짓는 것을 방해했다. 이에 사간원과 사헌부에서는 상소를 올려 공방의 잘못을 임금에게 간했다. 하지만 임금은 이 말을 듣지 않았다.

공방은 또 권세 있는 사람의 비위를 맞추는 데도 재주가 있어, 그들의 집에 자주 드나들면서 세도勢道 정치상의 권세를 부렸다. 또한 그들을 등에 업고 매관매직賣官賣職 돈이나 재물을 받고 벼슬을 시킴해 사람을 승진시키거나 파면하는 일을 좌지우지했다. 이렇게 되니 한다하는 정승들까지도 모두들 절개를 꺾고 그를 따르게 되었다. 공방의 창고에는 나날이 곡식이 쌓였고, 뇌물의 목록을 적은 문서와 증서가 산더미처럼 쌓여 그 수를 헤아릴 수 없게 되었다.

공방은 사람을 대할 때 그 인물의 됨됨이에는 개의치 않아, 아무리 하찮은 시정잡배라도 재물만 많이 가졌으면 친하게 지냈다. 때때로 그는

거리의 불량소년들과 어울려 바둑도 두고 투전도 했다. 그는 이렇게 사람을 가리지 않고 남과 사귀는 것을 좋아했다.

원제元帝가 왕위에 오르자 공우貢禹 중국 한나라 때 유명한 관리로 청렴하고 정직함가 상소문을 올려 말했다.

"공방이 중요한 직책을 오랫동안 맡아보는 사이, 그는 농사가 국가의 근본임을 잊은 채 오직 장사꾼의 이익만을 돌보아 왔습니다. 그가 나라를 좀먹고 백성을 해침으로써 나라와 백성이 모두 곤궁해졌습니다. 뿐만 아니라 뇌물이 성행하고 뒤로 청탁하는 일이 버젓이 행해지고 있습니다. '짐을 지고 수레에 타면 도둑이 온다負且乘致寇至'는 것은 『주역』에서 분명히 경계하고 있는 말입니다. 재물을 탐하는 관리가 있으면 주변에 그것을 노리는 무리들이 몰리게 마련입니다. 청컨대 그를 면직시켜 욕심 많고 더러운 자들을 모두 징계하시옵소서."

이때 경제에 관한 공부를 많이 하여 정계에 진출한 이가 있었다. 그는 군대의 물자를 맡은 장군인데 변방을 막는 방책을 세우려 했다. 이에 공방을 미워하는 자들이 그 일을 위해 또 한 번 임금에게 조언했다. 임금이 이들의 말을 받아들여 마침내 공방은 조정에서 쫓겨나는 신세가 되었다.

공방은 자기 문하에서 가르침을 받은 이들을 모아 놓고 말했다.

"나는 지난 시절 임금을 만나 뵌 이래 혼자서 온 천하의 정치를 도맡아 보았다. 그리하여 장차 나라의 경제가 융성하고 백성들이 풍족하게 살게 하려고 애썼다. 그런데 이제 까닭도 모른 채 내쫓기고 말았구나. 하지만 이 몸이 나가서 조정에 쓰이거나, 쫓겨나 버림을 받거나 나에겐 아무 것도 손해될 것이 없다. 이제 나는 부평초 나그네와 같은 행색으로 곧장 강회江淮 장강과 회수 지방에 있는 별장으로 돌아가련다. 시냇물에 낚싯대를 드리우고 고기를 낚아 술을 마시거나 바다의 장사꾼들과 배를 타고 떠돌면서 남은 인생을 마치면 그만이다. 제아무리 천 가지 봉록俸祿 벼슬아치에게 주는 금품이나 다섯 솥의 좋은 음식인들 내 어찌 부러워해 이와 바꾸겠느냐. 하지만 내 심술이 오래되면 다시 발작을 일으킬 것만 같다."

진晉나라에 화교和嶠 중국 진나라 서평 사람. 집이 부유했으나 매우 인색했다고 함라는 사람이 있었다. 그는 공방과 가까이 사귀어 수만 냥의 재산을 모았다. 마침내 화교는 공방을 몹시 좋아해 공방과 비슷한 사람이 되고 말았다. 이를 본 노포魯褒 중국 진나라 남양 사람. 『전신론』을 써서 돈을 비판함는 글을 써서 화교를 비난하고, 그릇된 풍속을 바로잡기에 애썼다.

화교의 무리 중에는 오직 완적阮籍 죽림칠현의 한 사람. 술을 즐기고 거문고를 타며 세상을 풍자함만이 성품이 밝아 속물을 멀리했다. 그런데도 공방의 무리와 어울려 술집에 다니면서 취하도록 마시고는 했다. 왕이보王夷甫 중국 위진 시대 사람. 성품이 담백했다고 함는 한 번도 입으로 공방의 이름을 부른 적이 없었다. 그는 공방을 가리켜 '그것'이라는 말로 대신했다. 맑은 일을 하는 사람들에게 공방은 이렇게 천대를 받았다.

당나라 세상이 되자 유안劉晏이 조정의 재산을 관리하게 되었다. 당시 국고가 넉넉지 못했으므로 그는 공방을 이용해 국가 경제를 살리고자 했다. 그러나 그때는 공방이 죽은 지 이미 오래였고, 그의 제자들만이 사방에 흩어져 살고 있었다. 나라에서는 이들을 불러 공방 대신 쓰게 했다. 이리하여 공방이 썼던 술책이 개원 · 천보開元 · 天寶 중국 당나라 현종 때의 연호 때 널리 쓰였고, 심지어는 국가에서 죽은 공방에게 조의대부소부승朝議大夫少府丞이라는 벼슬을 내려 그의 지위를 높여 주기까지 했다.

남송 신종조神宗朝 때에는 왕안석王安石 중국 송나라 때의 학자이자 정치가이 나랏일을 맡아 다스렸다. 이때 여혜경呂惠卿도 불러서 함께 일을 돕게 했다. 이

들은 청묘법靑苗法 봄·가을에 백성에게 돈과 곡식을 싼 이자로 꾸어 줌을 처음 시행했는데, 그 폐단으로 온 천하가 시끌시끌했다. 이에 소식蘇軾 중국 송나라 때의 시인이 그들을 혹독하게 비난하며 배척하려 했으나, 도리어 그들의 모함에 빠져 자신이 귀양을 가게 되었다. 이로부터 조정의 모든 관리들은 그들에게 감히 반대하지 못했다. 사마광司馬光 중국 북송의 정치가이자 학자이 정승으로 들어가고 나서야 그 법을 폐지하게 되었고, 소식을 천거해 높은 자리에 썼다. 이로부터 공방의 무리는 차츰 세력이 꺾이더니 다시 힘을 쓰지 못했다. 공방의 아들 윤輪은 경박해 세상의 욕을 먹었고, 수형령水衡令 세금을 담당하던 관리이 되었으나 장물죄가 드러나 사형에 처해졌다고 한다.

사신史臣 사초를 쓰던 신하은 이렇게 평했다. "신하 된 몸으로 딴마음을 품고 큰 이익만을 좇는 자를 어찌 충성된 사람이라 이를 것인가. 공방은 좋은 주인을 만나 나라의 은혜를 적지 않게 입었다. 그러면 의당 국가를 위해 이익이 되는 일을 하고 해를 없애 임금의 은혜에 보답했어야 한다. 그런데도 도리어 교만한 비妃를 도와 나라의 권세를 독차지하고 사사로이 당을 만들기까지 했으니, 이것은 충신의 도리에 어긋나는 일이다."

공방이 죽자 남은 무리들은 다시 남송南宋에 쓰였다. 그들은 국정을 잡은 권력자들에게 붙어서 도리어 올바른 사람들을 모함했다. 세상 이치야 알 수 없지만, 만일 원제가 일찍이 공우의 말을 받아들여 이들을 모두 없애 버렸던들 이러한 후환은 없었을 것이다. 그런데 이들을 없애지 않고 억제하기만 해서 마침내 후세에 폐단을 끼치고 말았으니, 무릇 행동보다 말이 앞서는 자는 언제나 미덥지 못한 것을 어찌할 수가 없다. 🖊

공방전

작가 소개

임춘(林椿, ?~?)

자는 기지耆之이고 호는 서하西河이다. 고려 시대 문인이며 이인로, 오세재 등과 죽림고회竹林高會를 만들어 강좌칠현江左七賢으로 이름을 높였다. 관운이 따르지 않아 과거에 번번이 낙방해 술과 시로 세상에 대한 울분을 달래며 평생을 보냈다. 양반의 후예로서 가난한 삶을 살아야 했던 그는 사회에 대한 비판적 태도와 현실 지향성을 보여 주는 작품을 많이 남겼다. 이인로가 유고를 모아 『서하선생집西河先生集』6권을 엮었다. 대표적인 시문은 『삼한시귀감三韓詩龜鑑』에 전하고, 가전체 소설 「공방전」과 「국순전」 등은 『동문선東文選』에 전한다.

작품 정리

- **갈래**   가전체
- **성격**   풍자적, 교훈적, 전기적, 우의적
- **구성**   • '도입 - 전개 - 비평'의 3단계 구성
       • 인물의 일대기를 중심으로 한 순차적 구성
- **특징**   • 의인화 기법을 활용함
       • 공방의 가계에 대한 약전略傳 간략하게쓴전기으로서 전기적 구성임
- **제재**   엽전
- **주제**   경세經世에 대한 비판, 물욕에 대한 풍자
- **의의**   「국순전」과 함께 우리나라 문헌상의 최초의 가전 작품임
- **연대**   고려 중엽
- **출전**   『서하선생집』, 『동문선』

📝 구성과 줄거리

- **도입** **공방이 벼슬길에 오르면서 출셋길에 오름**

  수양산에 숨어 지내던 공방의 집안은 황제 때 공방이 벼슬길에 오르면서 비로소 세상에 나오게 된다. 그러나 공방은 성정이 지나치게 올곧아 처세에 능히 대처하지 못한다. 어느 날 황제가 상공을 불러 공방의 관상을 보라고 하자, 상공은 조금만 다듬으면 숨어 있는 본바탕이 드러날 것이라고 말한다. 과연 그의 말대로 머지않아 공방은 출셋길에 오르게 된다.

- **전개** **공방은 타락하여 조정에서 쫓겨남**

  공방은 욕심 많고 염치없는 사람이 되어 버린다. 나라의 재물을 맡기자 백성을 상대로 악착같이 이익을 챙기고, 세도가들 등에 업고 온갖 비리와 악행을 저지른다. 이로 인해 나라의 살림살이가 어려움에 처하자 공우가 임금에게 상소를 올린다. 결국 공방은 조정에서 쫓겨난다.

- **비평** **공방에 대한 평가**

  공방이 죽자, 그를 따르던 무리들이 남송 조정에 등용된다. 그들은 권신들에게 붙어 정직한 사람들을 모함한다. 일찍이 공우의 간언을 받아들여 그들을 모두 몰아냈다면 이러한 후환은 없었을 것이나, 그렇게 하지 않는 바람에 후세에 폐단을 남기게 되었다.

📝 생각해 보세요

1 '공방'이라는 이름은 무엇을 뜻하는가?

'공孔'은 둥근 모양을 뜻하고, '방方'은 모난 모양을 뜻한다. 즉, 공방은 겉이 둥글고 안은 모나게 생긴 엽전을 가리키는 말이다. 엽전의 겉은 둥글둥글해 부드러워 보이지만, 안은 모가 나서 거칠어 보인다. 이러한 엽전의 생김새를 통해 돈의 긍정적 측면과 부정적 측면을 엿볼 수 있다. 요컨대 돈은 인간의 필요에 따라 만들어진 것이지만 돈으로 인해 탐욕이 생기면 인간은 타락할 수밖에 없다.

2 작가는 '돈'을 어떻게 바라보고 있는가?

돈의 순기능보다 역기능에 초점을 맞추고 있다. 일반적으로 돈은 권력에 기생하는 속성상 인간성을 파괴할 위험성을 지니고 있다. 작가는 돈으로 인해 인간성과 도덕성이 타락했음을 경고하면서 화폐를 사용하지 말아야 한다고 주장한다. 돈이 벼슬아치들에게 집중되어 있는 세태가 자신과 같은 처지에 있는 가난한 선비들을 힘겹게 만든다고 생각했기 때문이다. 결국 돈 때문에 인간은 갖가지 비리를 저지르고 주변 사람들까지 타락하게 만든다.

3 가전체 문학이 등장하게 된 배경은 무엇인가?

가전체 문학은 사회적으로 혼란이 가중되었던 고려 중엽에 등장했다. 당시 고려는 무신의 난 이후 몽골의 침입까지 겹쳐 나라 안팎으로 혼란이 극에 달했다. 이로 인해 도덕의식의 부재가 사회 문제로 떠올랐다. 교술^{教述} 대상이나 세계를 객관적으로 묘사하고 설명하는 장르 장르인 가전체 문학이 등장하게 된 것은 바로 이 때문이다. 즉, 가전체 문학은 도덕의식을 회복하려는 목적으로 등장한 것이다.

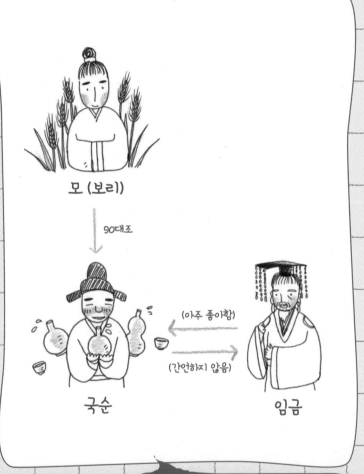

모 (보리)

90대조

(아주 좋아함)

(간언하지 않음)

국순

임금

국순은 성품이 맑고 도량이 넓었지만 정계에 진출하면서 타락해 버렸지요. 그러던 중 국순의 입에서 냄새가 난다는 이유로 임금이 국순을 싫어하게 되었어요. 국순은 정계에서 은퇴하고 집으로 돌아와 병을 얻어 죽게 되었어요. 국순은 왕실을 어지럽히고 임금을 제대로 보필하지 않아 천하의 웃음거리가 되었답니다.

국순전 麴醇傳

국순麴醇 국은 누룩, 순은 술을 뜻함의 자字는 자후子厚 흐뭇함이다. 그 조상은 농서隴西 중국 진한 시대 군(郡)의 이름 사람인데, 90대조인 모牟 보리가 순임금 때 농사일을 다스리던 후직后稷을 도와 백성을 먹여 살린 공이 있었다. 『시경詩經』에 이르기를 "내게 밀과 보리를 주었도다."라고 한 내용이 그것이다.

벼슬도 하지 못하고 숨어 살던 모는 밭에서 생활하며 "나는 밭을 갈아야 먹으리라."라고 했다. 어느 날 임금은 모에게 자손이 있다는 말을 듣고 조서詔書 임금의 명령을 적은 문서를 내려 그를 불러오게 했다. 그를 부를 때 각 고을에 명해 후하게 예물을 보내라 하고 신하를 시켜 그 집과 교분을 맺게 했다. 그리하여 모는 차츰 훈훈한 기운이 스며들어 친근하고 편안한 맛을 지니게 되었다. 이에 모는 기뻐하며 말했다.

"나를 이루어 주는 자는 벗이라 하더니 과연 그 말이 옳구나."

그 후로 모에게 맑은 덕이 있다는 소문이 자자해지니, 임금은 그 집에 정문旌門 충신을 기리기 위해 집 앞에 세우던 붉은 문을 내려 치하했다. 또한 임금을 따라 원구圜丘 천자가 동짓날 하늘에 제사를 지내던 곳에 제사한 공으로 중산후中山侯에 봉하고, 식읍食邑 공신에게 조세를 거둘 수 있도록 내린 고을 일만 호戶에 식실봉食實封 나라에서 공신에게 민호(民戶)를 내려 주어 그 조세의 전액을 차지하게 하고 용역을 마음대로 할 수 있게 한 것 오천 호를 내린 후 성을 국씨麴氏라 칭했다. 모의 5대 손은 성왕成

王을 도와 나랏일을 제힘으로 다해 태평성대를 이루었다.

그러나 강왕康王이 즉위하자 모의 후손은 점차 박대를 받아 금고禁錮 버슬에 오르지 못하도록 함에 처해졌다. 그리하여 후세에 나타난 자가 없고, 모두 민간에 숨어 살았다.

위魏나라 초기에 이르러 순의 아비 주酎 진한 술가 세상에 이름을 널리 알렸다. 그는 상서랑尙書郞 서막徐邈 중국 위나라 사람으로 애주가로 유명함과 친하게 지냈다. 서막이 주를 얼마나 좋아했던지 조정에까지 끌어들여 주가 입에서 떠날 날이 없었다. 이를 안 어떤 이가 임금에게 상소를 올렸다.

"막이 주와 사사로이 사귀니 앞으로 조정을 어지럽힐 것이옵니다."

임금은 크게 노해 막을 불러 진상을 물었다. 막은 머리를 조아리고 임금에게 사죄하며 말했다.

"신이 주와 친하게 지내는 것은 사실이오나, 그에게 성인의 덕이 있기에 수시로 그 덕을 마신 것뿐입니다."

임금은 그를 책망하며 내보냈다.

그 후 진晉나라 세상이 되자 주는 세상이 어지러워질 것을 미리 알고 유영劉伶과 완적阮籍 중국 진나라 때 죽림칠현에 속했던 사람들의 무리들과 함께 죽림竹林 대나무 숲에서 노닐며 일생을 마쳤다.

주의 아들 순은 재능이 많고 도량이 넓었다. 출렁대고 넘실거림이 만경창파萬頃蒼波 한없이 넓고 넓은 바다와 같아 맑게 하려 해도 맑아지지 않고, 뒤흔들어도 흐려지지 않으며, 그 풍미가 세상을 뒤덮어 제 기운을 사람에게 더해 주었다. 일찍이 섭법사葉法師 『태평광기』의 '섭법선' 설화에 등장하는 승려와 온종일 담론할 때, 동석한 사람들이 모두 몸을 가누지 못하게 되었다. 그 이름이 드디어 유명하게 되니 호를 국처사麯處士라 했다. 이리하여 공경公卿, 대부大夫, 신선神仙, 방사方士 신선의 술법을 닦는 사람로부터 머슴, 목동, 오랑캐, 외국인에 이르기까지 그 향기로운 이름을 맛보는 자는 모두 그에게 반해, 여럿이 모일 때마다 순이 없으면 한결같이 쓸쓸해했다.

"국처사가 없으면 자리가 즐겁지 않다."

그는 이렇게 세상 사람들에게 사랑을 받고 귀히 여겨졌다.

태위太尉 고려 시대에 둔, 삼공(三公)의 하나 산도山濤 죽림칠현의 한 사람는 사물의 좋고 나쁨, 옳고 그름을 가릴 줄 아는 사람이었다. 어느 날 그가 순을 가리켜 "어떤 늙은 할미가 요런 영악한 아이를 낳았는가. 세상 사람들을 그르칠 자가 바로 이놈일 것이다."라고 했다.

관청에서 그를 불러 청주종사靑州從事 좋은 술로 삼았으나, 격에 맞지 않는 벼슬자리라 하여 다시 평원독우平原督郵 좋지 않은 술를 시켰다. 그는 얼마 뒤에 탄식하며 말했다.

"내가 쌀 닷 말 때문에 허리를 굽혀 향리鄕里의 소아小兒 어린아이에게 절하느니, 차라리 술자리에서 아이들과 이야기하며 노는 게 낫겠다."

그때 관상을 잘 보는 자가 그에게 귀띔했다.

"그대 얼굴에 붉은빛이 도니, 뒤에 반드시 귀해져서 천 가지 녹을 누릴 것이오. 좀 기다리면 누군가 큰 값을 치르고 모셔갈 테니 그때를 기다려 벼슬에 나아가시오."

진陳의 후주後主 뒤를 이은 임금 때에 이르러 그는 양가良家 양민의 집의 아들로서 주객主客 원외랑員外郞이 되었다. 임금은 그의 남다른 도량을 보고 장차 큰일에 쓸 재목이라 생각하고, 당장에 벼슬을 올려 광록대부光祿大夫 예빈경禮賓卿으로 삼고, 작을 올려 공公으로 삼았다. 이로부터 군신이 회의를 할 때는 언제나 순을 시켜 잔을 채우게 했다. 술잔을 내고 물리며 주고받는 것이 임금과 신하들의 마음에 꼭 들었다. 임금은 그를 크게 칭찬했다.

"경卿이야말로 곧고도 맑구나. 내 마음을 열어 주고 편안하게 하는 자로다."

이리하여 순은 권세를 얻어 마음대로 일을 하게 되었다. 어진 이와 사귀고 손님을 접대하며, 늙은이를 봉양해 술과 고기를 주고, 귀신에게 고사하고 종묘宗廟에 제사하는 일을 모두 순이 주관했다. 임금이 밤에 잔치를 할 때도 오직 그와 궁인宮人만이 모실 수 있었고, 아무리 가까운 신하라 해도 이에 참여하지 못했다.

이로부터 임금은 곤드레만드레 취해 정사를 돌볼 생각을 하지 않았다. 순이 이런 임금에게 굳게 입을 다물고 충언을 하지 않았으므로 예법을 아는 선비들은 그를 원수같이 미워하게 되었다. 임금만이 언제나 그를 감싸고돌았다. 순이 또 돈을 거둬들여 재산을 모으는 데 열중하니 시론은 그를 더럽다고 비난했다.

하루는 임금이 물었다.

"경에게 어떤 버릇이 있는고?"

순이 대답했다.

"옛날에 두예杜預 중국 서진의 정치가는 『좌전左傳 중국 노나라의 좌구명이 『춘추』를 해설한 책』을 좋아하는 벽癖 고치기 어렵게 굳어 버린 버릇이 있었고, 왕제王濟 중국 진나라 사람으로 글재주가 뛰어났음는 말을 좋아하는 벽이 있었으며, 신臣은 돈에 대한 벽이 있나이다."

임금은 호탕하게 웃고 그를 더욱 아껴 주었다.

그러던 어느 날, 순이 임금 앞에 나아갔을 때였다. 본래 순의 입에서는 냄새가 났는데 임금이 갑자기 이것을 싫어하며 말했다.

"경이 이제 늙어 내가 맡기는 일을 감당하지 못하는가?"

순은 그 말을 알아듣고 관冠을 벗고 사죄하며 아뢰었다.

"신이 작爵을 받고 사양치 않으면 마침내 몸을 망칠 염려가 있사오니, 부디 신을 제 집으로 돌려보내 주시면 신은 그것으로 제 분수를 알겠나이다."

임금은 신하들에게 명해 그를 부축해 집으로 돌아가게 했다. 순은 집에 오자마자 갑자기 병들어 하룻저녁에 죽었다. 그에게는 아들이 없고 먼 친척인 청淸이 있었는데, 뒤에 당唐나라에 출사해 벼슬이 내공봉內供奉에 이르렀고, 자손이 다시 중국에서 번성했다.

사신은 이렇게 평했다.

"국씨는 그 조상이 백성에게 공功이 있었고, 청백함을 자손에게 물려주었다. 이것은 창鬯 강신제 때 사용한 술이 주周나라에 있는 것과 같아 향기로운 덕이 하늘에까지 이르렀으니, 가히 제 할아버지의 풍도風度 풍채와 태도가 느껴진다고 했다. 그러나 순은 술동이 정도의 작은 지혜로 가난한 집에서 일찍 조정에 진출해 권세를 누리면서도, 옳고 그름을 따져 간언하지 않고 왕실이 어지러워져도 이를 바로잡지 못했다. 그리하여 마침내 천하의 웃음거리가 되고 말았으니, 거원巨源 산도(山濤)의 자(字)의 말이 실로 믿을 만하도다."🖉

국순전

📝 작품 정리

- **작가** 임춘(43쪽 '작가 소개' 참조)
- **갈래** 가전체
- **성격** 풍자적, 교훈적, 전기적, 우의적
- **구성** • '도입 – 전개 – 비평'의 3단계 구성임
  - • 인물의 일대기를 중심으로 한 순차적 구성임
- **특징** • 설화와 소설을 잇는 교량 역할을 함
  - • 사물을 의인화하여 표현함
- **제재** 술
- **주제** 간사한 벼슬아치들에 대한 풍자
- **연대** 고려 중엽
- **출전** 『서하선생집』,『동문선』

✏️ 구성과 줄거리

- **도입 국순의 가계를 소개함**

  국순의 집안은 주 왕조의 시조 후직을 도와 백성을 먹여 살린 공을 세운 모를 조상으로 모시게 된다. 모는 벼슬길에 나서지 않고 밭을 갈면서 숨어 산다.

- **전개 국순의 행적과 죽음**

  국순의 집안이 다시 세상에 알려지기 시작한 것은 아버지 주 때부터이다. 주의 아들 순은 성품이 맑고 도량이 넓어 모든 사람이 그를 좋

아한다. 정계에 진출한 순은 권세를 얻고 나라의 중대사를 도맡아 관장하게 된다. 그러나 그는 임금의 후광 아래 전횡과 부정 축재를 일삼는다. 또 주색과 향락에 빠진 임금에게 간언하지 않아 그를 비난하는 여론이 들끓는다. 그러던 중 순의 입에서 냄새가 난다고 임금이 순을 싫어하게 된다. 순은 정계에서 은퇴하고 집으로 돌아와 병을 얻어 죽는다.

- 비평 **국순의 삶에 대한 사관의 평가**
  순은 보잘것없는 지혜로 정계에 진출해 왕실을 어지럽히며 임금을 제대로 보필하지 않아 천하의 웃음거리가 되었다.

생각해 보세요

1 「국순전」의 소재인 '술'은 무엇을 의미하는가?

술은 비와 같다. 비가 적당히 내리면 오곡백과를 풍성하게 만들지만 지나치게 내리면 홍수가 난다. 마찬가지로 술도 적당히 마시면 생활에 활력을 주지만 지나치게 마시면 이성을 잃거나 타락하고 만다. 이 작품은 인간과 술의 관계를 임금과 신하의 관계에 비유해 술에 빠져 향락을 일삼던 고려 의종과 그에게 빌붙어 득세하던 부패한 간신배들의 타락상을 고발하고 있다.

2 임춘이 사신의 입을 통해 전하려고 한 메시지는 무엇인가?

「공방전」의 사신과 마찬가지로 「국순전」에서도 사신이 작가의 생각을 대신 말하고 있다. 본래 가전체 문학은 사물을 의인화한 전기(傳記) 형식의 글로 풍자성과 교훈성을 띤다. 이 작품에서 작가는 사신의 말을 빌려 술과 향락에 빠져 임금을 보필하지 않고 나라를 혼란에 빠뜨린 간신배들을 꾸짖고 있다. 사신의 평을 덧붙이는 형식은 사마천의 『사기(史記)』 「열전(列傳)」을 모방한 것이다.

3 가전체 문학은 어떻게 발전했는가?

가전체 문학은 고려 중엽, 무신의 난 이후에 등장한 신흥 사대부들에 의해 발전했다. 이들은 뛰어난 안목과 문학적 소양을 갖추어 중앙으로 진출한 사람들인데, 인간 생활을 보다 합리적으로 구성하려는 의욕을 가지고 있었다. 이러한 자신들의 의도를 만천하에 드러내기 위해 사물에 빗대어 완곡하게 표현하는 방식을 선택했다. 즉, 가전체 문학은 고려 신흥 사대부의 의식을 잘 보여주는 양식이라고 할 수 있다.

인물관계도

차와 곡은 혼인해 성을 낳았어요. 성은 도량이 넓고 침착해 임금의 총애를 받았지요. 성이 권세를 누리자 아들 혹, 폭, 역은 오만방자하게 굴었어요. 결국 세 아들은 스스로 독약을 마시고 성도 관직에서 물러났지요. 그 무렵 도둑 때가 기승을 부리자 성은 조정에 다시 기용되고 공을 세워요. 이후 성은 임금의 만류에도 고향으로 돌아가 조용히 살다가 죽지요.

국선생전 麴先生傳

국성의 자字는 중지中之요, 관향貫鄉 시조의 고향은 주천酒泉이다. 국성은 '맑은 술'을, 중지는 '곤드레만드레'를 뜻한다. 어려서 서막徐邈 밀주를 만들어 마신 인물의 사랑을 받아 그가 이름과 자를 지어 주었다. 국성의 먼 조상은 본래 온溫이라는 고장 사람으로, 열심히 농사를 지어 풍족하게 먹고살았다. 정鄭나라가 주周나라를 칠 때 포로로 잡혀 왔으므로 그 자손들이 정나라에 살게 되었다.

국성의 증조曾祖는 역사에 이름을 남긴 적이 없고, 조부 모牟 보리는 주천으로 옮겨 가 그곳 사람이 되었다. 아버지 차醝 흰 술에 이르러 비로소 벼슬길에 나아가 평원독우가 되고, 사농경司農卿 중국 한나라 때 미곡과 전적을 관장하던 관직 곡穀 술의 재료인 곡식씨의 딸과 결혼해 성聖을 낳았다.

성은 어렸을 때부터 도량이 넓고 침착했다. 손님들은 그의 아버지를 보러 왔다가도 그의 모습을 유심히 보고 매우 귀여워했다.

"이 아이의 마음 그릇이 출렁출렁 넘실넘실 넓디넓은 바다의 물결과 같구려. 가라앉히더라도 더 맑아지지 않으며 뒤흔들어도 탁해지지 않으니 그대와 이야기하기보다는 성과 함께 노는 것이 낫겠소."

성은 자라서 중산中山의 유영劉伶 술의 덕을 찬양한 중국 위진 시대 죽림칠현의 한 사람, 심양潯陽의 도잠陶潛 도연명의 본명과 벗이 되었다. 이 두 사람은 성을 몹시 좋

아해 하루라도 성을 만나지 못하면 몹시 괴롭고 이상한 생각이 들 정도였다. 그들은 만나면 해가 질 때까지 같이 놀고 헤어질 때는 항상 섭섭해했다.

이런 성에게 나라에서 조구연糟丘椽 술지게미을 시켰으나 성은 사양했다. 이에 삼정승과 육판서가 그를 청주종사에 계속해 천거했다. 임금은 수레를 보내 성을 극진히 모셔 오라는 명령을 내렸다. 성이 도착하기 전 태사太史가 임금에게 아뢰었다.

"지금 주기성酒旗星이 크게 빛을 발할 때입니다."

그런 지 얼마 안 되어 성이 궐에 들어갔는데, 과연 그 말이 옳은 듯해 임금은 성을 더욱 기특하게 여겼다. 임금은 즉시 성에게 주객낭중主客郎中 손님을 맞이하는 벼슬을 내리고, 얼마 지나지 않아 국자제주國子祭酒 국가적인 제례에 사용하는 술를 맡겨 예의시禮儀使 예의범절을 주관하는 관리를 겸직하게 했다.

성은 신하들이 임금을 알현하는 예식이나 종조宗朝의 제사, 천식薦食 봄과 가을에 신에게 올리는 제사 음식, 진작進酌 임금에게 나아가 술을 올림의 예를 행할 때 임금의 뜻에 맞지 않음이 없었다. 이에 임금은 그의 그릇이 듬직하다고 해 승정원 재상으로 승진시키고 융숭히 대접했다. 성은 대궐에 출입할 때에도 교자轎子 높은 벼슬아치가 타는 가마. '술상'을 뜻함를 타고 드나들었으며, 이름 대신 국 선생이라 불리었다. 임금은 불쾌할 때도 성만 보면 크게 웃을 만큼 성을 마음에 들어 했다.

성은 원래 성질이 구수하고 아량이 있었다. 날이 갈수록 사람들과 친해지고 특히 임금과 스스럼없이 가까이 지냈다. 그러니 자연히 임금의 사랑을 받게 되어 항상 임금을 따라다니면서 잔치를 함께 즐겼다.

성에게는 혹독한 술과 폭진한 술 혹은 단 술, 역쓴 술이라는 세 아들이 있었다. 이들은 자신의 아버지가 임금에게 사랑받는 것을 믿고 오만방자하게 굴었다. 이에 중서령中書令 모영毛穎 붓의 의인화이 임금에게 상소를 올려 이들을 탄핵했다.

"국성이 폐하의 사랑을 독차지하고 있다는 사실을 모르는 사람이 없사옵니다. 그런데 이제 그가 삼품 벼슬에 오르더니 많은 도둑을 궁중으로 끌어들이고 사람들을 마음대로 휘감아 해치기를 일삼고 있사옵니다. 이것을 모든 사람이 통탄하며 그를 반대하고 골머리를 앓고 가슴 아파합니다. 국성은 나라의 잘못됨을 바로잡는 충신이 아니라 만백성에게 해를 주는 도둑이옵니다. 더구나 성의 자식 셋은 제 아비가 폐하께 총애받는 것을 믿고 제멋대로 횡포를 부리며 방자하게 굴어 모든 사람이 괴로워하고 있사옵니다. 바라옵건대 이들에게 모두 사형을 내리셔서 모든 사람의 원성을 잠재우시옵소서."

이에 성의 아들 셋은 스스로 독약을 마셨다. 또한 성도 벌을 받아 서인庶人으로 강등되었다. 한편 치이자鴟夷子 술을 보관하는 말가죽 주머니도 성과 친하게 지냈다 하여 수레에서 떨어져 자살했다.

처음에 치이자는 우스갯소리를 잘해서 임금의 사랑을 받았다. 자연히 국성과도 친하게 지내며 궐에 출입할 때는 항상 수레를 타고 다녔다. 어느 날 치이자가 몸이 피곤해 누워 있을 때 성이 희롱하며 물었다.

"자네는 배는 크지만 속이 텅 비었으니 그 속에 무엇을 넣겠는가?"

치이자가 대답했다.

"자네들 수백 명은 넉넉히 수용할 수가 있지."

두 사람은 항상 우스갯소리를 주고받으며 지냈다.

성이 벼슬을 그만두자 제齊 배꼽 고을과 격鬲 가슴 고을에 도둑이 떼 지어 일어났다. 이에 임금은 이 고을의 도둑들을 토벌하라는 어명을 내렸다. 하지만 이 일을 맡을 적임자를 쉽게 찾지 못했다. 하는 수 없이 다시 성을 기용해서 도둑 떼를 토벌하도록 했다. 성은 군사들을 몹시 엄하게 통솔했고, 또 모든 고생을 군사들과 함께했다. 그는 수성愁城 근심을 뜻함에 물을 대어 한판 싸움으로 이를 함락하고, 거기에 장락판長樂版 오래도록 즐거워함을 쌓고 회군했다. 임금은 그 공로로 성을 상동후湘東侯에 봉했다.

그 뒤 이년이 지나 성은 임금에게 벼슬에서 물러나게 해 달라고 청했다. "신은 본래 가난한 집안의 자식이옵니다. 어려서는 여기저기 팔려 다니는 신세였습니다. 그러다가 우연히 폐하를 뵙게 되었는데, 폐하께서는 마음을 터놓으시고 신을 받아들이셔서 구차한 이 몸을 건져 주시고 너그럽게 돌봐 주셨습니다. 하오나 신은 폐하께서 일을 크게 하시는 데 보탬을 주지 못했고, 국가의 체면을 조금도 빛나게 하지 못했습니다. 지난번에 몸조심하지 못한 탓으로 시골로 물러나 편안히 있었사온데, 비록 신이 보잘것없으나 충심을 간직하고 있어 감히 폐하께서 계신 것을 기뻐하며 다시금 악을 물리칠 수 있었나이다. 때가 되면 넘어진다는 것은 사물의 정해진 이치이옵니다. 이제 신의 목숨은 소갈증消渴症 갈증으로 물을 많이 마시고 음식을 많이 먹으나 몸은 여위고 오줌의 양이 많아지는 병으로 거품보다 위태롭사옵니다. 바라옵건대 폐하께서는 신으로 하여금 물러가 여생을 보내게 해 주시옵소서."

그러나 임금은 승낙하지 않고 사람을 보내 송계, 창포 등의 약을 가지고 그 집에 가서 병을 돌보도록 했다. 성은 여러 번 글을 올려 이를 사양했다. 임금은 할 수 없이 그의 뜻을 받아들여 마침내 성을 고향으로 돌려보냈다. 성은 천수를 다하고 조용히 세상을 떠났다.

성의 아우는 현賢 약주이다. 그는 벼슬이 이천 석二千石에 올랐다. 아들이 넷인데, 익색깔이 있는 술과 두중양주, 발효 도중에 다시 곡물과 누룩을 넣어 덧술한 것, 앙막걸리, 남과일주이다. 이들은 도화즙을 마셔 신선이 되는 법을 배웠다. 또 성의 조카들로는 주알 수 없는 술, 만막걸리 같은 데 끼어 있는 불순물, 염신 술이 있다. 이들은 모두 적籍을 평씨萍氏에게 소속시켰다.

사신은 이렇게 평했다.

"국씨는 조상 대대로 농촌에서 살았다. 성이 유독 덕이 많고 재주가 맑아, 임금의 심복이 되어 국정을 돕고 임금의 마음을 흐뭇하게 했으니 장한 일이다. 하지만 임금의 총애가 지나쳐 나라의 기강을 어지럽혔으니 결국 그 화가 자손에게 미쳤다. 그러나 만년에는 자기 분수를 알고 스스로 물러나 천수를 다했다. 『주역』에 '기미를 보아 떠난다見機而作 순리를 알고 처신한다'는 말이 있는데, 성이야말로 이에 가깝다 하겠다." 📝

국선생전

📝 작가 소개

이규보(李奎報, 1168~1241)

자는 춘경春卿이고 호는 백운거사白雲居士이다. 고려 중기의 문인인데 초기 작품은 도연명陶淵明의 영향을 받았으나 점차 개성을 살려 독자적인 시풍을 이룩했다. 말년에 시와 거문고, 술을 좋아해 스스로 삼혹호선생三酷好先生이라고 칭할 만큼 호방한 인물이었다. 생전에 강좌칠현으로 불리던 이인로, 오세재, 임춘, 조통, 황보항, 이담지, 함순 등과 교류하며 그들의 사상에 공감했으나 한편으로 그들과 달리 현실 도피적인 사상을 배척했다. 저서로『동국이상국집東國李相國集』,『백운소설白雲小說』등이 있고, 작품으로「국선생전」,「동명왕편東明王篇」등이 있다.

📝 작품 정리

- **갈래** 가전체
- **성격** 교훈적, 전기적, 우의적
- **구성** • '도입 - 전개 - 비평'의 3단계 구성
          • 인물의 일대기를 중심으로 한 순차적 구성
- **특징** •「국순전」과 달리 주인공이 긍정적인 인물로 그려짐
          • 우화적 기법을 사용함
- **제재** 술
- **주제** 위국충절을 강조, 군자의 처신을 경계
- **의의** 당시의 문란한 세태를 풍자적으로 비판함
- **연대** 고려 중엽
- **출전** 『서하선생집』,『동문선』

📝 구성과 줄거리 -

- **도입** **국성의 가계와 신분**

  국성은 주천 사람인데, 그의 할아버지 '모'가 그곳에 이사 와서 살기
  시작한다. 그의 아버지 '차'는 집안사람 가운데 처음으로 벼슬을 하고,
  사농경 곡씨와 혼인해 '성'을 낳는다.

- **전개** **국성의 행적과 죽음**

  국성은 어릴 때부터 도량이 넓었고, 자라서는 도잠, 유영 등과 사귀며
  임금의 총애를 받는다. 그러나 국성이 권세를 누리면서 세 아들이 아
  버지의 힘을 믿고 오만방자하게 굴어 사방에서 그들을 비방하는 소
  리가 높아진다. 결국 아들들은 모영의 탄핵을 받아 자살하고, 국성도
  파직되어 서인庶人으로 강등된다. 그러나 그 무렵 도둑 떼가 기승을 부
  리자 국성은 조정에 다시 기용된다. 또 도둑들을 토벌한 공으로 높은
  벼슬을 얻는다. 이후 국성은 임금의 만류에도 불구하고 고향으로 돌
  아가 조용히 살다가 죽는다.

- **비평** **국성의 삶에 대한 사관의 평가**

  국성은 넓은 도량과 뛰어난 재주로 임금의 심복이 되어 정사에 참여
  해 큰 공을 세운다. 그러나 임금의 사랑이 극도에 달하자 나라를 어지
  럽게 되고 그의 세 아들까지 방자한 행태를 보인다. 국성은 스스로
  물러난 뒤 천수를 다하고 죽었으니 순리를 잘 알고 현명하게 처신한
  것이다.

📝 생각해 보세요 -

1 임금이 국성을 '국 선생'으로 예우한 까닭은 무엇인가?

국성은 비록 가난한 집안에서 태어났지만 도량이 매우 깊어 신하로서 충직한
모범을 보였다. 그리하여 임금은 그를 '국 선생'이라고 불렀다. 훗날 국성과 세

아들이 교만하게 굴어 집안이 한순간에 몰락했지만, 국성은 나라가 위기에 처했을 때 마음을 바로잡아 도적 떼를 물리침으로써 신하의 도리를 지켰다.

2 술을 소재로 한 「국순전」과 「국선생전」은 어떤 점에서 다른가?

국순은 임금의 총애를 받으며 부정을 일삼다가 버림받아 죽었지만, 국성은 임금의 넘치는 사랑을 믿고 방종하다가 스스로 뉘우치고 백의종군한다. 즉, 국순은 술의 부정적인 측면을, 국성은 술의 긍정적인 측면을 나타낸다고 할 수 있다. 「국순전」의 작가가 국순의 일생을 통해 방탕한 임금과 간신배들의 타락상을 고발하고 있다면, 「국선생전」의 작가는 국성을 애국 충절의 상징적 인물로 그려 치국治國을 위한 사회적 교훈을 강조하고 있다.

· 만복사저포기 · 이생규장전

조선 시대 1 朝鮮時代

조선 전기에는 기존의 설화와 가전체 등을 바탕으로 한층 발전된 형태의 한문 소설이 등장했습니다. 이후 17세기부터 소설의 창작이 본격화되기 시작했고, 18~19세기에는 '소설의 시대'라고 불릴 만큼 다양한 작품들이 쏟아져 나왔습니다. 이는 임진왜란과 병자호란을 거치면서 평민 의식이 각성된 것과도 무관하지 않습니다. 특히 17세기 초에는 최초의 국문 소설인 「홍길동전」이 발표되었습니다.

• 전기 소설 傳奇小說

전기 소설이란 현실에서 일어날 수 없는 이상하고 신기한 사건들을 통해 현실을 풍자하거나 비판하는 소설을 가리키는 말입니다. 이때 전기란 '기이한 이야기를 전한다'는 뜻입니다.

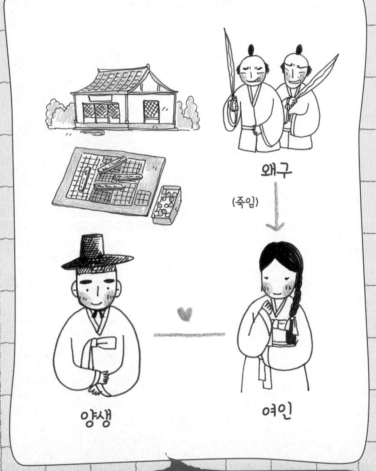

인물관계도

왜구

(죽임)

양생

여인

저(양생)는 만복사에서 외롭게 지냈어요. 어느 날, 저는 부처님과 벌인 저포 놀이에서 승리해 아름다운 여인을 만나게 되었지요. 사흘 후 여인은 은그릇을 주면서 절로 가는 길목에서 자신의 부모님을 만나라고 했어요. 부모님을 통해 여인이 왜구에게 죽임을 당한 사실을 알게 되었지요. 저는 여인을 위한 제를 올리고 여인과 영원히 이별했답니다.

만복사저포기 萬福寺樗蒲記

　전라도 남원의 한 고을에 양생이란 사내가 있었다. 그는 부모를 일찍 여의고 장가도 가지 못한 채 만복사萬福寺 남원 기린산에 위치한 절 동쪽 방에 혼자 머물고 있었다. 그 방 바깥에는 배나무 한 그루가 서 있었다. 바야흐로 봄이 무르익어 배꽃이 활짝 피니 마치 붉은 구슬나무에 은銀이 가득 매달려 있는 것 같았다. 양생은 달이 밝은 밤이면 언제나 배나무 아래를 거닐면서 낭랑한 목소리로 시를 읊곤 했다.

　　활짝 핀 배꽃이 쓸쓸한 마음을 달래 주지만
　　달 밝은 밤에 홀로 지새우자니 외롭기만 하네
　　젊은 몸 홀로 누운 호젓한 창가에
　　아름다운 임이 나를 위해 피리를 불어 주네

　　짝 잃은 비취翡翠 물총새는 저 홀로 날아가고
　　혼자된 원앙새는 맑은 냇물에 몸을 씻네
　　바둑돌 놓으며 인연을 그리다가
　　등불로 점을 치고 창가에 기대앉네

양생이 시를 다 읊자 허공에서 홀연 낯선 목소리가 들려왔다.

"좋은 배필을 얻고자 하는 마음이 간절하다면 어찌 이루어지지 않는다고 근심만 하리오."

양생은 그 소리를 듣고 마음이 설렜다. 이튿날은 삼월 스무 나흘이었다. 고을 사람들이 만복사로 가서 등불을 켜고 복을 비는 날이다. 청춘남녀가 함께 몰려들어 각기 제 소원을 빌었다. 해가 저물어 저녁 예불이 끝나자 사람들은 서둘러 자기 집으로 돌아갔다. 양생은 그 틈을 타 소매 속에 저포樗蒲 나무로 만든 주사위의 일종를 넣고 불상 앞에 섰다. 그리고 저포를 던지기 전에 소원을 빌었다.

"제가 오늘 부처님과 함께 저포 놀이를 하려고 합니다. 만약 제가 진다면 법연法筵 부처님을 기리고 불법을 선양하는 집회을 열어 불공을 드리겠습니다. 그러나 만약 부처님께서 지신다면 아름다운 여인을 구해 주시어 제 소원을 이루어 주십시오."

소원을 다 빌고 나서 저포를 던진 결과 양생이 이겼다. 양생은 곧 부처 앞에 무릎을 꿇고 말했다.

"인연은 이미 정해졌습니다. 저버리지 마시기 바랍니다."

양생은 불상 밑에 숨어서 배필이 나타나기를 기다렸다. 잠시 후, 머리를 두 갈래로 갈라 늘어뜨린 어여쁜 아가씨가 나타났는데, 나이는 열대여섯 살 정도 되어 보였으며 깨끗한 옷차림을 하고 있었다. 그 자태가 마치 하늘나라 선녀와 같았으며 볼수록 몸가짐이 단정하고 조심스러웠다. 여인은 희고 고운 손으로 등잔불을 켜고 향로에 향을 꽂은 뒤, 세 번 절하고 꿇어앉아 한숨을 내쉬며 탄식했다.

"사람의 운명이 아무리 기구하다 한들 이럴 수가 있을까?"

그러더니 품속에서 축원문祝願文을 꺼내 불상 앞에 놓았다. 거기에는 이런 글이 적혀 있었다.

아무 고을 아무 마을에 사는 소녀 아무개가 부처님께 아뢰옵니다. 지난번 변방의 방어가 무너져 왜구倭寇가 쳐들어왔을 때, 눈앞에 창이 비오듯 난무하고 일 년 내내 봉화烽火가 피어올랐습니다. 왜적이 마을에 불을 지르고 다니며 사람들을 잡아가니 제 가족도 도망치고 하인들도 사방으로 뿔뿔이 흩어졌습니다. 소녀는 버들처럼 몸이 약해 피난을 가지 못했지만 규방 깊숙이 숨어 끝내 정절을 지키고 난리의 화를 피했습니다. 부모님께서는 여자로서의 절개를 지켰다고 해 한적한 시골에서 혼자 살게 해 주셨습니다. 그것도 이제 삼 년, 저는 가을 달밤이나 꽃 피는 봄날을 아픈 마음으로 외롭게 살면서 하릴없는 나날을 보내 왔습니다. 처녀로서 깊은 골에 떨어져 사는 인생을 한탄했고 홀로 밤을 지새우며 짝 잃은 새의 외로운 춤을 슬퍼했습니다. 이렇듯 세월이 가니 이제 혼마저 나가 버리고, 긴긴 여름날과 겨울밤에는 간담이 찢어지고 창자마저 끊어질 듯 아픕니다. 자비하신 부처님께 비오니 불쌍한 이 몸을 굽어살피옵소서. 인생은 태어나기 전부터 정해져 있으며 그 업보는 피할 수 없다고 했습니다. 제 타고난 운명에도 인연이 있을 것이오니 어서 배필을 정해 주시기를 간절히 바라옵니다.

여인은 부처에게 빌며 흐느껴 울기 시작했다. 불상 밑에 숨어 있던 양생은 아름다운 여인을 보고 참을 수 없는 마음에 뛰어나가 말을 걸었다.

"조금 전에 부처님께 축원문을 올리셨지요. 무슨 일 때문입니까?"

여인이 올린 글을 읽고 양생의 얼굴이 기쁨으로 흘러넘쳤다.

"아가씨는 누구신데 이곳에 홀로 왔습니까?"

여인이 대답했다.

"소녀 또한 사람입니다. 무엇을 의심하십니까? 당신은 아름다운 배필만 얻으면 됐지, 제 이름을 물을 필요는 없지요."

이때 만복사는 이미 퇴락해 스님들은 구석진 방에서 거처하고 있었다. 법당 앞에는 행랑채만 덩그렇게 있고, 행랑채 끝에는 작은 판자방이 하나 있었다. 양생은 여인을 그곳으로 이끌었다. 여인은 별 주저함 없이 양생을 따랐다. 그들은 방 안에서 서로 즐거움을 나누었는데 여인은 보통 사람과 다름없었다. 이윽고 밤이 깊어 달그림자가 창에 비치자 밖에서 발자국 소리가 들려왔다. 여인이 물었다.

"누구냐, 시녀가 찾아온 게냐?"

"예, 접니다. 평소 아가씨는 출타하시더라도 중문 밖을 나가지 않으셨고 산책을 하셔도 몇 걸음 걷지 않으셨는데, 어제 저녁에는 한번 나가시더니 어찌 이 먼 곳까지 오셨습니까?"

여인이 대답했다.

"내 오늘 하늘이 도우시고 부처님이 돌보셔서 임을 만나 백년해로를 하게 되었느니라. 비록 부모님 허락 없이 혼인을 하는 것은 예법에 어긋나지만 둘이 서로 즐거이 맞이하게 된 것 또한 특별한 인연일 것이다. 너는 집에 가서 앉을 자리와 술상을 마련해 오너라."

시녀는 여인의 명을 따랐다. 이윽고 정원에 술자리가 펼쳐졌는데 시간은 사경四更 새벽 한 시에서 세 시 사이에 가까웠다. 술자리는 품위가 있었고 음식이 넉넉하고 먹음직스러웠으며 모든 물건에 호화로운 무늬라고는 찾아볼 수 없었다. 술에서는 진한 향기가 풍겨져 나왔는데 그 맛은 인간 세상의 것이라고 볼 수 없었다. 양생은 한편으로 이상한 생각이 들었으나 여인의 언행이 맑고 얌전해 틀림없이 귀한 집 처녀가 몰래 나온 것이려니 여기고 더 이상 의심하지 않았다. 여인은 시녀에게 노래를 불러 흥을

돈우라 하더니 양생에게 술잔을 올리며 말했다.

"이 아이는 옛 곡조밖에 모릅니다. 저를 위해 새로운 곡을 하나 지어서 흥을 돋우면 어떻겠습니까?"

양생은 매우 기뻐하며 흔쾌히 승락하고 만강홍滿江紅 중국 악비의 한시 가락으로 가사를 지어 시녀에게 부르게 했다.

봄추위는 쌀쌀한데 명주 적삼은 아직도 얇아

향로가 꺼질까 몇 차례나 마음 졸였나

해 저문 산은 붓으로 그린 눈썹 같고

저녁 구름은 우산처럼 퍼졌는데

원앙금침에 함께 누울 이가 없어

금비녀 반만 꽂고 퉁소를 부네

안타깝구나, 세월이 이다지도 빠르던가

마음속 깊은 시름 답답하기만 해라

등불은 가물거리고 병풍을 둘렀으니

나 홀로 눈물짓는다 한들 그 누가 보아줄까

기뻐라, 오늘밤 추연鄒衍 음양오행설을 처음으로 주장한 중국 전국 시대의 제나라 사람의 피리 소리에 봄이 왔으니

쌓이고 쌓인 한을 후련히 떨쳐 내고

가냘픈 옛 노래에 술잔을 기울이네

한 많은 지난날을 이제 와 슬퍼 돌아보니

눈썹을 찌푸리며 외로운 방에서 잠이 들었었지

시녀의 노래가 끝나자 여인은 수심에 잠겨 말했다.

"일찍이 봉래도蓬萊島 중국의 당 현종과 양귀비 고사에 등장하는 신선들이 사는 곳에서 만나자는 약속은 어겼지만 오늘 소상瀟湘 샤오샹. 중국 후난성의 남부를 흐르는 강에서 옛 낭군을 다시 보게 되었으니 어찌 하늘이 준 행운이 아니겠습니까? 낭군께서 만일 저를 버리지 않으신다면 언제까지나 낭군의 시중을 들겠습니다. 그러나 제 소원을 들어주시지 않는다면 영원히 자취를 감추겠습니다."

양생은 이 말을 듣고 한편으로 감동하고 한편으로 놀라며 말했다.

"내 어찌 당신의 말을 따르지 않으리오."

이때 달은 기울어 서쪽 봉우리에 걸리고 마을에서 닭 우는 소리가 들렸다. 이내 절에서는 첫 종소리가 울렸다. 날이 밝아 오자 여인이 시녀에게 말했다.

"너는 술자리를 거두어 집으로 돌아가거라."

시녀는 대답하자마자 사라졌는데 어디로 갔는지 자취를 찾을 수 없었다. 시녀가 사라지자 여인은 양생에게 말했다.

"인연이 정해졌으니 낭군과 함께 간들 상관이 없겠지요?"

양생은 여인의 손을 잡고 마을을 지나갔다. 그런데 길 가던 사람이 여인은 보지 못하고 양생에게 물었다.

"서생은 새벽부터 어디를 다녀오시오?"

양생이 대답했다.

"어젯밤 만복사에서 술에 취해 누워 있다가 친구가 사는 마을을 찾아가는 길입니다."

날이 새자 여인은 양생을 이끌고 깊은 숲을 헤치고 들어갔다. 이슬이 흠뻑 내려 길을 찾을 수 없자 양생이 물었다.

"어찌 사는 곳이 이렇소?"

여인이 대답했다.

"홀로 사는 여인의 거처는 이런 법입니다."

마침내 그들은 개령동開寧洞에 도착했다. 다북쑥이 들판을 덮고 가시나무가 하늘을 향해 치솟은 곳에 작고 아름다운 집 한 채가 서 있었다. 양생은 여인을 따라 들어갔다. 이부자리와 휘장이 잘 정돈된 여인의 방이 어젯밤과 같았다.

양생은 그 집에서 여인과 사흘을 머물렀는데 하루하루가 꿈 같았다. 시녀는 아름다우면서도 교활하지 않았고 그릇은 깨끗하면서도 사치스러운 문양이 없었다. 양생은 그곳이 인간 세상이 아니라는 생각이 들었으나 여인의 극진한 정성에 마음이 끌려 더 이상 그런 생각을 하지 않았다.

여인이 말했다.

"이곳에서의 사흘은 인간 세상의 삼 년과 같습니다. 서방님은 이제 집으로 돌아가셔서 생업을 돌보십시오."

마침내 이별의 잔치가 벌어지자 양생은 탄식했다.

"어찌 이별이 이다지도 빠른가?"

여인이 대답했다.

"걱정 마십시오. 다시 만나 평생의 소원을 풀 것입니다. 서방님이 이런 누추한 곳까지 오시게 된 것은 반드시 정해진 인연이 있었기 때문입니다. 제 친구들을 한번 만나 보시겠습니까?"

양생이 허락하자 여인은 곧 시녀를 시켜 그들을 불러 모았다.

모인 사람은 정씨, 오씨, 김씨, 유씨 등 네 여인이었다. 모두 지체 높은 귀족의 딸들로 여인과 한마을에 사는 친척 처녀들이었다. 하나같이 온화한 성품에 자태는 아름다웠으며 총명하고 시문에 능통해 시를 지어 즐기며 놀았다.

마침내 잔치가 끝나고 이별의 시간이 다가왔다. 여인은 은주발 하나를 꺼내 양생에게 주며 말했다.

"내일 보련사寶蓮寺 전라북도 남원에 위치한 절에서 부모님이 제게 음식을 내려 주시기로 했습니다. 만약 저를 버리지 않으실 거라면 보련사로 가는 길 가에서 부모님을 기다리고 계시다가 함께 절로 가셔서 제 부모님께 인사를 드려 주십시오."

"좋소."

이튿날 양생은 여인이 말한 대로 은주발을 들고 보련사 가는 길가에서 여인의 부모님을 기다렸다. 이윽고 어떤 지체 높은 집안에서 딸의 대상大祥 죽은 지 두 해 만에 지내는 제사을 치르기 위해 수레와 말을 줄줄이 이끌고 보련사로 가고 있었다. 이때 은주발을 든 길가의 양생을 본 종이 주인에게 말했다.

"아가씨 장례 때 함께 묻었던 그릇을 어떤 이가 가지고 있습니다."

"그게 무슨 말이냐?"

"저 서생이 가지고 있는 은주발을 보십시오."

주인은 말을 몰아 양생에게로 다가갔다. 그리고 은주발을 가지고 있는 연유를 물었다. 양생은 전날 여인과 약속한 바를 그대로 이야기했다. 주인은 놀라 의아해하더니 잠시 후 입을 열었다.

"내 슬하에 외동딸이 있었네. 그런데 그 아이가 왜구들이 쳐들어와 난리가 났을 때 목숨을 잃고 말았지. 정식으로 장례도 치르지 못한 채 개령사開寧寺 옆에다 묻어 주고 오늘에 이르게 되었네. 오늘이 벌써 대상 날이라 절에서 재齋를 올려 명복이나 빌어 줄까 해서 가는 길일세. 자네가 약속을 지키려거든 내 딸을 기다리고 있다가 같이 오게. 그리고 조금도 놀라지 말게."

주인은 말을 마치고 보련사로 먼저 떠났다. 양생은 그 자리에 우두커니 서서 여인을 기다렸다. 과연 약속한 시간이 되자 여인은 시녀를 데리고 양생에게 왔다. 그들은 손을 잡고 기뻐하며 보련사로 갔다.

여인은 절 안에 들어서자 부처에게 절을 올리고 하얀 휘장 안으로 들어갔다. 부모와 친척, 승려들은 모두 여인을 보지 못했다. 오직 양생의 눈에만 보일 뿐이었다. 여인은 양생에게 말했다.

"저녁이나 드시지요."

양생은 여인의 말을 그녀의 부모에게 전했다. 그 부모는 시험 삼아 함께 밥을 먹자고 했다. 오직 수저가 그릇에 부딪치는 소리만 들렸는데 인간이 먹는 소리와 다를 바 없었다. 여인의 부모는 이에 탄식해 마지않더니 양생에게 장막 옆에서 여인과 함께 자도록 권했다. 밤중에 양생과 여인의 이야기 소리가 들렸지만, 사람들이 가만히 엿들으려고 하면 곧 그쳤다.

여인이 양생에게 말했다.

"제가 처녀로서의 법도를 어겼다는 것은 잘 알고 있습니다. 어릴 때 『시경』과 『서경』을 읽었으므로 예의에 대해서는 조금이나마 알고 있습니다. 그러나 다북쑥이 우거진 깊은 골에 너무 오랫동안 묻혀 버림받은 몸이 되고 보니 사랑의 욕구가 피어올라 걷잡을 수 없게 된 것입니다. 지난번 절에 가서 부처님께 향불을 올리고 박명한 인생을 탄식했더니 뜻밖에도 삼세三世 전세·현세·내세의 인연을 만나게 되었습니다. 검소한 아내로서 서방님을 받들고 평생 절개를 지키며, 술을 빚고 옷을 꿰매며 지어미의 도리를 다하려 했습니다. 그러나 한스럽게도 업보를 피할 수 없어 즐거움을 다하지도 못한 채 저승으로 가야만 합니다. 이제는 떠나야 할 때입니다. 구름과 비는 해 뜨는 곳에서 사라지듯, 까마귀와 까치들이 은하에서 흩어져 견우직녀가 헤어지듯, 이제는 헤어져야 하니 훗날 다시 만날 것을 기약할 수 없습니다. 이별이 닥치니 처량하고 아득해 어찌할 바를 모르겠습니다."

여인의 혼이 떠날 때 울음소리가 끊이지 않더니 혼이 문밖에 이르러서는 은은한 노랫소리만 들려왔다.

저승 가는 길 임박했으니
슬프게 떠나야 하네
우리 임에게 비오니
날 버리지는 마옵소서
애달프구나, 우리 부모
나의 짝을 못 지었으니
아득한 구천九泉 '땅속 깊은 밑바닥'이란 뜻으로, 죽은 뒤에 넋이 돌아가는 곳을 이르는 말에서
마음에 한이 맺히겠네

노랫소리가 점점 작아지면서 목메어 우는 소리와 분별할 수가 없게 되었다. 여인의 부모는 그제야 모든 일이 사실임을 알고 더 이상 의심하지 않았다. 양생 또한 여인이 귀신임을 알고 더욱 슬픔이 북받쳐 여인의 부모와 함께 머리를 맞대고 울었다.

여인의 부모가 양생에게 말했다.

"은주발은 자네에게 맡기겠네. 그리고 내 딸 몫으로 둔 밭 몇 마지기와 노비 몇 사람을 신표로 줄 테니 자네는 그것을 받고 내 딸을 잊지 말게."

이튿날 양생은 고기와 술을 준비해 개령동을 찾아갔다. 그곳에는 과연 임시로 만든 듯한 무덤 하나가 있었다. 양생은 가져간 제물을 차려 놓고

슬피 울었다. 양생은 무덤 앞에서 지전을 불사르고 장례를 치른 뒤 제문을 지어 위로했다.

"아아, 임이시여. 당신은 태어날 때는 온순했고 자라면서는 얼굴이 맑디 맑았소. 자태는 서시西施중국 월나라 미인 같았고, 문장은 숙진淑眞중국 송나라 때 여류 시인보다 나았으며, 규방 밖에는 나가지 않고 가정 교육을 잘 받았소. 난리를 겪으면서 정조를 지켰지만 왜구의 손에 목숨을 잃었구려. 다북쑥 무성한 골에 홀로 묻혀 지내면서 꽃 피고 달 밝은 밤에 마음이 얼마나 아팠겠소. 봄바람에 애가 끊어지면 두견새의 피울음을 슬퍼했고, 가을밤 찬 서리에는 버림받은 비단 부채를 보며 탄식했겠구려. 지난날 하룻밤 당신을 만나 두 마음이 얽혀 이승과 저승이 다름에도 물 만난 고기처럼 즐거움을 다했소. 장차 백 년을 함께 지내려 했건만 하룻저녁에 헤어지게 될 줄이야 어찌 알았겠소? 그대는 달나라에서 난새중국 전설에 나오는 상상의 새를 타는 선녀가 되고 무산巫山에 비를 내리는 신녀가 될 것이니 땅이 어두워서 돌아오기도 어렵고 하늘이 아득해서 바라보기도 어렵겠구려. 나는 집에서도 멍해 말을 못하고, 밖에서도 아득해 갈 곳이 없다오. 영혼을 모신 휘장을 볼 때마다 흐느껴 울고 술을 마실 때에는 마음이 더욱 슬퍼진다오. 아름다운 당신의 모습 눈에 선하고, 낭랑한 당신의 목소리 귀에 들리는 듯하오. 아아, 슬프구려! 총명한 당신의 성품, 말쑥한 당신의 기상. 몸은 비록 흩어져 사라졌지만 혼령이야 어찌 없어지겠소? 이곳으로 내려와 뜰에 오르시고 내 옆에서 슬픔을 위로하소서. 비록 생과 사는 다르지만 이 글을 읽는 당신은 감동하리라 믿소."

양생은 장례를 지낸 후에도 슬픔을 이기지 못했다. 양생은 집과 땅을 모두 팔아 절로 들어가 사흘 내리 저녁 불공을 올렸다. 하루는 여인이 나타나 양생을 부르며 말했다.

"서방님이 정성껏 올리신 불공 덕에 저는 이미 다른 나라에서 남자의 몸으로 태어났습니다. 저승과 이승은 가로막혀 있지만 서방님의 은혜에 깊은 감사를 드립니다. 서방님께서도 이제 다시 착한 업을 닦으시어 저와 함께 속세의 티끌에서 벗어나십시오."

그 뒤 양생은 다른 여자와 결혼하지 않고 지리산으로 들어가 약초를 캐면서 혼자 살았다. 양생이 언제 어디서 세상을 떠났는지는 아무도 알지 못했다.

만복사저포기

📝 작가 소개

김시습(金時習, 1435~1493)

자는 열경悅卿이고 호는 매월당梅月堂이다. 조선 전기의 문인으로 유불선 사상을 폭넓게 받아들였고 생육신의 한 사람이기도 하다. 어려서부터 시와 경서에 뛰어나 세종의 총애를 받았으나, 단종 폐위 후 충격을 받아 승려가 되어 방랑의 세월을 보냈다. 여러 차례에 걸쳐 세조의 소명을 거절하고 입산해 금오산실金鰲山室을 짓고 살았다. 47세에 환속還屬 이전의 소속으로 다시 돌려보냄됐으나 왕비 윤씨의 폐비 사건으로 다시 방랑길에 올랐다가 59세에 충청남도 부여의 무량사에서 세상을 떠났다. 저서로 시문집『매월당집梅月堂集』과 한국 최초의 한문 소설집인 『금오신화金鰲神話』가 있다.

📝 작품 정리

- **갈래** 한문 소설, 애정 소설, 시애屍愛 산 사람과 죽은 사람의 사랑을 그림 소설, 명혼 소설, 단편 소설
- **성격** 전기적, 환상적, 낭만적
- **배경** 시간 – 조선 전기(15세기 후반) / 공간 – 전라도 남원의 만복사
- **시점** 3인칭 전지적 작가 시점
- **구성** '발단 – 전개 – 위기 – 절정 – 결말'의 5단계 구성
- **특징** • 인간 문명에 대한 통찰이 나타남
  - 세상의 부조리를 비판함
  - 한문 문어체의 미사여구를 사용함
  - 운문을 이용해 정서 표현을 극대화함

- **제재** 남녀 간의 사랑
- **주제** 이승과 저승을 넘나드는 남녀 간의 사랑
- **의의** • 우리나라 최초의 한문 소설임
  • 대부분의 고전 소설과 달리 비극적인 결말을 보여 줌
- **연대** 조선 세조 때
- **출전** 『금오신화』

🖋 구성과 줄거리 -

- **발단** **혼자 외롭게 살아가는 양생**

  남원 서생 양생은 만복사에서 혼자 외롭게 살아간다. 어느 날 그는 부처님과 저포 놀이를 한다. 놀이에서 이긴 양생은 배필을 점지해 달라는 소원을 부처님에게 빈다.

- **전개** **양생과 여인의 만남 그리고 구애**

  마침내 양생의 앞에 아름다운 여인이 나타나고 양생은 여인과 마음이 통해 그날로 남녀의 인연을 맺는다. 양생은 여인의 집에 사흘간 머물며 융숭한 대접을 받고 꿈처럼 달콤한 시간을 보낸다.

- **위기** **양생과 여인의 이별**

  사흘이 지나자 여인은 이제 헤어져야 할 시간이라며 양생에게 은주발 하나를 준다. 그리고 다음 날 보련사로 가는 길가에 서 있다가 자신의 부모님을 만나 인사를 드리라고 양생에게 부탁한다.

- **절정** **죽은 여인을 위한 제사**

  다음 날 양생은 여인이 시킨 대로 보련사 가는 길가에 서 있다가 그녀의 부모님을 만난다. 부모님을 통해 여인이 왜구들의 손에 죽임을 당한 처녀의 환신임을 알게 된다. 양생은 여인을 다시 만나고, 그곳에서

여인과 하룻밤을 보낸다. 이튿날 양생은 여인을 위한 제를 올리고 두 사람은 영원한 이별을 한다.

- **결말   양생이 속세를 떠남**

    양생은 여인과 이별한 뒤 속세를 등지고 지리산으로 들어간다. 그곳에서 혼자 약초를 캐며 살다가 죽는다.

🖊 생각해 보세요 --

1 이 작품에 삽입된 시의 역할은 무엇인가?

시를 소설 속에 삽입하는 것은 흔한 일이다. 소설 속에 삽입된 시는 앞으로 일어날 사건을 암시하기도 하고, 인물의 성격이나 주제를 간접적으로 제시하기도 한다. 본래 소설은 전하고자 하는 메시지를 확산시키고, 시는 메시지를 응축시킨다. 따라서 작품 속에 시를 삽입하는 것은 메시지 전달 효과를 극대화하기 위한 장치로 볼 수 있다. 또 시를 통해 상황에 따른 주인공의 심리를 묘사하기도 한다.

2 이 작품의 창작 배경은 어떻게 되는가?

김시습이 부모를 잃고 외가에서 자란 점이나 불교에 심취했다는 점, 속세와 인연을 끊고 금오산에 들어가 혼자 살았던 점 등은 주인공 양생의 삶과 유사하다. 여인이 왜구에게 죽임을 당하면서까지 정조를 지킨 것은 김시습이 세조의 왕위 찬탈에 맞서 단종에게 충성하려는 의지를 나타낸 것이라고 할 수 있다. 따라서 남녀의 시공을 초월한 사랑을 통해 세조의 부당한 횡포를 고발하려는 의도가 숨어 있다고 볼 수 있다.

인물관계도

부모

(중매인을 보냄)

부모

(꾸짖음)

(상사병 호소)

이생

최랑

저(이생)와 최랑은 사랑하는 사이였어요. 이를 눈치챈 부모님 때문에 최랑과 저는 헤어지게 되었지요. 최랑이 상사병에 걸리자, 최랑 부모님이 저희 부모님을 설득해 우리는 혼인하게 되었어요. 홍건적의 난 때 최랑은 죽고, 저는 최랑의 환신을 만나게 되었지요. 우리는 3년을 행복하게 지낸 뒤 이별했어요. 저는 최랑의 시체를 찾아 장사 지내 주었지요.

이생규장전 李生窺牆傳

송도松都 개성의 옛 이름 낙타교駱駝橋 고려 때 개경의 동남쪽에 있던 다리 인근에 이씨 성을 가진 서생이 살고 있었다. 그는 나이 열여덟에 풍채가 말쑥하고 재주가 뛰어나 일찍부터 국학國學 탄현문 안에 있던 성균관에 다녔으며, 길을 걸으면서도 시서詩書를 읽었다.

송도 선죽리善竹里 선죽교 인근 마을의 한 귀족 가문에는 최씨 처녀가 살고 있었다. 나이는 열대여섯쯤 되었는데 자태가 아름답고 수도 잘 놓았으며 시와 문장도 잘 지었다. 세상 사람들은 이들을 칭찬해 이렇게 노래를 불렀다.

> 풍류를 아는구나, 이씨 집안 총각
> 아름답구나, 최씨 집안 처녀
> 그 재주와 그 얼굴을
> 누구인들 찬탄치 않으리오

이생은 국학에 갈 때마다 최씨 집 북쪽 담을 지나갔다. 수십 그루의 수양버들이 간들간들 늘어져 담을 둥글게 둘러싸고 있는 곳이었다. 어느 날 수양버들 아래에서 쉬게 된 이생이 담장 안을 엿보았는데, 이름난 꽃들이 활짝 핀 정원에 벌들이 날아다니고 새들이 지저귀고 있었다. 꽃들 사이로는 작은 누각이 은은하게 비쳤다. 구슬발로 반쯤 가린 누각에는 비단 휘장이 낮게 드리워졌는데, 한 아름다운 처녀가 수를 놓다가 잠시 손을 멈추더니 턱을 괴고 시를 읊었다.

사창紗窓 깁으로 바른 창에 기대앉아 수놓기도 더딘데
숲 속에 꾀꼬리 소리 다정도 해라
소리 없는 봄바람을 부질없이 원망하며
조용히 바늘을 멈추고 생각에 잠겼어라

저기 가는 저 총각은 어느 집 도련님일까?
푸른 옷깃 넓은 띠, 버들가지 사이로 비치네
이 몸이 죽어서 제비라도 된다면
구슬발 가볍게 걷고 담장 위를 날아 넘으리

이생은 처녀가 읊은 시를 듣고 마음이 조급해 참을 수 없었다. 그러나 그 집의 담은 높고 안채는 깊숙한 곳에 있었다. 이생은 어쩔 수 없이 서운한 마음을 품은 채 국학으로 갔다. 그리고 돌아오는 길에 흰 종이 한 장에다 시 세 수를 써서 기와 조각에 매달아 담장 안으로 던져 넣었다.

무산巫山 열두 봉우리 첩첩이 감싼 안개
그 위로 솟은 봉우리 붉고도 푸르구나
양왕襄王의 외로운 꿈을 수고롭게 하지 마오
구름 되고 비가 되어 양대陽臺에서 만나 보세

사마상여司馬相如 중국 전한 때의 문인가 되어 탁문군卓文君 사마상여의 연인을 꾀어내듯

마음속에 품었던 생각 이미 넘쳐흘렀네

붉은 담장 위의 복사꽃과 오얏꽃은 요염한데

바람에 날려서 어디로 떨어지나

좋은 인연 되려는지 나쁜 인연 되려는지

부질없는 이내 시름 하루가 일 년 같네

스물여덟 자 시로써 인연을 맺었으니

어느 날 남교藍橋에서 신선을 만나려나

최랑은 몸종 향아를 시켜서 편지를 주워다 보았다. 바로 이생이 지은
시임을 확인하고 기쁜 마음에 두세 번 거듭 읽었다. 최랑은 종이쪽지에
여덟 자를 써서 담장 밖으로 던졌다.

'임이여, 의심 마세요. 황혼 녘에 만나기로 해요.'

황혼이 되자 이생은 최랑의 집으로 찾아갔다. 담장 아래 이르니 문득
복사꽃 가지 하나가 넘어오면서 하늘거리는 그림자가 나타났다. 이생이
살펴보니 그넷줄에 매달린 대바구니가 아래로 늘어뜨려지는 것이었다.
이생은 그 줄을 잡고 담을 넘었다.

마침 달이 동산에 떠오르고 꽃 그림자가 드리워지며 맑은 향내가 그
윽하게 풍겨 왔다. 이생은 신선계에 들어온 듯 기뻤지만, 사랑 때문에 몰
래 숨어 들어온 일을 떠올리자 머리칼이 곤두섰다. 이생이 좌우를 둘러
보니 최랑이 꽃떨기 속에서 향아와 함께 꽃을 꺾어 머리에 꽂고 구석진
곳에 자리를 마련해 앉아 있었다. 최랑은 이생을 보고 방긋 웃으며 시 두
구절을 먼저 읊었다.

복사와 오얏 가지 사이로 꽃송이 탐스럽고
원앙금침 베개 위에 달빛도 고와라

이생은 최랑의 뒤를 이어 시를 읊었다.

어느 때인가 봄소식이 새 나간다면
무정한 비바람에 더욱 가련해지리

최랑은 얼굴빛이 변하며 이생에게 말했다.

"저는 본디 도련님과 부부가 되어 영원히 즐거움을 누리려고 했습니다. 그런데 당신은 어찌 그렇게 말씀하십니까? 저는 비록 여자의 몸이지만 아무 의심 없이 태연한데 장부의 의기를 가지고도 어찌 그런 말씀을 하십니까? 규방의 일이 누설되어 친정에서 꾸지람을 듣더라도 저 혼자 책임을 지겠습니다. 향아야, 술과 안주를 가져오너라."

향아가 최랑의 분부를 받고 술과 안주를 가지러 가자 사방이 고요해 아무런 인기척도 없었다. 이생이 최랑에게 물었다.

"이곳은 어디입니까?"

최랑이 대답했다.

"이곳은 뒷동산에 있는 작은 누각 아래이지요. 저희 부모님께서 외동딸인 저를 사랑하시어 부용지芙蓉池 못가에다 이 누각을 따로 지어 주셨지요. 봄이 되어 꽃들이 활짝 피면 몸종 향아와 함께 즐겁게 경치를 즐기라고 하신 것입니다. 부모님이 계신 곳은 여기서 멀기 때문에 웃고 크게 이야기해도 쉽게 들리지 않는답니다."

최랑은 술 한 잔을 따라 이생에게 권하고 고풍시古風詩 한 편을 읊었다.

부용못 푸른 물을 난간에서 굽어보니

물 위의 연꽃 무리, 사람과 더불어 속삭이네

향기로운 안개 자욱하고 봄빛이 화창한데

새 노래 지어 백저사白紵詞 남녀 간의 사랑을 노래한 진나라 때 악부 이름를 불러 보네

꽃그늘에 달빛이 비껴 방석에 스며들고

긴 가지 잡아당기니 붉은 꽃비가 떨어지네

바람이 향내를 날려 옷자락에 묻어나고

첫봄을 맞은 아가씨 봄볕 속에 춤추네

비단 소매 가볍게 해당화를 스쳤다가

꽃 사이에 졸고 있던 앵무새만 깨웠네

이생도 바로 시를 지어 화답했다.

도원桃源에 몰래 드니 복사꽃 만발한데

사모하는 이내 마음 말로 다 할 수 없네

구름같이 쪽 찐 머리에 금비녀 낮게 꽂고

산뜻한 봄 적삼을 새로 지어 푸르구나

봄바람 산들 불어 꽃가지를 꺾었으니

많고 많은 꽃가지에 비바람아 불지 마오

선녀의 소맷자락 나부끼니 그림자도 하늘거리고

계수나무 그늘 속에서는 항아姮娥 달 속에 있다는 전설 속의 선녀가 춤을 추네

좋은 일 마치기 전에는 시름이 따를 테니

함부로 새 곡조 지어 앵무새에게 가르치지 마오

최랑은 술자리가 끝나자 이생에게 말했다.

"오늘의 일은 분명 작은 인연이 아닙니다. 저를 따라오셔서 정을 맺는 것이 좋겠습니다."

최랑은 말을 마치고 북쪽 창문으로 들어갔다. 이생도 최랑의 뒤를 따라갔다. 누각에 달린 사다리를 타고 올라가니 그 안에 방이 있었다. 방 안에는 문방제구와 책상이 말끔했고 한쪽 벽에는 연강첩장도烟江疊嶂圖 안개가 자욱하게 낀 강 너머로 산봉우리가 보이는 그림와 유황고목도幽篁古木圖 그윽한 대숲과 고목을 그린 그림가 걸려 있었다. 모두 이름난 그림들이었다. 그림 위에는 시가 씌어 있었는데 누가 지은 시인지는 알 수 없었다.

첫 번째 그림에는 이런 시가 씌어 있었다.

어떤 사람의 붓 끝에 힘이 넘쳐

깊은 강 첩첩산중을 이렇게 그렸던가

웅장하구나, 삼만 길의 방호산方壺山 신선이 산다는 삼신산 중의 하나

아득한 구름 사이로 반쯤만 드러났네

저 멀리 산자락 몇백 리까지 뻗었는데

푸른 소라처럼 쪽 찐 머리가 가까이 보이네

끝없이 푸른 물결 하늘가에 닿았는데

저녁노을 바라보니 고향이 그리워라

이 그림 바라보니 사람 마음이 쓸쓸해져

소상강 비바람에 배 띄운 듯해라

두 번째 그림에는 이런 시가 씌어 있었다.

그윽한 대숲에서는 가을 소리가 들리는 듯

비스듬히 솟은 고목들 사모의 정을 품었어라

구부러진 늙은 뿌리에는 이끼가 끼어 있고

굵고 곧은 가지는 바람과 천둥을 이겨 왔네

마음속에 담겨 있는 조화가 끝없으니

미묘한 이 풍경을 누구에게 말할 텐가

위언韋偃 노송과 괴석을 잘 그린 중국 당나라 때 화가과 여가與可 중국의 화가도 이미 귀신

이 되었으니

드높은 조화로움을 아는 이가 몇이려나?

활짝 갠 창 너머로 그윽이 마주보니

삼매경에 든 필법이 못내 사랑스러워라

한쪽 벽에는 사계절의 경치를 읊은 시가 각각 네 수씩 붙어 있었는데 그 역시 누가 지었는지는 알 수 없었다. 글씨는 송설松雪 중국 원나라 서예가인 조맹부의 호의 서체를 본받아 정교하고 단정했다.

그 첫째 폭에는 이런 시가 씌어 있었다.

연꽃 그림 휘장은 따뜻하고 은은한 향내는 실 같은데

창밖에 붉은 살구꽃이 비 내리듯 뿌려지네

누대에서의 하룻밤 꿈 파루罷漏 새벽이 시작되는 인시에 쇠북을 서른세 번 타종함 소리

에 깨고 보니

개나리 무성한 둑에 때까치가 울어 대네

제비 새끼 커 가는데 규방 깊숙이 들어앉아

귀찮은 듯 말도 없이 금바늘을 멈추었네

꽃 아래로 쌍쌍이 나는 나비들

그늘진 동산에서 지는 꽃을 따라가네

꽃샘추위가 초록 치마를 스쳐 가니

무정한 봄바람에 이내 간장 끊어지네

말 없는 심정을 그 누가 알아줄까?

온갖 꽃 만발한 뜰에 원앙새가 춤추는구나

깊어 가는 봄빛이 세상에 가득한데

붉은 꽃잎 푸른 나뭇잎 사창紗窓에 비치었네

뜰의 꽃과 풀들은 봄기운을 이기지 못해

주렴珠簾 구슬 따위를 꿰어 만든 발을 가볍게 걷고 지는 꽃을 바라보네

두 번째 폭에는 이런 시가 씌어 있었다.

피어나는 밀싹 위로 제비 새끼 날아드는데

남쪽 뜰 곳곳엔 석류꽃이 피었구나

푸른 창가에 앉아 길쌈실을 내어 옷감을 짜는 일하는 아가씨는

붉은 비단을 마름질해 새 치마를 짓는다네

매화 열매 익는 철에 부슬부슬 비가 내리는데

홰나무 그늘에 꾀꼬리 울고 제비는 주렴으로 날아드네

한 해 봄 풍경은 또 한 번 시들어 가니

고련꽃 떨어지고 죽순이 솟아나네

푸른 살구 가지 손에 쥐고 꾀꼬리를 깨우니

남쪽 난간에 서늘한 바람 해그림자 더디어라

연잎 향기롭고 못에 물이 가득한데

푸른 물결 깊은 곳에서 원앙이 목욕하네

등藤 콩과의 낙엽 덩굴성 식물 평상 대자리에 무늬가 물결 지고

소상강瀟湘江 그린 병풍에는 구름이 한 자락 있네

고달픔 못 이겨 낮 꿈을 깨고 나니

창가에 비낀 햇살이 뉘엿뉘엿 넘어가네

세 번째 폭에는 이런 시가 씌어 있었다.

가을 바람 쌀쌀한데 찬 이슬이 맺히고

달빛은 고와서 물빛 더욱 푸르구나

한 소리 또 한 소리 기러기 울며 돌아가는데

우물에 오동잎 지는 소리 다시금 듣고파라

평상 밑에서는 온갖 벌레 구슬프게 울어대고

평상 위에서는 어여쁜 아가씨가 구슬 눈물을 떨구네

만 리 밖 싸움터에 가신 임에게도

오늘밤 옥문관玉門關에 달빛이 환하겠지

새 옷을 마르려니치수에 맞게 자르려니 가위가 차가워라

나직이 시녀 불러 다리미를 청했지만

다리미에 불 꺼진 걸 미처 알지 못하다가

나직이 혀를 차고 머리를 긁적이네

작은 못에 연꽃 지고 파초 잎도 누레지니
원앙 그린 기왓장이 첫서리에 젖었네
묵은 시름 새 원한을 막을 길이 없는데
귀뚜라미 울음소리 골방에 들리네

네 번째 폭에 쓰인 시는 이러했다.

매화 가지 그림자 하나가 창가로 뻗었는데
바람 센 서쪽 행랑에 달빛 더욱 밝아라
화롯불 아직 살아 부저로 뒤적이고는
아이를 불러다 차솥을 바꾸라네

밤 서리에 놀란 잎이 자주 흔들리고
돌개바람이 눈을 날려 긴 마루로 들어오네
임 그리는 마음에 밤새도록 뒤척이니
빙하氷河가 어디런가, 그 옛날 전쟁터일세

창에 가득한 붉은 햇볕 봄날처럼 따뜻한데
시름에 잠긴 눈썹에 졸음까지 더하네
병에 꽂힌 작은 매화는 필 듯 말 듯하는데
수줍어 말 못하고 원앙새만 수를 놓네

쌀쌀한 서리 바람이 북쪽 숲을 스치는데

처량하게 우는 까마귀 근심만 더해 주네

등불 앞에 임 생각 눈물 되어 흐르니

가는 실에 떨어져 바늘 꿰기 힘이 드네

한쪽에는 작은 방 하나가 따로 있었는데 휘장, 요, 이불, 베개들이 아주
깨끗했다. 휘장 밖에는 사향을 태우고 난향蘭香 기름으로 촛불을 밝혀 놓
았는데 대낮처럼 밝았다. 이생은 최랑과 마음껏 즐거움을 누리면서 여
러 날을 머물렀다. 그러던 어느 날 이생이 최랑에게 말했다.

"옛 성현들 말씀에 어버이가 계시면 나가 놀더라도 반드시 가는 곳을
알려야 한다고 했소. 오늘로서 내가 집을 떠난 지 사흘이나 되어 부모님
께서 기다리실 테니 어찌 자식 된 도리라 할 수 있겠소?"

최랑은 서운하게 여기면서도 고개를 끄덕이고 담을 넘어 보내 주었다.
이생은 그 후로 저녁마다 최랑을 찾아갔다. 그러던 어느 날 이생의 아버
지는 이생을 꾸짖으며 말했다.

"네가 아침에 나갔다가 저녁에 돌아오는 것은 옛 성현의 어질고 의로
운 가르침을 배우기 위해서다. 그런데 요즘은 저녁에 나갔다가 새벽에
돌아오니 이게 어떻게 된 일이냐? 필시 경박한 놈들의 행실을 배워 남의
집 아가씨나 엿보고 다니는 것이 아니냐? 이런 일이 사람들에게 알려지
면 남들은 모두 내가 자식을 엄하게 가르치지 못했다고 할 것이다. 또 그
처녀도 지체 높은 집안의 딸이라면 반드시 너의 분별없는 짓 때문에 가
문에 누를 입히게 될 것이다. 남의 집에 죄를 지었으니 너의 잘못이 작지
않다. 영남으로 내려가서 종들이 농사하는 것이나 감독하거라. 그리고
다시는 돌아오지 말거라."

이튿날 이생의 아버지는 이생을 울주蔚州 울산의 옛 이름로 내려보냈다. 최랑은 저녁마다 화원에서 이생을 기다렸지만 여러 달이 되어도 이생은 돌아오지 않았다. 최랑은 이생이 병에 걸린 게 아닌가 하여 향아를 시켜 이생의 근황을 몰래 이웃들에게 물어 오게 했다. 이웃 사람들이 이렇게 대답했다.

"그 집 도령은 아버지에게 죄를 지어 영남으로 떠난 지가 벌써 여러 달이나 되었다오."

최랑은 이 소식을 듣고 병이 들어 자리에서 일어나지도 못하고 음식도 먹지 못했다. 말을 해도 알아듣지 못하고 얼굴이 점점 초췌해졌다. 최랑의 부모가 이상히 여겨 물었지만 최랑은 아무런 말도 하지 않았다. 하지만 부모가 딸의 방 안에 있는 상자 속을 들추어 보았더니 이생과 주고받은 시들이 있었다. 최랑의 부모는 그제야 놀라 무릎을 치며 말했다.

"어이구, 자칫하면 우리 딸자식을 잃어버릴 뻔했구려."

그러고는 최랑에게 물었다.

"이생이 누구냐?"

이렇게 되자 최랑도 더 이상 숨길 수 없어 기어드는 목소리로 부모에게 말했다.

"부모님께서 길러 주신 은혜가 깊사온데 어찌 사실을 숨기겠습니까? 생각해 보니 남녀가 사랑을 느끼는 것은 인간의 정리情理 중에서도 가장 중요합니다. 그러므로 '떨어지는 매화 열매처럼 좋은 날을 놓치지 말라.'고 한 말은 『시경詩經』의 「주남周南」 편에도 나타나고, '여자가 정조를 지키지 못하면 흉하다'고 『역경易經』에서도 경계했습니다. 그런데 저는 사내와 눈이 맞아 죄가 이미 가득 찼으니 집안에 누를 끼치고 말았습니다. 또한 아름다운 도련님과 정을 통한 뒤부터는 도련님에 대한 원망이 천만 번 생기게 되었습니다. 연약한 몸으로 괴로움을 참으며 홀로 살아가려니 사모하는 마음은 나날이 깊어 가고 아픈 상처가 나날이 더해 죽을 지경에 이르렀습니다. 이제는 원한 맺힌 귀신이 될 것 같습니다. 부모님께서 제 소원을 들어주신다면 남은 목숨을 보존하게 될 것이나 거절하신다면 죽음만이 있을 뿐입니다. 이생 도련님과 저승에서 다시 만나 노닐지언정 맹세코 다른 가문으로 시집가지는 않겠습니다.”

일이 이렇게 되자 부모도 딸의 굳은 뜻을 알게 되었다. 그들은 최랑의 병에 대해 두 번 다시 묻지 않고 딸의 마음을 달랬다. 그리하고는 중매인을 시켜 예를 갖추어 이생의 집으로 보냈다. 이생의 아버지는 최씨 가문이 얼마나 번성한지 물은 뒤에 말했다.

“우리 집 아이가 비록 어린 나이에 바람이 났지만 학문에 정통하고 신수가 제법 훤합니다. 아마도 앞으로 장원 급제를 할 것이며 훗날 이름을 세상에 떨칠 것이니 서둘러 혼처를 정하고 싶지 않습니다.”

중매인이 돌아가서 그대로 아뢰자 최씨는 다시 중매인을 보내어 말하게 했다.

“지금 친구들이 모두 그 댁 아드님이 재주가 남달리 뛰어나다고 칭찬하고 있습니다. 아직은 똬리를 틀고 있지만 어찌 끝까지 연못 속에 잠겨만 있겠습니까? 빨리 혼삿날을 정해 두 집안의 즐거움을 이루는 것이 좋겠습니다.”

중매인이 가서 최랑 부모의 말을 전했더니 이생의 아버지가 말했다.

“나도 젊었을 때부터 책을 읽고 학문을 닦았지만 다 늙도록 성공하지 못했소. 종들도 흩어지고 친척도 도와주지 않아 살림도 신통치 않고 궁색해졌소. 그러니 문벌 좋고 번성한 집안에서 어찌 한갓 빈한한 선비를 사위로 삼으려 하시겠소? 이는 반드시 일 만들기 좋아하는 이들이 우리 집안을 지나치게 칭찬해서 귀댁을 속이려는 것일 거요."

중매인이 돌아와서 이생 아버지의 말을 최씨 집안에 전하자 최씨 집안에서는 이렇게 말했다.

"혼례를 치르기 위한 모든 절차와 예물은 모두 저희 집에서 갖추겠습니다. 좋은 날을 가려서 화촉의 시기만 정해 주시면 좋겠습니다."

상황이 이쯤 되자 이씨 집에서도 고집을 꺾을 수밖에 없었다. 이생의 아버지는 사람을 보내 이생을 불러다 그의 뜻을 물었다. 이생은 기쁨을 이기지 못하고 곧 시 한 수를 지었다.

> 쪼개진 거울이 다시 둥글게 되니 만남도 때가 있어
>
> 은하수에 오작교가 우리 만남을 돕는구나
>
> 이제야 월하노인月下老人 부부의 인연을 맺어 준다는 전설상의 노인이 붉은 실을 잡아
>
> 매었으니
>
> 봄바람이 불더라도 소쩍새를 원망 마소

최랑은 이생의 시를 듣고 병세가 차츰 나아져 답시를 지었다.

> 나쁜 인연이 좋은 인연 되어
>
> 그 옛날 맹세가 마침내 이루어졌네
>
> 임과 함께 작은 수레 끌고 갈 날 그 언제일까?
>
> 아이야, 나를 일으켜 다오. 내 꽃 비녀를 손질하련다

길한 날을 가려 마침내 혼례를 올리니 끊어졌던 사랑이 다시 이어지게 되었다. 그들은 부부가 된 후에 서로 사랑하면서 공경해 마치 손님처럼

대하니 비록 그 옛날의 양홍梁鴻과 맹광孟光 중국 후한 시대에 부부의 본으로 알려진 인물들이라도 그들의 절개와 의리를 따를 수가 없었다. 이생이 이듬해 문과에 급제해 높은 벼슬에 오르자 그의 이름이 조정에 알려졌다.

신축년辛丑年 고려 공민왕 10년에 홍건적紅巾賊 중국 원나라 말기에 머리에 붉은 수건을 쓰고 일어났던 도적의 무리이 서울을 침략하자 임금은 복주福州 지금의 안동로 피난을 갔다. 적들은 집을 불태워 없애 버렸으며 사람을 죽이고 가축은 잡아먹었다. 부부와 친척끼리도 서로를 보호하지 못했고 동서로 달아나 각자 살길을 찾는 수밖에 없었다. 이생은 가족을 이끌고 외진 산골로 숨었는데 한 무리의 도적이 칼을 빼어 들고 뒤를 쫓아왔다. 이생은 달아나 목숨을 건졌지만 최랑은 도적에게 사로잡혔다. 도적이 최랑을 겁탈하려 하자 최랑은 크게 꾸짖었다.

"호랑이에게 잡아먹힌 귀신 같은 놈들아. 나를 죽여 씹어 먹어라. 내 차라리 죽어서 이리의 배 속에 들어갈지언정 어찌 개돼지 같은 놈의 짝이 되겠느냐?"

도적이 크게 화가 나서 최랑을 죽이고 살을 도려내 황야에 뿌렸다. 이생은 거친 들판에 숨어서 겨우 목숨을 보전하다가 도적이 도망갔다는 소식을 듣고 부모님이 사시던 옛집을 찾아갔다. 그러나 집은 이미 난리 통에 불타 없어진 뒤였다. 또 최랑의 집에도 가 보았더니 행랑채는 황량했으며 쥐와 새들의 울음소리만 요란했다. 이생은 슬픔을 이기지 못해 눈물을 흘리며 길게 한숨을 쉬었다. 날은 저물어 가는데 우두커니 홀로 앉아 지난날을 생각해 보니 모두가 한바탕 꿈인 것만 같았다.

이경二更 오후 아홉 시부터 열한 시 사이이 되자 희미한 달빛이 깔리는데 어디에선가 발자국 소리가 들려왔다. 발자국 소리는 멀리서부터 차츰 가까이 다가왔다. 가까이에서 보니 바로 최랑이었다. 이생은 최랑이 이미 죽은 것을 알고 있었지만 너무도 사랑하는 마음에 의심하지 않고 물었다.

"당신은 어디로 피난을 가서 목숨을 보전했소?"

최랑은 이생의 손을 잡고 구슬피 울더니 사정을 이야기했다.

"저는 본디 양가의 딸로서 어릴 때부터 어버이의 가르침을 받아 수놓기와 바느질에 힘썼고, 시서와 예법을 배웠습니다. 그러니 규방의 법도만 알 뿐 바깥의 일이야 어찌 알겠습니까? 그런데 마침 서방님이 붉은 살구꽃이 핀 담장 안을 엿보신 후 저는 스스로 서방님께 몸을 의탁했지요. 꽃 앞에서 한 번 웃고 평생의 가약을 맺었고, 휘장 속에서 다시 만날 때에는 그 사랑이 백 년을 넘쳐흘렀습니다. 아아, 이렇게 말하고 보니 슬프고도 부끄러워 견딜 수가 없군요. 장차 백 년을 함께하자고 했는데, 횡액橫厄 뜻밖에 닥쳐오는 불행을 만나 도랑으로 곤두박질할 줄이야 어찌 알았겠습니까? 늑대 같은 놈들에게 끝까지 정조를 잃지 않았지만 제 몸은 진흙탕에서 찢겨졌답니다. 저는 당신과 외딴 산골에서 헤어진 뒤 짝 잃은 외기러기 신세가 되었지요. 집도 없어지고 부모님도 돌아가셨으니 피곤한 혼백을 의지할 곳도 없어졌습니다. 절개는 무겁고 목숨은 가벼우니 쇠잔한 몸뚱이일망정 치욕을 면한 것만이라도 다행스럽게 여겼지요. 그러나 마디마디 끊어진 제 마음을 그 누가 불쌍하게 여겨 주겠어요? 애끓는 썩은 창자에만 맺혀 있을 뿐이지요. 해골은 들판에 내던져졌고 간과 쓸개는 땅바닥에 널려졌으니 가만히 옛날의 즐거움을 생각해 보면 오늘의 슬픔을 위한 것이 아니었나 여겨집니다. 이제 봄바람이 깊은 골짜기에 불어오기에 저도 이승으로 돌아왔지요. 서방님과 저는 봉래산 십이 년의 약속으로 얽혀진 몸, 삼세三世의 향이 향기로우니 오랫동안 뵙지 못한 한을 이제 풀어 옛 맹세를 저버리지 않겠습니다. 서방님이 지금도 그 맹세를 잊지 않으셨다면 저도 끝까지 잘 모시고 싶답니다. 서방님께서는 허락해 주시겠지요?"

이생은 고마워하며 말했다.

"그게 바로 내 소원이오."

그러고는 서로 정답게 심정을 털어놓았다. 도적들이 재산을 얼마나 노략질해 갔는지 이생이 묻자 여인이 대답했다.

"조금도 잃지 않고 어느 산 어느 골짜기에 묻어 두었답니다."

"두 집 부모님의 유골은 어디에 모셨소?"

"어느 곳에 버려져 있습니다."

부부는 이야기를 끝낸 뒤 잠자리를 같이했는데 지극한 즐거움이 옛날과 다름없었다. 이튿날 최랑은 이생과 함께 자기가 묻혀 있던 곳을 찾아갔는데 과연 금과 은 몇 덩어리와 재물도 약간 있었다. 그들은 두 집 부모님의 유골을 거두고 금과 재물을 팔아 각각 오관산五冠山 기슭에 합장合葬하고, 나무를 심고 제사를 올려 예절을 모두 다 마쳤다.

그 뒤에 이생은 벼슬도 하지 않고 최랑과 함께 살았다. 목숨을 구하려고 달아났던 종들도 다시 돌아왔다. 이때부터 이생은 인간 세상의 모든 일을 다 잊어버렸으며 친척이나 이웃의 길흉사가 있더라도 방문을 닫아걸고 나가지 않았다. 언제나 최랑과 더불어 시를 지어 주고받으며 금실 좋게 살았다. 그럭저럭 몇 년이 지난 어느 날 저녁, 최랑이 이생에게 말했다.

"서방님과 세 번이나 가약을 맺었지만 즐거움이 다하기도 전에 슬픈 이별을 해야만 하겠어요."

최랑이 목메어 울자 이생은 놀라며 물었다.

"어찌 그런 말을 하는 것이오?"

"저승길은 피할 수가 없답니다. 하느님께서 저로 하여금 서방님을 모시게 한 것은 우리 두 사람의 연분이 끊어지지 않았고, 또 전생에 아무런 죄도 짓지 않았기 때문입니다. 그래서 이 몸을 환생시켜 당신과 잠시라도 시름을 풀게 해 준 것입니다. 그러나 오랫동안 인간 세상에 머물면서 산 사람을 미혹시킬 수는 없습니다."

그리고는 몸종 향아를 시켜 술을 올리게 하고 옥루춘곡玉樓春曲 한 가락을 지어 부르며 이생에게 술을 권했다.

노래는 이러했다.

칼과 창이 부딪히며 싸움이 가득한 판에
옥 부서지고 꽃은 떨어지고 원앙도 짝을 잃었네
흩어진 해골은 그 누가 묻어 주랴?
피투성이로 떠도는 혼백 하소연할 곳 없구나
무산선녀巫山仙女가 고당古堂에 한 번 내려온 뒤에
깨어진 거울 거듭 갈라지니 마음 더욱 쓰라리네
이제 작별하면 두 사람 서로 아득히 떨어질 테니
하늘과 인간 세상 사이에 소식마저 막히리라

가락마다 눈물이 자꾸 흘러내려 거의 곡조를 이루지 못했다. 이생도 슬픔을 걷잡지 못하며 말했다.

"내 차라리 부인과 황천黃泉으로 갈지언정 어찌 쓸쓸히 홀로 여생을 보내겠소? 지난번 난리를 겪은 후에 친척과 종들이 뿔뿔이 흩어지고 돌아가신 부모님 유골이 들판에 내버려져 있었는데, 부인이 아니었다면 그 누가 장사를 지내 드렸겠소? 옛 성현 말씀에 어버이 살아생전 예로써 섬기고 돌아가신 뒤에도 예로써 장사 지내라 했는데, 이런 일을 모두 부인이 감당해 주었소. 정말 부인은 천성이 효성스럽고 인정이 두터운 사람이오. 나는 부인에게 감격해 부끄러움을 견디지 못하겠소. 부인도 인간 세상에 더 오래 머물다가 백 년 뒤에 나와 함께 티끌이 되었으면 좋겠구려."

최랑이 말했다.

"서방님 목숨은 아직 남아 있지만 저는 이미 귀록鬼錄 저승에 죽은 사람의 이름을 기록한다는 장부에 실려 있답니다. 그래서 더 있을 수가 없지요. 제가 인간 세상에 미련을 가져 명부의 법도를 어긴다면 저에게만 죄가 미치는 게 아니라 서방님에게도 누가 미칠 것입니다. 저의 유골이 어느 곳에 흩어져 있으니 만약 은혜를 베풀어 주시려면 비바람이나 맞지 않게 해 주세요."

두 사람은 서로 바라보며 눈물만 줄줄 흘렸다.

"서방님, 부디 안녕히 계십시오."

말을 마치자 차츰 사라지더니 마침내 최랑의 자취가 사라졌다.

이생은 최랑의 유골을 거두어 부모님 무덤 곁에 장사를 지내 주었다. 장사를 지낸 뒤에는 이생도 부인 생각에 병을 얻어, 몇 달 만에 세상을 떠났다.

이 이야기를 들은 사람들은 모두 가슴이 아파 탄식했고 그들의 아름다운 절개를 사모하지 않는 사람이 없었다. 🖋

이생규장전

작품 정리

- **작가** 김시습(82쪽 '작가 소개' 참조)
- **갈래** 한문 소설, 명혼冥婚죽은 남녀를 함께 묻어 인연을 맺게 함 소설, 단편 소설
- **성격** 전기적, 환상적, 낭만적, 비극적
- **배경** 시간 - 고려 공민왕 때 / 공간 - 송도(개성)
- **시점** 3인칭 전지적 작가 시점
- **구성** '발단 - 전개 - 위기 - 절정 - 결말'의 5단계 구성
- **특징**   • 개인과 세계 사이의 갈등이 드러남
            • 작가의 진보적 애정관이 드러남
            • 우리나라를 배경으로 우리나라 사람이 등장한 자주적인 작품임
- **제재** 남녀 간의 사랑
- **주제** 죽음을 초월한 남녀 간의 사랑
- **의의** 우리나라 최초의 한문 소설임
- **연대** 조선 세조 때
- **출전** 『금오신화』

구성과 줄거리

- **발단** **이생과 최랑이 만나 서로 사랑에 빠짐**

  송도에 사는 이생이라는 총각은 국학에 다니다가 지체 높은 가문의
  딸 최랑을 알게 된다. 이생은 밤마다 그 집 담을 넘어 다니며 최랑과
  사랑을 나눈다.

- **전개**   **부모의 반대를 극복한 혼인**

이생의 행실을 눈치챈 부모가 아들을 울주로 보내 버린다. 최랑이 상사병이 들어 죽을 지경에 이르자 최랑의 부모는 중매쟁이를 보내 청혼을 한다. 이생의 부모는 아들의 장래를 걱정해 처음에는 거절했으나 최씨 집의 간절한 청에 결국 승낙을 한다. 이생과 최랑은 마침내 결혼하고, 다음 해 이생이 과거에 급제해 이름을 세상에 날림으로써 둘의 행복은 절정에 달한다.

- **위기**   **홍건적의 난과 최랑의 죽음**

홍건적의 난이 일어나자 양가 모두 가족들과 뿔뿔이 흩어진다. 최랑은 홍건적 무리에게 겁탈을 당하지 않으려고 저항하다 결국 처참하게 죽는다. 이생은 난이 평정된 뒤 집으로 돌아왔지만 가족의 생사를 확인하지 못한다.

- **절정**   **이생과 최랑의 재회**

이생이 넋을 놓고 슬픔에 잠겨 있는데, 그날 밤에 최랑이 돌아온다. 그들은 난리 통에 겪은 일들을 이야기하며 서로의 사랑을 확인한다. 부모님의 유골을 거두어 예를 다해 장사를 지낸 두 사람은 그 뒤 행복한 나날을 보낸다.

- **결말**   **이생과 최랑의 이별**

삼 년이 지난 어느 날, 최랑은 이승에서의 시간이 다 되었음을 알리고 이생의 곁을 영원히 떠난다. 이생은 유언을 좇아 최랑의 시체를 찾아 장사 지낸다. 그 뒤 이생도 얼마 살지 못하고 병들어 죽는다.

● 생각해 보세요 -

1 최랑이라는 인물을 통해 작가가 말하고자 한 것은 무엇인가?

최랑은 이생과의 만남, 혼인, 재회로 이어지는 일련의 과정에서 주도적인 역할을 한다. 부모의 명을 감히 거역하지 못하고 시골로 내려간 이생과 달리 최랑은 부모에게 자신의 주장을 끝까지 피력한다. 「이생규장전」에서는 이처럼 남성인 이생보다 여성인 최랑이 더 적극적인 인물로 그려지고 있다. 이는 작가가 최랑이라는 인물을 통해 유교적인 규율에 얽매이지 않는 진보적인 여성관을 드러내고자 한 것으로 볼 수 있다. 아울러 작품을 통해 시대를 앞서 가는 근대적 자유연애 사상을 엿볼 수 있다.

2 이 작품의 배경이 되는 사상은 무엇인가?

이 작품은 진보적인 연애관을 가진 남녀가 전통적인 결혼관을 가진 부모와 갈등을 겪는다는 이야기로 시작된다. 즉, 엄격한 유교 사상에 맞서 자유연애 사상이 싹트고 있음을 보여 준다. 아울러 최랑이 못다 이룬 사랑을 이루기 위해 원귀가 되어 다시 돌아온다는 내용은 도교적인 색채를 띠고 있고, 저승의 법에 따라 최랑은 결국 이생의 곁을 떠나고 이생마저 아내를 그리워하다가 죽는 내용에서는 불교적인 무상관無常觀을 엿볼 수 있다. 결국 이 작품에는 유불선의 세 사상이 혼합되어 있다.

조선 시대 1 朝鮮時代

• 설화 소설 說話小說

설화 소설이란 근원 설화를 바탕으로 창작된 소설을 가리키는 말입니다. 그런데 설화에서 모티브를 얻은 작품이어도, 그 근원이 된 설화가 세계적으로 분포된 이야기가 아닌 경우에는 설화 소설이라고 할 수 없습니다. 따라서 「춘향전」의 경우 열녀와 암행어사 설화에서 모티브를 얻었지만 세계적인 설화 유형이라고 보기는 어렵기 때문에 설화 소설에 속하지 않습니다.

·심청전 ·흥부전

인물관계도

빵덕 어미

첩

곽 부인　　　심 봉사　　　안씨 여인

심청　　　　황제

저(심 봉사)의 아내(곽 부인)는 심청을 낳고 7일 만에 죽었어요. 공양미를 시주하면 눈을 뜰 수 있다는 중의 말에 덜컥 시주를 약속했지요. 이 때문에 심청은 인당수 제물이 되었어요. 첩(빵덕 어미)에게 배신당한 저는 맹인 잔치에서 황후가 된 심청을 만났답니다. 어찌나 기쁜지 눈이 저절로 떠지더군요.

심청전 沈淸傳

옛날 옛적 황주 땅 도화동에 심학규라는 사람이 살고 있었다. 심학규의 집안은 대대로 벼슬을 했으나 형편이 점점 기울었다. 심학규는 눈까지 멀어 벼슬길이 끊어지고 높은 자리에 오를 희망 또한 사라졌다. 심학규는 가까운 친척도 없고 인정해 주는 사람은 없었지만 양반의 후예로 행실이 청렴하고 선비로서 지조가 곧아 사람들이 모두 군자라고 칭송했다.

심 봉사의 아내 곽 부인은 마음이 어질고 지혜로워서 임사任姒 중국 주나라 문왕의 어머니인 태임과 무왕의 어머니인 태사 같은 덕행과 장강莊姜 춘추 시대 위나라 장공의 아내 같은 아름다움과 목란木蘭 중국 양나라 때 아버지를 대신해 전쟁에 나갔다는 소녀 같은 절개를 가졌다. 곽 부인은 『예기』의 가례家禮 「내칙」편과 「주남周南」, 「소남召南」, 「관저시關雎詩」 등을 두루 알았다. 또한 이웃과 화목하고 아랫사람에게 따뜻하며 집안 살림하는 솜씨가 빈틈없고 늘 청렴했다.

곽 부인은 남편을 대신해 몸소 품을 팔아 생계를 꾸려 갔다. 남녀 의복을 가리지 않고 잔누비질잘게 누비는 일을 했으며, 빨래하고 풀 먹이기, 망건 꾸미기, 갓끈 접기, 초상난 집 일손 돕기, 음식 장만하기 등을 일 년이면 삼백예순날을 했다. 곽 부인은 하루 한시도 놀지 않고 일했다. 푼을 모아 돈을 짓고 돈을 모아 양을 만들어, 일수놀이 장리변長利邊 장리로 빌려 주고 이자를 받는 일으로 착실한 이웃집에 빚을 주어 실수 없이 받아들였다. 때가 되면 조상님 제사를 챙기고, 아침저녁 입에 맞는 반찬과 갖은 별미를 차려 지성으로 남편을 공경하니 사방에서 곽 부인을 칭송했다. 하루는 심 봉사가 곽 부인에게 물었다.

"여보, 마누라. 우리는 나이 마흔이 되도록 슬하에 자식이 없구려. 이러다가 조상 제사를 끊게 되었으니 죽어 저승에 간들 무슨 면목으로 조상을 뵈올 것이고 우리 부부 죽어 저승에 가 있을 때 해마다 돌아오는 제삿날에 밥 한 그릇 물 한 모금 그 누가 차려 주겠소? 명산대찰名山大刹 이름난 산과 큰 절에 공을 들여 아들이고 딸이고 낳아 보면 평생 한을 풀 것이니 지성으로 빌어 보는 것이 어떻겠소."

곽 부인이 대답했다.

"옛글에 이르기를 '불효한 일이 삼천 가지나 되지만 그중에 자식 못 낳는 일이 가장 크다'고 했습니다. 우리에게 자식 없음은 다 저의 못난 탓입니다. 마땅히 내쫓을 일인데도 당신의 넓은 아량으로 지금까지 살아오고 있습니다. 자식 두고 싶은 마음은 저 역시 간절하오니 지성으로 공을 들여 보겠습니다."

이날 이후 곽 부인은 명산대찰 영신당을 비롯해 오래된 성황당과 부처님, 보살님, 미륵님을 찾아다니며 온갖 정성을 다 들였다. 지성이면 감천이었다. 갑자년 사월 초파일에 꿈을 꾸니, 상서로운 기운이 공중에 어리고 무지개가 영롱한 가운데 한 선녀가 학을 타고 내려오는데, 몸에는 색동옷을 입고, 머리에는 화관을 썼다. 계화꽃계수나무의 꽃 한 가지를 손에 들고 부인에게 절하고 곁에 와 앉는 모양은 뚜렷한 달 기운이 품 안에 드는 듯, 남해 관음이 바다에서 다시 돋는 듯 심신이 황홀해 진정하기 어려웠다. 선녀가 부인에게 말했다.

"저는 서왕모西王母 중국 신화에 나오는 신녀의 딸입니다. 반도蟠桃 삼천 년마다 한 번씩 열매가 열린다는 신선계의 복숭아를 진상하러 가는 길에 옥진 비자신선를 만나 둘이 놀았는데 이에 상제께서 벌을 내리시며 인간으로 내치셨습니다. 갈 바를 모르고 있는데 석가여래님이 부인 댁으로 가라 하시기에 왔사옵니다. 부디 어여삐 받아 주소서."

말이 끝나자 선녀가 품 안으로 들어오는데 놀라 깨어 보니 꿈이었다. 즉시 남편을 깨워 꿈 이야기를 하니 두 사람의 꿈이 같았다. 영험을 얻었는지 과연 그달부터 태기가 있었다. 곽 부인은 마음을 어질게 갖고 밤낮으로 몸가짐을 조심했다. 마침내 해산하는 날이 닥쳤다.

"아이고 배야, 아이고 배야!"

곽 부인은 아침부터 배를 움켜쥐고 신음했다. 심 봉사는 한편으로 반갑고 한편으로는 놀라서 짚 한 줌을 깨끗이 추려 깔고 정화수 한 사발을 소반에 받쳐 놓고 단정히 꿇어앉아 빌었다.

"비나이다, 비나이다, 삼신 제왕님께 비나이다. 우리 부인 늘그막에 낳는 아이입니다. 부디 순산하게 해 주옵소서."

기도가 끝나자 향내가 방에 가득하고, 오색 무지개가 둘러 정신이 가물가물한 가운데 아기가 태어나니 딸이었다. 심 봉사는 삼을 갈라탯줄을 끊고 누여 놓고 기뻐했다. 곽 부인은 정신을 차리고 물었다.

"여보시오 봉사님. 아들이오, 딸이오?"

심 봉사가 아기의 아랫도리를 만져보니 손이 나룻배 지나듯 거침없이 지나갔다.

"아마도 묵은 조개가 새 조개를 낳았나 보오."

곽 부인은 서러워하며 말했다.

"공을 들여 늘그막에 얻은 자식이 딸이란 말이오?"

심 봉사가 대답했다.

"순산했으면 그만이지 그게 웬 말이오. 딸이라도 잘 두면 어느 아들과 바꾸겠소?"

심 봉사는 정성껏 밥을 지어 삼신상에 받쳐 놓고 옷매무새 바로 하고 두 손 들어 빌었다.

"삼십삼천三十三千 도솔천兜率天 미륵보살이 지상에 내려갈 때를 기다리며 머물고 있는 곳 제석님께 비나이다. 사십 넘어 점지한 자식이 비록 무남독녀 딸이오나 동방삭東方朔 서왕모의 복숭아를 훔쳐 먹고 삼천갑자를 살았다고 전하는 인물의 명을 주시고, 태임太任 중국 주나라 문왕의 어머니의 덕행과, 대순大舜 순임금 증자曾子 공자의 제자의 효행, 반희班姬 초나라 장왕의 아내의 재질, 복은 석숭石崇 중국 서진의 갑부의 복을 점지해 주시고 잔병 없이 일취월장하게 해 주옵소서."

심 봉사는 더운 국밥 퍼다 놓고 산모를 먹인 후에 혼자 아기를 어르며 기뻐했다.

"귀여운 내 딸아이야, 금을 준들 너를 사리, 옥을 준들 너를 사리. 어화 둥둥 내 딸아이야, 논밭을 장만한들, 산호 진주를 얻었던들, 어찌 너만 하리냐?"

심학규가 이렇듯 진심으로 기뻐하니 곽 부인의 서운함도 가시었다. 그러나 어이하랴. 어질고 마음씨 고왔던 곽 부인은 해산 후 며칠 뒤 병이 들어 그만 자리에 몸져눕고 말았다.

"애고 나 죽네, 애고."

심 봉사는 기가 막혀 아내 몸을 두루 만지며 한탄했다.

"정신 차리고 말을 해 보오. 체했는가, 삼신께서 노하셨나?"

병세가 점점 위중해지자 심 봉사는 급히 건넛마을 성 생원을 불러다가 진맥한 후에 약을 썼다. 그러나 약을 쓴들 죽을병에는 약이 없는 법이라.

병세 점점 깊어져서 속절없이 죽게 됐으니, 곽 부인도 살지 못할 줄 알고 남편의 손을 잡고 말했다.

"봉사님, 제 말씀 좀 들으시오. 하나밖에 없는 우리 낭군, 추위 더위 가리지 않고 아랫동네 윗동네로 다니면서 품을 팔아 밥도 받고 반찬도 얻어, 식은 밥은 내가 먹고 더운밥은 낭군 드려 배고프지 않고 춥지 않게 극진히 공경했는데, 천명이 그뿐인지 인연이 끊겨 그러한지 하릴없게 되었군요. 어찌 눈을 감고 갈까? 어느 누가 헌 옷이라도 지어 주고 맛난 음식 어느 누가 권하리오. 내가 죽으면 눈 어두운 우리 가장 의탁할 곳이 없어 바가지 손에 들고 지팡막대 부여잡고 때맞추어 나가다가 구렁에도 빠지고 돌에도 채여 신세 한탄 우는 양을 눈으로 보는 듯 하오. 명산대찰 신공 들여 사십에 낳은 자식 젖 한 번도 못 먹이고 얼굴도 채 못 보고 죽는단 말이오? 어린것이 전생에 무슨 죄를 지었길래 이승에 태어나서 어미도 없이 누구 젖을 먹고 자라겠소. 가장의 일신도 주체 못하는데 또 저것을 어찌하며, 그 모양 어찌할까? 멀고 먼 황천길에 눈물겨워 어찌 가며, 앞이 막혀 어찌 갈까? 천행으로 이 어린것이 죽지 않고 자라나서 제 발로 걷거든, 앞세우고 길을 물어 내 무덤 앞에 찾아와서 '너의 죽은 어머니 무덤이다' 하고 가르쳐 모녀 상면하면 혼이라도 원이 없겠소. 부디 이승에서 못 다 한 인연 다시 만나면 그때는 이별 말고 삽시다. 저 아이 이름을 심청이라 지어 주고, 내가 끼던 옥가락지 이 함 속에 있으니 심청이 자라거든 날 본 듯이 내주오."

말을 마치고 눈을 감으니 두 줄기 눈물이 흘러 낯을 적셨다. 한숨지어 부는 바람 소슬바람 되어 있고, 눈물 맺어 오는 비는 보슬비가 되어 있다. 하늘은 나직하고 검은 구름 자욱한데 수풀에 우는 새는 둥지에 잠이 들고, 시내에 도는 물은 흐느끼듯 흘러가니 하물며 사람이야 어찌 서러위하지 않으리? 딸꾹질 두세 번에 숨이 덜컥 지니 심 봉사는 그제야 부인이 죽은 줄 알고, 가슴을 두드리며 머리를 부딪치며 엎어지고 자빠지며 슬퍼했다.

"여보, 마누라. 그대 살고 내가 죽으면 저 자식을 키울 것인데 내가 살고 그대 죽어 저 자식을 어떻게 키우잔 말이오? 애고애고, 모진 목숨, 살자 하니 무엇을 먹고 살며 함께 죽자 한들 어린 자식 어찌할까. 동지섣달 찬바람에 무엇 입혀 키워 내며, 달은 지고 어두운 빈방 안에 젖 먹자 우는 소리 누구의 젖 먹여 살려 낼까? 제발 죽지 마오. 평생 정한 뜻이 같이 죽어 한곳에 묻히자 하더니 염라국이 어디라고 날 버리고 간단 말이오?"

심 봉사 통곡 소리에 도화동 사람들 남녀노소 모두 모여 눈물을 흘리며 이구동성으로 속삭였다.

"곽 부인 불쌍히도 죽었구나. 우리 동네 백여 집이 십시일반으로 장례나 치러 주세."

공론이 모아지자 이내 수의와 관이 마련되었다. 양지바른 곳을 가리어서 사흘 만에 장례할 적에 슬픈 소리로 상두가^{상여 나갈 때 부르는 노래}를 불렀다. 워어워어 워어리 넘차 워어 워어리. 북망산이 멀다더니 건넛산이 북망일세. 워어워어 워어리 넘차 워어. 황천길이 멀다더니 방문 밖이 황천이라. 상여가 이리저리 건너갈 적에 심 봉사 거동 보니 어린아이 강보에 싼 채 귀덕 어미에게 맡겨 두고, 지팡막대 흩어 짚고 논틀밭틀^{논두렁과 밭두렁 사이로 난 꼬불꼬불한 길} 쫓아와서 상여 뒤채 부여잡고 소리치며 넘어진다.

"내가 죽고 마누라가 살아야 어린 자식 살려 내지, 천하 천지 몹쓸 마누라야, 그대 죽고 앞 못 보는 내가 살았으니 어린 자식 어떻게 키워 낸단 말이오."

이렇게 심 봉사가 슬피 우니 장례에 온 손님들이 말려 진정시켰다.

심 봉사가 장례 끝나고 집으로 들어가니 부엌은 적적하고 방은 텅 비어 있었다. 어린아이 데려다가 빈방에 눕히고 태백산 갈까마귀 게 발 물어 던지듯이 홀로 누우니 마음은 더욱 적적했다. 벌떡 일어나 이불도 만져 보고 베개도 더듬으며 전에 덮던 이부자리 전과 같이 있지만 독수공방 누구와 함께 덮고 자리. 농짝을 치며 바느질 상자도 덥석 만져 보고, 머리 빗던 빗도 집어서 던져 보고, 받은 밥상도 더듬더듬 만져 보고, 부엌을 향해 공연히 불러 보며, 수시로 이웃집을 찾아가 물었다.

"우리 마누라 여기 왔소?"

비틀거리며 돌아와 어린아이 품에 품고 홀로 중얼거렸다.

"너의 어머니 무상하다. 어찌 너를 두고 죽었을꼬? 오늘은 젖을 얻어 먹었지만 내일은 누구 집으로 가 젖을 먹일까? 애고애고, 야속하고 무정한 귀신이 우리 마누라를 잡아갔구나."

심 봉사는 종일 애통해하다가 마음을 돌려 또 생각했다.

'죽은 사람은 다시 살아올 수 없는 법이라, 할 수 없으니 이 자식이나 잘 키워 내리라.'

이날 이후, 어린아이가 있는 집을 차례로 물어 동냥젖을 얻어먹일 적에 눈 어두워 보지는 못하고 귀는 밝아 눈치로 가늠하고 앉았다가 아침 해가 돋을 적에 우물가에서 들리는 소리 얼른 듣고 나서면서 소리쳤다.

"여보시오 아주머님, 여보 아씨님네, 내 자식 젖을 좀 먹여 주오. 나를 본들 어찌 괄시하고, 우리 마누라 살았을 적 인심으로 생각한들 차마 어찌 괄시하겠소. 어미 없는 어린것이 불쌍하지 아니하오. 댁네 귀하신 아기 먹이고 남은 젖이나마 한 통 먹여 주시오."

슬피 울며 부탁하니 어느 누가 주는 걸 마다하리? 육칠월 김매던 여인이 쉬는 곳에 찾아가서 애걸해 젖을 얻어먹이고, 또 시냇가에 빨래하는 데도 찾아갔다. 어떤 부인은 달래주고 따뜻이 먹여 주며 훗날도 찾아오라고 했다. 아이는 젖을 얻어먹여 누여 놓고 심 봉사는 사이사이 동냥할 적에 삼베 전대 두 동 지어 한 머리는 쌀을 받고 한 머리는 벼를 받아 모았다. 또 장날이면 가게마다 다니며 한 푼 두 푼 얻어 모아 아이 간식거리로 갱엿이나 홍합도 샀다. 이렇게 살면서 매월 초하루 보름과 소상, 대상, 기제사를 빠짐없이 지냈다. 심청은 장래 귀히 될 사람이라, 천지 귀신이 도와주고 여러 부처와 보살이 남몰래 도와주어 잔병 없이 자라나서 제 발로 걸어 다니며 어린 시절을 보냈다. 무정한 세월이 물 흐르듯 하여 심청은 어느덧 예닐곱 살이 되었다. 얼굴이 아름답고 행동이 민첩하며, 효행이 뛰어나고 소견이 탁월하며, 인자함이 기린이었다. 아버지의 조석공양과 어머니의 제사를 법도대로 할 줄 아니, 어느 누가 칭찬하지 않으리? 심청이 하루는 아버지에게 여쭈었다.

"까마귀 같은 날짐승도 저녁이 되면 먹을 것을 물어다가 제 어미를 먹일 줄 아는데 하물며 사람이 날짐승만 못하겠어요? 아버지 눈 어두우신데 밥 빌러 가시다가 높은 데 깊은 데, 좁은 길로 여기저기 다니시다가 엎어져서 몸 상하시기 십상입니다. 비바람 부는 궂은 날과 눈서리 치는 추운 날이면 병이 나실까 밤낮으로 염려됩니다. 제 나이 예닐곱이나 되었는데 낳아서 길러 주신 부모 은덕을 지금 갚지 못하면 후에 불행하신 날에 애통한들 갚겠어요? 오늘부터 아버지는 집을 지키세요. 제가 나서서 밥을 빌어다가 끼니 걱정 덜게 해 드리겠어요."

심 봉사가 웃으며 말했다.

"네 말이 참으로 예쁘고 기특하구나. 말은 그러하나 어린 너를 내보내고 앉아 받아먹는 내 마음은 어찌 편하겠느냐. 다시는 그런 말 하지 마라."

심청이 말했다.

"중국 춘추 시대의 선비 자로는 백리 길에 쌀을 져다 부모를 봉양했고, 한문제 시절 순우공의 딸 제영은 낙양 감옥에 갇힌 아버지를 제 몸 팔아 구해 냈다고 합니다. 그런 일을 생각하면 사람이 예나 지금이나 다르겠어요? 고집부리지 마세요."

심 봉사는 심청의 말을 옳게 여겨 허락했다.

"효녀로다 내 딸아. 네 말대로 그리하여라."

심청은 이날부터 밥 빌러 나섰다. 먼 산에 해 비치고 앞마을에 연기나면, 헌 버선에 대님 치고 말기치마나 바지 따위의 맨 위의 둘러서 댄 부분만 남은 베치마, 앞섶 없는 겹저고리 이렁저렁 얽어 메고, 청목 휘양추울 때 머리에 쓰던 모자의 하나 둘러쓰고 버선 없이 발을 벗고, 뒤축 없는 신을 끌고 헌 바가지 옆에 끼고 노끈 매어 손에 들고, 엄동설한 모진 날에 추운 줄 모르고 이 집저 집 들어가서 청했다.

"어머니는 세상 떠나시고 우리 아버지는 눈 어두워 앞 못 보시는 줄 뉘모르시겠어요? 십시일반이오니 밥 한술 덜 잡수시고 주시면 눈 어두운 제 아버지 시장을 면하겠습니다."

보고 듣는 사람들이 감동해 밥 한술, 김치 한 그릇을 아끼지 않고 주며 먹고 가라 했다. 이때마다 심청은 고개를 저었다.

"추운 방에서 늙으신 아버지가 기다리고 계시니 돌아가 아버지와 함께 먹겠어요."

두세 집 밥을 모아서 넉넉해지면 급히 돌아와 아버지를 불렀다.

"아버지, 춥고 시장하지 않으셨어요? 여러 집을 다니다 보니 이렇게더디었어요."

심 봉사는 문을 열며 반갑게 소리쳤다.

"애고애고, 모진 목숨 구차히 살아서 자식 고생만 시키는구나."

이때마다 심청은 아버지를 위로했다.

"아버지, 어찌 그런 말씀을 하세요. 자식이 부모를 봉양하는 게 당연하니 그런 걱정일랑 마시고 진지나 잡수셔요."

심청의 천성이 바르고 바느질 솜씨가 좋아 동네 바느질로 공밥 먹지 않고, 삯을 주면 받아 와서 아버지 의복과 반찬을 마련했다. 일 없는 날은 밥을 빌어 근근이 연명했다. 그러던 가운데 세월이 물 흐르듯 흘러가서 심청의 나이 열다섯 살이 되었다. 얼굴이 빼어나고 효행이 뛰어나며, 행동이 침착하고 하는 일이 비범하니 여자 중의 군자요, 새 중의 봉황이었다. 심청의 소문이 온 이웃에 자자하니, 하루는 월명 무릉촌 장 승상 댁 시비侍婢 곁에서 시중을 드는 계집종가 심청에게 찾아왔다. 부인이 부른다 하기에 심청은 아버지에게 말했다.

"어른이 부르시니 시비를 따라 다녀오겠습니다. 제가 가서 늦게 오더라도 잡수실 진짓상을 보아 두었으니 시장하시거든 잡수세요."

심청은 아버지 걱정에 계속 뒤를 돌아보며 집을 나섰다. 시비를 따라가며 손을 들어 가리키는 곳을 바라보니 집 주위에 버드나무가 가득했다. 대문 안으로 들어서니 왼편에 벽오동은 맑은 이슬이 뚝뚝 떨어져 학의 꿈을 놀래 깨우고 오른편에 있는 늙은 소나무는 용이 꿈틀거리는 듯했다. 높은 누각 앞에 부용당은 갈매기가 날고 있는데 안중문안뜰로 들어가는 문 들어서니 규모가 굉장했다. 안으로 들어가니 머리가 반쯤 센 부인이 옷매무새 단정히 하고 앉아 심청을 맞이했다.

"네가 심청이로구나. 과연 듣던 소문과 같구나."

부인이 심청의 가련한 처지를 위로하며 자세히 살펴보니 타고난 미인이었다. 옷깃을 여미고 앉은 모습은 비 갠 맑은 시냇가에서 목욕하고 앉은 제비가 사람 보고 놀라는 듯했다. 또 황홀한 심청의 얼굴은 하늘 가운데 돋은 달이 수면에 비친 것과 같았고 바라보는 저 눈길은 새벽빛 맑은 하늘에 빛나는 샛별 같았다. 부인은 감탄하며 말했다.

"내 말을 잘 들어라. 우리 승상은 일찍 세상을 떠나셨다. 또 두셋 있는 아들들은 서울로 가 벼슬하고 다른 자식과 손자는 없으니 슬하에 재미없고 눈앞에 말벗이 없구나. 각 방의 며느리는 아침저녁 문안한 뒤 다 각기 제 일을 하니, 적적한 빈방에서 대하느니 촛불이요 보느니 책뿐이로구나. 너의 신세 생각하면 양반의 후예로 이렇듯 어려우니 어찌 불쌍하지 않겠느냐. 내 수양딸이 되면 살림도 가르치고 글공부도 시켜 친딸같이 길러 말년 재미 보려 한다. 네 뜻이 어떠하냐?"

심청은 부인에게 두 번 절하고 말했다.

"태어난 지 이레 만에 어머니가 세상을 떠나셨고 그 뒤 눈 어두운 아버지가 동냥젖으로 저를 키우셨습니다. 어머니의 얼굴도 모르고 하루하루 슬픔이 끊일 날이 없었기에 저의 부모 생각해 남의 부모도 공경해 왔습니다. 부인의 말씀을 좇으면 몸은 영화롭고 부귀하겠지만 눈 어두우신 우리 아버지 음식 공양과 사철 의복 어느 누가 돌보아 드리겠습니까? 제가 만일 곁에 없으면 저의 아버지 남은 수명을 마칠 길이 없을 터입니다. 애틋한 정으로 서로 의지해 제 몸이 다하도록 길이 모시려 하옵니다."

눈물이 흘러 얼굴을 적시니 부인도 가련히 여겨 말했다.

"과연 효녀로다. 마땅히 그래야지. 늙고 정신없는 내가 미처 생각지 못했구나."

이런저런 담소하는 중에 날이 저물었다.

"부인의 크신 덕을 입어 종일토록 모셨으니 이제 날이 저물었기에 급히 돌아가 아버지의 기다리시는 마음을 위로하고자 합니다."

부인은 아쉬운 마음을 달래며 옷감과 양식을 후히 주고 시비와 함께 보냈다.

"너는 부디 나를 잊지 말고 모녀간의 의를 두어라."

심청은 깍듯이 대답했다.

"부인의 고마우신 뜻이 이러하시니 삼가 그 말씀을 따르도록 하겠습니다."

한편 심 봉사는 딸을 보낸 후에 배가 고프고 방이 너무 추워 턱이 떨어질 지경이었다. 혼자 고즈넉이 앉아 딸을 기다리는데 마침 절에서 북을 치니 날 저문 줄 짐작하고 혼자 생각했다.

'우리 심청이는 무슨 일이 바빠 날이 저문 줄도 모르는가. 주인에게 잡혀 못 오는가, 아니면 무슨 변고라고 생겼는가?'

심 봉사는 개 짖는 소리만 들려도 안절부절못했다.

"거기 심청이 오느냐?"

바람 소리만 창에 부딪쳐도 벌떡 몸을 일으켰다.

"거기 심청이 오느냐?"

기다리다 지친 심 봉사는 답답한 마음에 지팡이를 찾아 짚고 사립 밖으로 나섰다. 그러나 마음이 급해 움직임이 예전 같지 않았다. 얼마 못 가서 발을 헛디뎌 넘어지니 하필이면 한 길 넘은 개천 바닥이었다. 얼굴은 흙빛이요 의복은 얼음이라, 뒤뚱거리다 도로 더 빠지고 나오자니 미끄러져 하릴없이 죽게 되었다. 심 봉사는 미친 듯이 소리쳐 구원을 요청했다.

"거기 아무도 없소, 아이쿠 사람 죽네!"

질긴 게 사람 목숨인지라 마침 그곳을 지나던 화주승化主僧 시주를 받아 절에 양식을 대는 승려이 그 소리를 들었다. 재빨리 달려가니 어떤 사람이 개천에 빠져서 거의 죽게 되었다. 급히 물속으로 뛰어들어 사람을 꺼내 보니 안면이 있는 심 봉사였다.

"누구신데 저를 구해 주셨소?"

심 봉사는 겨우 정신을 차려 물었다.

"소인은 몽운사 화주승이올시다."

심 봉사는 엎드려 사례했다.

"죽을 사람을 살려 주시니 은혜가 백골난망白骨難忘 죽어서 백골이 되어도 잊을 수 없다는 뜻이오."

화주승은 심 봉사를 업어 집으로 데려다 주었다. 심 봉사는 신세를 한탄해 물에 빠진 연유를 들려주었다. 화주승은 심 봉사가 딱하다는 듯이 대답했다.

"듣고 보니 안됐구려. 눈을 뜰 수 있는 방법이 있긴 한데 이 집 살림에 아무래도 어렵겠소."

"그게 무슨 말이오?"

심 봉사는 귀가 번쩍했다.

"공양미 삼백 석을 부처님께 올리고 치성으로 불공을 드리면 반드시 눈을 떠서 천지 만물을 보게 될 것입니다."

"그럼 내 삼백 석을 내겠소. 어서 눈을 뜨게 해 주시오."

화주승은 허허 웃고 대답했다.

"허허, 댁의 형편을 살펴보니 삼백 석은커녕 쌀 서 말도 힘들겠소."

심 봉사는 자신도 모르게 화를 버럭 냈다.

"어느 놈이 부처님께 빈말하겠소? 걱정일랑 말고 문서로 적으시오."

그러자 화주승은 종이를 펼쳐 놓고 붓을 꺼내 적었다.

'심학규, 공양미 삼백 석'

화주승을 보내고 비로소 번쩍 정신이 든 심 봉사는 뒤늦게 후회했지만 소용이 없었다. 뒤늦게 땅을 치며 서럽게 우니 후회한들 무슨 소용이 있으리오.

"애고, 내 팔자야. 전생에 무슨 죄가 있어 맹인이 되었으며 형세조차 가난할꼬. 일월같이 밝은 것을 분별할 길 전혀 없고, 처자같이 친한 사람을 대해도 못 보겠네. 우리 아내 살았다면 끼니 근심 없을 것을. 다 커 가는 딸자식을 온 동네에 내놓아서 품을 팔게 하고 밥을 빌어 근근이 살아가는 형편인데 공양미 삼백 석을 호기롭게 적어 놓았으니 백 가지로 생각한들 방법이 없구나."

한참 서럽게 울 때 심청이 돌아왔다.

"아버지, 어쩌다가 이런 욕을 보셨나요? 승상 댁 노부인이 굳이 잡고 만류해 이렇게 늦었어요."

심청은 승상 댁 시비를 불러 부엌에 불 좀 지펴 달라 부탁하고 치마폭을 거듬거듬 걷어잡고 밥상을 차렸다.

"더운 진지 가져왔으니 국을 먼저 잡수세요."

심 봉사는 근심으로 인해 밥 먹을 뜻이 조금도 없었다.

"어디 아프세요?"

"이게 다 못난 내 탓이다. 너를 찾아 나가다가 한 길이 넘는 개천에 빠져서 거의 죽게 되었는데 뜻밖에 몽운사 화주승이 나를 건져 살려 주었다. 그런데 그 중이 하는 말이 '공양미 삼백 석을 시주하면 생전에 눈을 떠서 천지 만물 보리라' 하더구나. 홧김에 약속을 하고 그 중을 보냈는데 도대체 삼백 석을 어디서 구한단 말이냐?"

심 봉사가 자초지종을 설명하니 심청은 제 아버지를 위로했다.

"아버지, 걱정 마시고 진지나 잡수세요. 아버지가 눈만 뜰 수 있다면 그깟 공양미 삼백 석을 준비 못하겠어요?"

심 봉사는 고개를 설레설레 흔들었다.

"소용없구나. 우리 형편에 어림도 없다."

"지성이면 감천이라고 했습니다. 아무 걱정 말고 기다리세요."

심청은 이날부터 정화수 한 그릇을 떠 놓고 북쪽을 향해 빌었다.

"심청이 간절히 비옵나이다. 천지신명이시여, 굽어 살피소서. 하느님이 만드신 해와 달은 사람에게 눈과 같사옵니다. 해와 달이 없으면 무슨 분별을 할 수 있으리오? 저의 아버지 무자생戊子生으로 일찍부터 눈이 어두워 사물을 못 보오니 아버지 허물을 제 몸으로 대신하옵고 아버지 눈을 밝혀 주소서."

이렇게 빌기를 계속하던 중에 하루는 이웃에 사는 귀덕 어미가 찾아왔다.

"남경 장사 뱃사람들이 열다섯 살 난 처녀를 사려 한다."

심청은 그 말을 반겨 듣고 귀덕 어미를 통해 사람 사려 하는 까닭을 자세히 물어보게 했다.

"우리는 남경 뱃사람이오. 인당수를 건널 때 산 제물로 제사하면 너른 바다를 무사히 건너고 수만금 이익을 내기 때문에 처녀를 사러 돌아다니는 것이오."

심청은 뱃사람의 말을 반겨 듣고 청했다.

"우리 아버지가 앞을 못 보서서 '공양미 삼백 석을 치성으로 불공하면 눈을 떠 보리라' 했습니다. 그런데 집에 공양미 삼백 석이 없습니다. 내 몸을 팔려 하니 받아 주시겠소?"

"오는 삼월 보름날에 배가 떠나니 준비에 만전을 기하시오."

뱃사람들은 심청의 말을 듣고 쌀 삼백 석을 몽운사로 날라 주었다. 그들이 떠나자 심청은 아버지에게 말했다.

"아버지, 공양미 삼백 석을 몽운사에 이미 실어다 주었으니 이제는 근심하지 마세요."

심 봉사는 깜짝 놀라 물었다.

"너 그 말이 웬 말이냐?"

심청은 거짓말로 속여 대답했다.

"장 승상 댁 노부인이 쌀 삼백 석을 내주시기에 수양딸로 팔리기로 했습니다."

심 봉사는 안도의 한숨을 내쉬었다.

"그렇다면 고맙구나. 그 부인은 한 나라 재상의 부인이라 아마도 다르리라. 복을 많이 받겠구나. 저러하기에 그 아들 삼 형제가 벼슬길에 나아갔나 보구나. 그나저나 언제 가느냐?"

심청은 제 아비 몰래 눈물을 뚝뚝 흘리며 말했다.

"다음 달 보름날에 데려간다 합니다."

아버지와 떨어질 생각을 하니 눈물이 앞을 가려 심청은 이날 이후 식음을 전폐하고 근심했다. 이때부터 춘추 의복, 하절 의복 지어 들여 놓고, 동절 의복 솜을 넣어 보에 싸서 농에 넣고, 청목으로 갓끈 접어 갓에 달아 벽에 걸고, 망건 꾸며 당줄 달아 걸어 두고, 배 떠날 날을 헤아리니 어느새 날이 훌쩍 지나 하룻밤이 남아 있었다. 밤은 깊어 삼경三更 밤 열한 시에서 새벽 한 시 사이인데 은하수 기울어졌다. 촛불을 대해 두 무릎을 마주 꿇고 머리를 숙이고 한숨을 길게 쉬니, 눈물이 앞을 가렸다. 아버지가 깰까 봐 크게 울지도 못하고 흐느끼며 얼굴을 대어 보고 손발도 만져 본다.

"이제 아버지와 떨어질 날도 꼭 하루가 남았구나. 내가 죽으면 아버지는 누구를 의지하고 사실까? 누가 밥을 지어 드리고 누가 밥을 먹여 드릴까? 애고애고, 서러운지고, 불쌍한 내 아버지. 이제 어이하랴?"

울며 밤을 지새울 때 멀리서 닭 우는 소리가 들렸다.

"닭아, 울지 마라. 제발 울지 마라. 네가 울면 날이 새고 날이 새면 나 죽는다. 죽는 건 겁나지 않지만 우리 아버지 잊고 어찌 가잔 말이냐?"

어느덧 날이 밝아 오니 벌써 뱃사람들이 당도하여 소리쳤다.

"오늘이 배 떠나는 날이니 어서 밖으로 나서시오."

심청은 정신이 어지러운 가운데 뱃사람들을 불러 소곤거렸다.

"여보시오 선인네들, 내 몸 팔린 줄을 아버지는 아직 모르십니다. 잠깐만 기다리시면 제 손으로 따뜻한 진지나 지어 마지막으로 잡수시게 하고 떠나겠어요."

"그렇게 하시오."

심청은 눈물로 밥을 지어 아버지에게 올리고, 상머리에 마주 앉아 자반도 떼어 입에 넣어 드리고 김쌈^{김으로 밥을 싼 음식}도 수저에 놓아 드렸다.

"꼭꼭 씹어 잡수세요."

심 봉사는 아무것도 모르고 좋아했다.

"허허, 오늘은 반찬이 유난히 좋구나. 누구 집에서 제사 지냈느냐?"

심청이 말이 없자 심 봉사는 간밤에 꾼 꿈 이야기를 들려주었다.

"이상한 일도 있더구나. 간밤에 꿈을 꾸니 네가 큰 수레를 타고 한없이 가지 않더냐. 수레라 하는 것이 귀한 사람이 타는 것인데 우리 집에 무슨 좋은 일이 있으려나 보다."

심청은 저 죽을 꿈인 줄 짐작하고 둘러대었다.

"참으로 묘한 길몽입니다."

마침내 심청은 세수하고 새 옷으로 차려입고 하직^{下直 먼 길을 떠날 때 웃어른께 작별을 고하는 것} 인사를 올렸다.

'못난 심청이는 아버지의 눈을 뜨게 하기 위해 인당수 제물로 몸을 팔러 갑니다. 이 불효를 부디 용서하십시오.'

심청이 울며 아버지 앞에 나와 두 손을 부여잡고 통곡하니 심 봉사는 깜짝 놀라 물었다.

"아가, 이게 웬일이냐? 정신 차려라, 왜 이러느냐?"

"그동안 아버지를 속였어요. 공양미 삼백 석을 누가 저에게 주겠어요. 남경 뱃사람들에게 제물로 몸을 팔아 오늘이 떠나는 날이에요. 마지막으로 제 손을 잡아 주세요."

심 봉사는 대경실색했다.

"그게 참말이냐? 이게 웬 말인고? 못 간다. 자식 죽여 눈을 뜬들 그게 차마 할 일이냐? 여보시오 동네 사람들, 뱃사람들을 쫓아 주시오!"

울고불고 땅에 엎어져 통곡했지만 이미 때는 늦었다. 심청은 제 아버지를 붙들고 위로했다.

"아버지, 할 수 없어요. 아버지는 눈을 떠서 밝은 세상 보시고, 착한 사람 구하셔서 아들딸 낳아 후사나 전하고, 오래오래 평안히 계십시오."

뱃사람들은 심청의 딱한 형편을 보고 모여 앉아 의견을 나누었다.

"심 소저의 효성과 심 봉사의 일생 신세 생각해 봉사님 굶지 않고 헐벗지 않게 한 살림을 꾸려 주면 어떻겠소?"

의논이 모아지자 쌀 이백 석과 돈 삼백 냥, 무명 삼베 각 한 동씩 마을에 들여놓고 동네 사람들을 모아 당부했다.

"쌀 이백 석과 돈 삼백 냥을 착실한 사람 주어 실수 없이 온전하게 늘려 심 봉사에게 드리시오. 이백 석 가운데 이십 석은 올해 양식으로 제하고, 나머지는 해마다 빚을 주어 이자를 받으면 양식을 하고, 이런 내용을 관청으로 공문을 보내 알려 주시오."

모든 일이 끝나자 마침내 심청에게 가자고 이르니, 무릉촌 장 승상 댁 부인이 그제야 심청의 소식을 듣고 급히 시비를 보내어 심청을 불렀다. 심청이가 시비를 따라오니 승상 부인은 문밖으로 내달아 심청의 손을 잡고 울며 말했다.

"나는 너를 자식으로 알았는데 너는 나를 어미같이 알지를 않았구나. 일찍 나와 의논했더라면 진작 주선해 주었지. 쌀 삼백 석을 이제라도 내 줄 것이니 뱃사람들 도로 주고 당치 않은 말 다시 마라."

심청은 울며 말했다.

"이제야 후회한들 어쩌겠습니까? 또 어찌 남의 명분 없는 재물을 바라고 쌀 삼백 석을 도로 내주면 뱃사람들 일이 낭패이니 그도 또한 어렵겠지요. 부인의 하늘 같은 은혜는 저승에 가서도 잊지 않겠나이다."

부인이 다시 보니 엄숙한지라 차마 말리지 못하고 놓지도 못했다. 심청은 눈물을 흘리며 부인에게 말했다.

"부인은 전생에 나의 부모라. 어느 날에 다시 모시겠어요? 글 한 수를 지어 정을 표하오니 보시면 아실 것입니다."

부인이 종이와 붓을 내주니 붓을 들고 글을 쓸 적에 눈물이 비가 되어 점점이 떨어졌다. 그 눈물이 송이송이 꽃이 되니 그림 족자였다. 안방에 걸고 보니 그 글은 이러했다.

사람의 죽고 사는 건 꿈이어라
하물며 어찌 정 때문에 눈물을 흘리랴
다만 가장 서러운 것은
한 번 떠난 임, 다시 돌아오지 못하는 일이라

심청의 글을 읽고 부인도 붓을 들어 답시를 적어 주었다.

어두운 밤에 난데없이 비바람이 불어오니
아름다운 꽃 날려 떨어지도다
인간의 운명을 하늘이 정하셔서
아버지와 자식이 살아생전 정을 끊는구나

심청은 글을 품에 품고 눈물로 이별했다. 이를 지켜보던 사람들은 모두 대성통곡했다. 심청이 돌아와서 아버지에게 하직하자 심 봉사는 심청을 붙들고 뒹굴며 소리쳤다.

"못 간다, 날 데리고 가거라. 너 혼자는 못 간다."

심청은 아버지를 위로하며 말했다.

"액운이 막혀 있고 생사가 때가 있어 하느님이 하신 일이니 한탄한들 어찌하겠어요? 인정으로 할 양이면 떠날 날이 없을 것입니다."

심청이 아버지를 동네 사람에게 붙들게 하고 뱃사람들을 따라갈 제, 소리 내어 우니 눈물이 연신 치마폭을 적셨다. 엎어지며 자빠지며 붙들어 나갈 적에 사람들을 바라보며 소리쳐 흐느꼈다.

"여러 어르신들, 여러분만 믿고 떠나오니 불쌍한 저희 아버지 살펴 주옵소서."

동네 남녀노소 눈이 붓도록 서로 붙들고 울며 심청을 보냈다. 하늘도 이별을 슬퍼하는 듯 어두침침한 구름이 사방에 자욱하고 강물 소리조차 흐느끼며 흘렀다. 돌아보고 재촉하기를 거듭해 마침내 강두江頭 나루터에 다다르니 기다리고 있던 뱃사람들이 심청을 인도해 빗장 안에 싣고 닻을 올렸다.

"어기야, 어기야."

둥둥, 북을 울리면서 노를 저어 힘차게 나아가니 심청은 제 아버지 생각에 울다 기절하고 다시 깨어나 울기를 반복했다. 배는 마침내 큰 바다로 나아갔다. 망망한 너른 바다에 거친 물결이 일고 갈매기는 갈대숲으로 날아들고 북쪽의 기러기는 남으로 날아갔다.

오랜 항해 끝에 한곳에 다다라 돛을 지우고 닻 내리니 그곳이 바로 인당수였다. 갑자기 거센 바람 크게 일어 어룡이 싸우는 듯, 벽력이 일어난 듯, 너른 바다 한가운데 일천 석 실은 배, 노도 잃고 닻도 끊어지고 사면은 어둑하고 천지가 적막해 간신히 떠오르는데 뱃전은 탕탕, 돛대도 와지끈, 순식간에 위태했다. 이에 도사공都沙工 뱃사공의 우두머리을 비롯해 모두들 겁을 냈다. 뱃사람들이 고사 제물 차릴 적에 섬 쌀로 밥을 짓고, 동이 술에 큰 소 잡고, 큰 돼지 통째로 삶아 큰 칼 꽂아 기는 듯이 받쳐 놓고, 삼색 실과 오색 탕수, 갖은 고기 식혜류와 온갖 과일 차려 놓고, 심청을 목욕시켜 흰옷으로 갈아입혀 상머리에 앉힌 뒤에 도사공이 앞에 나서 북을 둥둥 울리면서 고사했다.

"어화둥둥, 용왕님아. 우리 말씀 들어 보소. 우리 동무 스물네 명이 장사를 시작해 십여 세에 조수 타고 서호를 떠다니다가 인당수 용왕님은 사람 제물을 받기에 유리국 도화동에 사는 십오 세 효녀 심청을 제물로 드리옵니다. 사해 용왕님은 고이고이 받으소서. 동해신 아명 서해신 거승이며, 남해신 축융 북해신 우강이며, 칠금산 용왕님, 자금산 용왕님, 개개섬 용왕님, 영각대감 성황님, 허리간의 화장 성황 이물 고물 성황님네 다 굽어보소서. 물길 천 리 먼먼 길에 바람구멍 열어 내고, 낮이면 골을 넘어 대야에 물 담은 듯이, 배도 무쇠가 되고 닻도 무쇠가 되고 용총마루 닻줄 모두 다 무쇠로 점지하시고, 빠질 근심 없고 재물 잃을 근심

없애시어 억만금 이문利文 이익이 남는 돈 남겨 대 끝에 봉기鳳旗 풍어를 비는 당제를
지낼 때 대나무를 쪼개어 가지마다 조화를 매단 기 질러 웃음으로 즐기고 춤으로 기뻐
하게 점지해 주옵소서."

도사공은 북을 둥둥 치며 안쪽을 향해 소리쳤다.

"시각이 급하니 심청은 바삐 물에 들라."

심청은 두 손을 합장하고 빌기 시작했다.

"비나이다, 비나이다, 하느님 전에 비나이다. 심청이 죽는 일은 추호라
도 섧지 아니합니다. 병든 아버지 깊은 한을 생전에 풀어 드리려 이 죽음
을 당하옵니다. 하늘은 감동하시어 어두운 아버지의 눈을 밝게 띄워 주
옵소서."

심청은 죽는 순간까지도 오직 아버지 걱정뿐이었다. 마침내 뱃전에 올
라서서 치마폭을 뒤집어쓰고 파도 위로 풍덩 몸을 던졌다. 심청이 바다
에 떨어지자 들끓던 파도가 가라앉고 물결이 잔잔해졌다. 광풍이 삭아
지며 안개가 자욱이 사방에 깔리니 뱃사람들이 서로 말했다.

"고사를 지낸 후에 날씨가 순통順通 일이 순조롭게 잘 통함하니 심청이 덕이
로다."

모두 손을 모아 심청의 넋을 위로했다.

한편 무릉촌 장 승상 부인은 심청이 남긴 글을 벽에다 걸어 두고 날마
다 살피는 것을 낙으로 삼았다. 하루는 족자에 물이 흐르고 빛이 변해 검
어지는지라 "기어이 심청이가 물에 빠져 죽었구나." 하고 탄식한 뒤에
그날 밤 강가에 나가 심청의 혼을 불러 위로하는 제사를 지냈다.

이때 바다에 뛰어든 심청은 물결 속으로 끝없이 떨어졌으나 무지개가
영롱하고 사방에 향내가 은은한지라 깜짝 놀라 정신을 차렸다. 주변을
바라보니 무수한 바다의 장군과 군사들이 모여들어 심청을 에워쌌다.

원참군 별주부, 승지 도미, 빈랑 낙지, 감찰왕 잉어, 수찬 송어와 한림 붕어, 수문장 메기, 청령사령 자가사리, 승지 북어, 삼치, 갈치, 앙금, 방게, 수군 백관과 백만 물고기 병사, 무수한 선녀들이 백옥 가마를 마련한 후에 물로 뛰어드는 심청을 받은 것이었다. 심청은 깜짝 놀라 물었다.

"내가 죽었소, 살았소? 이곳이 대체 어디란 말이오?"

여러 선녀가 대답했다.

"옥황상제님의 지엄한 분부가 내려 그대는 살았나이다. 어서 가마에 올라 용왕님을 찾아가 뵈소서."

"옥황상제님의 분부란 무엇을 말함이오?"

"옥황상제께서 인당수 용왕님과 사해용왕 지부왕에게 일일이 명을 내리셨으니 '내일 효녀 심청이가 인당수로 뛰어내릴 것이니 몸에 물 한 점 묻지 않게 할 것이며, 만일 모시기를 실수하면 사해용왕에게는 천벌을 주고 지부왕은 파문을 내릴 것이니 수정궁으로 맞아들여 삼 년 동안 받들고 단장해 세상으로 돌려보내라' 하시었습니다."

심청은 그제야 마지못해 가마를 탔다. 팔 선녀는 가마를 메고 여섯 용은 심청을 곁에서 모셨다. 바다의 장군과 군사들이 심청을 좌우로 호위하고 청학 탄 두 동자는 앞길을 인도해 나아갔다. 이윽고 수정궁으로 들어가니 인간 세계와는 다른 별천지였다.

이날 이후, 심청은 용궁에 머물렀는데 대접이 극진했다. 사해용왕이 각기 시녀를 보내어 조석으로 문안하고, 번갈아 당번을 서 호위했다. 금수능라 비단옷을 입고, 화용월태花容月態 아름다운 여인의 얼굴과 맵시 고운 얼굴 교태하며 웃는 시녀와 얌전하게 차린 시녀, 천성으로 고운 시녀, 수려한 시녀들이 주야로 심청을 모시면서 사흘마다 작은 잔치, 닷새마다 큰 잔치를 베풀었다. 또 상당에서 비단 백 필, 하당에서 진주 서 되를 바쳤다.

이처럼 받들면서도 오히려 잘못하지나 않을까 각별히 조심했다.

하루는 광한전 옥진 부인이 온다 하니 용왕이 겁을 내어 사방이 분주했다. 옥진 부인은 다름 아닌 죽은 심 봉사의 처 곽 부인이었다. 옥진 부인은 자신의 딸 심청이가 수중에 왔단 말을 듣고 상제에게 말미를 얻어 모녀 상면하러 달려오는 길이었다. 심청은 다가오는 부인이 누군 줄도 모르고 멀리 서서 바라볼 뿐이었다. 무지개 어린 오색 가마를 옥기린에 높이 싣고, 벽도화碧桃花 복숭아꽃 단계화丹桂花 계수나무꽃를 좌우에 벌여 꽂고, 각 궁 시녀들은 부인을 곁에서 모시고 청학 백학들은 앞길을 인도하며 가마가 사뿐히 다가왔다. 이윽고 가마의 주렴珠簾 구슬 따위를 꿰어 만든 발이 걷히며 안에 있던 사람이 심청을 불렀다.

"심청아, 여기 네 어미가 왔다."

심청은 깜짝 놀라며 달려갔다.

"어머니, 정녕 어머니가 틀림없소? 나를 낳고 초칠일 안에 돌아가시어 지금까지 십오 년을 얼굴도 모르고 살아왔으니 천지간 깊은 한이 갤 날이 없었습니다."

두 모녀는 부둥켜안고 서로 통곡했다. 이윽고 심청이 말했다.

"다만 마음에 걸리는 것은 우리 모녀는 서로 만나 보니 좋지만 외로우신 아버님은 누구를 보고 반기시겠습니까? 아버지 생각이 새롭군요."

부인은 울며 말했다.

"내 어찌 너의 아버지를 잊었겠느냐. 너의 아버지가 나 죽은 뒤 너를 키워 서로 의지했는데 너와도 이별하니 너 떠나던 날 그 모습이 오죽하랴?"

부인은 얼굴도 대어 보고 손발도 만져 보며 새삼 딸의 얼굴을 쳐다보았다.

"귀와 목이 희니 너의 아버지를 닮았구나. 손과 발이 고운 것은 어찌 아니 내 딸이랴. 내가 끼던 옥지환도 네가 지금 가졌으며, 수복강녕壽福康寧 오래 살고 복을 누려 건강하고 평안함 태평 안락 양편에 새긴 돈을 고운 붉은 주머니 청홍 당사唐絲 중국 명주실 벌 매듭벌 모양의 매듭 끈도 네가 찼구나. 아버지와 이별했지만 어미를 다시 봤으니 두 가지 다 온전하기 어려운 것이 인간 고락인가 보구나."

두 모녀는 같이 며칠을 보냈다. 며칠 뒤 옥진 부인이 말했다.

"광한전 맡은 일을 오래 비워 두기 어려워 다시금 이별해야 하니 애통하고 딱하다만 내 맘대로 못하는구나. 한탄한들 어이할쏘냐? 후에라도 다시 만나 즐길 날이 있으리라."

떨치고 일어서니 심청은 울며 어머니와 하직하고 자신은 수정궁에 머물렀다.

한편 심 봉사는 딸을 잃고 모진 목숨 죽지 못해 겨우 연명했다. 도화동 사람들이 이를 불쌍히 여겨 극진히 보살폈다. 마을 사람들이 심 봉사의 돈과 곡식을 늘려 주어서 집안 형편이 해마다 늘어 갔다. 하지만 심청을 떠나보내고 어느 곳에도 마음을 붙이지 못하는지라 심 봉사는 외로움 속에서 나날을 보냈다.

마침 한마을에 사는 뺑덕 어미는 자원해 심 봉사의 첩이 되었다. 뺑덕 어미가 심 봉사 돌보기를 자청한 것은 심 봉사의 돈과 곡식을 탐했기 때문이다. 첩이 된 뺑덕 어미는 심 봉사의 재산을 물 쓰듯 했다. 쌀 주고 엿을 사 먹고, 벼 주고 고기를 사고, 이웃집에 욕 잘하고, 동무들과 싸움 잘하고, 술 취해 큰 소리로 떠들고, 재산을 흥청망청 탕진하니 얼마 가지 않아 다시 밥을 빌어먹게 되었다. 이에 하루는 심 봉사가 뺑덕 어미를 불러 놓고 타일렀다.

"내 딸의 목숨과 바꾼 돈으로 근근이 목숨을 이어 왔는데 근래에 어찌해서 다시금 빌어먹게 된 것이오?"

뺑덕 어미는 태연하게 대답했다.

"봉사님, 여태 잡수신 게 무엇이오? 식전마다 해장하신다고 죽 값이 여든두 냥이요, 살구는 어찌 그리 먹고 싶던지, 살구 값이 일흔석 냥이오."

심 봉사는 속이 탔지만 애써 참았다.

"예부터 '계집 먹은 것은 쥐 먹은 것'이라 하니 따져 봐야 소용없다. 동네 사람 부끄러우니 우리 세간 기물을 다 팔아 타향으로 가세."

동네 사람 보기에 창피했던 심 봉사는 마침내 남은 살림살이 다 팔아서 이고 지고 타향으로 떠돌이 생활에 나섰다.

하루는 옥황상제가 사해용왕에게 말을 전했다.

"심 소저 혼약할 기한이 가까우니 인당수로 돌려보내 좋은 때를 잃지 말게 하라."

옥황상제의 분부가 지엄하니 사해용왕이 명을 듣고 심청을 보낼 적에 큰 꽃송이에 넣고 두 시녀로 하여금 곁에서 모시게 했다. 또 아침저녁 먹을 것과 비단 보배를 많이 넣고 옥 화분에 고이 담아 인당수로 보냈다. 이때 사해용왕이 친히 나와 전송했다.

잠깐 사이에 인당수에 번듯 떠 뚜렷이 수면을 영롱케 하니 천신의 조화요, 용왕의 신령이었다. 바람이 분들 끄떡하며 비가 온들 떠내려갈쏘냐? 오색 무지개가 꽃봉오리 속에 어리어 둥덩실 떠 있을 적에 남경 갔던 뱃사람들이 막대한 이문을 내고 고국으로 돌아오다가 바다 한곳을 바라보니 한 송이 꽃봉오리 너른 바다 가운데 두둥실 떠 있는지라. 뱃사람들이 의아하게 여겨 중얼거렸다.

"심 소저의 영혼이 꽃이 되어 떴나 보다."

가까이 가서 보니 과연 심청이가 빠졌던 곳이어서 마음이 감동해 꽃을 건져 내었다. 꺼내 놓고 보니 크기가 수레바퀴처럼 생겼고 두세 사람이 넉넉히 앉을 만했다.

"참으로 기이하구나. 이 꽃은 세상에 없는 꽃이다."

"꽃을 황제 폐하께 진상해야겠다."

뱃사람들은 꽃을 고이 받들어 황제가 있는 장안으로 향했다.

이때 송나라 천자는 황후가 별세한 후 간택하지 않고 화초를 구해 상림원上林苑 장안 서쪽에 있는 황제의 정원에다 채우고 황극전 뜰 앞에도 여기저기 심어 두고 기화요초琪花瑤草 옥같이 고운 풀에 핀 구슬같이 아름다운 꽃를 벗 삼아 지내고 있었다.

이때 남경 뱃사람들이 인당수에서 얻은 진귀한 꽃 한 송이를 가져와 천자에게 바치니 천자는 반기어 그 꽃을 황극전에 놓고 보았다. 꽃의 빛이 찬란해 해와 달처럼 빛을 내는 것 같고 향기가 특출하니 세상 꽃이 아니었다.

"달빛에 그림자가 분명하니 계수나무꽃도 아니요, 요지연의 흰 복숭아 동방삭이 따온 후에 삼천 년이 못 되니 벽도화도 아니다. 그렇다면 서역국에 연화씨가 떨어져 그것이 꽃이 되어 바다에 떠왔는가?"

천자는 기뻐하며 꽃 이름을 '강선화降仙花'라고 칭했다. 자세히 살펴보니 붉은 안개가 둘러 있고 상서로운 기운이 어리었으니, 천자는 크게 기뻐하며 화단으로 옮겨 놓았다. 하루는 천자가 화단을 배회하는데, 밝은 달이 뜰에 가득하고 산들바람 부는 중에 문득 강선화 봉오리가 흔들리며 가만히 벌어졌다. 천자가 몸을 숨기고 가만히 살펴보니, 예쁜 용녀龍女 용궁의 선녀가 얼굴을 들어 꽃봉오리 밖으로 반만 내다보더니 사람 자취 있음을 보고 도로 헤치고 들어갔다. 천자가 보고 문득 몸과 마음이 황홀해 아무리 서 있어도 다시는 기척이 없었다. 가까이 가서 꽃봉오리를 가만히 벌리고 보니 한 처녀와 두 미인이 있기에 천자가 반기며 물었다.

"너희가 귀신이냐, 사람이냐?"

미인은 즉시 나와 땅에 엎드려 여쭈었다.

"소녀는 남해 용궁 시녀이온데 소저를 모시고 세상으로 나왔다가 황제의 모습을 뵈오니 극히 황공하옵니다."

듣고 난 천자는 마음속으로 생각했다.

'상제께옵서 좋은 인연을 보내주신 게로구나. 하늘이 내리신 바를 받아들이지 않으면 이런 좋은 기회가 다시는 오지 않으리라.'

천자는 크게 기뻐하며 꽃 속 처녀와 혼인을 하기로 작정했다. 태사관으로 하여금 날을 잡으라고 명을 내리니, 곧 오월 오 일 갑자일이었다. 마침내 혼인날이 닥쳐 황제가 잔치 자리에 나와 서니 꽃봉오리 속에서 두 시녀가 소저를 부축하며 나왔다. 이때 향기가 사방에 진동하고 북두칠성에 좌우 보필이 갈라서 있는 듯, 궁중이 휘황해 바로 보기 어려웠다. 나라의 경사라, 온 나라에 사면령을 내리고, 남경 갔던 도선주都船主를 특별히 무장 태수로 임명하고, 온 조정 여러 신하는 축하를 보내고 온 백성은 기뻐 환호했다.

심 황후의 덕과 은혜가 지중하여 해마다 풍년이 들어 태평세월을 다시 보니 태평성대가 되었다. 심 황후는 부귀 극진하나 늘 마음속에 숨은 근심이 아버지 생각뿐이었다. 하루는 근심을 이기지 못해 시종을 데리고 옥난간에 기대 서 있었더니, 가을 달은 밝아 산호 발에 비쳐 들고 슬피 우는 귀뚜라미 소리 방 안에 흘러들었다. 심 황후는 길게 탄식했다.

"오느냐, 너 기러기. 거기 잠깐 머물러서 나의 말 들어 봐라. 소중랑蘇中郎 중국 한 무제 때 흉노의 포로로 십구 년간 억류됐으나 끝내 항복하지 않았던 소무를 말함이 북해상에서 편지 전하던 기러기냐, 푸른 물 흰 모래밭에 이끼도 푸른데 그리움을 못 이겨 내려오는 기러기냐. 도화동에 사는 우리 아버지 편지를 매고 네 오느냐. 이별한 지 삼 년 동안 소식 한 번을 못 들으니 내가 이제 편지를 써서 네게 전할 테니 부디부디 잘 전하거라."

이때 황제가 내전에 들어오다가 황후를 바라보니 고운 얼굴에 눈물이 가득했다. 황제는 놀라며 물었다.

"무슨 근심이 있기에 눈물 흔적이 있는 거요?"

심 황후가 대답했다.

"저는 용궁 사람이 아니오라 황주 도화동에 사는 맹인 심학규의 딸이옵니다. 아버지의 눈 뜨기를 위해 몸을 뱃사람에게 팔아 인당수에 제물로 빠졌었습니다."

심 황후는 그동안 있었던 일을 자세히 말했다.

"그러하면 어찌 진작 말을 하지 않았소? 어렵지 않은 일이니 너무 근심치 마오."

황제는 다음 날 조정 신하들을 불러 명했다.

"황주로 관리를 보내어 심학규를 부원군으로 대우해 모셔 오라."

그러자 황주 자사가 장계狀啓 왕명을 받고 지방에 나가 있는 신하가 자기 관하(管下)의 중요한 일을 왕에게 보고하던 문서를 올렸다.

"분명히 본 주의 도화동에 맹인 심학규가 있었으나 일 년 전에 마을을 떠난 뒤로 사는 곳을 알 수 없습니다."

심 황후는 장계를 받고 황제에게 말했다.

"제게 좋은 생각이 있사옵니다. 이 땅의 모든 백성이 다 임금의 신하이온데 백성 중에 불쌍한 사람은 홀아비, 과부, 고아, 자식 없는 늙은이 네 부류일 것입니다. 그 가운데 가장 불쌍한 사람이 병든 사람이며, 병든 사람 중에도 특히 맹인이오니 천하 맹인을 모두 모아 잔치를 여시옵소서. 그들이 하늘과 땅과 해와 달과 별이며, 희고 검고 길고 짧은 것과, 부모 처자를 보아도 보지 못해 품은 한을 풀어 주옵소서. 그러하면 그 가운데 혹시 저의 아버님을 만날 수도 있지 않겠사옵니까?"

황제가 듣고 크게 칭찬하기를 "과연 여자 중의 요순堯舜 고대 중국의 요임금과 순임금이로소이다. 그렇게 합시다." 하고 다음 날 명을 내려 천하에 반포했다.

"높은 관리에서 서민에 이르기까지 맹인이면 성명과 거주지를 기록해 각 읍으로부터 올리도록 하라. 그들을 잔치에 참례參禮 예식에 참여함하게 하되, 만일 맹인 하나라도 명을 몰라 참례치 못한 자가 있으면 해당 도의 감사와 수령은 마땅히 중한 벌을 받을 것이다."

호령이 추상 같으니 각 도와 읍이 놀라고 두려워 성화같이 시행했다. 맹인 잔치 소식은 이곳저곳 떠돌던 심 봉사의 귀에도 들어갔다. 심 봉사는 뺑덕 어미에게 의견을 물었다.

"사람이 세상에 났으니 서울 구경 한번 해 보세. 낙양 천 리 멀고 먼 길을 나 혼자는 갈 수 없으니 나와 함께 가는 것이 어떠한가? 길에 다니다가 밤이야 우리 할 일 못하겠는가?"

뺑덕 어미도 찬성했다.

"어서 갑시다. 가서 배 터지게 먹어 봅시다."

뺑덕 어미를 앞세우고 길을 가다가 한 역촌에 이르러 잠을 자게 되었다. 마침 그 근처에 황 봉사라고 하는 소경'시각 장애인'을 낮잡아 이르는 말이 있었는데 그는 반소경이었고 집안 형편도 넉넉했다. 그는 뺑덕 어미를 빼내려고 주인을 시켜 갖가지로 꼬였다. 뺑덕 어미의 마음도 크게 흔들렸다.

'막상 내가 따라가더라도 잔치에 참례할 길이 전혀 없고, 돌아온들 형편도 전만 못하고 살길이 전혀 없을 테니, 차라리 황 봉사를 따라가면 말년 신세는 편안하겠구나.'

뺑덕 어미는 못 이기는 척 황 봉사의 청을 받아들였다.

'심 봉사 잠들기를 기다려 내빼리라.'

뺑덕 어미는 일부러 자는 척하고 누워 있다가 심 봉사가 깊은 잠에 빠지자 두말없이 도망해 달아났다. 다음 날 잠에서 깬 심 봉사는 길게 탄식했다.

"여봐라, 뺑덕 어미 날 버리고 어디 갔는가. 이 무상하고 고약한 계집아, 서울 천 리 먼먼 길 누구와 함께 벗을 삼아 가리오."

심 봉사는 한참을 울다가 또 중얼거렸다.

"공연히 그런 잡년한테 정붙였다가 살림만 날리고 도중에 낭패로구나. 이 모든 것이 나의 운수소관運數所關 모든 일이 운수에 달려 있어 사람의 힘으로는 어찌할 수 없음을 이르는 말이로구나. 누구를 원망하고 누구를 탓하랴? 우리 어질고 음전말이나 행동이 곱고 우아함하던 곽 부인 죽는 양도 보고 효녀 심청이도 물에 빠져 죽어 생이별했으니 내 팔자가 형편없구나."

사람을 데리고 수작하듯 혼자 구시렁거리다가 날이 밝으니 다시 떠나갔다. 이때는 마침 오뉴월이라 더위는 심하고 땀은 흘러 등을 적셨다. 마침 물 흐르는 곳이 있어 심 봉사는 의관과 봇짐을 벗어 놓고 목욕을 했다. 그러나 목욕을 끝내고 나와 보니 의관과 봇짐이 간데없었다. 강변을 두루 다니며 사면을 더듬는데 더듬은들 어디 있을쏘냐? 오도 가도 못하게 된 심 봉사는 소리 내어 울부짖었다.

"애고애고, 서울 천 리 멀고 먼 길을 어찌 가리. 네 이놈 도적놈의 자식아, 내 것을 어디에 쓰려고 가져 갔느냐? 부잣집의 남는 재물이나 가져다가 쓸 일이지, 눈먼 놈의 것을 갖다 먹고 온전할까. 빨래하는 아낙네도 없으니 누구한테 가서 밥을 빌며 의복을 빌리리."

한창 이리 울며 탄식할 적에 마침 무릉 태수가 지나갔다.

"이놈, 물렀거라."

하고 와자하게 내려오니 심 봉사는 길을 비키라는 소리를 반겨 듣고, 독을 내고 앉았다가 행차가 가까이 오니 엉금엉금 땅을 기었다. 좌우의 나졸들이 달려들어 밀쳐내니 심 봉사는 무슨 유세나 하는 줄로 여기며 소리쳤다.

"네 이놈들! 나를 이렇게 대하다니. 나는 지금 황성으로 가는 소경이다. 너의 성명은 무엇이며 이 행차는 어느 고을 행차신지 썩 일러라."

주변이 소란하자 무릉 태수가 물었다.

"너는 어디 있는 소경이며 어찌 옷을 벗었으며 무슨 말을 하고자 하느냐?"

심 봉사는 황망히 말했다.

"저는 황주 도화동에 사는 심학규이옵니다. 잔치가 있다 해서 서울로 가는 길인데 날이 너무 더워 잠깐 목욕을 했습니다. 나와 보니 어느 못된 도적놈이 의관과 봇짐을 모두 다 가져가서 낮에 나온 도깨비처럼 이러지도 저러지도 못하고 있었습니다. 제 의관과 봇짐을 찾아 주시거나 별도로 마련해 주시옵소서. 그렇게 안 해 주시면 잔치에 가지 못하니 나리께서 특별히 살펴 주시기를 바라옵니다."

태수는 고개를 끄덕이며 대답했다.

"듣고 보니 사정이 참으로 딱하구나."

태수는 통인通引 잔심부름을 하던 구실아치을 불러 고리짝을 열고 의복 한 벌을 내주었다. 또 급창及唱 원의 명령을 큰 소리로 전달하는 남종을 불러 가마 뒤에 달린 갓을 떼어 주고, 수행 관리를 불러 노잣돈을 꺼내 주었다. 심 봉사는 내친김에 말했다.

"그 흉한 도적놈이 담뱃대마저 가져가 버렸소."

태수가 웃으면서 담뱃대를 내주니 심 봉사는 넙죽 절하고 서울을 향해 길을 떠났다. 가다가 지치면 들에서 잠을 자고 잠에서 깨면 또 걷기를 여러 날, 마침내 고대하던 서울이 가까웠다. 낙수교를 지나 서울 근교로 들어가니 한 곳에 방앗간이 있어 여러 여자가 방아를 찧고 있었다. 심 봉사는 더위를 식히려고 방앗간 그늘에 앉아 쉬고 있었다. 여러 사람이 심 봉사를 보고 말했다.

"애고, 저 봉사도 잔치에 오는 봉사인가 보오? 요즈음에 봉사들 살판이 생겼네. 그리 앉았지 말고 방아나 좀 찧어 주지."

심 봉사가 대답했다.

"천 리 타향에서 힘들게 올라오는 사람더러 방아 찧으라 하오? 무엇이나 좀 주면 찧어 주지."

"애고, 그 봉사 음흉해라. 주기는 무엇을 주어 점심이나 얻어먹지."

"고작 점심 얻어먹으려고 찧어 줄까."

"그러면 무엇을 주어, 고기나 줄까?"

심 봉사는 허허 웃으며 "그렇다면 방아를 찧어 보리라." 하고 그럭저럭 방아를 찧고 점심까지 얻어먹었다. 봇짐에다 술을 넣어 등에 지고 성안으로 들어가니 억만 장안이 모두 다 소경들로 가득해 서로 '딱딱' 부딪쳐 다니기 어려웠다. 그러다가 한 곳을 지나는데 어떤 여자가 문밖에 섰다가 심 봉사를 불렀다.

"거기 가는 분이 심 봉사이시오?"

심 봉사는 놀라 돌아보며 물었다.

"누가 나를 찾나?"

"그럴 일이 있으니 거기 잠깐 머물러 계시오."

여자는 다짜고짜 심 봉사를 인도해 사랑에다 앉히고 저녁밥을 내왔다. 심 봉사는 속으로 생각했다.

'괴이한 일이구나. 이게 어찌 된 일인고?'

차려온 음식과 반찬이 예사 음식이 아니어서 밥을 달게 먹었다. 어느덧 날이 저물어 황혼이 되니 여인이 다시 나와서 말했다.

"여보시오 봉사님, 나를 따라서 안방으로 들어갑시다."

심 봉사가 물었다.

"이 집에 바깥주인이 있는지 없는지는 모르겠지만 어찌 남의 안방으로 들어가겠소?"

"그런 것은 캐묻지 마시고 나만 따라오시오."

대청마루에 올라앉으니 아까와 다른 여인이 다가와 말을 붙였다.

"내 성은 안가인데 불행히도 부모님이 모두 돌아가시고 홀로 이 집을 지키고 있습니다. 나이가 스물다섯 살이나 되었는데도 아직 시집을 가지 못하고 있지요. 일찍이 점치는 법을 배워서 배필 될 사람을 알아보았더니, 며칠 전에 우물에 해와 달이 떨어져 물에 잠기기에 제가 건져 품에 안는 꿈을 꾸었답니다. 가만히 생각해 보니, 하늘의 해와 달은 사람의 눈인데 해와 달이 떨어졌으니 맹인을 뜻하고, 물에 잠겼으니 심씨인 줄 알았지요. 그날부터 아침 일찍 종을 시켜 문에 지나가는 맹인에게 차례로 물어온 지 여러 날 만에 천우신조天佑神助 하늘이 돕고 신령이 도움로 이제야 만나니 연분인가 합니다."

심 봉사는 어안이 벙벙했다.

"말이야 좋소만 그게 쉬운 일이오?"

안씨 여인이 종을 불러 차를 들이고 권했다.

"사시는 곳은 어디며 어떻게 되시는 분이신지요?"

심 봉사는 자기 신세 전후 사정을 낱낱이 말하며 눈물을 흘렸다. 안씨 여인은 심봉사를 위로하고 이날 밤에 함께 잠자리에 들었다. 그러나 심 봉사는 제대로 잠을 이루지 못했다. 첫날밤이니 오죽 좋으랴마는 이상하게 잠자리가 편치 않고 사나운 꿈이 전신을 휘감았다. 아침이 되어도 머릿속이 뒤숭숭하니 안씨 여인이 걱정해 물었다.

"무슨 일로 그리 앉아 계시오?"

심 봉사는 안씨 여인에게 지난밤 꿈을 이야기해 주었다.

"나는 본디 팔자가 기박해 평생을 두고 살펴보니 막 좋을 일이 있으면 항상 서러운 일도 같이 생기곤 했소. 이제 또 간밤에 꿈을 꾸니 평생 불길할 징조가 보입디다. 내 몸이 불에 들어가고, 내 가죽을 벗겨 북을 만들고, 또 나뭇잎이 떨어져 뿌리를 덮으니 아마도 내가 죽을 꿈이 아닌가 하오."

안씨 여인이 꿈 내용을 듣고 해몽해 주었다.

"참으로 꿈이 좋습니다. 몸이 불 속에 들어가니 누군가를 만날 기약이 있고, 가죽을 벗겨 북을 만드니 가죽은 궁성宮聲이라 궁궐에 들어갈 징조입니다. 또 낙엽은 결국 뿌리로 돌아가니 자손을 만날 꿈입니다."

심 봉사가 웃으며 말했다.

"내 본디 자손이 없는데 누구를 만나겠소. 잔치에 참례하면 궁궐에 들어가고 관청의 밥이나 먹게 될 테지요."

안씨 여인이 다시 말했다.

"지금은 내 말을 믿지 않으시지만 두고 보십시오."

때가 되어 심 봉사는 고개를 갸웃거리며 집을 나섰다. 대궐 문밖에 다다르니 벌써 맹인 잔치가 시작되었는지라 그 안이 오죽 좋으랴마는 거무칙칙하고 소경 냄새가 진동했다. 심 황후는 아버지가 나타나길 눈이 빠지게 기다렸다. 그런데 맹인 명부를 아무리 들여 놓고 보아도 심씨 맹인이 없는지라 혼자 탄식했다.

'이 잔치를 연 까닭은 아버님을 뵈옵자는 것이었는데, 아버님이 내가 인당수에 빠져 죽은 줄로만 아시고 애통해 돌아가신 것인가, 아니면 몽운사 부처님이 영험하시어 그동안에 눈을 떠서 천지 만물을 보시어 맹인 축에서 빠지신 것인가. 오늘이 마지막 잔칫날이니 내가 몸소 나가 보리라.'

심 황후가 뒷동산에 자리를 잡고 맹인 잔치를 구경하는데 풍악이 낭자하며 음식도 풍성했다. 잔치를 다 끝낸 뒤에 맹인 명부를 올리라 해 의복 한 벌씩을 내주니 맹인들이 모두 사례하는데 명단에 들지 못한 맹인 하나가 우두커니 서 있었다. 황후가 보고 물었다.

"저 사람은 어떤 맹인이오?"

상궁을 보내어 물으니 심 봉사가 겁을 내며 대답했다.

"저는 집이 없어 천지로 집을 삼고 사해로 밥을 부치며 떠돌아다니오니 어느 고을에 산다고 할 수가 없습니다."

황후는 반가워하며 가까이 들라 일렀다. 상궁이 명을 받아 심 봉사의 손을 끌어 별전으로 인도했다. 심 봉사는 무슨 영문인 줄 모르고 겁이나 더듬거리는 걸음으로 별전에 들어가 계단 아래 섰는데, 얼굴은 몰라볼 만큼 변해 있었고 머리에는 흰 머리카락이 듬성듬성했다. 황후가 삼 년 동안을 용궁에서 지내다 보니 아버지의 얼굴이 가물가물해 물어 보았다.

"처자는 있으신가요?"

심 봉사는 땅에 엎드려 눈물을 흘리면서 말했다.

"여러 해 전에 아내를 잃고, 초칠일이 못 지나서 어미 잃은 딸이 하나 있었습니다. 제가 어두운 눈으로 어린 자식을 품고 동냥젖을 얻어 먹이며 근근이 길러 내고, 딸이 점점 자라면서 효행이 뛰어나 옛사람을 앞서더니 요망한 중이 와서 '공양미 삼백 석을 시주하면 눈을 떠서 볼 것입니다' 했습니다. 저의 딸이 이 말을 듣고 '어찌 아비 눈 뜨리란 말을 듣고 그저 가만히 있으리오' 하고 남경 뱃사람들에게 삼백 석에 몸을 팔아서 인당수에 제물로 빠져 죽었습니다. 그때 제 딸의 나이가 열다섯이었습니다. 눈도 뜨지 못하고 자식만 잃었사오니 자식 팔아먹은 놈이 세상에 살아 무엇하겠습니까. 제발 죽여 주옵소서."

황후는 심 봉사의 말을 듣자 분명히 아버지인 줄을 알 수 있었다. 황후는 버선발로 뛰어 내려오며 소리쳤다.

"아버지, 제가 인당수에 빠져 죽었던 심청이에요."

심 봉사는 깜짝 놀라 물었다.

"이게 무슨 일이냐?"

이 순간 뜻밖에 두 눈에서 딱지가 떨어지는 소리가 나면서 눈이 활딱 밝았다. 이 자리에 가득 모여 있던 맹인들이 심 봉사 눈 뜨는 소리에 일시에 눈들이 뜨이는데, 까치 새끼 밥 먹이는 소리 같았다. 뭇 소경이 밝은 세상을 보게 되고, 집 안에 있는 소경, 계집 소경도 눈이 다 밝고, 배 안의 소경, 배 밖의 맹인, 반소경 청맹과니^{겉으로 보기에는 눈이 멀쩡하나 앞을 보지 못하는 사람}까지 모조리 다 눈이 밝았으니, 맹인에게는 천지개벽이나 다름없었다.

심 봉사는 반갑기는 반가우나 눈을 뜨고 보니 도리어 처음 보는 얼굴이라. 딸이라 하니 딸인 줄 알지마는 한 번도 보지 못한 얼굴이라. 그러나 어찌 머뭇거릴 수 있으리오. 이내 딸에게 달려들어 두 부녀가 부둥켜안고 통곡했다.

"정녕 꿈이런가. 내 딸 청이가 틀림없는가. 얼씨구절씨구 지화자 좋을씨고. 죽은 딸 심청이를 다시 보니 양귀비가 죽었다가 다시 살아났는가, 우미인虞美人 항우의 애첩이 도로 살아서 돌아왔는가, 아무리 보아도 내 딸 심청이지. 딸 덕으로 어두웠던 눈을 뜨니 해와 달이 다시 밝아져 더욱 좋도다. 태평세월 다시 보니 얼씨구 좋을씨고."

심 봉사의 노랫소리에 맞추어 무수한 소경도 춤추고 기뻐했다. 심 봉사는 그날로 예복을 입고 임금과 신하의 예로 인사를 하고 다시 내전에 들어가서 여러 해 쌓였던 회포를 풀며 안씨 여인의 일까지 낱낱이 이야기했다. 황후는 심 봉사의 말을 듣고 비단 가마를 내보내어 안씨를 데리고 와서 아버지와 함께 살게 했다. 황제는 심학규를 부원군에 봉하고 안씨는 정렬부인으로 봉하고, 또 장 승상 부인에게는 특별히 많은 재물을 상으로 내렸다. 도화동 동민들에게는 부역을 면제해 주고 많은 재물을 상으로 내려 마을에 어려운 일을 도와주라 하니, 도화동 사람들이 하늘 같고 바다 같은 은혜에 감사하는 소리가 온 천지에 진동했다.

부원군에게 옷가지와 여비를 제공했던 무릉 태수를 불러 예주 자사로 올렸다. 그리고 황 봉사와 뺑덕 어미를 즉시 잡아들이라 엄하게 분부했다. 예주 자사가 삼백예순 관청으로 사람을 보내 황 봉사와 뺑덕 어미를 잡아 올렸다. 부원군이 천청루에 자리를 잡고 앉아서 황 봉사와 뺑덕 어미를 친히 꾸짖었다.

"너는 어찌하여 재산을 탕진한 것도 모자라 나를 배신하고 황 봉사에게 붙었느냐?"

뺑덕 어미는 뒤늦게 후회하며 목숨을 빌었다. 부원군은 뺑덕 어미를 옥에 가두고 이번에는 황 봉사를 불러 꾸짖었다.

"너는 어찌하여 남의 아내를 꾀어내었느냐? 마땅히 죽일 일이지만 특별히 귀양을 보내니 원망하지 마라. 뒷날 세월이 흐른 후에 세상 사람이 이런 불의한 일을 본받지 않게 하자는 뜻이니라."

이렇게 나무라니 온 조정의 벼슬아치며 천하 백성들이 부원군의 덕화德化 옳지 못한 사람들을 덕행으로 감화함를 기렸다. 자손이 번성하고 천하에 아무런 어려움도 없으니 심 황후의 덕화가 온 천하에 덮였으며 칭송이 끊이지 않았다. 이날 이후 태평성대가 지속되니 백성들은 곳곳에서 춤추고 노래했으며 부원군은 심 황후와 더불어 오래오래 행복하게 살았다. ✎

심청전

📝 작품 정리

- **작가**　미상
- **갈래**　판소리계 소설, 설화 소설, 윤리 소설
- **성격**　교훈적, 전기적
- **배경**　시간 - 중국 송나라 말기 / 공간 - 황주 도화동
- **시점**　3인칭 전지적 작가 시점
- **구성**　'발단 - 전개 - 위기 - 절정 - 결말'의 5단계 구성
- **특징**　• 지네산 설화, 거타지 설화, 효녀 지은 설화, 인신공희 설화, 관음사
　　　　　연기 설화, 맹인득안 설화 등의 근원 설화가 사용됨
　　　　• 전래 설화에서 판소리로 가창되다가 고대 소설로 정착함
　　　　• 가사체, 운문체 등을 사용함
- **제재**　효
- **주제**　부모에 대한 효성과 인과응보
- **출전**　완판본 『심청전』

📝 구성과 줄거리

- **발단**　**심청이 태어남**

　　황주 도화동에 사는 심 봉사는 부인과 함께 가난하지만 오순도순하
　　게 살고 있었다. 그러나 부인은 딸을 낳은 지 칠 일 만에 갑자기 죽고
　　만다. 심 봉사는 젖동냥을 하며 딸을 키우고 열다섯 살이 된 심청은 아
　　버지를 극진히 모신다.

- **전개**　**심 봉사와 몽운사 화주승이 만남**

　　심 봉사는 저녁이 되어도 돌아오지 않는 심청을 찾아 나섰다가 개천에 빠진다. 마침 근처를 지나던 몽운사 화주승이 물에 빠진 심 봉사를 구해 준다. 화주승은 쌀 삼백 석을 부처님에게 공양하면 눈을 뜰 수 있다고 귀띔한다. 이에 심 봉사는 덜컥 시주를 약속한다.

- **위기**　**심청이 인당수에 뛰어듦**

　　심청은 공양미 삼백 석을 마련할 방법이 없어 근심한다. 때마침 제물로 쓸 여인을 찾고 있는 남경 뱃사람들에게 심청은 자신의 몸을 판다. 마침내 심청은 인당수로 뛰어든다. 그러나 심청은 용왕에 의해 구출되고 수정궁에서 머물다가 연꽃에 싸여 인간 세상으로 돌아온다.

- **절정**　**황후가 된 심청은 맹인 잔치를 베풂**

　　뱃사람들이 연꽃을 발견해 황제에게 바치고 심청은 황후가 된다. 심청은 황제에게 자신의 과거를 고백하고 아버지를 찾기 위해 맹인 잔치를 연다. 심 봉사는 잔치 소식을 듣고 대궐로 가던 중 뺑덕 어미에게 배신당한다.

- **결말**　**부녀가 상봉함**

　　심 봉사는 맹인 잔치가 끝날 무렵에야 대궐로 들어간다. 심청과 심 봉사 두 사람이 상봉하는 순간, 심 봉사는 눈을 번쩍 뜬다. 부원군이 된 심 봉사는 뺑덕 어미를 찾아내어 벌하고 심청과 더불어 오래오래 행복하게 산다.

생각해 보세요

1 판소리계 소설의 특징은 무엇인가?

　　판소리계 소설이란 판소리적 요소와 설화적 요소를 두루 갖추고 있는 세속

소설의 대표적 형태이다. 따라서 판소리계 소설에는 고대 소설과 달리 초인적인 능력을 가진 영웅이 등장하지 않는다. 사건 전개에서도 인과 관계가 보다 중시된다. 문체는 운문과 산문이 혼합되어 있고 세련된 언어와 평민층의 속어, 재담, 육담 등이 뒤섞여 있다. 삶의 고통에 마주한 비장함이 구수한 해학, 신랄한 풍자 등과 공존하면서 조선 후기 사회의 생활상을 반영하고 있다.

2 「심청전」의 판본에는 어떤 것들이 있으며 공통점과 차이점은 무엇인가?

「심청전」에는 많은 이본이 전한다. 지금까지 확인된 이본은 판본 11종, 필사본 50종, 활자본 14종 등 수십 종이다. 판소리 「심청가」를 기록해 놓은 것도 확인된 것만 14종이 넘는다. 이 이본들은 심청의 효라는 큰 테두리 안에서 내용을 전개하고 있지만 각각의 세부적인 내용은 약간씩 다르다. 예를 들면 심청이 태어나서 자란 곳, 물에 빠져 죽은 곳, 용궁에 갔다가 다시 살아난 곳 등이 조금씩 다르다. 특히 초기 경판본에서 후기 완판본으로 넘어가면서 인물 구성이나 장면에서 차이가 나타난다. 경판본에서는 두 주인공인 심청과 심학규 위주로 내용이 전개되고 효 사상이 더욱 두드러지게 나타난다. 하지만 완판본에서는 두 주인공 외에도 뺑덕 어미, 황 봉사 등 극적 긴장감을 더해 주고 구성을 다채롭게 해 주는 다양한 인물이 등장한다. 그리고 심학규의 성격도 두 판본에서 각각 다르게 나타난다. 경판본에서 심학규는 심청이 떠난 후 오직 심청만 생각하며 초라한 삶을 보내지만 완판본에서는 공양미 삼백 석을 시주할 수 있다고 소리치는 호기로운 모습과 심청이 죽은 후 뺑덕 어미를 들여 사는 모습, 궁에 들어가기 전 마을 아낙네들과 음란한 농담을 주고받는 모습 등을 보인다.

인물관계도

제비 1

(구렁이 퇴치 후 다리 치료)

(좋은 박씨)

흥부　흥부 아내

형제

(금은보화)

제비 2

(다리 부러뜨린 후 치료)

(나쁜 박씨)

놀부　놀부 아내

형님(놀부)이 저(흥부)를 집에서 내쫓았어요. 저는 가족과 가난하게 살아갔어요. 어느 날, 제비를 치료해 주었더니 박씨를 물어다 주었어요. 박에서는 금은보화가 쏟아져 나왔지요. 이 소식을 들은 형님은 박씨를 얻으려고 제비 다리를 일부러 부러뜨린 후 치료해 주었다고 하더군요. 형님네 박에서는 온갖 괴물이 나와 형님은 패가망신했지요.

흥부전 興夫傳

   충청도와 전라도, 경상도가 경계를 이루는 지점에 양반 연 생원이 살고 있었다. 연 생원은 슬하에 아들 둘을 두었는데 형은 놀부요, 동생은 흥부였다. 한 부모 밑에서 난 두 자식이었으나 외모는 물론이거니와 그 성품도 상반되었다. 흥부는 착하고 성실했으나 놀부는 심술궂고 매사에 욕심이 많았다. 사람들이 저마다 오장육부를 지녔지만 놀부는 오장칠부라, 왼쪽 갈비뼈 밑에 심술보 하나가 더 달려 있어 하는 짓마다 못되기가 이를 데 없었다. 그 행실을 일일이 나열하면 다음과 같다.

   남의 선산에 묘지 쓰기, 초상집에서 노래하기, 남의 노적露積 곡식 따위를 한데에 수북이 쌓음에 불 지르기, 가뭄 농사에 물꼬 빼기, 불난 곳에 부채질하기, 길 가운데 구덩이 파기, 외상 술값에 억지 쓰기, 소경'시각 장애인'을 낮잡아 이르는 말 옷에 똥칠하기, 잠든 사람에게 뜸질하기, 달리는 사람에게 발 걸기, 걸인 보면 자루 찢기, 상인喪人 잡고 춤추기, 여승 보면 희롱하기, 새 초분草墳 묘지에 불 지르기, 애를 밴 여자 배 차기, 우는 아이에게 똥 먹이기, 물동이 인 여자에게 입 맞추기, 상여꾼에게 형문刑問 죄인의 정강이를 때리던 형벌 치기, 채소밭에 물똥 싸기, 수박 밭에 말뚝 박기, 장독간에 돌 던지기, 무덤을 옮겨 쓸 때 뼈 감추기 등 낮에 행악질모질고 나쁜 행동하는 것도 모자라 밤에는 도적질을 일삼으니 그 흉악하기가 이를 데 없었다.

형 놀부와 반대로 흥부는 마음씨가 착하고 선량해서 동네 사람들의 칭찬이 자자했다. 흥부의 행적을 나열하면 다음과 같다.

동네 어른들을 존경하고, 이웃 간에 화목하고, 친구와 서로 믿음이 있고, 굶어 죽어 가는 사람에게 먹던 밥을 덜어 주고, 추운 날씨로 병든 사람에게 입었던 옷을 벗어 주었다. 또 노인이 짊어진 짐을 자청해 져다 주고, 장마 때 큰 물가에 삯 안 받고 건네 주고, 산에서 백골을 보면 깊이 파서 묻어 주고, 수절守節 정절을 지킴 과부 보쌈하면 쫓아가서 빼내 주고, 어진 사람 모함하면 대신 변명해 주고, 길 잃은 어린아이한테 부모를 찾아 주고, 주막에서 병든 사람 본가에 기별해 주고, 막 깨어난 벌레를 죽이지 않고, 자라나는 초목을 꺾지 않았다. 매일 좋은 일만 하느라 돈 한 푼 벌지 못 하니 형 놀부는 이런 흥부를 볼 때마다 심사가 뒤틀렸다.

부모가 모두 죽고 놀부는 흥부와 함께 살고 있었다. 놀부는 부지런히 재물을 모았지만 흥부는 늘 가난했다.

어느 날 놀부는 잠자는 흥부를 깨워 소리쳤다.

"재물을 모을 생각은 하지 않고 매일같이 놀고먹으니 그 꼴이 보기 싫어 함께 못 살겠다. 비록 부모가 물려준 재산이 있다 하나 그것은 마땅히 장손인 나의 몫일 터이니 네게는 지푸라기 하나 돌아갈 것이 없다. 네 처자를 데리고 어서 멀리 떠나거라. 지체하다가는 요절을 면치 못하리라."

마음씨 고운 흥부는 땅에 엎드려 놀부에게 빌었다.

"저를 밖으로 내치시면 젊은 아내와 어린 자식을 데리고 뉘 집에 가서 의탁하며, 어떻게 먹여 살리겠습니까? 아우 하나 있는 것을 어찌 매정하게 나가라 하십니까?"

놀부는 성을 내며 소리쳤다.

"아버님이 살아생전에 글공부를 시키더니 말 하나는 잘하는구나. 듣기 싫으니 썩 나가거라!"

착한 흥부는 놀부의 말을 듣지 않을 수 없었다. 빈손으로 집을 나서니 불쌍한 흥부 아내는 어린 자식을 등에 업고 울며불며 따라나섰다. 이때부터 정처 없이 여기저기를 떠돌며 빌어먹었다. 두어 달이 지나자 이내 부끄러움도 없어졌다. 그러던 어느 날, 흥부는 가족을 데리고 다리 난간에 늘어앉아 이를 잡으며 말했다.

"기왕 빌어먹고 살 것이면 곡식이 풍부한 동네로 가자."

흥부는 살 만한 곳을 찾아 정처 없이 돌아다녔으나 마땅한 곳을 찾지 못했다. 결국 다시 고향 근처로 돌아오니 마침 인심이 좋은 한 마을에 빈집이 있어 그곳에 가족을 들였다. 빌어먹는 가운데에도 그럭저럭 여러 해가 지나니 자식들이 줄줄이 생겨났다. 가난은 버석버석 나날이 늘어가니 여러 식구 굶는 것이 초상난 집의 개에 비길 만했다. 흥부 아내는 견디다 못해 섧게 울며 말했다.

"자식들은 바글거리고 귀신에게 줄 쌀 한 줌이 없으니 애고애고 서러운지고. 이보시오 아기 아버지, 형님 댁에 가서 쌀 좀 빌려 오소. 우리는 굶을지라도 자식들일랑은 살려 내야지 않겠소?"

흥부가 걱정해 대답했다.

"형님 댁이 지척이긴 하나 빌어본들 어찌 쌀을 내어 주겠소. 차라리 굶어 죽을지언정 안 가는 편이 아무래도 옳을 것 같소."

"주시고 안 주시는 것은 형님 처분에 달렸으니 되든지 안 되든지 헛일 삼아 한번 가 보시오."

흥부는 하는 수 없어 터진 헌 갓을 쓰고 누더기 삼베옷을 입고 구멍 뚫린 나막신을 두 발에 잘잘 끌고 꼭 얻어 올 심산으로 큼직한 구럭^{짚으로 만}^든자루을 짊어지고 집을 나섰다. 쫓겨나던 날을 생각하며 벌벌 떨며 걸어

갈 적에, 저 혼자 혀를 차며 탄식하기를 그치지 않았다.

"모진 목숨 죽지 않고 이 고생을 하는구나."

놀부가 사는 집 문 앞에 당도하니 그새 위세가 더 늘어서 가사家舍 사람이 사는집가 아주 웅장했다. 삼십여 칸 줄행랑을 일자로 지었는데, 한가운데 솟을대문이 하늘을 찌를 듯하고, 대문 안에 중문이요 중문 안에 벽문이 늘어섰다. 늙은 종이 흥부를 알아보고 손을 잡고 눈물 흘리며 말했다.

"이 모습이 웬일입니까?"

종은 흥부를 불쌍히 여기고 놀부에게 안내했다. 흥부는 놀부를 보자 눈물을 비 오듯 흘리며 엎드려 하소연했다.

"자식들이 굶어 죽어갈 판이라 불고염치하고 이렇게 형님을 찾아왔습니다. 부디 형제간의 우애를 생각해서 쌀섬을 내려 주십시오. 봄이 되면 부지런히 일해 갚겠습니다."

놀부는 흥부의 이야기를 듣고 매우 못마땅한 얼굴로 말했다.

"어디서 보았더라? 당최 알 수가 없군."

흥부는 서러움에 눈시울을 붉혔다.

"갑술년에 집 나간 흥부입니다. 동부 동모 친형제로 이름자 항렬해 형님 함자는 놀 자놀 부 자이고 아우 이름은 흥부라 하는 것을 벌써 잊으셨소?"

놀부는 버럭 화를 내며 소리쳤다.

"이놈, 왜 다시 찾아왔느냐. 썩 사라져라."

"형님, 제발 살려 주십시오."

흥부는 두 손을 비비면서 꿇어 엎드려 슬피 울었다. 놀부는 속으로 재빨리 생각했다.

'저놈이 달래서는 안 갈 테고, 쌀을 준다면 나중에 또 올 테니, 죽으면 굶어 죽지 맞아 죽을 생각은 없이 하는 것이 옳다.'

놀부는 단단한 몽둥이 하나를 들어 사정없이 흥부를 내리쳤다.

"이놈, 여기가 어디라고 기어 들어와 잔꾀를 부리느냐. 조금만 지체했다가는 잔뼈도 추리지 못할 테니 어서 가라."

다시 몽둥이를 번쩍 쳐드니 흥부는 제 형의 성미를 익히 아는지라.

"너무 노여워 마옵시고 평안히 계시옵소서. 못난 동생은 가옵니다."

인사를 마치고 마당을 돌아 나올 적에 문득 바라보니 놀부 아내가 마침 부엌에서 밥을 푸고 있었다. 흥부는 걸음을 멈추고 빌었다.

"형수님, 아우 흥부가 왔습니다. 밥 한술만 주십시오."

그 모양을 본 놀부 아내는 제 서방을 나무랐다.

"저러한 억지꾼 놈은 단단히 매를 쳐서 보내야 하는데 어찌하여 그냥 보낸단 말인가."

아무것도 모르는 흥부는 배가 찢어지게 고픈지라 덥석 부엌으로 들어섰다.

"남녀가 유별한데 어디를 함부로 들어오는가?"

놀부 아내는 이때다 싶어 들고 있던 주걱으로 힘껏 흥부 뺨을 후려쳤다. 흥부는 정신이 혼미한 가운데에도 뺨에 붙은 밥알을 손으로 더듬었다.

"형수님, 기왕이면 맞은편 뺨도 때려 주오. 그래야 굶은 아이들에게 밥알 구경이라도 시켜 줄 것 아니오."

놀부 아내는 어이가 없어 그대로 흥부를 내쫓으니 흥부의 돌아오는 발걸음이 무겁기만 했다. 아무것도 모르는 흥부 아내는 여러 날 굶은 흥부를 형네 집에 보내 놓고 동리 어귀에 나가서 눈이 빠지게 기다렸다. 스물다섯이나 되는 자식들에게 쌀밥 먹일 생각을 하니 절로 마음이 흐뭇했다. 마침내 흥부가 나타나니 아무리 살펴도 빈손이고 빈 몸인지라 기대는 한순간에 허물어지고 주린 배는 더욱 찢어지는 듯했다. 흥부의 몰골을 보고 흥부 아내는 깜짝 놀라 물었다.

"이게 도대체 웬일입니까? 얼굴은 또 왜 그 모양이오?"

흥부는 거짓으로 꾸며 대답했다.

"형님은 나를 보고 크게 반기셨소. 좋은 술과 더운밥을 착실히 먹인 후에 쌀 닷 말과 돈 석 냥 썩 내주시기에 쌀 속에 돈을 넣어 오장치'오쟁이'의 방언. 짚으로 만든 배낭에 묶어 지고 오지 않았겠소? 그런데 이 넘어 깊은 골에 도적 두 사람이 몽둥이 갈라 쥐고 솔밭에서 왈칵 나와 볼기짝 때리면서 약탈하니 하는 수 없이 빈손으로 돌아왔소. 그러니 형님 원망일랑마시오."

흥부 아내가 그 말을 믿을 리 없었다.

"그렇다고 해도 내가 알고, 저렇다고 해도 내가 알지. 하나 있는 동생을 못 본 지가 몇 해인데 오늘같이 추운 아침에 형 보자고 간 동생을 이리 내친단 말이오. 이제 무슨 수로 자식들을 먹이고 입히는고. 물을 길어 팔아 보리오. 바느질품을 팔아 보리오. 아니면 나가서 술장수를 해보리오."

흥부가 펄쩍 뛰었다.

"죽었으면 죽었지, 술장수가 웬 말인가? 품은 내가 팔겠소. 자네는 집에서 채전菜田 채소밭이나 가꾸고, 자식들이나 잘 길러 내소."

이날 이후 흥부는 온갖 품을 팔러 다녔지만 도무지 신통치 않았다. 서울로 올라가서 종노릇을 했지만 일이 서툴러 금방 쫓겨났는가 하면, 대신 매를 맞아 주고 돈을 받으려고 병영에 갔다가 차례에 밀려 태장笞杖 볼기를 때리는 형벌 한 대 못 맞고 빈손 쥐고 돌아오니 흥부 아내가 품을 팔고 있었다. 오뉴월 밭매기, 구시월 김장하기, 한 말 받고 벼 훑기, 방아 찧기, 베 짜기, 머슴의 헌 옷 깁기, 상가에서 빨래하기, 혼인이나 초상집에서 잡일하기, 채소밭에 오줌 뿌리기 등 밤낮으로 품을 팔았다. 그런데도 식구가 많아 늘 굶기 일쑤였다. 어느 날 지나가던 한 승려가 이들의 딱한 사정을 보고 일러 주었다.

"이 집 신세가 참으로 가련하오. 모든 게 터가 좋지 않기 때문이오. 좋은 집터 하나 가르쳐 드릴 테니 따라오시오."

흥부는 크게 기뻐하며 천번 만번 치하하고 승려의 뒤를 따라갔다. 얼마쯤 가던 승려가 배산임수背山臨水 뒤로는 산을 등지고 앞으로는 물을 면하는 땅의 형세는 물론이고 무성한 숲과 긴 대 두른 곳에 집터를 정하는 데, 명당이 따로 없었다. 흥부는 엎드려 사례하고 새로운 집터에 나무와 흙을 얼기설기 엮어 움막을 들였다.

긴 겨울이 지나고 봄이 도래했다. 정월 이월 얼음이 풀리니 버들은 연한 황록색이었다. 꾀꼬리는 노래하고 배꽃 백설 향기에 나비가 춤을 추었다. 삼월 동풍이 부는 이른 봄의 화창한 날씨에 온갖 새와 짐승이 즐길 적에 강남에서 날아온 제비 한 쌍이 흥부네 움막으로 날아드니 흥부가 좋아하며 제비 보고 치하했다.

"세상인심이 흉흉해 누구도 이 적막한 산중에 찾아올 리 없건마는 제비는 가난한 집 저버리지 않고 찾아왔구나."

제비는 좋은 진흙 물어다가 처마 안에 집을 지었다. 수컷이 날고 암컷이 그 뒤를 따르며 서로 사랑했다. 어느덧 알을 낳아 새끼를 까서 밥 물어다 먹이면서 새끼와 어미가 지저귀며 즐겼다. 그러던 어느 날, 천만 뜻밖에 구렁이가 제비 집에 들었는지라 흥부는 깜짝 놀라 막대기로 쫓아냈다.

"사방에 먹을 것이 널렸는데 어찌하여 제비 집을 넘보느냐. 한 번만 더 얼씬거리면 몸을 동강내겠다."

그러나 이미 때가 늦어 제비 새끼 여섯 가운데 다섯이 죽었고 남은 하나마저 땅에 떨어져 발이 부러진 직후였다. 흥부는 어린 제비 새끼를 손에 얹고 탄식했다.

"말 못하는 짐승일망정 가련하구나. 내 기어이 너를 살리리라."

칠산 조기_{칠산 바다에서 잡은 조기} 껍질을 벗겨 두 다리에 돌돌 말고, 오색당사_{五色唐絲 중국에서 들여온 다섯 가지 빛깔의 명주실}로 친친 감아 제 집에 넣었더니 십여 일 뒤 다리가 붙어 상처가 완쾌되었다. 제비가 힘껏 공중으로 날아올라 벌레도 잡아먹고 마음껏 지저귀니 흥부는 매일같이 제비 집을 돌보며 다정히 지냈다. 이러는 사이에 달이 차고, 제비는 높이 날아올라 흥부에게 하직_{下直 먼 길을 떠날 때 웃어른께 작별을 고하는 것}하고 강남으로 돌아가니 흥부는 빈 제비 집을 바라보며 슬퍼했다.

한편 가난한 흥부네 집을 떠난 제비가 망망대해를 날아 제 나라로 돌아가니 제비 왕이 이상하게 여겨 물었다.

"너는 어찌하여 혼자 날아왔느냐?"

흥부네 제비가 구렁이를 만난 일과 흥부가 다리 치료해 준 일을 자세히 설명하니 제비 왕은 크게 감탄하며 말했다.

"흥부는 금세의 군자로다. 내가 박씨 하나를 내어 줄 터이니 내년 봄 다시 조선으로 돌아갈 때 반드시 가지고 돌아가 흥부에게 은혜를 갚으라."

겨울이 지나고 다시 봄이 찾아왔다. 제비 왕의 명을 받은 흥부네 집 제비는 하늘 높이 떠서 망망대해를 건너고 다시 흥부네 집을 정확히 찾아가 날개를 접었다. 주인 흥부는 제비를 보내고도 잊지 못해 자주 생각하다가 다시 봄이 되자, 이제나저제나 제비가 날아올 날만을 손꼽아 기다렸다. 마침내 삼짇날_{음력 삼월 초사흗날}이 돌아오니 반가운 제비가 처마 안에 날아드는데 다리 부러졌던 그 제비가 틀림없었다.

"네가 왔구나. 가난한 내 집에 다시 찾아왔구나. 강남 수천 리를 날아서 찾아왔구나."

덩실덩실 춤을 추며 반기는 중에 제비가 입에 물었던 것을 흥부 앞에 툭 떨어뜨렸다. 흥부는 집어 들고 아내를 급히 불렀다.

"이보시오, 빨리 와서 이걸 보소. 제비가 뭘 물어 왔소."

흥부 아내가 즉각 달려와 보고 반갑게 물었다.

"이건 박씨가 아닙니까?"

흥부 아내는 흙과 재를 잘 섞어 정성껏 박씨를 심었다. 얼마 지나지 않아 싹이 트는 것을 보니 박이 틀림없었다. 차츰 순이 뻗어 가고 나뭇가지를 꺾어 지붕 위로 길을 트니, 화창한 바람과 단비 내리는 호시절에 밤낮으로 무성해 삿갓 같은 넓은 잎이 온 집을 덮었다.

날이 가고 달이 찰 때마다 하나 둘 박이 열리는데 모두 세 통이었다. 보통 박보다 더욱 크게 자라니 흥부 내외는 기뻐 어쩔 줄 몰랐다. 그 사이 팔월 추석이 닥쳤으나 흥부네 가난한 살림은 여전하니 어느 날 흥부와 아내는 박을 앞에 두고 의논했다.

"명절이 닥쳐도 차릴 음식이 없으니 어쩌겠소. 우리 저 박을 타서 속은 지져 먹고 껍질은 내다 팔아 쌀을 얻읍시다."

흥부 아내가 가만히 생각하니 뾰족한 수가 없는지라 동네로 내려가 큰 톱 하나를 얻어 와 부부가 함께 박을 타기 시작했다.

"어기여라 톱질이야, 당겨 주소 톱질이야, 어기여라 톱질이야, 박을 타서 쌀도 일고 껍질로는 물을 떠서 가지가지 잘 써 보세."

한창 톱질이 무르익을 무렵에 갑자기 박이 '퍽' 하고 두 조각으로 갈라지며 푸른 옷을 입은 동자 한 쌍이 나타났다.

"이곳이 흥부 씨 댁이오?"

하고 물으니 흥부와 아내는 깜짝 놀라 뒤로 물러섰다.

"흥부가 맞소만, 대체 누구시오?"

동자는 손에 들고 있던 넓은 쟁반을 내려놓고 말했다.

"흥부 씨의 지극한 덕화가 금수까지 미쳐 몇 가지 약을 보내시니 백옥병에 담은 것은 죽은 사람을 되살아나게 한다는 환혼주요, 밀화 접시에 담은 것은 소경이 먹으면 눈이 밝는 개안주요, 호박 접시에 담은 것은 벙어리가 먹으면 말을 잘 하는 개언초요, 산호 접시에 담은 것은 귀 막힌 이가 먹으면 귀 열리는 벽이롱이요, 설화지로 묶은 것은 영원히 죽지 않는 불사약이요, 금화지로 묶은 것은 영원히 늙지 않는 불로초입니다. 그 값이 수억만 냥에 이르는 보물이니 팔아서 쓰십시오."

동자는 말을 마친 뒤 홀연히 사라졌다. 흥부는 고개를 갸웃거렸다.

"어허, 괴이하다."

박 속을 들여다보니 물건들이 놓였는데 하나는 반닫이 농만하고, 하나는 벼룻집만했다. 뚜껑을 열어 보니 하나는 쌀이 가득, 하나는 돈이 가득했다. 흥부 아내는 즉시 쌀로는 밥을 짓고, 돈으로는 반찬을 마련했다. 자식들과 더불어 배불리 먹으니 실로 오랜만의 포식이었다.

배가 부르자 흥부 부부는 다시 두 번째 박을 탔다.

"어기여라 톱질이야. 어기여라 톱질이야."

박이 쪼개지며 이번에는 온갖 보물이 쏟아져 나왔다. 아름다운 비단과 옷가지, 자개함과 농, 화려한 문방구며 책과 지물紙物 온갖 종이이 가득했다. 흥부와 아내는 좋아서 어쩔 줄 몰라 했다. 흥부가 크게 웃으며 아내에게 하는 말이 "이번에는 또 무엇이 들어 있을까. 남은 한 통도 톱질하세." 하고 슬근슬근 탁 타 놓으니, 천만뜻밖에 여인 하나가 아리따운 맵시를 하고 나오는데 눈부시게 고왔다.

"여기가 흥부 씨 댁이오?"

흥부는 깜짝 놀라 엎드려 절하며 물었다.

"그렇소만, 그대는 누구시오?"

여인이 대답했다.

"놀라지 마옵시고 제 말씀 들으십시오. 강남국 제비 왕의 명을 받들어 그대의 부실副室첩이 되고자 왔나이다."

흥부는 놀라 입을 다물지 못했다. 어느 틈에 박통 속에서 남녀 노비와 집 짓는 목수들이 꾸역꾸역 쏟아져 나와 땅을 닦고 나무와 흙으로 벽을 만들어 기와를 올리니 금세 기와집 수천 칸이 만들어졌다. 늘어섰던 남녀 종들이 박 속에서 나온 온갖 재물을 집으로 옮기자 순식간에 마당이 정리되었다. 원채에는 아내, 별당에는 양귀비를 두고 안팎 사랑 십여 채며 사면 행랑에 노속奴屬종의 신분을 가진 사람들과 사람이 몰려들어 손님이 가득하니 매일같이 집 안팎이 시끌시끌했다.

흥부가 졸지에 벼락부자가 되었다는 소문은 꼬리에 꼬리를 물고 이어져 마침내 놀부의 귀에 들어갔다. 놀부는 그 소식을 듣고 가만히 생각했다.

'갑자기 재물을 얻었다면 필시 도적질을 했기 때문일 것이다. 어찌된 영문인지 알아본 뒤 재산을 빼앗아야겠구나.'

심술이 뻗친 놀부는 득달같이 흥부를 찾아갔다.

"이놈, 흥부야, 흥부 안에 있느냐? 형이 왔느니라."

소리치고 바라보니 대문은 높고 누각은 웅장했다. 문을 여럿 지나 안 사랑 앞에 이르니 흥부가 제 형을 보고 버선발로 내려와서 공손히 절을 하고 반기었다.

"형님 오십니까. 안으로 드시지요."

놀부는 방에 앉자마자 큰 소리로 호통을 쳤다.

"이놈, 어디서 도적질을 했기에 이리 재산을 모았느냐?"

흥부가 놀라 대답했다.

"도적질이 웬 말입니까?"

흥부가 그동안 있었던 일을 죄다 들려주니 놀부는 믿지 않았다.

"그건 그렇고 모처럼 왔으니 집 구경이나 하자."

놀부는 흥부의 재물이 자기 것이라도 되는 양 이리저리 눈을 굴려 보는데 마침 화초장花草欌 화초 무늬를 넣은 옷장이 눈에 띄었다.

"형제 좋다는 게 무엇이냐? 네 것이 내 것이고 내 것이 또 네 것 아니냐. 저 옷장은 내가 가져가겠다. 나를 다오."

말을 마치고 지게를 내어 화초장을 지고 나오는데 하인을 붙여 준다고 해도 행여 빼앗길까 뒤뚱거리며 지고 오기를 마다하지 않았다. 놀부는 땀을 뻘뻘 흘리며 집에 돌아와 아내에게 말했다.

"여보게, 흥부 놈의 세간 밑천 하나를 내가 뺏어 왔네."

못되기가 놀부 뺨치는 놀부 아내는 눈이 휘둥그레져 물었다.

"그래, 무슨 수로 부자가 되었단 말이오?"

놀부가 흥부에게 들은 자초지종을 설명하자 놀부 아내는 펄쩍 뛰었다.

"정말 제비가 박씨를 물어다 주었단 말이오? 그렇다면 우리도 제비 다리를 치료해 줍시다."

부부는 좋은 방법이라도 찾았다는 듯 기뻐했다.

그날 이후 두 부부는 봄이 되기만을 기다리니 그렁저렁 겨울 지나 정월 이월 삼월이 되었다. 강남에서 오는 제비들이 각 집으로 날아들 적에 신수 불길한 제비 한 쌍이 놀부 집에 들어갔다. 놀부는 제비를 보고 집짓기에 수고된다 하며 손수 흙을 이겨 메주덩이만하게 뭉쳐 처마 안에 집을 지어 주었다. 또 검불을 많이 긁어 소 외양간 짚 깔듯이 담뿍 넣어 주었다. 아무것도 모르는 제비 한 쌍은 놀부가 마련해 준 집에 알 여섯을 덜컥 낳았다. 그런데 마음 바쁜 놀부 놈이 삼시三時 아침, 점심, 저녁로 만져 보아, 그만 알 다섯이 곯아 버리고 말았다. 겨우 하나가 살아남아 알을 깨고 나와서는 날기 공부를 익힐 때였다. 성질이 모진 놀부는 축문을 지어 제사해도 구렁이가 오지 않자, 제비 집 밑에 자리를 깔고 앉아 빌었다.

"제발, 떨어지소, 떨어지소. 떨어져 다리가 툭 부러지소."

두 손을 싹싹 비비어도 종시 떨어지지 않았다. 그렁저렁 제비가 점점 커서 날게 되었는데 날이 갈수록 놀부는 제비가 훌쩍 날아가 버릴까 걱정되었다. 마침내 놀부는 제비 집에 손을 넣어 곤히 자고 있는 제비를 끄집어냈다. 영문도 모르고 끌려나온 제비는 억센 놀부 손아귀에 '뚝' 하고 다리가 부러졌다. 놀부는 짐짓 아무것도 모른다는 듯 제가 부러뜨린 제비 다리를 비단으로 친친 감아 치료해 주었다.

"여봐라, 제비야. 딱 죽을 네 목숨을 내 재주로 살렸으니, 아무리 짐승인들 재생지덕再生之德 거의 죽게 된 목숨을 살게 해 준 덕을 잊으면 안되느니라. 흥부의 제비가 세 통 박씨를 주었으니, 너는 갑절 더 보태어 여섯 통 열릴 박씨를 부디 입에 물고 오너라. 삼월까지 기다리지 말고 가는 즉시 출발해 정월 보름 안에 당도하면 오죽이나 좋겠느냐."

이윽고 달이 기울어 제비가 강남으로 날아가니 놀부는 희망에 들떠 손을 흔들었다. 다리가 부러진 제비는 힘겹게 날아가 제비 왕에게 사실을 고하니 제비 왕이 박씨 하나를 내어 주는데 황금 박씨였다. 봄이 되어 제비가 박씨를 물고 어김없이 놀부 집에 나타나니 무엇보다 좋아한 것은 놀부와 심술 맞은 그의 아내였다.

"반갑다, 제비야. 어디 갔다 이제 왔나. 지난해 네 다리를 치료해 주었거늘, 은혜를 잊지 않았다면 속히 박씨를 내놓아라."

손바닥을 떡 벌리니 제비가 입에 물었던 박씨를 떨어뜨렸다. 놀부 부부는 덩실덩실 춤을 추었다.

"얼씨구나, 이제 부자가 되는 건 시간문제구나."

자세히 살펴보니 박씨 속에 글자가 쓰여 있었다. 놀부는 급히 글 읽는 식솔을 불러 박씨를 보여 주었다. 놀부 식솔이 박씨를 보고 대답했다.

"큰일 났습니다. 이건 보수표가 아니오?"

무식한 놀부가 보수표를 알 리 없었다.

"보수표가 무엇이냐?"

"원수를 갚는다는 뜻이 아닙니까?"

놀부는 크게 웃었다.

"그게 무슨 말이냐? 부러진 다리를 치료해 주었거늘 원수가 웬 말이냐."

놀부는 크게 괘념치 않고 박씨를 땅에 심으니 아침에 심은 것이 오후가 되어 순을 내밀고 쑥쑥 줄기가 솟아났다. 놀부 아내가 깜짝 놀라 말했다.

"여보시오, 아기 아버지. 급히 줄기를 뽑아 버리시오. 아침에 씨앗을 뿌렸는데 저녁에 줄기가 웬일이오? 이건 요물이 틀림없소."

재물에 눈이 어두운 놀부는 장담하며 일렀다.

"나물이 되려는 것은 떡잎부터 알 것이니 네다섯 달이 지나가면 억만금 세간이 그 넝쿨에서 날 터이니 일찌감치 잘되지 않겠는가."

박은 달마다 갑절씩 더럭더럭 자라났다. 옆에서 순이 나고, 그 옆에 다시 순이 나고, 한 순이 커지기를 한 아름이 넘어갔다. 어디에다가 턱 걸치면 모두 다 무너졌는데 사당에 걸치면 사당이 무너져 신주神主 죽은 사람의 위패가 깨지고, 곳간에 걸치면 곳간이 무너지고, 온 동네 집집마다 부지

불가^{不知不覺 자신도 알지 못하는 사이에} 턱 걸치면 무너지고, 무너지면 값을 물어 주었다. 그렁저렁 이렇게 든 돈이 삼사천 냥이 넘었으나 놀부는 박을 탈 날만 기다리며 정성껏 보살폈다.

놀부의 극진한 보살핌 때문인지 커다란 박 십여 통이 열렸는데 박통을 보는 놀부 마음이 흐뭇했다. 마침내 놀부는 아내와 더불어 톱질을 시작했다.

"어기여라 톱질이야. 황금아, 콸콸 쏟아져 나와라."

슬근슬근 톱질 중에 박통 문이 열리고 노인 한 사람이 나왔는데 차린 복색이 제법이었다. 놀부가 말했다.

"흥부는 첫 통을 탈 때 동자가 왔다더니 내 박은 첫 통에서 노인이 나오는구나. 주머니마다 선약을 가득 담고 있겠지."

바삐 노인의 복장을 뒤지려 하는데 노인이 호통쳐 일렀다.

"이놈 놀부야, 옛 상전을 모르느냐? 조선 왔던 제비 편에 자세히 들어 보니 너희 놈들 이곳에서 부자로 산다기에 불원천리^{不遠千里 천 리 길도 멀다고 여기지 않음}하고 나왔으니 네 처자, 네 세간을 박통 속에 급히 담아 강남 가서 고공^{雇工 머슴}살이를 하라."

놀부가 듣고 간담이 서늘해져 서 있는데 박통 속에서 계속 힘센 장사들이 쏟아져 나와 놀부를 에워쌌다. 놀부는 이 광경을 보고 노인에게 엎드려 애걸했다.

"아이쿠, 잘못했습니다. 제발 살려 주십시오."

노인이 소리쳤다.

"네놈 죄상을 생각하면 잡아다가 초당 앞의 말뚝에 거꾸로 매달고 대추나무 방망이로 두 발목 복사뼈 꽝꽝 때려 가며 부려먹을 것이지만 잘못을 뉘우치니 삼천 냥 벌금을 물리는 것으로 끝내겠다."

"삼천 냥이요?"

구두쇠 놀부는 놀라 기절할 뻔했다. 노인과 장정들은 결국 돈 삼천 냥을 고스란히 챙겨 감쪽같이 사라졌다. 화가 머리끝까지 치민 놀부는 내친김에 다시 두 번째 박을 타기 시작했다.

"어기여라 톱질이야."

슬근슬근 박을 타니 열댓 살 된 아이가 노란 머리카락에 창옷을 입고 박통 밖에 썩 나섰다. 놀부가 반겨 말했다.

"오, 이번엔 동자가 틀림없구나."

삼십 넘은 노총각이 그 뒤를 따라 또 나오니 놀부가 더 반겨 말했다.

"동자가 한 쌍이랬지."

그 뒤로 사람들이 꾸역꾸역 나오는데, 온갖 비렁뱅이들이 다 모인 듯했다. 놀부네 안마당을 장판^{장이 열린 곳}으로 알았는지 넓게 자리잡고, 각 차비^{差備}가 늘어서서 가야금 '둥덩둥덩', 퉁소 소리 '띠루띠루', 해적^{奚笛} 소리 '고깨고깨', 북 장단에 검무 추며, 번개 소고, 벼락 소고, 한편에서는 각설이패가 덩실덩실 춤을 추는데 놀부 내외는 정신이 하나도 없었다. 놀부가 보다 못해 말했다.

"저놈들을 집구석에 두었다는 싸라기 한 알도 안 남겠다."

결국 돈을 후하게 주어 밖으로 내보내는 방법밖에 없었다. 잡색꾼들을 보낸 후에 남은 박을 켜려고 하자 이제 겁이 덜컥 나는지라. 주변에 있던 사람들도 이구동성으로 만류했다.

"그만 타소 그만 타소. 이 박통 그만 타소. 삼도에 유명한 자네 형세 하루아침에 탕진했으니, 만일 이 통을 또 타다가 재변^{災變 재앙으로 인해 생긴 변고} 또 나오면 무엇으로 막아 낼까. 필경 망신할 것이니 제발 그만 타소."

고집 많은 놀부는 가만히 머리를 굴린 끝에 말했다.

"뺀 칼을 도로 꽂는 것은 대장부의 할 일이 아니지. 무엇이 나오는지 끝까지 가 보자."

놀부는 톱을 끌어당겨 다시 박을 타기 시작했다.

"어기여라 톱질이야. 틀림없이 금은보화가 쏟아질 것이니 힘껏 박을 타세."

슬근슬근 박을 거의 타니, 뜻밖에도 상여를 멘 사람들이 우르르 쏟아져 나와 다짜고짜 놀부를 관에 눕혔다.

"무슨 짓들이냐?"

놀부는 화들짝 놀라며 물었다.

"그동안 지은 죄를 벌하고자 너를 데려가겠노라."

상여꾼들이 이구동성으로 대답했다.

"아이고, 살려 주십시오."

놀부는 이번에도 엎드려 빌지 않을 수 없었다.

"살고 싶으면 돈 일만 냥을 내놓아라. 그렇게 하면 빈 상여를 메고 가겠다."

이번에도 듣지 않을 수 없어 놀부는 고스란히 돈을 빼앗겼다. 세 번째 박도, 네 번째 박도 마찬가지였다. 박을 탈 때마다 계속해서 각종 짐승과 요물, 요사스런 인간들이 쏟아져 나왔고 그때마다 놀부는 가진 재산을 내주어야 했다. 이러기를 아홉 차례, 마침내 놀부는 마지막 박 한 덩이를 남겨 놓았다.

"이러다가 패가망신하겠소. 이제 그만합시다."

놀부 아내가 말렸으나 놀부는 기어이 마지막 박마저 타기 시작했다. 마침내 박이 열리고 천병 백마가 물 끓듯이 나오는데 그 가운데 나오는 장수는 신장이 팔 척이요, 얼굴은 먹빛 같고, 표범 머리에 고래 눈과 제비 턱, 범의 수염, 형세는 닫는^{빨리 달리는} 말과 같고, 황금 투구 쇄자갑옷^돼
^{지가죽으로 미늘을 꿰어 만든 갑옷}을 입고 준마 위에 높이 앉아 장팔사모^{긴 창} 빗겨
들고, 우레 같은 큰 목소리로 꾸짖었다.

"이놈 놀부야!"

늘어섰던 하인이며 구경꾼들이 깜짝 놀라 죄다 흩어졌다. 놀부 또한
정신을 잃고 박통 옆에 기절해 넘어졌다. 장수는 걸음도 당당히 마루로
올라가 분부했다.

"놀부 놈을 일으켜 세워라."

군사들이 놀부의 고추상투^{늙은이의 조그만 상투를 비유하는 말} 덥석 잡아 나입^拿
^{入 죄인을 법정으로 잡아들임}하니 장수가 쩌렁쩌렁 소리쳤다.

"욕심 많은 놀부야, 네 죄를 헤아리면 만 번 죽어도 아깝지 않다. 천지
에 중한 의가 형제밖에 또 있느냐. 한날한시에 태어나지 않았어도, 한날
한시에 죽는 것이 당연한 도리인데, 네 놈은 어이하여 동기 박대를 그리
했느냐. 또한 날짐승 중에 사람 따르고 해 없는 게 제비로다. 내가 근본
생긴 모양, 제비 턱을 가졌기에 제비를 사랑했는데 제비 말을 들어 본즉
생다리를 꺾었다니, 그러한 몹쓸 놈이 어디에 또 있겠느냐? 내 당장 너
를 죽여 그 흉악한 죄를 다스리고 싶으나 돌이켜 생각하니 죽은 자는 다
시 살아날 수 없고, 형을 받은 자는 다시 거느릴 수 없는 고로 목숨을 살
려 주니 이번은 개과^{改過 잘못이나 허물을 뉘우쳐 고침}하여 형제우애하겠느냐?"

놀부는 눈물을 뚝뚝 흘리며 손이 닳도록 빌었다.

"장군님 말씀을 듣사오니, 소인의 전후 죄상은 금수만도 못하옵니다.
저의 목숨을 살려 주시면 옛 허물을 다 고치고 군자의 본을 받아 형제간
우애하고, 이웃과 화목해 사람 노릇 할 테니 제발 살려 주십시오."

장수는 비로소 고개를 끄덕였다.

"네 말이 그러하니 너를 용서하겠다. 부디 개과천선하라."

장수는 말이 끝남과 동시에 군사를 이끌고 홀연히 자취를 감추었다.

한참 만에 놀부가 정신을 차리고 둘러보니 하인들마저 뿔뿔이 흩어지고 집 안에 남은 것이라곤 하나도 없었다. 놀부 내외가 땅을 치며 슬피 우니 그 곡소리가 흥부의 귀에까지 들어갔다. 형이 박을 타다가 패가망신했다는 소식을 들은 흥부는 급히 달려와 제 형을 위로하고 가지고 있던 세간의 반을 떼어 놀부에게 주었다. 흥부가 지극정성으로 형을 대하니 놀부 또한 과거의 잘못을 뉘우치고 진심으로 동생에게 사과했다. 흥부 내외는 오래도록 장수하며 가난한 사람들을 보살피니 사람들이 이구동성으로 그들의 덕을 칭송했다. 🖉

흥부전

📝 작품 정리

- **작가**   미상
- **갈래**   국문 소설, 판소리계 소설, 설화 소설
- **성격**   풍자적, 해학적, 교훈적
- **배경**   시간 – 조선 후기 / 공간 – 충청도, 경상도, 전라도의 경계
- **시점**   3인칭 전지적 작가 시점
- **구성**   '발단 – 전개 – 위기 – 절정 – 결말'의 5단계 구성
- **특징**   • 방이 설화, 박 타는 처녀 설화 등의 근원 설화가 있음
  - • 운문체와 가사체를 사용함
- **주제**   표면적 – 형제간의 우애와 권선징악 / 이면적 – 빈부 갈등
- **의의**   「춘향전」, 「심청전」과 더불어 3대 판소리계 소설로 평가됨
- **출전**   신재효본 『박흥보가』

✏️ 구성과 줄거리

- **발단**   **형 놀부가 동생 흥부네 가족을 내쫓음**

  아우 흥부는 착하고 심성이 어질지만 형 놀부는 심술이 고약하고 욕심이 많다. 놀부는 부모가 남긴 유산을 독차지하고 흥부를 집에서 내쫓는다.

- **전개**   **전국을 떠돌며 구걸하던 흥부 가족이 귀향함**

  집에서 쫓겨난 흥부 내외는 아이들을 데리고 구걸을 시작한다. 그러다가 결국 고향 근처로 돌아오고 흥부는 쌀을 구걸하러 놀부를 찾아

가지만 매만 맞고 돌아온다. 아이들은 점점 늘어가고 흥부 내외는 하루하루 품삯을 받고 일하며 가난하게 살아간다.

- **위기** **흥부가 제비 다리를 고쳐 줌**
  어느 해 봄, 흥부는 구렁이의 공격을 받아 다리가 부러진 제비를 발견하고 정성껏 치료해 준다. 제비는 강남으로 돌아갔다가 이듬해 다시 날아와 흥부에게 박씨 하나를 선물로 떨어뜨린다.

- **절정** **박에서 금은보화가 쏟아져 나옴**
  박이 열리자 그 속에서 보물이 쏟아져 나와 흥부는 큰 부자가 된다. 흥부의 소식을 들은 놀부는 부자가 될 욕심 때문에 살아 있는 제비 다리를 일부러 부러뜨린 후 치료해 준다. 얼마 뒤 놀부의 박 속에서 쏟아져 나온 것은 온갖 요물과 이상한 사람들이다. 놀부는 이들에게 재산을 빼앗기고 패가망신한다.

- **결말** **놀부가 반성함**
  놀부의 소식을 들은 흥부는 자신이 가진 재산을 나누어 주고 놀부를 위로한다. 놀부는 흥부의 마음씨에 감동해 잘못을 뉘우친다. 그 뒤 두 사람은 오래도록 행복하게 살아간다.

🖊 생각해 보세요 -

1 이 작품에서 '제비'와 '박'은 어떤 역할을 하는가?

「흥부전」에서 '제비'와 '박'은 흥부에게 복을 가져다 주는 존재로서 극의 반전을 이끈다. 사실 흥부가 부자가 된다는 설정은 현실성이 거의 없다. 제비가 가져다 준 박을 통해 흥부가 부자가 된다는 설정은 역설적으로 이해하면 흥부는 가난의 굴레에서 결코 벗어날 수 없음을 의미한다. 하지만 '제비'와 '박'은 당대의 가난한 백성에게 존재 자체만으로도 희망이 될 수 있었다.

2 이 작품의 표면적 주제와 이면적 주제는 무엇인가?

이 작품은 표면적으로는 형제 간의 우애를 다루고 있지만, 이면적으로는 조선 후기 빈농과 지주의 갈등을 다루고 있다. 놀부의 악행을 토대로 가진 자의 횡포를 풍자하고 흥부의 선행을 토대로 가지지 못한 자의 설움을 표현했다. 그러면서 상류층과 하류층 사이의 갈등을 강조한다. 또한 흥부의 모습을 희화화하여 몰락한 양반의 허위와 가식을 풍자하려는 의도도 엿볼 수 있다.

조선 시대 1 朝鮮時代

• 영웅 소설 英雄小說

영웅 소설이란 영웅의 일생을 다룬 소설을 가리키는 말입니다. 내용이 전쟁 중심이면 군담 소설로 분류하기도 합니다. 영웅 소설은 권선징악, 사필귀정, 고진감래 등의 내용을 담고 있습니다. 또한 집권층에 불만을 품은 사람들의 의식을 대변해 집권층을 비판하는 내용이 많습니다.

·박씨전 ·유충렬전 ·조웅전 ·홍길동전

인물관계도

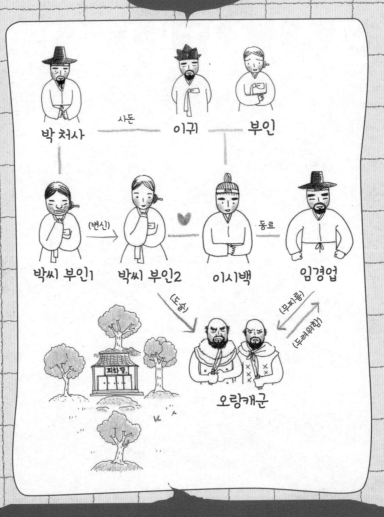

박 처사 ── 사돈 ── 이귀 ── 부인

박씨 부인1 ─(변신)→ 박씨 부인2 ♥ 이시백 ── 동료 ── 임경업

(도술)

피한당

(무지름)
(두려워함)

오랑캐군

아버지(박 처사)가 혼사를 제안해 저(박씨)는 남편(이시백)과 혼례를 치렀어요. 제 외모가 추해 남편과 집안사람들은 저를 무시했지만, 제가 아름다운 여인으로 거듭나자 남편은 크게 기뻐했지요. 남편은 임경업 장군과 전쟁에 나갔어요. 임금이 적장 용골대에게 항복하자 저는 도술을 써서 용골대를 죽였지요. 저는 남편과 행복한 여생을 보냈답니다.

박씨전 朴氏傳

때는 조선조 인조 대왕 시절의 이야기다. 한양성 안 북촌 안국방安國坊에 재상 이귀李貴의 아들로 이시백李時白이라는 소년이 살았는데 총명하고 영리해서 하나를 들으면 열을 알고 풍채와 문장이 모두 뛰어나 칭찬하지 않는 사람이 없었다. 하루는 이귀의 집에 한 사람이 찾아와 말했다.

"명산대찰名山大刹 이름난 산과 큰 절을 찾아다니며 돌부처를 벗 삼아 세월을 보내다가 쓸데없이 나이만 많아져 금강산에 머무르며 죽기만을 바라고 사는 박 처사라고 하나이다."

노인은 간절한 눈빛으로 하룻밤 머물기를 청했다. 공이 이귀를 가리킴 마당으로 나가 자세히 보니 비록 차림은 남루하나 보통 사람과 달라 보였다.

"귀하신 손님이 어쩐 일로 이렇게 누추한 곳에 오셨사옵니까?"

처사는 공손히 대답했다.

"상공께서 저처럼 바둑 두기와 통소 불기를 좋아하신다 하옵기에 천리를 멀다 않고 상공의 문하에 구경하려고 왔나이다."

공이 물었다.

"평생에 적수가 없는 것을 한탄하였는데 처사를 대하오니 반가움을 이기지 못하겠습니다. 선생의 높은 통소 소리를 어찌 따라 화답하겠습니까만 가르치심을 본받을까 하여 주인인 제가 먼저 시험해 보겠습니다."

하고 한 곡조를 부니 맑은 소리가 구름 속에 사무치는데, 그 노래에 이르기를,

"창 앞에 모란 송이 다 떨어져 화단 위에 가득하도다." 했다.

처사는 노래를 다 듣고 칭찬하여 마지않았다.

"객이 주인의 노래만 듣기 미안하오니 통소를 빌려주시면 객도 미숙한 곡조로 화답할까 하나이다."

공이 불던 옥피리를 전해 주니 처사가 받아서 한 곡조로 화답하기를,

"푸른 하늘에 날아가는 청학과 백학이 춤추고, 화원에서 꽃이 피어나도다."

했다. 공은 다 듣고 나서,

"저의 통소 소리는 다만 꽃송이만 떨어질 뿐인데 선인의 피리 소리는 봉황이 춤추고 떨어지는 꽃을 다시 피어나게 하시니 옛날 한고조를 도와 천하를 통일한 장자방의 곡조와도 비교가 안 됩니다."

못내 칭찬했다. 그날 이후 두 사람은 주인과 식객이 되어 바둑과 통소 부는 일로 여러 날을 소일했다. 하루는 처사가 상공에게 부탁했다.

"듣자하니 상공께 귀한 아드님이 있다 하오니 한번 보고 싶사옵니다."

공이 아들 시백을 부르니 첫인상이 과연 만고의 영웅이라 처사는 기쁨을 이기지 못하고 즉시 상공에게 청했다.

"미천한 사람이 상공을 찾아온 것은 다름이 아니라 상공께 부탁드릴 일이 있어서입니다."

"무슨 말씀이신지요?"

"제게 딸이 하나 있는데 나이가 열여섯 살로 아직 부부가 될 인연을 정하지 못하였습니다. 저의 자식이 어리석고 둔하오나 존귀하신 가문에 받아들이실 만하오니 서로 혼사를 정하는 것이 어떻겠습니까?"

상공은 처사의 사람됨을 이미 꿰뚫었는지라 기뻐하여 혼인을 허락하였다. 둘은 즉시 택일을 하고 석 달 뒤로 혼인날을 정하자 처사는 표표히 산속으로 돌아갔다.

마침내 혼인날이 되자 공은 직접 후배後陪를 서서 행렬을 이끌고 길을 떠났다. 신랑 이시백이 훌륭한 말에 관복을 갖추어 입고 큰길 위로 떳떳하게 가니 어린 풍채가 신선이나 다름없었다.

공은 경치를 구경하면서 점점 금강산으로 들어가니 인적이 뜸하고 흔적이 없으므로 찾을 길이 없어 주점을 찾아 쉰 뒤에 이튿날 다시 길을 나섰다. 산골짜기로 들어서니 인적은 전혀 없고 층층이 두견새 소리는 처량하여 사람의 어리석은 회포를 돕는 듯했다. 공이 자신의 일을 돌아보니 오히려 허황하여 후회해도 소용없었다. 어느 사이엔가 해는 서산으로 지고 달이 동쪽 고갯마루로 떠오르니 어쩔 수 없이 또다시 주막을 찾아가 쉬고, 이튿날 산골짜기로 찾아들었다. 깊은 산골짜기에서 갈 곳을 생각하니 어디로 가야 할지 전혀 방법이 없었다. 공이 나아갈 바를 몰라 망설이는데, 문득 산골짜기에서 유인곡을 부르며 목동 세 사람이 내려오며 말했다.

"어서 오십시오. 이곳은 금강산이고 이 길은 박 처사 사는 곳으로 통하는 길입니다."

공은 반가워하며 물었다.

"처사가 그곳에 머문 지는 얼마나 됐느냐?"

동자는 미소를 지으며 대답했다.

"거기서 사신 지는 삼천삼백 년이라고 하더군요."

공은 크게 놀라 한탄했다.

"기이한 일이로다. 어찌 사람이 삼천삼백 년을 살 수 있단 말인가. 내가 지금껏 무엇에 홀려 허상을 좇았구나……."

공은 크게 실망하여 다시 주점으로 돌아왔다. 시백은 옆에서 부친을 위로했다.

"이미 엎질러진 일이니 모두 잊고 돌아가시는 것이 나을 것 같습니다."

공은 어찌할지 몰라 망설이며 이튿날 주점을 나섰다. 그때 한 사람이 대나무 막대기를 짚고 산속에서 내려오니 전에 보았던 박 처사였다. 처사는 상공을 보고 반기며 말했다.

"저 같은 사람과 인연을 맺어 여러 날을 깊은 산골짜기에서 불편한 마음으로 지내셨을 것 같아 죄송스러워 몸 둘 바를 모르겠습니다."

공은 그제야 박 처사를 알아보고 반갑게 손을 잡았다. 처사가 공을 데리고 산속으로 들어가니 좌우에 기화요초琪花瑤草 옥같이 고운 풀에 핀 구슬같이 아름다운 꽃가 만발하여 신선의 세상에 들어선 듯했다.

처사는 한 곳에 이르러 걸음을 멈추고 말했다.

"누추한 산중에서 예의와 도리를 모두 갖출 수 없어 죄송하기가 헤아릴 수 없사오나, 혼인의 예식을 되는대로 합시다."

공이 시백을 데리고 교배석交拜席 혼인 시 신랑과 신부가 절을 주고받는 자리에 들어가니 처사가 신랑을 인도하여 내당으로 들어갔다. 공은 돌 마루로 나아가 앉았다. 이윽고 처사가 나와 송화주를 권했다. 처사가 저녁밥을 차려 먹인 후 다시 또 술을 권하니 술이 몹시 취하여 더 이상 먹을 수가 없었다. 공과 노복들은 술을 이기지 못하여 정신없이 졸았다. 조금 뒤에 깨어보니 날이 이미 밝아 있었다. 처사는 공을 불러 말했다.

"이곳은 깊은 산골이라 후일 다시 오실 수 없으니 이번 길에 제 딸아이를 데리고 가십시오."

공은 옳다고 여겨 허락했다. 처사가 행랑을 꾸리는데, 신부의 얼굴이 얇은 비단천으로 가려져 전신을 볼 수 없었다. 서울에 도착하여 집에 들어가니 일가친척이 신부를 구경하려고 모두 모여들었다. 신부가 가마에서 내려 곁방으로 들어가 얼굴을 가렸던 얇은 비단 천을 벗어 놓으니 일대 가관이었다. 눈은 달팽이 구멍 같고 코는 심산궁곡의 험한 바위 같고 이마는 너무 벗겨져 태상 노군太上老君이라는 노자의 이마 같고 키는 팔척이나 되는 장신인 데다가, 팔은 늘어지고 한쪽 다리는 저는 듯해서 그 용모를 차마 눈을 뜨고 보지 못할 정도였다. 모든 사람이 다 경황없어 하는 중에 부인은 공을 원망하며 말했다.

"서울에도 높고 귀한 집안의 아리따운 숙녀들이 많은데, 구태여 산속에 들어가 남의 웃음을 사게 하십니까?"

공은 부인을 크게 나무랐다.

"비록 괴상한 인물이라도 덕행이 있으면 한 가문이 매우 행복하고 복록을 누릴 것이니, 무슨 말씀을 그렇게 하시오? 하늘이 우연히 도우시어 어진 며느리를 얻어 왔는데, 부인은 사람을 알아보는 식견이 없구료. 다시는 그런 말을 하지 마오."

이때 시백이 박씨의 추하고 보잘것없는 얼굴을 보고 얼굴을 대하지 않으니 남녀 노비들도 또한 같이 박씨를 미워했다. 그러므로 박씨는 낮이고 밤이고 방 안에서 혼자 있으면서 잠자기만 일삼았다. 공은 그 낌새를 알고 시백을 불러 꾸짖었다.

"사람이 덕행을 모르고 겉보기에 아름다운 것만 찾으면 그 일이 곧 가문을 망치는 근원이라. 내 듣자하니 부부 사이가 화목하고 즐겁지 않다 하니, 그렇게 해서 어떻게 이름을 알리고 집안을 다스린다는 말이냐."

시백은 머리를 조아리고 잘못을 빌었다.

"제가 불효를 저지르고 인륜을 패망하게 하는 큰 죄를 지었습니다. 이후 다시는 가르치심을 저버리지 않겠습니다."

상공은 또 하루는 노복들을 꾸짖어 말했다.

"내 들으니 너희들이 어진 윗사람을 몰라보고 멸시한다 하니 만일 다시 그렇게 하면 너희들을 엄하게 다스리리라."

노복들은 두려워하며 일제히 잘못을 빌었다.

이때 부인은 박씨의 일을 몹시 원통하게 여겨 시비 계화를 불러 말했다.

"집안의 운수가 불행하여 허다한 사람들 중에 저런 것을 며느리로 들였다. 쓸데없는 가운데서도 게을러 잠만 자고 여자들이 하는 길쌈질 재주도 없는 것이 밥만 많이 먹으려고 하니 어디다가 쓴다는 말인가. 오늘부터는 아침밥과 저녁밥도 적게 먹여야겠다."

박씨에 대한 대접은 날이 갈수록 전만 못했다.

하루는 박씨가 공을 찾아뵙고 한숨을 쉬며 말했다.

"제 얼굴과 모양이 추하고 볼품없어 부모께 효도도 못하옵고 부부간에 화락하지도 못하옵고 가정이 화목하지도 못하오니 이른바 무용지물입니다. 저를 자식으로 생각하신다면 후원에 초가집 세 칸만 지어 주시옵소서. 이후로 저는 그곳에 머무르겠습니다."

공은 그 모습을 보고 같이 눈물을 흘리며 불쌍히 여겼다.

"자식이 변변하지 못하여 너를 박대하니 이는 집안의 운수가 길하지 못한 탓이라. 그러나 내 때때로 타일러서 조심시킬 것이니 안심하여라."

박씨를 달래 놓고 공이 시백을 불러 다시 꾸짖으니 그날부터 시백은 다시 박씨의 방에 들어갔다. 그러나 눈이 저절로 감기고 얼굴을 보니 기절할 지경이었다. 아무리 마음을 단단히 먹어도 그 괴물을 보고서야 어떻게 마음을 움직일 수 있겠는가? 공이 그 일을 알고 급히 후원에 곁방을 지어 주고 몸종 계화로 하여금 같이 지내도록 하니, 박씨의 불쌍하고 가련함을 차마 못 볼 지경이었다.

하루는 임금이 공의 벼슬을 일품一品으로 올려 주고 궁궐에 들게 하였다. 그런데 급작스런 어명인지라 조복의 색이 바랬고 새 옷은 미처 준비하지 못하였다. 여간 낭패가 아닌 상황에서 부인이 말했다.

"갑자기 일이 급하게 되었으니 바느질 잘하는 사람을 데려다가 지어 봅시다."

하며 서로 걱정을 태산같이 하였다. 마침 계화가 이 말을 듣고 후원의 초당에 들어가 상공의 벼슬이 높아진 일이며 조복으로 걱정을 하여 낭패스럽게 된 일을 여쭈니 박씨가 듣고 계화에게 말했다.

"일이 급하다면 조복 지을 감을 가져오너라."

계화가 신기하게 여겨 조복감을 가져오니 박씨가 재차 말했다.

"이 옷은 혼자 지을 옷이 아니니 도와줄 사람을 몇 명 불러오너라."

계화가 이 말씀을 상공에게 여쭈니 바느질을 도와줄 사람을 불러 보내었다. 박씨가 촛불을 밝히고 옷을 짓는데, 수놓는 법은 팔괘와 같고 바느질은 달 속 궁전에 산다는 항아姮娥 달 속에 있다는 전설 속의 선녀 같으며, 대여섯 사람이 할 일을 혼자 하고 이삼 일 동안 할 일을 하룻밤 사이에 해내니, 앞에는 봉황새를 수놓고 뒤에는 푸른 학을 수놓았는데 봉황은 춤을 추고 청학은 날아드는 듯했다. 이윽고 작업이 끝나 공에게 옷을 바쳤다. 공은 탄복해 마지않으며 말했다.

"이것은 신선의 솜씨지 인간의 솜씨는 아니구나."

공이 이튿날 조복을 입고 대궐 안에 들어가 공손히 절을 하니 임금은 조복을 자세히 보다가 물었다.

"경의 조복을 누가 지었는가?"

공이 대답했다.

"신의 며느리가 지었습니다."

"며느리가 남편 정도 못 받고 굶주림과 추위에 파묻혀 외롭게 지내고 있구나. 대체 어떻게 된 일인가?"

공은 깜짝 놀라 엎드려 아뢰었다.

"전하께서는 어떻게 그처럼 자세히 아십니까?"

"경의 조복을 보니 뒤에 붙인 청학은 신선의 세상을 떠나 푸른 바다 위로 왔다 갔다 하여 굶주린 모습이고, 앞에 붙인 봉황은 짝을 잃고 우는 형상이 분명하니, 그것을 보고 짐작하였노라."

공은 황망히 아뢰었다.

"신이 분명히 하지 못한 탓입니다."

"잘 알지 못하겠지만, 경의 며느리는 비록 아름답지 못하나 영웅의 풍채를 가지고 있도다. 푸대접하지 마라. 매일 흰쌀을 서 말씩 줄 것이니 지금부터 한 끼에 한 말씩 지어 먹이어라. 앞으로 경의 집안 식구들이 푸대접하는 것을 특별히 조심하라."

공은 집으로 돌아와 집안사람들을 모아 놓고 크게 꾸짖으며 임금의 분부를 전했다. 집안사람들이 박씨에게 매일 서 말씩 밥을 지어 들여 주었는데 박씨가 거뜬히 다 먹으니, 구경하는 사람들이 모두 다 놀라며 여장군이 났다 했다. 하루는 박씨가 공을 찾아와 청했다.

"집안이 매우 가난하지는 않지만 그렇다고 넉넉하지도 않으니, 저의 말씀대로 하십시오."

공은 반가워하며 물었다.

"어떻게 하자는 말이냐? 자세히 말해 보아라."

"내일 종로로 심부름꾼을 보내시면 각처에서 사람들이 말을 팔려고 모였을 것입니다. 여러 말 가운데 작고 볼품없는 말 하나를 돈 삼백 냥을 주고 사 오라고 하십시오."

공은 즉시 성실한 종을 불러 분부를 내렸다.

"내일 종로에 가면 말 장수들이 있을 것이니 말 하나를 사 오너라. 여러 말 중에서 비루먹고 파리한 망아지 한 마리가 있을 것이니 돈 삼백 냥을 주고 사 오너라."

노복들이 상공의 명을 받들어 종로에 나가 보니 과연 비루먹고 파리한 망아지 한 마리가 있는지라 임자를 찾아 값을 물었다.

"좋은 말이 널렸는데 저렇게 볼품없는 것을 사다가 무엇하려고 하십니까?"

말 임자는 의아하다는 듯 물었다.

"우리 대감께서 그렇게 사 오라고 분부하시었습니다."

노복이 말 값을 치르려고 하자 말 장수는 고개를 저었다.

"그러면 닷 냥만 내고 가져가시오."

"삼백 냥을 받으시오."

"원래 값이 닷 냥인데 어떻게 지나치게 비싸게 값을 받으라고 하십니까?"

말 장수가 어떻게 된 일인지 몰라 의심하고 돈을 받지 않았다. 노복들은 마지못해 억지로 백 냥을 주고 이백 냥은 숨겨 가지고 말을 이끌고 돌아왔다.

"과연 말씀하신 것과 같은 망아지가 있어서 삼백 냥을 주고 사 왔습니다."

박씨는 노복더러 말을 가져오라 하여 자세히 보더니 말했다.

"이 말의 값으로 삼백 냥 비싼 값을 주어야 쓸데가 있는데 잘 알지 못하는 노복들이 백 냥만 주고 이백 냥은 숨겨서 말 장수를 주지 아니하였으므로 쓸데없으니 도로 갖다 주라 하십시오."

공은 즉시 바깥채로 나와 노복들을 불러 꾸짖었다.

"너희들이 말 값 삼백 냥 중에 이백 냥을 감추고 일백 냥만 주고 사 왔으니 어찌 상전을 속이고 살아남길 바라느냐. 숨긴 돈 이백 냥을 가지고 가서 말 주인에게 즉시 주고 오너라."

노복들은 백배사죄하며 즉시 말 임자를 찾아가 이백 냥을 억지로 맡기고 돌아왔다. 박씨는 공에게 다시 여쭈었다.

"그 말을 한 끼에 보리 서 되와 콩 서 되로 죽을 쑤어 먹이되, 삼 년만 세심히 주의하여 먹이십시오."

공은 허락하고 노복들을 불러 박씨가 말한 대로 분부했다.

한편, 시백이 아버지의 명을 거역하지 못하여 내외간에 함께 잠을 자려고 하였으나 부인을 보면 차마 얼굴을 대할 마음이 없어져서 부부간의 정이 점점 더 멀어졌다. 박씨는 초당의 이름을 피화당避禍堂 화를 피하는 집이라고 써 붙이고 몸종 계화를 시켜서 뒤뜰 전후좌우에 갖가지 색의 나무를 심게 했다. 또 오색의 흙을 가져다가 동쪽에는 푸른 기운을 따라서 푸른 흙을 나무뿌리에 북돋우고, 서쪽에는 흰 기운을 따라서 흰 흙으로 북돋우고, 남쪽에는 붉은 기운을 따라서 붉은 흙으로 북돋우고, 북쪽에는 검은 기운을 따라서 검은 흙으로 북돋우고, 중앙에는 노란 기운을 따라서 노란 흙을 북돋우고 때를 맞추어 물을 정성으로 주었다. 그 나무들이 하루가 다르게 자라서 오색구름이 자욱하고 나뭇가지에는 용이 서린 듯, 잎은 범이 호령하는 듯, 각색의 새와 무수한 뱀들의 변화가 끝이 없었다.

하루는 공이 박씨를 찾아와 물었다.

"저 나무를 무슨 까닭으로 심었으며, 이 집의 이름을 피화당이라고 하였는데, 무슨 까닭이냐?"

박씨가 대답했다.

"제가 어찌 하늘의 조화를 누설할 수 있겠습니까? 다음에 자연히 알게 되실 것이오니 남에게 말을 퍼뜨리지 마십시오."

공은 한탄해 마지않았다.

"너는 정말로 나와 같은 사람의 며느리가 되기에 아깝구나. 나의 팔자가 기박하여 도리를 모르는 자식이 아비의 가르침을 듣지 않고 부부간에 화목하고 즐겁게 지내지 않고 헛되이 세월만 보내고 있으니, 내 생전에 너희 부부가 화락하게 지내는 것을 보지 못할 것 같다."

이로부터 삼 년여가 흘렀다. 마구간의 망아지는 날이 갈수록 성장하여 걸음이 호랑이와 같이 날래지고 눈빛이 형형해졌다. 마침내 삼 년 기한이 다가오자 박씨가 시아버지에게 아뢰었다.

"아무 달 아무 날에 명나라 왕의 명을 받은 사신이 나올 것이니 그 말을 가져다가 사신이 오는 길에 매어 두십시오. 사신이 값을 흥정하면 삼만 냥에 파십시오."

공은 듣고 노복을 불러 분부한 후 사신이 오기를 기다렸다. 과연 그날 사신이 온다고 하니 노복들은 말을 끌고 나가 사신이 오는 길에 매어 두고 기다렸다. 지나가던 사신이 말을 보자 걸음을 멈추고 값을 물으니 노복은 시킨 대로 대답했다.

"값은 삼만 냥입니다."

사신은 매우 기뻐하며 삼만 냥을 아끼지 않고 내놓았다. 삼만 냥을 얻자 공의 집안은 재산이 일시에 풍족해졌다. 공이 박씨에게 물었다.

"삼만 냥이나 되는 많은 돈을 받았으니 어찌된 연고이냐?"

박씨가 대답했다.

"그 말은 천리를 달리는 훌륭한 말이나, 조선은 작은 나라라 알아볼 사람도 없을 뿐 아니라 지역이 성기고 어설프게 생겨서 쓸 곳이 없습니다. 오랑캐 나라는 지역이 넓고 머지않아 쓸 곳이 있는데, 그 사신이 훌륭한 말을 알아보고 삼만 냥을 아끼지 않고 사 간 것입니다."

공은 듣고 감탄해 마지않으며 말했다.

"너는 여자지만 만 리를 내다보는 눈이 있으니 정말로 내 며느리로 살기에는 아깝구나."

한편, 나라가 태평하고 곡식이 잘되므로 나라에서 인재를 선발하려고 과거를 시행했다. 시백도 역시 과거에 응시하기 위해 길을 떠날 준비를 했다. 전날 밤 박씨가 꿈을 꾸었는데, 뒤뜰 연못 가운데 벽옥^{碧玉} 품질이 좋고 아름다운 옥 연적이 놓였는데 푸른 용이 되어 고운 구름을 타고 하늘의 서울인 백옥경^{白玉京} 옥황상제가 사는 가상의 서울으로 올라가는 것이 보이므로, 박씨가 놀라 일어나니 한바탕의 꿈이라. 잠을 이루지 못하다가 뜰로 나가 보니 벽옥 연적이 놓여 있는데, 자세히 보니 꿈에서 본 연적이 분명했다. 박씨는 계화를 시켜 연적을 시백에게 보냈다.

"이 연적의 물로 먹을 갈아 글을 지어 바치면 장원 급제할 것입니다. 입신양명하시거든 부모님 앞에서 영화롭게 사는 모습을 보여 드리옵소서. 가문을 빛낸 후에 저처럼 운명이 기구한 사람은 생각하지 말고 이름난 가문의 아름다운 숙녀를 아내로 맞아 태평스럽게 일생을 함께 늙도록 하십시오."

계화는 박씨의 명을 받들고 가서 앞뒤 사연을 여쭈었다. 시백이 듣기를 다한 다음 연적을 받아 보니 천하에 없는 보배였다. 이튿날, 과거장으로 들어가 글의 제목이 발표되기를 기다렸다가 연적의 물로 먹을 갈아 단숨에 써 내려가니 용의 필치가 따로 없었다. 모든 사람을 앞서 글을 바치니 글이 매우 잘되어 고칠 데가 없었다. 한참 후에 방을 내걸었는데, 장원은 이시백이었다.

시백은 임금이 내린 어사화를 머리에 꽂고 몸에 금과 옥으로 된 띠를 두르고 말 위에 뚜렷이 앉아 집으로 돌아왔다. 집에 돌아와 큰 잔치를 베풀어 며칠을 즐기는데, 박씨는 참여하지 못하고 홀로 적막한 초당에 앉아 있을 뿐이었다.

그러던 어느 날 박씨가 공에게 아뢰었다.

"제가 시집온 지 사 년인데 친정의 소식을 알지 못하니, 잠깐 다녀올까 합니다."

공이 허락하자 박씨가 초당으로 돌아와 계화를 불러 말했다.

"내 잠깐 친정에 다녀올 것이니 너만 알고 번거롭게 남에게는 이야기하지 마라."

그날 밤, 홀쩍 말을 타고 떠난 박씨는 사흘 만에 바람처럼 돌아왔다.

"우리 며느리의 신기한 술법은 귀신도 짐작하지 못하겠구나. 그래, 아버님은 잘 계시더냐?"

공은 감탄하며 친정아버지의 안부를 물었다.

"아무 달 아무 날에 오신다고 하셨습니다."

박씨는 담담한 얼굴로 아버지의 뜻을 전했다.

하루는 공이 혼자 바깥채에 앉아 있는데 박 처사가 하나도 변하지 않은 모습으로 문을 열고 들어왔다. 공은 옷과 갓을 똑바로 차려입고 예의를 갖추어 인사를 마치고 자리를 잡아 앉았다. 자리가 무르익자 공이 처사에게 말했다.

"높으신 손님을 뵈오니 반가운 마음은 비길 데 없으나 한편으로는 미안한 마음을 헤아릴 수 없습니다."

처사가 물었다.

"무슨 말씀이신지 알고 싶습니다."

"내 자식이 못나고 변변치 못해서 귀한 따님을 박대하여 부부간에 화목하고 즐겁게 지내지 못하므로 늘 깨우쳐서 삼가게 하였습니다. 그러나 끝내 아비의 명을 거역하니 어떻게 불안하지 않겠습니까?"

처사는 수염을 매만지며 대답했다.

"공의 넓으신 덕으로 추한 자식을 지금까지 슬하에 두시니 감사한 마음이 끝이 없는데, 이렇게 말씀하시니 오히려 미안합니다. 사람에게 있어 팔자의 길하고 흉함과 괴롭고 즐거움은 하늘의 뜻에 달려 있는 것이니, 왜 지나치게 근심하겠습니까?"

공은 처사의 말을 듣고 더욱 미안하게 여겼다. 공이 처사와 함께 날마다 바둑과 음률로 시간을 보내더니 하루는 처사가 들어가 딸을 보고 조용히 일렀다.

"너의 액운이 다 끝났으니 누추한 겉껍질을 벗어라."

처사는 딸에게 껍질을 벗고 모양을 변화하는 술법을 자세히 가르쳤다.

"네가 껍질을 벗고 모양을 바꾸어 누추한 허물을 벗거든, 그 허물을 버리지 말고, 옥으로 만든 상자를 만들어 달라고 하여 그 속에 넣어 두어라."

하고 나와 즉시 작별하는데, 아버지와 딸이 헤어지는 애달픈 정리는 다른 것에 비할 수 없었다. 이공이 며칠을 더 묵고 갈 것을 청했으나 처사는 듣지 않았다.

아버지가 떠나자 박씨는 목욕을 깨끗이 하고 마음을 가다듬어 술법을 부렸다. 주문을 외자 흉한 허물이 하나씩 벗겨졌다. 날이 밝자 계화를 불러 들어오라 했다. 계화가 눈을 씻고 자세히 보니 아리따운 얼굴과 기이한 태도는 달나라 궁궐에 숨어 산다는 항아가 아니면 중국 무산에 살았다는 선녀라도 따르지 못할 것 같았다. 한 번 보고 정신이 아득하여 숨도 못 쉬고 멀찌감치 앉았는데, 박씨는 꽃과 달 같은 얼굴을 들고 붉은 입술을 반쯤 열어 계화에게 일렀다.

"내가 지금 껍질을 벗었으니 밖에 나가 야단스럽게 다른 사람에게 떠벌리지 말고, 대감께 아뢰어 '옥으로 된 상자를 만들어 주십시오' 하여라."

계화는 명을 받들어 급히 바깥채로 나와 기쁜 빛의 얼굴로 공에게 아뢰었다.

"피화당에 신기한 일이 있으니 급히 들어가 보십시오."

공이 이상하게 여겨 계화를 따라 들어가 방문을 열어 보니 향기로운 냄새가 코를 찌르며 한 소녀가 방 안에 앉아 있는데, 뛰어나게 아름다운 여인이 아닌가.

"네가 어떻게 오늘 절대가인이 되었느냐? 천고에 본 적이 없는 이상한 일이로구나."

박씨는 고개를 숙이고 아뢰었다.

"제가 이제야 액운이 다 끝났기에 누추한 허물을 어젯밤에 벗게 되었으니, 옥함 하나를 만들어 주시면 그 허물을 넣어 두겠습니다."

공은 옥을 다루는 기술자를 불러 옥함을 만들어 며칠 만에 들여보내고 아들 시백을 불렀다.

"얼른 들어가 네 아내를 보아라."

시백이 의아한 마음에 급히 들어가 문을 열어 보니, 어떤 부인 한 사람이 단정히 앉았는데, 달나라 항아와 같고 정말로 요조숙녀였다. 한 번 보고는 정신이 아득해지는데 박씨의 얼굴을 잠깐 살펴보니 가을바람과 추운 눈발같이 차가워 말을 붙일 수가 없었다. 시백은 감히 들어가지 못하고 계화에게 물었다.

"흉한 인물은 어디 가고 저런 달나라 항아가 되었느냐?"

계화는 웃음을 머금고 아뢰었다.

"부인이 어젯밤에 변화를 부려서 항아와 같이 되었습니다."

시백은 깜짝 놀라며 스스로 사물을 바로 보는 눈이 없음을 한탄했다. 삼사 년을 박대한 것을 생각하니 오히려 미안하고 부끄러워 바깥채로 나오니 지켜 섰던 공이 타일렀다.

"사람의 화복과 길흉은 마음대로 못하는 것이다. 네게 맡긴 사람을 삼사 년 박대하였으니 무슨 면목으로 아내를 대하려고 하느냐? 사물을 꿰뚫어 보는 눈이 이렇게 없고서야 공을 세워 널리 이름을 떨치기를 어떻게 바랄 수 있겠느냐. 앞으로는 모든 일을 이와 같이 하지 마라."

시백은 더욱 두렵고 감격스러워 아무 말도 못하고 물러났다. 날이 저물어 시백이 피화당으로 다시 들어가니 박씨가 촛불을 밝히고 얼굴빛을 엄숙하게 갖추고 앉아 있었다. 감히 한마디도 하지 못하고 박씨가 먼저 말하기만을 기다리고 있으나 끝내 말이 없으므로 시백은 지난 일을 후회하며 말했다.

"부인이 이렇게 하시는 것은 내가 여러 해를 박대한 탓이로다."

부인은 요지부동 대답이 없고 어느덧 닭 우는 소리가 먼 마을에서 '꼬끼오' 했다. 바깥채로 나와 세수를 하고 어머님에게 문안하고 물러나 글방에서 지내고 종일토록 마음을 정하지 못하고 저물기를 기다렸다. 밤이 되어 다시 피화당에 들어가니 박씨의 엄숙함이 전날보다 더하여 갈수록 심했다. 시백은 죄지은 사람같이 박씨가 말할 때만을 기다리고 앉았는데, 밤이 또다시 새니 말없이 나와 양친에게 문안하고 서당으로 돌아왔다.

그날 저녁, 시백은 박씨를 찾아가 진심으로 사죄했다.

"부인을 삼사 년 동안 빈방에서 혼자 외로이 지내게 한 죄는 지금 무엇이라 말할 길이 없으나, 부인은 마음을 풀고 저를 용서하십시오."

시백은 슬픔을 못 이겨 눈물을 흘리었다. 박씨는 불쌍하고 가여운 마음이 들어 비로소 입을 열었다.

"제가 본래 모양을 감추고 추한 얼굴로 있었던 것은 서방님이 열심히 한마음으로 공부하길 바라서였고, 그사이 제가 아무 말도 하지 않은 것은 서방님이 잘못을 스스로 뉘우치길 바라서입니다. 본래의 얼굴을 찾았으니 한평생 마음을 풀지 않으려고 하였습니다. 허나 여자의 연약한 마음으로 장부를 속이지 못하여 지나간 일을 풀어 버리는 것이니 부디 이다음부터는 명심하십시오."

시백은 매우 기뻐하며 말했다.

"저같이 속세의 무식한 사람이 어찌 어진 부인의 마음을 헤아리겠습니까. 부디 용서하시어 저를 받아들이시지요."

박씨는 그제야 얼굴을 폈다.

"지나간 일은 다시 말씀하지 마시고 마음을 놓으십시오."

부부가 정답게 이야기를 시작하니 이미 자정 무렵이었다. 아리따운 손을 이끌고 잠자리에 들어 삼사 년 그리던 회포를 풀고 부부간에 즐거움을 함께 나누니, 그 정이 새로이 산과 같고 바다와 같았다. 그 후로부터 모부인母夫人 남의 어머니를 높인 말이며 노복들이 전에 박씨를 박대한 것을 뉘우치고 자책하여 박씨의 신명함에 탄복하고 상공의 마음속에 품은 큰 책략을 못내 칭송하면서, 집안에 뜻이 맞아 화목하게 지내었다.

이 무렵, 이공이 연로해 벼슬을 하직하였는데 임금이 허락하고 시백을 승지로 임명했다. 시백은 사은숙배謝恩肅拜 임금의 은혜에 감사하며 공손하게 절함하고 나라를 충성으로 섬기며 공적인 일에 부지런하니 이름과 덕망이 조정에 떨쳐졌다. 충성이 남다르므로 임금은 더욱 사랑하며 특별히 평안 감사직을 내리었다. 시백은 사은숙배하고 집에 돌아와 부모님에게 아뢰고 행장을 꾸려 길을 떠났다.

임지에 부임한 시백이 정성으로 백성을 보살피니 소문이 먼 곳 가까운 곳 할 것 없이 진동을 하고 조정에까지 미쳤다. 임금은 듣고 병조 판서로 임명하고 불렀다. 여러 날 만에 서울에 도착하여 대궐에 들어가 숙배하니, 임금이 보고 반기어 칭찬해 마지않았다. 이 판서는 대궐에서 물러나와 집에 돌아와 부모님에게 문안한 뒤에 친척들과 옛 친구들을 모아 잔치를 벌여 여러 날을 즐기었다.

때는 갑자년 팔월이라, 중국의 남경이 갑자기 요란하므로 나라에서 병조 판서 이시백으로 하여금 사신의 총책임자 상사로 삼았다. 상사는 장군 임경업을 부사에 임명한 뒤 어명을 받들어 명나라로 들어갔다. 명나라 황제는 조선의 사신이 들어온 것을 알고 영접하여 들였는데, 마침 가달이라는 오랑캐가 명나라를 침범했다. 나라가 위기에 처하자 명나라 승상 황자명이 천자에게 급히 아뢰었다.

"조선 사신 이시백과 임경업의 생김새를 보니 비록 작은 나라의 인물이나 만고의 흥망과 천지의 조화를 은은히 감추고 있사옵니다. 신은 원하건대 이 사람들로 구원군의 사령관을 정하는 것이 마땅할 것입니다."

천자가 허락하니 두 사람이 명나라 군사를 거느리고 가달국에 들어가 크게 이기고 승전고를 울리며 돌아왔다. 천자는 상을 후하게 주고 조선으로 보내었다. 시백과 경업은 천자에게 하직하고 밤낮으로 달려서 조선에 도착하니, 임금은 기특하게 여기었다.

"중국을 구하여 가달을 격파하고 이름을 천하에 떨치며 위엄이 조선에 빛나니 영웅의 재주는 이 시대의 으뜸이로다."

임금은 시백으로 하여금 우의정을 제수하고 임경업으로 하여금 부원수를 제수하였다. 이때 북쪽 오랑캐 나라가 점점 강성해져 도로 조선을 엿보므로 임금은 크게 근심하고 임경업으로 하여금 의주 부윤을 제수해 자주 침범해 오는 북쪽 오랑캐들을 물리치게 하였다.

한편, 즐거운 일이 지나면 슬픈 일이 온다는 것은 사람에게 흔한 일이라. 이공은 춘추 팔십에 홀연히 병을 얻어 점점 위중해지니 백 가지 약이 효험이 없었다. 공이 마침내 일어나지 못할 줄 알고 부인과 시백 부부를 불러 유언했다.

"내가 죽은 후 집안일을 소홀히 하지 말고 후사를 이어 조상님을 모시는 제사를 극진히 하여라."

공이 세상을 버리니 병상을 지키던 모부인 역시 슬퍼하다가 몇 달 만에 세상을 버렸다. 시백 부부는 부친 내외를 선산에 안장하고 애통해 마지않으며 삼년상을 치렀다.

한편, 북방 오랑캐들이 강성하여서 북쪽 변경을 침범하는데, 그때마다 임경업이 그들을 물리쳤다. 무지막지한 오랑캐 황제는 조선을 치려고 만조백관과 의논했다.

"우리나라는 지방이 광활한데도 조선의 장수 임경업을 이겨 억누를 사람이 없으니 이 어찌 답답하지 않겠는가. 어떻게 하면 조선을 차지할 수 있겠는가?"

여러 신하는 대답을 못했다. 이때 신하 중에 귀비라는 오랑캐 여자가 아뢰었다.

"조선에 한 신인이 사는데 백만 대군을 일으켜 보내도 그 신인을 잡기 전에는 꾀하기 매우 어렵습니다. 마침 제가 한 가지 계교를 생각하오니 자객을 구해서 조선에 내려보내어 신인을 없앤 후에 조선을 침범하는 것이 마땅합니다."

오랑캐 황제는 무릎을 치며 물었다.

"어떤 사람을 보낼까?"

귀비가 아뢰었다.

"조선 사람은 재물을 탐내고 여색을 좋아하오니 계집을 구하되, 지혜와 용맹을 고루 갖춘 계집을 보내면 일을 이룰 수 있을 듯합니다."

오랑캐 황제가 듣고 옳게 여겨 즉시 여러 사람과 의논하여 두루 구하였는데, 이때 육궁의 시녀 가운데 기홍대라 하는 계집이 있으니 인물은 당나라 명종 황제의 애첩인 양귀비 같고, 말주변은 소진과 장의를 비웃으며, 검술은 당할 사람이 없고, 용맹은 용과 호랑이 같았다. 황제는 기홍대를 불러 물었다.

"너의 지용智勇 지혜와 용기과 재모는 이미 알았거니와, 조선에 나아가 성공할 수 있겠느냐? 조선에 나아가 신인의 머리를 베어 올진데, 이름을 천추千秋에 유전遺傳하게 하리라"

기홍대가 대답하여 아뢰었다.

"소녀가 비록 재주는 없으나 나라의 은혜가 망극하오니 어찌 물과 불이라도 피하겠습니까?"

길을 떠나려 할 때 귀비가 홍대를 불러 당부했다.

"조선에 나아가면 자연히 신인을 알게 될 것이다. 문답은 이렇게 저렇게 두 번 하고, 부디 재주를 허비하지 말고 조심스럽게 머리를 베어라. 돌아오는 길에 의주로 들어가 임경업의 머리마저 베어 돌아오되 부디 일을 그르치지 마라."

기홍대는 하직하고 조선으로 길을 떠났다.

이때 뜰을 거닐던 박씨가 문득 천문을 보고 깜짝 놀라 승상에게 당부했다.

"몇 월 며칠에 계집 하나가 집에 들어와 말을 이렇게 저렇게 길게 할 것이니, 조심하여 친근하게 대접하지 마시고 이렇게 저렇게 하여 피화당으로 이끌어 보내시면 제가 해결해 보내겠습니다."

승상이 물었다.

"어떤 여자이기에 찾아온다는 것이오?"

"그 계집은 얼굴이 기이하고 문필이 유창하고 아름다우며 백 가지 자태를 갖추고 있습니다. 만일 그 용모를 사랑하시어 가까이하시면 큰 우환을 면치 못할 것이니, 부디 간계에 속지 마시고 피화당으로 보내십시오. 그사이 술을 빚어 담그되, 한 그릇은 쌀 두 말에 누룩 두 되를 해서 넣고, 또 한 그릇은 딴것을 섞지 않은 순수한 술을 담아 두고 안주를 장만하여 두었다가 그날이 되면 저의 말대로 이렇게 저렇게 하십시오."

승상이 듣고 한편으로는 이상하게 여기고 있었는데 과연 그날이 되니 한 여자가 집에 들어와 문안을 하므로, 승상이 이상히 여겨 물었다.

"어떤 여자이기에 감히 남자가 거처하는 사랑에 들어오는가?"

그 여자가 대답했다.

"소녀는 강원도 회양淮陽 철원에 사는데, 일찍이 부모님을 여의고 정처 없이 떠돌아다니다가 우연히 관청에 잡히어 여종으로 등록이 되었사오니, 성은 모르고 이름은 설중매입니다."

공이 그 여자의 거동을 보니 예사 사람이 아니기에 계화를 불러 명했다.

"지금 해가 서산으로 지고 달이 동쪽 고개로 떠올라 밤이 깊어졌으니 후원의 피화당에 모셔 편히 묵도록 하여라."

계화가 모령의 여인을 피화당으로 안내하니 부인이 자리를 내주며 물었다.

"그대는 어떤 사람이기에 내 집에 찾아왔는가?"

여인이 대답했다.

"소녀는 먼 지방의 천한 기생인데 서울에 구경 왔다가 외람되게 높으신 댁을 찾아왔사오니, 황송하고 감사한 마음을 이길 수 없습니다."

부인은 계화를 불러 명했다.

"손님이 왔으니 술과 안주를 들여라."

계화가 명을 받들고 나가더니, 이윽고 맛 좋은 술과 풍성하게 차린 안주상을 갖추어 들여놓고 독주와 순수한 술을 구별하여 놓았다.

"술을 따르라."

계화가 독주는 그 여인에게 권하고 순한 술은 부인에게 드리니, 그 여자는 먼 길을 오느라 피곤하여 목마름이 심하던 차에 술을 보고 사양하지 않고 마셨다. 여자는 술이 몹시 취하여 말했다.

"소녀가 먼 길을 오느라 힘들고 피곤하던 차에 주시는 술을 많이 먹고 몹시 취하였으니, 베개를 잠깐 내어 주시기 바랍니다."

부인이 대답했다.

"어찌 내 집에 온 손님을 공경하지 않겠는가?"

여자가 잠이 들자 부인은 자는 체하다가 가만히 일어나 그 여자의 짐 꾸러미를 열었다. 보따리 속에 자그마한 칼 하나가 숨겨져 있는데 이상하게 생겼으므로 자세히 보니 주홍색으로 비연도라 새겨져 있었다. 부인이 그 칼을 다시 만지려 하자 그 칼이 나는 제비로 변하여 천장으로 솟구치며 부인을 헤치려고 자꾸만 달려들었다. 부인이 급히 주문을 외우니 그 칼이 변화를 못하고 멀리 떨어지는 것이었다. 부인이 그제야 칼을 집어 들고 소리를 벽력같이 지르니, 기홍대는 깊은 잠에 들었다가 뇌성같은 소리에 눈을 떴다.

"무지하고 간특한 계집이구나. 너는 오랑캐 나라의 기홍대가 아니냐?"

부인의 호통이 쩌렁쩌렁 울렸다. 기홍대는 정신을 차려 아뢰었다.

"부인께옵서 어떻게 그리 자세히 알고 계십니까? 소녀는 과연 호국의 기홍대입니다. 이렇게 엄숙하게 물으시니 어떻게 된 영문인지 모르겠습니다."

부인은 눈을 부릅뜨고 화난 목소리로 꾸짖었다.

"기홍대야, 내 말을 들어라. 네가 겁도 없이 내 집에 들어와 당돌하게 나를 해치려고 재주를 부리니, 이것은 아무리 보아도 귀비의 간계로다. 내 너를 죽여 분한 마음을 만분지일이나마 풀어야겠다."

하고 비연도를 들고 달려드니, 기홍대가 애처롭게 빌었다.

"황송하오나 부인 앞에서 한 말씀을 어떻게 속이겠습니까? 소녀가 어지간히 잡스러운 술법을 배운 탓으로 시키는 것을 거역하지 못하고 이와 같이 죄를 지었사오니 그 죄는 만 번 죽어 마땅한 것이오나 큰 은혜를 베푸시어 소녀의 목숨을 살려 주십시오."

부인은 칼을 잠깐 멈추고 말했다.

"내 사람의 목숨을 살해하는 것이 흔한 일이 아니고, 또한 너의 임금이 도리에 어긋나 분수에 넘치는 뜻을 고치지 아니하기에 너를 아직은 죽이지 않고 살려 보내는 것이다. 돌아가 너희 임금에게 내 말을 자세히 전하여라. 조선이 비록 소국이나 인재를 헤아리면 영웅호걸과 천하의 명장이 무리들 가운데 있고, 나 같은 사람은 수레에 신고 말로 될 정도라 그 수효를 알지 못하니라."

기홍대는 일어나 감사의 인사를 드렸다.

"신령 같으신 덕의 도움을 입어 죽을 목숨을 보전하오니, 감격하여 몸 둘 바를 모르겠습니다."

기홍대는 부인에게 백배사죄하고 길을 떠났다.

이튿날 승상이 대궐 안에 들어가 그 연고를 낱낱이 아뢰어 올리니, 임금과 조정의 모든 신하가 깜짝 놀라 얼굴빛이 하얗게 변하였다. 임금은 즉시 임경업에게 비밀리에 명령을 내리었다.

"오랑캐 나라에서 기홍대라는 계집을 우리나라에 보내어 이렇게 저렇게 한 일이 있었으니, 그런 계집이 혹 가서 달래거나 유인하려는 일이 있으면 각별히 조심하고 잘 방비하라."

임금은 박씨를 크게 칭찬하고 충렬 부인과 일품 녹봉을 내려 주었다. 한편, 기홍대는 본국에 돌아가 오랑캐 황제에게 아뢰었다.

"소녀가 이번에 명을 받잡고 큰일을 맡아서 만리타국에 갔사오나, 성공하기는 고사하고 만고에 짝이 없을 만한 영웅 박씨를 만나 겨우 목숨을 보전하였나이다."

하고 앞뒷일을 아뢰니 오랑캐 황제는 몹시 화를 내며 귀비를 불렀다.

"기홍대가 조선에 가서 신인과 명장을 죽이지 못하고 짐을 욕되게 하였으니 분하구나. 또한, 조선을 도모하지 못하게 되었으니 이 분한 마음을 어디 가서 풀어야 할 것인가?"

귀비는 생각 끝에 대답했다.

"조선에 비록 신인과 명장이 있사오나 또 간신이 있어서 신인의 말을 듣지 아니할 것이고 명장을 쓸 줄도 모를 것입니다. 폐하가 군사를 일으켜 조선을 치되 남으로 육로에 나아가 치지 말고 동으로 백두산을 넘어 조선의 함경도로, 한양의 동쪽 문으로부터 들어가면 미처 방비할 수 없어 도모하기 쉬울 것입니다."

오랑캐 황제는 크게 기뻐하며 곧 한유와 용울대에게 명령을 내렸다.

"군사 십만 명을 불러 모아 귀비의 지휘대로 행군하여 동으로 백두산을 넘어 바로 조선 북쪽 길로 내려가 한양의 동쪽 문으로부터 들어가 이렇게 저렇게 하라."

귀비는 용울대를 불러 따로 말했다.

"그대는 행군하여 조선에 들어가거든 바로 날쌘 군사를 의주와 서울을 왕래하는 길 중간에 매복하여 소식을 통하지 못하게 하고, 한양에 들어가거든 우의정 집의 뒤뜰을 침범하지 마라. 그 후원에 피화당이 있고 후원의 초당 앞뒤에 신기한 나무가 무성하게 있을 것이니, 만일 그 집 후원을 침범하면 성공하기는커녕 목숨을 보전하지 못하여 고국에 돌아오지도 못할 것이니 각별히 명심하라."

두 장수가 명령을 다 듣고 십만 대병을 거느리고 동으로 행군하여 동해로 건너 바로 한양으로 향하는데, 백두산을 넘어 함경북도로 내려오며 봉홧불을 피우지 못하게 막고 물밀듯 들어오니, 한양까지 수천 리 길을 내려오는 동안에도 아는 사람이 없었다. 이때 충렬 부인은 피화당에 있다가 문득 천기를 보고 깜짝 놀라 급히 상공을 불렀다.

"북방의 도적이 침범하여 조선의 경계를 넘어 들어오니, 의주 부윤 임경업을 급히 불러 군사를 합병하여 동쪽으로 오는 도적을 막으십시오."

승상은 깜짝 놀라며 물었다.

"오랑캐가 어디로 온단 말이오?"

"오랑캐들이 본래 간사한 꾀가 많으므로 북으로 나오면 임 장군이 두려워 의주는 감히 범하지 못하고, 백두산을 넘어 동쪽으로부터 동대문을 깨뜨리고 들어와 장안을 갑자기 습격할 것입니다. 제 말을 허황되게 여기지 마시고 급히 임금께 아뢰어 방비를 하십시오."

승상이 그 이야기를 다 듣고 급히 임금을 찾아가 아뢰니 임금이 듣고 크게 놀라며 조정의 모든 신하를 모아 의논하는데, 좌의정 원두표가 의견을 내놓았다.

"북쪽 오랑캐들이 꾀가 많사오니 부윤 임경업을 불러들여 동쪽으로 오는 도적을 방비하는 것이 옳을 것으로 생각합니다."

말을 채 마치기도 전에 대신 하나가 앞으로 썩 나섰다.

"좌의정이 아뢰는 말씀은 절대로 안 될 일입니다. 북쪽의 오랑캐가 임경업에게 패하였으니 무슨 힘으로 우리나라를 엿보며, 병사를 일으킨다고 하여도 반드시 의주로 들어올 것입니다. 만일 의주를 버리고 임경업을 불러 동쪽을 지키게 하면 도적들이 의주를 침범해 와 살육할 것이니 요망한 계집의 말을 들어 망령되이 동쪽을 막으라 하오니 어떻게 헤아림과 지혜가 있다고 할 수 있겠습니까? 이는 나라를 해롭게 하려는 것이니 잘 살피십시오."

임금이 말했다.

"박씨의 신명함은 보통 사람과 다른지라, 짐이 이미 그것을 경험한 바 있으니 어떻게 요망하다 하겠느냐. 그 말을 따라 동쪽을 막는 것이 옳을 것이다."

대신은 더욱 큰 소리로 대답했다.

"지금 나라 안이 태평하여 풍년이 들고 백성들 생활이 평안하여 '격양가擊壤歌 농부가 태평한 세월을 읊은 노래'를 부르는데, 이 같은 태평세계에 요망한 계집의 말을 발설하여 우리나라를 놀라 움직이게 하면 민심을 흔들리게 하는 것입니다. 전하께서 이렇게 요망한 말씀을 들으시고 깊이 근심하시어 나랏일을 살피지 아니 하옵시니, 신은 원하건대 이 사람을 먼저 국법으로 다스려 민심을 진정시키십시오."

모두 보니 이는 다른 사람이 아니라 영의정 김자점이라. 소인과 친하게 지내고 군자를 멀리하여 국정을 제 마음대로 하는지라. 이 같은 소인이 나라를 망하게 하려 하나 조정의 모든 대신이 그 권세를 두려워하여 말을 못하는지라. 공이 항거하지 못하여 분한 마음을 이기지 못하고 집에 돌아와 부인에게 그간에 있었던 사연을 낱낱이 이야기를 하니, 부인이 듣고 하늘을 우러러보며 탄식했다.

"슬프다. 나라의 운수가 불행하여 그 같은 소인을 인재라고 하여 조정에 두어 나라를 망하게 하니 어찌 슬프지 않겠는가. 머지않아 도적이 한양을 침범할 것이니 신하 된 자로서 나라가 망하는 것을 차마 어떻게 보겠는가."

부인은 말을 마치고 큰 소리로 통곡했다.

아니나 다를까. 며칠 후, 오랑캐들이 동대문을 깨뜨리고 물밀듯 들어오니 함성이 더욱 천지를 진동하는지라, 백성의 참혹한 모습은 글로써 기록하기 어려울 지경이었다. 적의 대장이 군사를 호령하여 사방으로 쳐들어와 살육하니, 시체가 태산같이 쌓이고 피가 흘러 내가 되었더라.

상황이 급변하자 이시백은 즉시 임금에게 아뢰었다.

"속히 남한산성으로 피난하시는 것이 좋을 것 같습니다."

임금이 옳다고 여기어 즉시 옥교玉轎를 타고 남문으로 나와 남한산성으로 가는데, 앞에 한 무리의 군사가 내달아 좌우로 충돌하니 임금이 깜짝 놀라서 물었다.

"이 도적들을 누가 물리치겠는가?"

우의정이 말을 내몰며 대답했다.

"신이 이 도적들을 물리치겠습니다."

이시백은 창으로 달려오는 적을 단번에 물리치고 가마를 호위하며 남한산성으로 들어갔다. 이때, 오랑캐 장수 한유와 용울대가 장안을 빼앗고 들어와 대궐 안으로 들어가니 대궐 안이 비어 있었다. 용울대는 아우 용골대에게 장안을 지켜 재물과 미인들을 거두어들이라 하고 군사를 몰아 남한산성을 에워쌌다.

이때, 충렬 부인 박씨는 일가친척을 피화당에 모여 있게 하였는데, 하루는 용골대가 군사를 거느리고 피화당에 이르렀다. 좌우를 살펴보니 나무마다 용과 범이 되어 서로 머리와 꼬리를 맞물리며 가지마다 새와 뱀이 되어서 변화가 끊임없고 살기가 가득 차 있었다. 용골대는 부인의 신묘한 기략과 술법을 모르고 피화당에 있는 재물과 여색을 빼앗으려고 급히 들어갔다. 그런데 청명하던 날이 갑자기 먹구름이 일어나며 뇌성벽력이 천지에 진동하고, 무성한 수목이 변하여 갑옷 입은 병사가 되어서 점점 에워쌌다. 가지와 잎은 창과 칼이 되어서 사람의 마음을 놀라게 했다. 용골대는 그제야 우의정 이시백의 집인 줄 알고 깜짝 놀라 도망가려다가 때가 늦어 죽고 말았다.

한편, 임금이 남한산성으로 행차한 후 오랑캐들이 물밀듯 들어와 조정의 여러 대신을 사로잡아 놓고 눈서리 같은 호령을 쳤다. 나라의 운수가 불행하여 이 지경에 이르렀으므로 영의정 최명길이 아뢰었다.

"싸움을 그칠 수 있도록 강화講和 싸움을 그치고 평화로운 상태가 됨 회담을 하는 것이 좋을 듯 합니다."

임금이 하늘을 우러러 탄식하고 글을 써서 오랑캐 진영에 보내니, 오랑캐가 바로 들어가 왕비와 세자, 대군 삼 형제와 임금의 후궁들을 다 사로잡아 묶었다.

한편, 뒤늦게 동생이 죽은 것을 안 용울대는 복수를 할 생각으로 군사를 다그쳐 우의정 집으로 달려갔다. 후원 초당에 다다르니 나무 위에 용골대의 머리가 걸려 있었다. 용울대가 칼을 빼들고 달려드는데 도원수한유가 피화당에 무성한 나무를 보고 깜짝 놀라 용울대를 막아섰다.

"그대는 옛날 오나라 명장 육손이 어복포에서 제갈공명이 만든 팔진의 도형 속에 들어가 고생했던 일을 생각하여 험한 땅을 모르고 들어가지 마라."

용울대는 더욱 분하여 칼을 들고 땅을 두드려 하늘을 보고 탄식했다.

"그러하오면 용골대의 원수를 어떻게 해야 갚을 수 있습니까? 만리타국에 우리 형제가 함께 나와 큰일을 이루었지만 이렇게 동생이 죽었습니다. 동생의 복수를 못하면 한 나라의 대장으로서 조그마한 여자에게 굴복하는 것입니다. 이는 옳지 못합니다. 그리고 어떻게 후세에 웃음을 면할 수 있겠습니까?"

용울대는 분한 마음에 군사를 호령하여 그 집을 에워싸고 한꺼번에 불을 지르라고 명령했다. 그러자 다섯 색깔의 구름이 자욱한 가운데 수목이 변하여 무수한 장수와 병사들이 되어 천지가 진동할 정도의 함성을 질렀다. 또한, 공중에서 신령한 장수들이 갑옷과 투구를 갖추어 입고 긴 창과 큰 칼을 들고 내려와 보이는 대로 오랑캐들을 쳐 죽이니, 창에 찔려 죽고 서로 밟히어 죽는 자가 수없이 많았다.

오랑캐 장수가 급히 군사를 후퇴시키니 그제야 날씨가 맑아지며 살벌한 소리가 그치고 신령스러운 장수들은 간 데 없었다. 오랑캐 장수들이 그 모습을 보고 더욱 분한 기운을 이기지 못하여 다시 칼을 들고 짓쳐 들어가려고 하니 청명하던 날이 순식간에 구름과 안개가 자욱해지고 지척을 분간하지 못하게 되므로, 용울대가 감히 들어가지 못하고 용골대의 머리만 쳐다보고 하늘을 우러러 탄식했다. 그러자 홀연히 나무들 사이로 한 여자가 나서며 외쳤다.

"이 무지한 용울대야. 네 동생 용골대가 내 칼에 저렇게 되었는데, 너 역시도 내 칼에 죽고 싶어서 목숨을 재촉하느냐."

용울대는 이 말을 듣고 더욱 화가 나서 꾸짖었다.

"너는 어떤 여자이기에 대장부한테 그런 요망한 말을 하느냐?"

계화는 그 말을 들은 체 아니하고 용골대의 머리만 수시로 가리키면서 꾸짖어 욕했다.

"나는 충렬 부인의 몸종 계화인데 너의 일을 생각하니 불쌍하고 가소

롭다. 네 동생 용골대는 나와 같은 여자의 손에 죽고 너는 나를 당하지 못하여 저렇게 분함을 이기지 못하니 어찌 가련하지 않겠는가.”

용울대가 분한 기운이 크게 솟아 쇠로 만든 활에 짧은 화살을 걸어서 쏘니 계화는 맞지 않고 예닐곱 걸음 가서 떨어졌다. 군사들이 명령을 받고 일제히 쏘았는데 아무도 맞히는 사람이 없었다.

용울대는 한 가지 꾀를 내어 간신 김자점을 불러들였다.

“너희도 이제 우리나라 백성이라, 어서 성안의 군사를 뽑아서 저 팔진 도를 깨뜨리고 박씨와 계화를 사로잡아 들이라. 만일 그렇지 않으면 군법으로 다스리겠다.”

호령이 엄숙하므로 김자점은 두려워하며 대답했다.

“어찌 장군의 명령을 거역하겠습니까?”

김자점이 공포를 쏘아 군사들을 호령하여 팔문을 에워싸고 좌우로 부딪쳐왔다. 그러나 팔문은 꿈쩍도 하지 않았다. 용울대가 한 가지 꾀를 내어 팔문 사방에 화약 가루를 묻고 한꺼번에 불을 지르게 했다. 그러자 불이 사방에서 일어나 무서운 기세로 집을 태웠다. 부인이 계화에게 시켜서 부적을 던지고 왼손엔 홍화선이라는 부채를 들고 오른손엔 백화선이라는 부채를 들고 오색실을 매어 불꽃 속에 던지니, 갑자기 피화당에서부터 큰바람이 일어나며 오히려 오랑캐 군사들 진중으로 불길이 몰아쳤다. 불빛 속에 들어가 천지를 구별하지 못하며 타 죽은 오랑캐 병사들의 수효를 알 수 없을 정도였다. 용울대는 깜짝 놀라 급히 병사들을 후퇴시키며 하늘을 우러러 탄식했다.

“병사를 일으켜 조선에 온 후 군사들의 피 한 방울도 흘리지 않고 공포 한 발에 조선을 차지하였는데, 이곳에 와서 여자를 만나 불쌍한 동생을 죽이고 무슨 면목으로 임금과 귀비를 뵈올 것인가.”

통곡해 마지않는데, 여러 장수가 위로했다.

"아무리 하여도 그 여자에게 복수할 수는 없사오니 군사를 퇴각시키는 것이 좋을 것 같습니다."

하고 왕비와 세자, 대군과 장안의 재물과 여자들을 거두어 행군하니 백성들의 울음소리가 산천을 움직였다. 이때, 박씨 부인이 계화로 하여금 적진에 대고 크게 외치게 했다.

"무지한 오랑캐 놈아, 내 말을 들어라. 너희 왕은 우리를 모르고 너같이 입에서 젖비린내가 나는 자를 보내어 조선을 침략하고 노략질하니 나라의 운수가 불행하여 패망을 당하였지만, 무슨 까닭으로 우리나라의 중요한 사람들까지 끌고 가려고 하느냐. 만일 왕비를 모시고 간다면 너희를 땅속에 파묻어 버릴 것이니 신령님의 뜻을 돌아보거라."

오랑캐 장수는 이 말을 듣고 웃으며 말했다.

"너의 말이 매우 가소롭도다. 우리는 이미 조선 임금의 항복 문서를 받았느니라. 데리고 가는 것이나 안 데리고 가는 것은 우리의 손아귀에 달렸는데 구차스럽게 그런 말을 하지 마라."

계화가 다시 일렀다.

"그렇다면 나의 재주를 구경하라."

말을 마치자마자 무슨 주문을 외우는데, 갑자기 폭우와 눈보라가 내리고 얼음이 얼어 오랑캐 진지의 장수와 병졸이며 말굽이 그 얼음에 붙어 떨어지지 아니하여 한 발짝도 움직이지 못하였다. 오랑캐 장수는 그제야 깨달아 분부했다.

"처음에 귀비가 분부하시기를 '조선에 신인이 있을 것이니 부디 우의정 이시백의 집 후원을 침범하지 말라'고 하셨는데, 귀비의 부탁을 잊고 오히려 그 죄값으로 재앙을 당해 십만 대병과 용골대를 죄 없이 죽이고 무슨 면목으로 귀비를 뵈올 것인가. 우리가 이러한 일을 당하였으니 오히려 부인에게 비는 것이 좋을 것 같다."

오랑캐 장수들은 갑옷과 투구를 벗어 안장에 걸고 손을 묶어 팔문 앞에 나아가 땅바닥에 엎드려 용서를 빌었다.

"왕비는 모시고 가지 않겠습니다. 소장들에게 길을 열어 돌아가게 해주십시오."

수없이 애걸하자 부인은 그제야 주렴을 걷고 나오며 큰소리로 꾸짖었다.

"너희를 씨도 없이 땅속에 파묻어 버리려고 하였는데 내가 사람을 죽이는 것을 좋아하지 않기 때문에 용서하는 것이다. 네 말대로 왕비는 모시고 가지 말 것이며, 너희들이 어쩔 수 없이 세자와 대군을 모시고 간다 하니 그도 또한 하늘의 뜻이니 부디 조심하여 모시고 가라. 나는 앉아서도 먼 곳의 일을 아는 재주가 있으니 그렇게 하지 않으면 내가 신장과 갑옷 입은 병사들을 모아 너희들을 다 죽이고 북경에 들어가 국왕을 사로잡아 분을 풀고 무죄한 백성을 남기지 않을 것이니, 내 말을 거역하지 말고 명심하라."

용울대는 다시 애걸하여 말했다.

"아우의 머리를 내어 주십시오. 우리는 부인의 말대로 조용히 고국에 돌아가겠습니다."

부인은 크게 웃으며 대답했다.

"옛날 조양자는 지백의 머리를 옻칠하여 술잔을 만들어 이전 원수를 갚았으니 나도 용골대의 머리를 옻칠하여 남한산성에서 패한 분을 만분지일이나마 풀 것이다. 너의 정성은 지극하나 각기 그 임금 섬기기는 꼭 같은 것이다. 아무리 애걸하여도 그것만은 들어줄 수 없다."

용울대가 이 말을 듣고 분한 마음이 하늘을 찌르나, 어떻게 할 수 없어 하직하고 행군하려 하니 부인이 다시 말하기를,

"행군하되 의주로 가서 임 장군을 보고 가라."

용울대는 그 비계秘計 남모르게 꾸며 낸 꾀를 모르고 마음속으로 생각하기를,

'우리가 조선 임금의 항복 문서를 받았으니 서로 만나는 것도 좋다.'

하고 다시 하직하고 세자와 대군과 장안의 재물과 여자들을 데리고 의주로 가는데, 잡혀가는 부인들이 하늘을 우러러 통곡하며 말했다.

"우리는 무슨 죄로 만리타국으로 잡혀가는가. 이제 가면 어느 날 어느 때 고국의 산천을 다시 볼 것인가."

눈물을 흘리며 소리 높여 우는 사람이 무수히 많았다. 부인은 계화에게 시켜 그들을 위로했다.

"인간의 괴로움과 즐거움은 흔한 일이라, 너무 슬퍼하지 말고 들어가면 삼 년 사이에 세자, 대군과 모든 부인을 모시고 올 사람이 있으니 부디 안심하여 아무 일 없이 도착하도록 하라."

한편, 오랑캐가 처음 조선에 올 때 매복한 군사들이 길목을 지키고 있어서 한양과 의주를 연락하지 못하게 하니, 슬프다. 뒤늦게 이 사실을 안 임경업은 홀로 말을 달려 한양으로 향하는데 마침 의주로 오고 있는 용울대를 만났다. 임경업이 앞에 나오는 선봉장의 머리를 단칼에 베어 들고 이리저리 휘젓고 다니니, 군사들의 머리가 가을바람에 낙엽 떨어지듯 했다. 한유와 용울대는 하늘을 우러러 통곡하며 박씨 부인의 계책에 빠졌다는 것을 깨닫고 몹시 후회했다. 즉시 글을 써 한양으로 올리니, 임금이 보시고 임경업에게 조서詔書를 내리어 오랑캐 군사들이 나아가게 하였다. 임금의 조서를 받자 임경업은 칼을 땅에 던지고 큰 소리로 통곡했다.

"슬프다. 조정에 만고의 소인이 있어 나라를 이렇게 망하게 하였으니 밝은 하늘이 무심하시도다."

분함을 이기지 못하여 다시 칼을 들고 적진에 뛰어 들어가 적의 장수를 잡아 엎드리게 하고 꾸짖었다.

"왕명을 거역하지 못하여 너희 놈들을 살려 보내는 것이니, 세자와 대군을 평안히 모시고 들어가라."

한바탕 통곡을 한 후에 보내었다. 한편, 오랑캐가 물러가자 임금은 박씨의 말을 처음부터 듣지 아니한 것을 뉘우치며 분부했다.

"박씨가 만일 대장부로 태어났다면 어떻게 오랑캐들을 두려워하였겠는가. 그러나 규중의 여자가 맨손에 혼자의 몸으로 오랑캐의 기운을 꺾어 조선의 위엄을 빛내었으니 이것은 예부터 이제까지 없었던 일이다."

박씨 부인을 충렬 부인에 정렬을 더 봉하고 일품의 봉록에 만금의 상을 내렸다.

당초에 박씨가 출가할 때 외모를 추하고 보잘것없게 한 것은 여색을 탐하는 사람이 혹하여 빠져들까 염려한 것이며, 형상을 탈바꿈하여 본색을 나타낸 것은 부부간에 화합하고자 한 것이고, 피화당에 있으면서 팔문진을 친 것은 나중에 순찰하고 돌아다니는 오랑캐를 막기 위한 것이고, 왕비를 못 모시고 가게 한 것은 오랑캐의 음흉한 변을 만날까 염려하였기 때문이고, 세자와 대군을 모시고 가게 한 것은 하늘의 뜻을 따랐던 것이고, 오랑캐 장수를 의주로 가게 한 것은 임 장군을 만나 영웅의 분한 마음을 풀게 한 것이라. 그 뒤로부터 박씨 부인은 충성으로 나라에 무슨 일이 있으면 극진히 하고, 노비와 몸종을 의리로 다스리고, 친척을 화목하게 하여 이름을 후세에 길이 전하게 되었다.

이 승상 부부가 이후로 자손이 집안에 가득하고 재상이 되어 팔십여

세를 누리고 부귀영화가 극진하니 온 조정 안과 한 나라가 우러르며 떠받들었다. 좋은 일이 지나가고 슬픈 일이 오는 것은 예로부터 흔한 일이라 박씨와 승상이 잇달아 우연히 병을 얻어 백 가지 약이 효험이 없으므로, 부부는 자손을 불러 뒷일을 당부했다.

"옛 성인이 말하시기를 세상에 살아 있는 것은 붙어 있는 것이고 죽는 것은 돌아가는 것이라 하셨으니, 우리 부부의 복록은 끝이 없다 할 것이다. 인생의 삶과 죽음이 이러하니 우리가 돌아간 뒤에 자손들은 지나치게 슬퍼하지 말아라."

말을 마치고 잇달아 숨이 끊어지니 그 자손들은 예절을 극진하게 차려 선산에 안장했다. 임금이 듣고 비감하여 베와 금은을 내리어 장사를 지내는 데 보태게 하였다. 이후에 자손이 대대로 관록이 끊이지 않고 가문이 융성했다.

본래 사람이 세상에 태어나서 남녀를 불문하고 재주와 인덕이 고루 갖추어지기 어려운 것인데, 박씨는 재덕뿐 아니라 신령스러운 기계와 신묘한 헤아림이 촉한 때의 제갈량을 본받았으니 오래도록 드문 일이었다. 여자로서 이런 재주를 가진 것은 드문 일이고 이것은 하늘의 뜻이 이렇기 때문이니, 특별히 드러나지 못하고 대강 전설을 통해서 기록하니 가히 한스럽다고 할 수 있다. 그 뒤에 계화도 승상 부부의 삼년상을 극진히 받들고 우연히 병이 들어 죽으니, 나라에서 그 사연을 듣고 장하게 여기어 충비忠婢 충실히 주인을 섬기는 계집종로 봉하였다. 🖊

박씨전

✏️ 작품 정리

- **작가** 미상
- **갈래** 역사 소설, 영웅 소설, 군담 소설, 전쟁 소설
- **성격** 전기적, 역사적
- **배경** 시간 – 조선 시대 병자호란 / 공간 – 조선
- **시점** 3인칭 전지적 작가 시점
- **구성** '발단 – 전개 – 위기 – 절정 – 결말'의 5단계 구성
- **특징** • 변신 모티브를 사용함
  - 남성이 아닌 여성 영웅의 이야기
- **제재** 병자호란 시기 여성 영웅의 활약
- **주제** 박씨 부인의 영웅적 면모와 적국 청나라에 대한 적개심
- **의의** 진취적인 기상과 뛰어난 능력을 지닌 여성 영웅의 등장
- **연대** 조선 후기 숙종 때로 추정

✏️ 구성과 줄거리

- **발단** **이시백과 박씨 부인의 혼인**

  이시백의 집안에 박 처사가 청혼을 하고, 양가 아버지의 의견에 따라 이시백과 박씨 부인이 혼인을 하게 된다.

- **전개** **이시백의 박대와 박씨 부인의 비범한 능력**

  박씨 부인이 천하의 박색이라는 것을 안 이시백은 혼인한 날부터 박씨를 박대하고, 박씨는 후원에 피화당을 짓고 3년간 소일하며 지내게

된다. 박씨는 조복을 하룻밤 사이에 짓기, 비루먹은 말을 잘 길러 중국 사신에게 비싼 값에 팔기, 신기한 연적을 주어 시백을 장원 급제시키기 등의 비범한 능력을 보인다.

- 위기   **박씨 부인의 변신**

    박씨는 구름을 타고서 친정에 사흘 만에 다녀온다. 이후 이시백의 집에 찾아온 박 처사가 딸의 액운이 다하였기에 딸의 추한 허물을 벗겨 주니, 박씨는 절세가인으로 변한다. 이시백은 크게 기뻐하고 이후 박씨를 사랑한다.

- 절정   **오랑캐의 침공과 박씨 부인의 활약**

    오랑캐의 왕이 이시백을 암살하려고 기홍대를 첩자로 보내나, 박씨는 이것을 알고 기홍대를 쫓아 버린다. 청나라는 용골대 형제를 앞세워 십만 대군을 보내 조선을 침공한다. 박씨는 시백을 통하여 왕에게 오랑캐가 침공했으니 방비를 하도록 청하나 간신 김자점의 반대로 받아들여지지 않는다. 왕은 남한산성으로 피난하지만 결국 항복의 글을 보낸다. 적장 용골대가 피화당에 침입하자 박씨는 그를 죽이고, 복수하러 온 그의 형제 용울대도 크게 혼을 내어 쫓는다.

- 결말   **국난 극복**

    왕은 선견지명이 있던 박씨의 말을 듣지 않은 것을 후회하고, 박씨를 충렬에 더하여 정렬 부인에 봉한다.

✏️ **생각해 보세요** -

1 이 작품은 역사 소설이지만 허구적인 내용이 포함되어 있다. 그 예를 찾고, 이렇게 역사적 사실과 다르게 서술한 이유는 무엇일지 설명하라.

「박씨전」은 병자호란이라는 역사적 사건을 배경으로 이시백, 임경업, 용골대

등 실제 인물이 등장하는 역사 소설이다. 실제로 조선은 병자호란에서 패했다. 그러나 작가는 병자호란의 실상을 사실적으로 그리는 대신 박씨 부인의 비범한 능력으로 용골대 형제를 꾸짖고 오랑캐를 물리치는 내용으로 바꾸어 표현하고 있다. 이는 청나라에게 패배하고 민족적인 수모와 굴욕을 경험했던 것을 허구적인 세계에서나마 승리로 바꿈으로써 위안과 대리 만족을 얻으려는 심리를 반영한 것으로 해석할 수 있다.

2 이 작품을 전반부와 후반부로 나눌 수 있다고 할 때 그 기준점은 무엇이며, 전반부와 후반부는 어떻게 다른가?

박씨의 변신, 즉 추녀에서 미녀로 변신하는 사건이 전반부와 후반부를 나누는 기준이다. 전반부의 중심 사건은 박씨 부인이 이시백과 결혼하는 것이다. 따라서 전반부는 혼인 서사의 특징을 지니며 이 결혼과 연관된 가정 내의 갈등이 주된 내용이다. 그러나 변신 이후 후반부에서 박씨 부인은 병자호란을 배경으로 활약하는 모습을 보여 준다. 즉 전쟁 서사, 영웅 서사의 특징을 지니며 오랑캐와 조선의 갈등, 즉 사회적 갈등이 주된 내용이다.

인물관계도

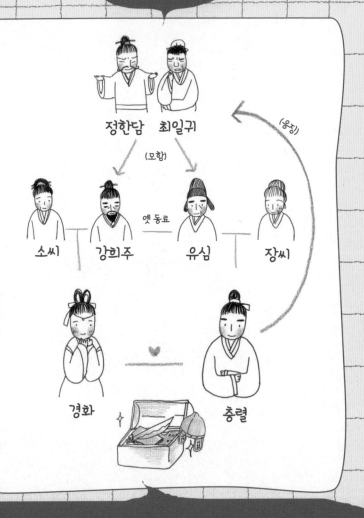

정한담 최일귀

(모함)

옛 동료

(옹중)

소씨 ㅣ 강희주   유심 ㅣ 장씨

경화   충렬

저(유심)와 부인(장씨)은 뒤늦게 충렬이라는 사내아이를 얻었어요. 저는 정한담과 최일귀의 모함으로 귀양 가게 되었지요. 충렬은 위기를 넘기고 강희주의 딸(경화)과 혼인했고요. 조정이 약해져 오랑캐가 쳐들어오자 전국이 혼란에 빠졌어요. 이때 충렬이 뛰어난 무예로 오랑캐를 무찔렀지요. 충렬 덕분에 나라가 평화를 되찾았답니다.

유충렬전 劉忠烈傳

중국 명나라 영종 황제 즉위 초의 일이었다. 황실의 힘이 약하고 법령이 제대로 정해지지 못한 탓에 사방에서 오랑캐들이 강성해 모반謀反 국가를 무너뜨릴 것을 꾀함할 뜻을 품었다. 불안해진 천자는 남경에서 다른 곳으로 도읍을 옮기고자 했다. 이때 마침 창혜국고대 중국 동방에 있었던 나라 이름 사신이 당도해 법기를 청하니 천자는 반기며 천도를 의논했다. 사신이 대답했다.

"소신이 수년 전에 본국에서 천문을 본즉 북두칠성 정기가 남경에 하강하고, 삼태성三台星 자미성을 지키는 별 채색이 황성에 비쳤으며, 자미원紫微垣 천자를 상징하는 성좌 대장성이 남방에 떨어졌으니 이는 대처에 영웅이 날 징조였습니다. 하니 그대로 남경을 보존하옵소서."

천자는 크게 기뻐하고 도읍을 옮기고자 한 계획을 취소하니 인심人心 백성의 마음이 평안했다.

이때 조정에 유심이라는 신하가 있었는데 선조 황제 개국 공신 유기劉基 주원장을 도와 명을 건국한 인물로 정치가이자 학자의 13대 손이고, 전 병부 상서 유현의 손자로 벼슬이 정언주부에 이르렀다. 위인이 정직하고 일심이 충정해 세상 공명은 일대에 제일이었다. 이와 같이 덕이 높아 만민이 칭송하는데 슬하에 혈육이 없어 걱정이었다. 유심의 부인 장씨는 이부 상서

장윤의 장녀이다. 부인 장씨가 하루는 주부 곁에 앉았다가 일심이 비감해 한탄했다.

"상공의 무후無後 자녀가 없음함은 소첩의 박복함 때문이라. 첩의 죄를 논하자면 벌써 버릴 것이로되 상공의 음덕으로 지금까지 부지하오니 부끄러운 말씀을 어찌 다 하겠습니까? 듣자 하니 천하에 절승絶勝 경치가 비할 데 없이 빼어나게 좋음한 산이 남악 형산衡山이라 하오니 수고를 생각지 말고 산신께 정성이나 드려 봅시다."

주부는 이 말을 듣고 화를 내며 말했다.

"하늘이 점지하사 팔자에 없는 것인데, 빌어 자식을 낳는다면 세상에 자식 없는 사람이 있겠소?"

장 부인이 말했다.

"지성이면 감천이라 했으니 그러지 마시고 우리도 빌어 봅시다."

주부는 이 말을 듣고 삼칠일 재계齋戒 종교적 의식을 치르기 위해 몸과 마음을 깨끗이 하고 부정(不淨)한 일을 멀리함 정히 하고 소복을 정제해 제물을 갖추고 축문을 별도로 지은 뒤 부인과 함께 남악산을 찾아갔다. 초입에 들어서니 산세 웅장해 봉봉이 높은 곳에 소나무가 가득하고, 강수는 잔잔해 탄금성彈琴聲 거문고 타는 소리을 돋우었다. 칠천십이 봉이 구름 밖에 솟아 있고 층암層巖 층을 이루어 험하게 쌓인 바위 절벽에 각색 백화百花 온갖 꽃 다 피었는데, 강수성을 바라보며 수양가지 부여잡고 육칠 리를 들어가니 연화봉이로다. 일 층단 별로따로 모아 노구밥산천의 신령에게 제사하기 위해 노구솥에 지은 밥을 가지런히 담아 놓고 부인은 단 아래에 궤좌跪坐 무릎을 꿇고 앉음하고 주부는 단상 위에 엎드려 분향한 뒤 아들을 점지해 달라고 빌었다. 빌기를 다하니 지성이면 감천이라 황천인들 무심할까? 단상의 오색구름이 사면에 옹위하고 산중에 백발 신령이 하강해 정결케 지은 제물을 모두 흠향歆饗 신명이 제물을

^{받아서 먹음}한다. 빌기를 다한 후에 돌아와 꿈을 얻으니 천상으로부터 구름이 영롱한 가운데 선인이 청룡을 타고 내려와 말했다.

"남악산 신령들이 부인 댁으로 가라고 지시하기에 왔사오니 물리치지 말아 주십시오."

말이 끝남과 동시에 부인 품으로 달려들거늘 놀라서 깨니 일장춘몽 황홀했다. 정신을 진정하고 주부에게 꿈을 이야기하니 주부가 즐거운 마음 비할 데 없어 생남生男하기를 만심 고대했다. 과연 이날부터 태기 있어 십 삭이 찬 후에 옥동자가 탄생할 제, 일원一員 선녀가 오운五雲 ^{오색구름}중에 내려와 부인 앞에 꿇어앉아 백옥상白玉床에 놓인 과실을 부인에게 주며 말했다.

"소녀는 천상 선녀이온데, 금일 상제께서 분부하시되 자미원 장성將星^{장군}이 남경 유심의 집에 환생했으니 내려가 산모를 구완^{해산한 사람을 간호함}하고 유아를 잘 거두라 하시기에 제가 왔습니다. 백옥병의 향탕수香湯水를 부어 동자를 씻기시면 백병百病이 소멸하고, 유리대琉璃岱 ^{유리 주머니}에 있는 과실을 산모가 잡수시면 명이 장생불사長生不死할 것입니다."

부인이 이 말을 듣고 유리대에 있는 과실 세 개를 모두 쥐니 선녀가 말했다.

"이 과실 세 개 중에 한 개는 부인이 잡수시고 또 하나는 공자에게 먹일 것이요, 또 한 개는 일후에 주부가 잡수실 것입니다."

말을 마치자 부인에게 하직下直 ^{먼 길을 떠날 때 웃어른께 작별을 고하는 것}하고 오운 속에 싸여 가니 허공에 어렸던 서기瑞氣 ^{상서로운 기운}가 떠나지 아니하더라. 부인과 주부는 선녀가 말한 대로 시행하고 아이 이름을 충렬이라 짓고 자는 성학이라 했다. 세월이 흘러 충렬이 일곱 살 됨에 골격이 뛰어나고 남달리 총명하며 글씨는 왕희지요, 문장은 이태백이며 무예는 손오孫吳 중국 춘추 전국 시대의 병법가인 손무와 오기에 다름 아니더라. 천문 지리는 흉중胸中 마음속에 갈마두고모아 두고 국가 흥망은 장중掌中에 매어 있으니 말 타기와 칼 쓰는 기술은 천신도 당치 못할 것이라.

이때 조정에 두 신하가 있었는데 한 명은 도총대장都總大將 정한담이요, 또 한 명은 병부 상서兵部尙書 최일귀라. 벼슬은 일품인데 성격이 포악하기 이를 데 없었다. 일국의 권세가 그들의 손끝에 달렸다고 해도 과언이 아니었다. 일생 마음속으로 천자를 도모할 모반의 뜻을 품었으며 정언 주부의 직간을 꺼렸고 또한 퇴재상 강희주의 상소를 꺼렸다. 영종 황제 즉위 초에 열국 제왕들이 각각 사신을 보내어 조공을 바쳤는데 오직 토번吐藩 티베트 족과 가달변방 오랑캐 일족이 강포強暴 몹시 우악스럽고 사나움만 믿고 조공을 바치지 않았다. 이때를 놓칠세라 정한담과 최일귀 두 사람이 천자에게 아뢰었다.

"토번과 가달이 천명을 거스르니 신 등이 비록 재주는 없사오나 그들의 항복을 받아 돌아오면 폐하의 위엄이 남방에 가득하고 소신의 공명은 후세에 전할 줄 아뢰옵니다."

천자는 남적의 강성함을 근심하다가 두 사람의 말을 듣고 기뻐했다.

"경들의 뜻대로 기병起兵 군사를 일으킴하라."

이때 유 주부가 조회朝會 임금에게 문안드리고 정사를 아뢰던 일하고 나오다가 이 말을 듣고 탑전榻前 임금의 자리 앞에 들어가 아뢰었다.

"폐하, 어찌 기병을 허락하셨습니까? 왕신은 미약하고 외적은 강성하니 이것은 자고 있는 범을 찌름과 같고 드는그물에 들어오는 토끼를 놓침이라. 한낱 새알이 천 근의 무게를 견디리까? 기병하지 마옵소서."

천자가 유 주부의 말을 듣고 망설이고 있는 사이 한담과 일귀가 일시에 아뢰었다.

"유심이 가달을 못 치게 하니, 가달과 동심해 서로 내응內應 내통이 된 듯 하옵니다. 유심을 먼저 죽이고 가달을 치는 것이 어떠한지요?"

간신들의 농간에 귀가 어두워진 천자가 이를 허락하니 대신들이 이구동성 말렸다. 그 처리를 한담에게 맡기니 한담이 유심을 잡아내어 꾸짖었다.

"너의 죄를 논지論之하건대 선참후계先斬後啓 먼저 처형하고 뒤에 임금에게 알림 당연하나 국은이 망극하시어 네 목숨을 살려 주니 일후는 그런 말을 마라."

하고 연북燕北으로 귀양 갈 것을 명했다. 주부는 이 말에 분심忿心 억울하고 원통한 마음이 들끓어 소리쳤다.

"내 무슨 죄가 있어서 연북으로 간단 말인가!"

"어명이 이러하니 무슨 발명發明 죄나 잘못이 없음을 말해 밝힘을 하느냐?"

한담은 큰 소리로 금부도사를 재촉해 유 주부를 연북으로 보내라고 명했다. 유 주부 하릴없어 적소謫所 귀양지로 가려고 집으로 돌아오니 집 안에 곡성이 진동하더라.

주부는 충렬의 손을 잡고 부인에게 말했다.

"우리 연광年光 살아온 햇수이 반이 넘도록 일개 자녀 없었는데 황천이 감동해 이 아들을 점지했소. 이제 봉황의 짝을 얻어 영화를 보려 했더니, 가운이 막히고 조물이 시기해 간신의 참소를 보아 만 리 적소로 떠나가니 생사를 알지 못할 것이오. 어느 날 다시 볼까? 나 같은 사람은 조금도 생각 말고 이 자식 길러 내어 후사를 받들게 하면 황천에 돌아가도 눈을 감고 갈 것이오. 내 부인의 깊은 은덕 후세에 갚으리라."

유심은 슬퍼하며 대문을 나섰다. 이때 정한담과 최일귀는 유 주부를 적소로 보낸 후에 마음이 교만해져 별당으로 들어가 옥관 도사를 보고 천자를 도모할 묘책을 물었다. 도사가 문밖에 나와 천기天氣를 자세히 보고 들어와 속삭였다.

"천상의 삼태성이 황성에 비쳤소이다. 신기한 영웅 하나가 황성 안에 살고 있나니 도모하기 어려울 듯하오."

한담이 일귀에게 말했다.

"내 생각하니 유심이 연만年晚 나이가 아주 많음하되 자식이 없는 고로 수년 전에 형산에서 산제山祭하고 자식을 얻었다 합니다. 이제 도사의 말씀이 황성에 영웅이 있다 하니 의심하건대 유심의 아들이 아닌가 합니다."

일귀가 대답했다.

"적실的實 틀림없이 확실함히 그러하면 유심의 집을 결딴내 후환이 없게 함이 옳을까 합니다."

두 사람은 나졸 십여 명을 차출해 그날 삼경三更 밤 열한 시에서 새벽 한 시 사이에 유심의 집을 둘러싸고 화약과 염초를 갖추어 일시에 불을 놓으라고 지시했다. 이때 장 부인이 유 주부과 이별하고 충렬을 데리고 한숨으로 세월을 보내고 있었는데 이날 밤 삼경에 홀연히 한 노인이 홍선紅扇 붉은색 부채 하나를 들고 와서 부인을 흔들었다.

"오늘 밤 삼경에 변란이 있을 것이니 이 부채를 가지고 있다가 화광火光 불길이 일어나거든 부채를 흔들면서 후원 담장 밑에 은신하라. 불이 잦아들면 충렬을 데리고 남천南天을 바라보며 도망하라."

장 부인이 놀라서 깨어 보니 꿈이라. 충렬은 깊이 잠들어 있고 과연 홍선 한 자루 금침衾枕 이부자리와 베개 위에 놓였거늘 부채를 손에 들고 충렬을 깨워 앉히는데 사방에서 난데없이 불길이 치솟더라. 부인이 충렬의 손을 잡고 홍선을 흔들면서 담장 밑에 은신하니 어찌 아니 망극하랴. 불길은 일시에 온 집 안을 집어삼키고 재만 남기더라. 충렬을 안고 샛길로 나와서 남천을 바라보며 가없이^{끝이 없이} 도망하는데 신세가 비참해 눈물이 앞을 가렸다.

한편 정한담과 최일귀는 유심의 집에 불을 놓고 모두가 죽었거니 안심하고 기뻐 어쩔 줄 몰라 하더라. 이때 도사가 밖으로 나와 천기를 살펴보고 방으로 들어와 소곤거렸다.

"어찌된 일인지 삼태성이 황성을 떠나 변양 회수^{淮水 화이허 강. 중국 화중(華中) 지방을 흐르는 강}에 비추었소. 생각하건대 유심의 가솔이 적소를 찾아 회수로 간 듯하오."

한담은 즉시 외당^{外堂 사랑}에 나와 날랜 군사 다섯 명을 속출했다.

"너희는 당장 변양 회수로 가서 한 여인이 어린아이를 데리고 물을 건너려 하거든 결박하고 물에 처넣어라. 그렇게 하지 않으면 너희는 물론이고 회수의 사공까지 죽이리라."

나졸들이 나는 듯 회수로 달려가니 과연 여인의 울음소리가 들렸다. 나졸들은 인근 도적들을 시켜 장 부인 일가를 참살하라고 사주했다. 도적들이 즉시 부인을 결박한 뒤 적선^{敵船 도적의 배}에 추켜 달고 충렬을 물 가운데 내던지니 실로 가련하다. 결박당한 채 배 안에 거꾸러진 부인이 충렬을 찾은들 수중에 빠졌으니 대답할 수 있을쏘냐. 부인이 망극해 물에 빠져 죽고자 하나 큼직한 배 닻줄로 연약한 몸을 사면으로 얽었으니 어찌 불쌍치 아니 하리오.

이때 회수 사공 마용이라 하는 사람이 아들 셋을 두었는데 다 용맹이 과인^{過人 보통 사람보다 뛰어남}하고 검술이 신묘했다. 장자 이름은 마철인데 일찍 상처하고 아직 취처^{娶妻 아내를 얻음}치 못했으니 마침 장 부인의 얼굴을 보고 흑심이 동한지라. 이는 장 부인이 충렬을 낳을 때에 옥황^{玉皇}이 선녀로 하여금 천도를 한 개 먹였으니 연광은 반이나 춘색은 불변이라. 그런 고로 회수 사공 놈이 충렬을 물에 넣고 부인은 데려다가 아내를 삼고 자 해 이런 변을 지었던 것이다.

장 부인이 하릴없이 도적의 말에 실려 한곳에 다다르니 큰 산과 험한 고개의 암석을 의지해 마을이 있는지라. 초옥 속에 들어가니, 큰 굴방이 있는데 사변에 주석으로 싸고 출입하는 문은 철편으로 지어 달고 그 방에 부인을 가두더라. 겨우 정신을 차린 부인이 한 가지 꾀를 내어 도적을 달랬다.

"팔자 사나워 물에 빠져 죽게 됐더니 다행히 덕을 입어 목숨을 구했소. 그대를 구완해 백 년 동거하고자 하니 이제부터 금은같이 아껴 주시오."

"그게 사실이오?"

도적은 부인의 말을 듣고 감격해서 소리쳤다.

"어찌 한 입으로 두말을 하겠소. 다만 미안한 일이 있으니 금월 초삼일은 나의 부친 기일이라 아무리 여자라도 부친의 제삿날 당해 백 년을 해로할진대 어찌 기일을 가리지 아니하겠소."

도적은 이 말을 듣고 자기 아내라도 되는 양 정답게 대답했다.

"진실로 그러할진대 장인의 제삿날에 사위로서 어찌 정성을 다하지 않겠소."

다음 날 부인의 말에 속은 도적이 노속奴屬 종의 신분을 가진 사람을 데리고 제물을 장만했다. 부인이 목욕하고 방으로 들어와 사면을 살펴보니 동벽상 위에 무엇이 놓여 있었다. 조심스럽게 떼어 보니 기묘한 것이로다. 비목비석非木非石 나무도 돌도 아님이요, 비옥비금非玉非金 옥도 금도 아님이라. 광채 찬란하여 일광을 가리고 훈색暈色 흐릿한 빛이 휘황하고 고금에 못 보던 옥함玉函 옥으로 만든 상자이라. 용궁조화가 아니면 천신의 솜씨였다. 자세히 살펴보니 전면에 황금대자黃金大字로 뚜렷이 글자가 새겨져 있는지라.

'대명국 도원수大明國都元帥 유충렬이 개탁開坼 봉한 편지 등을 뜯어보라는 뜻으로 편지 겉봉에 쓰는 말이라.'

부인은 옥함을 보고 놀라며 생각했다.

'유충렬은 내 아들 이름이거늘, 세상에 동성동명이 또 있단 말인가?'

부인은 옥함을 고쳐 싸서 그곳에 놓고 밤이 들기를 기다렸다. 마침내 밤이 되고 적한賊漢 흉악한 도둑이 제물을 많이 장만해서 부인의 방에 들여왔다. 부인이 받아 차차 진설陳設 제사나 잔치 때, 음식을 법식에 따라 상 위에 차려 놓음했다가 자야반子夜半 한밤중을 지냄에 제사를 파하고 음복飮福 제사 음식을 먹음한 후에 각각 잠을 청했다. 적한이며 노속이며 종일토록 곤하기로, 가권家眷 호주나 가구주에게 딸린 식구이 다 잠이 들었다. 부인은 옥함을 내어 행장에 깊이 싸 가지고 밖으로 나와 북두칠성을 바라고 가없이 도망했다. 한 곳에 다다르니 날이 이미 밝으며 큰길이 내닫거늘 행인더러 물은즉 영릉관 대로라. 주점에 들어가 조반을 구걸하여 먹고 종일토록 가니 몇 리를 온지 모르겠더라. 한곳에 다다르니 산천은 수려하고 지형은 단정한데 이 땅은 친덕산 할임동이라. 그곳에 당도할 때 날이 저물고 부인이 노곤해 물가에 앉아 잠깐 졸고 있는 차에 노옹이 부인을 깨우며 말했다.

"이 산곡으로 들어가면 자연 구해 줄 사람이 있을 것이니 바삐 가라."

부인이 놀라서 깨고 보니 보니 꿈이라. 일어나 차차 들어갈 제, 백옥 같은 고운 수족으로 험악한 산곡 길을 발 벗고 들어가니 모진 돌에 채며, 모진 나무에도 채며 열 발가락이 하나도 성한 데 없고 유혈이 낭자했다. 죽고 싶은 마음만 간절해진 부인이 주저앉아 슬피 울었다.

"만리 연경을 가자 하니 연경이 사만 오천육백 리라. 여자의 일신으로 어떻게 가며 몇 날이 지나지 않아서 이러한 변을 당했는데 연경으로 가는 도중에 내 절개 훼절毁節 절개나 지조를 깨뜨림하고 내 목숨을 부지할 수 없겠다. 차라리 이곳에서 죽어 백골이나 고향으로 흘러가게 하리라."

행장을 끌러 옥함을 내놓고 비단 수건으로 주홍 글자를 새겼다.

'모년 모월 모일에 대명국 동성문 안에 사는 유충렬 모 장씨는 옥함을 아들 충렬에게 전하노라. 죽은 혼백이라도 받아 보라.'

자자字字 각 글자이 새겨 수건으로 옥함을 매어 물속에 넣었다. 그런 다음 대성통곡하며 물에 뛰어드니 산곡 사이로 어떤 여인이 동이를 곁에 끼고 금간수에서 물을 긷다가 부인을 보고 급히 내려와 구하는 게 아닌가.

"부인은 무슨 일로 이러하십니까? 저의 집으로 갑시다."

부인이 문득 노인이 현몽現夢 죽은 사람이나 신령이 꿈에 나타남하던 말을 생각하고 따라가니 암상 석경石經 돌이 많은 좁은 길 사이에 수간모옥數間茅屋 몇 칸 안 되는 작은 초가이 정묘한데 채운彩雲 여러 빛깔로 아롱진 고운 구름이 어리었으니 군자 사는 데요, 신선 있는 곳이로다. 방으로 들어가 보니 갈건야복葛巾野服 갈포로 만든 두건과 베옷은 벽상에 걸려 있고 만권 서책은 안상案上 책상 위에 놓여 있으니 부인의 마음이 안정돼 고생하던 전후일과 연경을 찾아가던 도중에 봉변을 당하던 일을 낱낱이 고했다.

원래 이 집은 대명국 성종 황제 때에 벼슬하던 이인학의 아들 이 처사의 집이었다. 인학의 모친은 유 주부의 종숙모從叔母 아버지 사촌 형제의 아내인데 이별한 지 여러 해였다. 서로 마음을 위로하고 음식 거처를 편히 공양하니 부인의 일신은 무양無恙 몸에 병이나 탈이 없음했다. 다만 흉중에 맺힌 한이 종시 떠나지 않은 채 세월을 보내더라.

한편 도적에 의해 물에 떨어진 충렬은 구사일생으로 큰 바위를 딛고 살아났다. 바위에 올라앉아 하늘을 우러러 어미를 찾았지만 간데없고 들리는 것은 물소리뿐이었다. 이때 남경 장사들이 재물을 많이 싣고 북경北京으로 떠나갈 제 회수에 배를 놓아 내려가더니 처량한 울음소리가 풍편風便 바람결에 들리거늘 급히 구하고 사연을 물으니 충렬이 울면서 대답했다.

"해상에서 수적을 만나 어머니를 잃고 슬퍼 웁니다."

충렬이 선원들과 이별하고 정처 없이 다니다가 어느 한곳에 이르니 이 물은 멱라수汨羅水 중국 후난성 동북부에 있는 강으로 미수이 강의 옛말요, 곁에 놓인 정자는 회사정이라. 이곳으로 말하면 일전에 귀양 가던 유 주부가 지나치던 곳을 그 아들이 또 지나침이라. 귀양 가던 유 주부가 이곳 멱라수에 이르러 신세 한탄하며 죽고자 했으니, 붓을 들어 회사정 동벽 상에 '대명국 유심은 간신의 참소를 만나 연경으로 먼 길 가게 되었도다. 맑은 절개 보일 곳이 없어 멱라수를 지나다가 물에 빠져 죽노라' 하고 쓴 뒤 물에 뛰어들었다. 이때 호위하던 무리가 황급히 건져 내어 목숨을 건진 뒤 다시 적소를 향해 길을 떠났다.

멱라수에 도착한 충렬 또한 마음이 절로 비감해 정자로 올라갔다. 사면을 살펴보니 동쪽 벽 위에 새로운 글 두 줄이 씌어 있거늘 충렬이 그 글을 보고 제 아비 죽은 줄 알고 정자 위에 거꾸러져 방성통곡했다.

"우리 부친이 연경으로 가신 줄만 알았더니 이 물에 빠지셨구나. 나 혼자 살아나면 무엇하리. 회수에 모친을 잃고 멱라수에 부친을 잃었으니 무슨 면목으로 세상을 살아갈꼬. 나도 함께 빠지리라."

통곡하며 물가로 내려가니 충렬의 울음소리가 용궁에 사무치는지라.

이때 영릉 땅에 사는 강희주라 하는 재상이 있었는데 소년 시절에 등과해 승상 벼슬을 지내던 가운데 간신의 참소를 만나 벼슬을 그만두고 고향에 돌아와 머무는 중이었다. 고향에 내려온 뒤에도 매양 천자가 오결誤決 잘못 결정함하는 일이 있으면 상소해 구완하니 조정이 그 직간直諫을 꺼렸다. 그중에 특히 정한담과 최일귀가 가장 미워했다.

강 승상이 마침 본부에 갔다가 돌아오는 길에 우편 주점에서 자다가 꿈을 꾸었다. 오색구름이 멱라수에 어리었는데 청룡이 물속에 빠지려 하면서 하늘을 향해 무수히 통곡하고 백사장을 배회하는 꿈이었다. 마음속으로 이상하게 생각해 날 새기를 기다리다가 새벽닭이 울고 날이 밝자 멱라수로 바삐 달려갔다. 가서 보니 과연 어떤 동자가 물가에 앉아 울고 있는지라. 급히 달려들어 그 아이 손을 잡고 사정을 물으니 소년이 울며 신세를 한탄했다.

"소자는 남경 동성문 안에 사는 정언주부 유공의 아들입니다. 부친께서 간신의 참소를 만나 연경으로 적거하시다가 이 물에 빠져 죽은 흔적이 회사정에 있는 까닭에 소자도 이 물에 빠져 죽고자 합니다."

강 승상은 이 말을 듣고 크게 놀라며 물었다.

"이것이 웬 말이냐. 근년에 노병老病으로 황성을 못 갔더니 인사人事세상에서 벌어지는 일가 변해 이런 변이 있단 말인가. 유 주부는 일국의 충신이라 동조同朝같은 조정에서 벼슬하다가 나는 나이가 많이 들어 고향으로 돌아왔더니 유 주부 이런 줄을 꿈속에서나 생각했으랴. 나를 따라 함께 가자."

충렬이 대답했다.

"소자는 천지간 불효자인데 살아서 무엇하겠습니까. 모친이 변양 회수에서 돌아가셨고 부친은 이 물가에서 돌아가셨으니 소자 혼자 살 마음이 없습니다."

승상이 달래었다.

"부모가 구몰俱沒부모가 모두 세상을 떠남한데 너조차 죽는단 말이냐? 세상 사람이 자식을 낳고 좋아하는 이유는 바로 후사가 끊기지 않기 때문이다. 너조차 죽게 되면 유 주부 사당에 누가 향을 피우고 치성을 드릴쏘냐. 잔말 말고 따라오너라."

충렬이 어쩔 수 없어 강 승상을 따라가니 영릉 땅 월계촌이란 곳이었다. 승상이 충렬을 외당에 두고 안으로 들어가 부인 소씨더러 충렬의 말을 낱낱이 전하니 소씨가 충렬의 손을 잡고 물었다.

"네가 동성문 안에 사시던 장 부인의 아들이냐? 부인이 연만토록 자식이 없어 나와 같이 매일 한탄하더니 어찌하여 이러한 아들을 두고 황천객이 됐는가. 간신의 해를 입어 충신이 다 죽으니 나라인들 무사하랴. 다른 데 가지 말고 내 집에 있거라."

하니 충렬이 배사拜謝 존경하는 웃어른에게 공경히 받들어 사례함하고 외당으로 나오더라.

이때 강 승상에게는 아들은 없고 일녀一女만 있었는데 부인 소씨가 여아를 낳을 적에 일원 선녀가 오운을 타고 내려오는지라. 부인이 혼미한 중에 여아가 탄생하니 용모 비범하고 거동이 단정해 총명 지혜 무쌍하다. 부모가 사랑해 택서擇壻 사위를 고름하기를 염려하더니, 천행으로 충렬을 데려다가 외당에 거처하게 하고 자식같이 길러낼 제 충렬의 상相을 보니, 구불가언口不可言 입으로 말할 수 없음이로다. 승상이 기뻐하고 내당에 들어가 부인과 혼사를 의논하니 부인 또한 기뻐하며 대답했다.

"나도 마음속으로 충렬을 사랑했는데 승상의 말씀이 또한 그러하시니 혼사를 치르도록 합시다."

승상이 밖에 나와 충렬의 손을 잡고 의견을 물은 뒤에 즉시 택일하고 길례吉禮 혼례처럼 경사스러운 예식를 행하니 신랑 신부의 아름다운 모습이 선인 적강謫降 신선이 인간 세상에 내려오거나 사람으로 태어남 적실하다. 화촉동방華燭洞房 첫날밤에 신랑 신부가 자는 방 깊은 밤에 신랑과 신부 평생 연분 맺었으니 서로 사랑한 말을 어찌 다 측량하며 어떻게 다 기록하리. 밤을 지낸 후에 이튿날 승상 양주兩主 부부를 뵈니 승상 부부 즐거운 마음을 이기지 못하더라.

이렇듯이 세월이 흘러 유생의 나이 열다섯 살이라. 이때 승상이 현서賢 婿 '어진 사위'라는 뜻으로 자기의 사위나 남의 사위를 높여 이르는 말를 얻고 말년에 근심이 없었으나, 다만 유 주부가 간신의 모함을 받아 멱라수에 빠져 죽었음을 생각하니 분심이 동하는지라. 나라에 글을 올려 유 주부를 설원雪冤 원통한 사정을 풀어 없앰코자 하니 유생이 만류했다.

"대인의 말씀은 감격스러우나 간신이 만조滿朝 조정에 가득 참하여 국권을 장악했으니 천자께서 상소를 듣지 않으실 것입니다."

승상은 듣지 않고 급히 행장을 차려 황성으로 올라가 퇴재상 권공달의 집에 거처를 정하고 상소를 지어 천자에게 올리라 하더라. 천자가 상소를 보시고 크게 화를 내며 조정에 내리어 보라 했다. 정한담과 최일귀는 강희주의 상소를 보고 분노해 즉시 궐내闕內에 들어가 여쭈었다.

"퇴신退臣 강희주의 상소를 보니 대역부도大逆不道라. 충신을 왕망王莽 중국 의 정치가. 자신이 옹립한 황제를 독살하고 제위를 빼앗음에게 비해 폐하를 죽인다 하오 니 이놈을 역률逆律 역적을 처벌하는 법률로 다스려 능지처참陵遲處斬 머리와 팔다리, 몸뚱이를 토막 내는 극형하옵고 일변一邊 어느 한편 삼족을 멸해 주옵소서."

천자는 크게 화를 내고 즉각 강희주를 잡아들이라 명하더라. 한편 승 상이 돌아오지 않자 충렬은 급히 행장을 꾸려 황성으로 길을 떠나고, 부 인과 낭자는 유생과 이별하고 일가가 망극해 울음소리 떠나지 아니하더 라. 불과 사오 일 만에 금부도사가 내려와 월계촌으로 달려들어 소 부인 과 낭자를 잡아내어 수레 위에 싣고 군사를 재촉해 황성으로 올라가더 라. 가면서 집을 헐고 못을 파니 가련하다. 강 승상이 세대로 있던 집에 일조一朝 하루아침에 집오리만 둥둥 떠 있다.

소 부인과 낭자 속절없이 잡혀 올라갈 제 청수에 다다르니 일모서산日 暮西山이라. 객실에 들어가 잘 제, 금부 나졸 중에 장한이라는 군사가 있었다. 전일 강 승상 벼슬할 때 장한의 부친이 승상부 서리로서 득죄해 거의 죽게 됐는데 강 승상이 구해 주어서 살았다. 장한의 부자가 그 은혜를 밤낮 생각했는데 장한이 지금 불쌍함을 이기지 못해 다른 군사 모르게 슬피 울었다. 이날 밤 삼경에 다른 군사들이 모두 잠이 들자 부인 머무는 방문 앞으로 가만히 다가갔다. 부인이 놀라 문을 열어 주자 장한이 말했다.

"소인의 아비가 나라에 득죄하여 죽을 뻔했었는데 대감이 살려 주셔서 그 은혜 골수에 사무쳐 갚기를 바랐습니다. 지금 이렇게 부인의 처지를 보고 소인이 어찌 무심할 수 있겠습니까? 바라옵건대 부인은 너무 염려 마옵소서. 오늘 밤에 도망하오시면 그 뒷일은 소인이 당할 것이니 조금도 염려 마옵시고 도망가 살기를 바라소서."

부인이 이 말을 듣고 마음이 조금 놓여 낭자를 데리고 주점 밖으로 나서니 이미 삼경이었다. 인적이 고요한데 동산을 넘어 십 리를 가니 청수에 이르렀다. 길을 안내한 장한이 하직하고 여쭈었다.

"신발을 놓고 가소서. 부인과 낭자가 이 물가에 빠져 죽은 표시를 하고 가시오면 후환이 없을 것이니 부디 살아나 후사를 보소서."

이때 부인이 낭자의 신세 생각하니 정신이 아득해, 비록 도망쳐 왔으나 청춘인 여자를 데리고 어디로 가 살며 혹 살아난들 승상과 현서와 이별하고 살아서 무엇하리. 차라리 이 물에 빠져 죽으리라 하고, 낭자를 속여 뒤를 보는 체하고 급히 신을 벗어 물가에 놓고 깊은 물에 뛰어드니 실로 가련하고 가련하다.

이때 낭자가 모친을 기다려도 종시 오지 않거늘 급히 살펴보니 사면에 인적이 없는지라. 마음이 답답해 모친을 부르며 청수 가에 나와 보니 모친이 물가에 신을 벗어 놓고 간데없거늘, 발을 구르며 자신 또한 물가에 신을 벗어 놓고 빠져 죽으려 했다. 때는 오경五更 새벽 세 시에서 다섯 시 사이이라 동방이 차차 밝아 오고, 마침 영릉골 관비官婢 한 사람이 외촌外村에 갔다가 회로回路에 청수 가에 다다르니 어떤 여자가 물가에서 통곡하며 죽고자 하거늘 급히 데리고 왔다. 수양딸로 정하고 자색과 태도를 살펴보니 천상 선녀 같은지라. 만 가지로 달래어 다른 데로 못 가게 하더라.

한편 유생은 강 승상의 집을 떠나 황성으로 정처 없이 가다가 뒤늦게 강희주가 잡혀 들어가고 집안이 풍비박산됐다는 소식을 듣게 됐다. 신세를 한탄해도 소용없어 산중에 들어가 삭발위승削髮爲僧 머리를 깎고 승려가 됨하리라 하고 청산을 바라고 종일토록 길을 떠났다. 어느 한곳에 다다르니 앞에 큰 산이 있고 천봉만학千峰萬壑 수많은 산봉우리와 골짜기이 충천衝天한 중에 오색구름이 구리봉에 떠 있고 각색 화초 만발한지라. 춘풍이 언뜻 하며 경쇠부처 앞에 절할 때 흔드는 작은 종 소리 들리거늘 차츰차츰 들어가니 오색구름 속에 단청丹靑하고 휘황한 고루거각高樓巨閣 높고 크게 지은 집이 즐비했다. 일주문을 바라보니 황금대자黃金大字로 '서해 광덕산 백룡사'라 뚜렷이 붙었거늘 산문으로 들어가니 일원 대승이 나오며 유생을 맞이했다.

"소승이 연로해 유 상공 오시는 행차를 동구 밖에 나가 맞지 못하니 소승의 무례함을 용사容赦 용서해 놓아 줌하옵소서."

유생이 깜짝 놀라 물었다.

"천생에 팔자 기박해 조실부모하고 정처 없이 다니다가 우연히 이곳에 와 대사를 만나니, 무슨 일로 이다지도 관대하시며 소생의 성은 또 어찌 아십니까?"

노승이 대답했다.

"어제 남악 형산의 화선관이 소승의 절에 왔다가 소승더러 부탁하기를 '내일 낮 열두 시경에 남경 동성문 안에 살았던 유심의 아들 충렬이가 올 것이니 잘 대접하라' 하시었소."

유생이 노승을 따라 들어가니 제승諸僧들이 합장 배례合掌拜禮 두 손바닥을 마주 대고 절함하며 반기는지라. 노승의 방에 들어가 석반夕飯을 먹은 후에 편히 쉬니 이곳이 선경仙境이라. 세상의 일을 모두 잊고 일신이 편안했다. 이후로는 노승과 함께 병서를 배우고 불경을 학론하니라.

이때 남경 조신 중에 도총 대장 정한담과 병부 상서 최일귀는 일상 꺼리던 유심과 강희주를 멀리 만 리 밖으로 유배보내고 조정 백관을 처결해 천자를 도모코자 연일 준비했다. 신기한 병법과 둔갑장신지술遁甲藏身之術 몸을 변하게 하거나 감추는 술법과 승천입지지 책昇天入地之策 하늘로 날아오르고 땅으로 들어가는 술법과 변화위신지법變化爲神之法 귀신을 부리는 술법이며 악화두수지 술握火枓水之術 불과 물을 조종하는 술법을 배워 통달했으니 인간 사람은 당할 이 없더라.

이때는 영종 황제가 즉위한 지 삼 년이 되는 춘정월이라. 국운이 불행하여 여러 오랑캐가 힘을 합쳐 천자를 도모하려 하고 특히 서천 삼십육 도 군장과 남만, 가달, 토번, 오국이 합세해 장사壯士 팔천여 명과 정병 오백만으로 주야 행군해 진남관에 다다라 격서檄書를 남경에 보내고 진남관에 웅거한지라. 백성이 난을 만나 사방팔방으로 피난하니 마을이 텅 비더라. 오랑캐의 침범 소식을 듣고 천자는 크게 근심하는데 이때 장안에 바람이 일어나며 일원 대장이 나타나 계하階下 층계의 아래에 엎드렸다.

"소장 등이 비록 재주는 없사오나 한번 나가 남적을 함몰해 황상의 근심을 덜고 소장의 공을 세우겠습니다."

모두 보니 신장身長이 십여 척이고 면목이 웅장한데 황금 투구에 녹운포를 입은 것은 도총 대장 정한담이요, 면상이 숯먹 같고 안채가 황홀하며 백금 투구에 홍운포를 입은 것은 병부 상서 최일귀라. 천자가 크게 기뻐하며 양장兩將 두 장수의 손을 잡고 분부했다.

"경들의 충성 지략은 짐이 이미 아는지라, 남적을 함몰해 짐의 근심을 덜게 하라."

양장이 청령聽令 명령을 주의깊게 들음하고 각각 물러나와 정병精兵 우수하고 강한 병사 오천씩 거느려 행군했는데 얼마 지나지 않아 즉시 적에게 항복하고 되레 선봉장이 되어서 도성으로 군사를 휘몰아 오더라. 한담과 일귀는 적의 군사를 이용해 천자의 자리를 빼앗고자 거짓 항복을 했던 것이다. 소식을 전해 들은 천자는 크게 놀라 대신들을 돌아보니 이행이 원문轅門 군영이나 진의 문 밖에 엎드려 아뢰었다.

"소신이 재주는 없사오나 신자臣者 도리에 어찌 사직을 돕지 아니하오리까? 소신을 선봉으로 정하옵소서."

천자가 기뻐하사 즉시 이행으로 선봉을 삼아 도적을 막을 새, 이때 적에게 항복한 한담이 선봉이 되고 일귀는 중군 대장이 되어 급히 황성을 거쳐 들어왔다. 기치창검旗幟槍劍 군대에서 쓰던 깃발, 창, 칼 등을 통틀어 이르던 말은 팔봉산 나무같이 벌려 있고, 투구 갑옷은 한천寒天 겨울의 차가운 하늘에 일광같이 안채가 쏘이는 듯, 금고함성金鼓喊聲은 천지를 진동하고 목탁 나팔은 강산을 뒤흔드는 듯, 순식간에 들어와 도성을 빼앗았다. 천자가 금산성으로 피하고 대성통곡할 때 수문장이 들어와 고했다.

"해남 절도사가 군병을 거느려 왔나이다."

천자는 바삐 입시入侍하라 한 뒤 분부했다.

"즉시 절도사를 선봉으로 삼아 도적을 막으라."

이때 한담이 이미 도성으로 들어가 백관을 호령하니 만조백관滿朝百官 조정의 모든 벼슬아치이 일조에 항복하더라. 이날 한담이 삼군을 재촉해 금산성을 쳐 파하고 옥새를 빼앗고자 해서 성하에 다다르니 명진 군사 길을 막거늘 부장 정문걸이 창으로 명진을 거쳐 좌우로 충돌하니 일신이 검광 되어 닫는빨리 달리는 앞에 장졸의 머리 추풍낙엽이더라. 해남 군병을 순식간에 죽이고 산성 문밖에 달려들어 성문을 두드렸다.

"명제明帝야, 옥새를 내놔라!"

크게 소리치니 금산성이 무너지며 강산이 뒤넘는 듯했다. 성안에 있는 군사 혼백이 없었으니 그 아니 가련한가? 천자와 조정만이 황황급급해 북문을 열고 도망가 암석 사이에 은신하고 조서詔書 임금의 명령을 적은 문서를 써 산동 육국에 주야로 가 구원병을 청했다.

이때 육국의 왕이 이 말을 듣고 각각 군사 십만 명과 장수 천여 명을 조발한 뒤 급히 남경 명성원으로 보냈다. 육국이 합세하여 호산대 너른 뜰에 빈틈없이 행군해 들어오니 천자가 기뻐하고 군중에 들어가 위로했다. 적진 형세와 수차 패함을 낱낱이 말하고 적응을 선봉으로 삼고 조정만을 중군으로 삼아 황성으로 들어왔다.

이때 적장 정문걸이 선봉에 있다가 청병이 오는 것을 보고 필마단창匹馬單槍 한 필의 말과 한 자루의 창으로 나가자 한담이 문걸을 다시 불러 물었다.

"적병이 저다지 엄장한데 장군은 어찌 경솔히 가려 하오."

문걸이 답했다.

"어찌 소장의 재주를 쉽게 생각하십니까? 남경이 비록 육국에 청병하여 억만 병이 왔지만 소장의 한칼 끝에 죽는 모습을 앉아서 구경하소서."

한담이 기뻐하고 장대에 높이 앉아 싸움을 구경할 새, 문걸이 창검을 좌우로 갈라 잡고 마상에 높이 앉아 나는 듯이 들어가며 호통을 쳤다.

"명제야, 옥새를 가져 왔느냐? 바삐 항복해 잔명을 보존하라."

억만 군중에 무인지경같이 횡행해 동장東將을 치는 듯 남장南將을 베고, 북장北將을 베는 듯 서장西將을 치는도다. 문걸의 창검이 닫는 곳마다 싸울 군사가 없었으니 어찌 망극하지 아니할까.

이때 천자가 조정만과 옥새를 갖고 용동수에 빠지고자 했는데 도망할 길이 없어 하늘을 우러러 탄식했다.

이때 충렬은 서해 광덕산 백룡사에서 노승과 한가지로 세월을 보내고 있었다. 이때는 부흥 십삼 년 추칠월秋七月 음력 칠월의 가을철 망간望間 음력 보름께이라. 한풍은 소소하고쓸쓸하고 낙목落木은 분분한데 고향을 생각하며 신세를 생각할 제 홀로 앉아 비감하더라. 하루는 노승이 일어나 밖에 갔다 들어오며 충렬을 불러 물었다.

"오늘 천문天文을 보았느뇨?"

충렬이 급히 나와 보니 천자의 자미성이 떨어져 명성원에 잠겨 있고 남경에 살기가 가득했다. 방으로 들어와 한숨지으며 낙루落淚 눈물을 흘림하니 노승이 벽장을 열고 옥함을 내놓으며 말했다.

"옥함은 용궁조화龍宮造化거니와 옥함을 싸맨 수건은 누구의 수건인지 자세히 보라."

충렬이 의심하고 옥함을 살펴보니 자신의 이름이 있는지라 깜짝 놀라 소리쳤다.

"남경 도원수 유충렬이 개탁하라?"

수건을 끌러 보니 글씨가 써 있는데 뜻밖에도 어머니의 글이었다.

'모년 모월 모일에 남경 동성문 안에 사는 충렬의 모친 장 부인이 이것을 아들 충렬에게 부치노라.'

"이게 어떻게 된 일입니까?"

충렬이 수건과 옥함을 붙들고 방성통곡하니 노승이 위로하며 말했다.

"수년 전에 변양 회수에 다다르니 기이한 오색구름이 수건에 덮였기에 바삐 가서 보니 옥함이 물가에 놓여 있었다. 임자를 찾아 주려고 가져와 간수했더니 오늘 보니 상공의 전쟁 기계가 옥함 속에 있었던 것이구나."

옥함은 원래 회수 사공 마철이 잠수질하다가 발견한 것이었다. 물질 중 큰 거북이가 옥함을 지고 나오자 거북을 죽이고 옥함을 가져와 제 집에 두었던 것이다. 전일 장 부인이 마철의 집에서 도망칠 때 옥함을 가지고 나와 수건에 글을 써 회수에 넣은 것을 백룡사 중이 발견해 보관하고 있었다.

충렬은 옥함을 어루만지며 소리쳤다.

"이것이 일정 충렬의 기물器物이니 옥함이 열릴 것이라."

함이 스르르 열리자 안에 갑주甲冑 갑옷과 투구 한 벌과 장검 하나, 책 한 권이 들어 있는 것이 보였다. 투구의 광채가 찬란하고 속에는 금자로 '일광주'라 새겨 있었다. 갑옷을 보니 용궁조화 적실하다. 무엇으로 만든 줄 모를 터라. 옷깃 밑에 금자로 새겨 있고, 장검이 놓였지만 두미頭尾 처음과 끝가 없는지라. 신화경을 펴 놓고 칼 쓰는 법을 보니 '갑주를 입은 후에 신화경 일편을 보고 천상 대장성을 세 번 보게 되면 사린 칼이 절로 펴져 변화무궁할 것이다'라고 쓰여 있었다. 즉시 시험하니 십 척 장검이 번듯하며 사람을 놀라게 하고, 한가운데 대장성이 샛별같이 박혀 있는데 금자로 '장성검'이라 새겨져 있었다. 충렬은 기물을 챙겨 행장에 간수하고 노승에게 말했다.

"천행으로 대사를 만나 갑주와 장검은 얻었지만 용마龍馬는 없으니 장군이 무용지지無容之地 용납할 땅이 없음입니다."

노승이 대답했다.

"옥황께옵서 장군을 대명국에 보내실 제, 사해용왕이 모르겠는가. 수년 전에 소승이 서역에 가올 제, 백룡암에 다다르니 어미 잃은 망아지가 있어 그 말을 데려왔으나, 내게는 부당不當이라 송임촌 동장자에게 맡기고 왔다. 어서 그곳으로 가서 말을 얻은 후에 천자의 목숨이 경각頃刻에 있사오니 급히 가서 구원하라."

유생은 송임촌을 찾아가 바삐 동장자를 만났다.

이때 천사마가 벽력 같은 소리를 내며 백여 장 토굴을 넘어 뛰어나와 충렬에게 달려들었다. 반가운 얼굴로 옷도 물며 몸도 대보니 웅장한 거동을 일필一筆 단번에 내려 쓰는 것로 난기難記 기록하기 어려움로다. 충렬은 하직하고 말 위에 앉아 남경을 바라보며 말했다.

"하늘이 나를 내고 용왕이 너를 낼 때 그 뜻이 남경을 돕게 하기 위함이다. 이제 남적이 황성에 강성해 천자의 목숨이 경각에 있다고 하니 대장부 급한 마음 일각이 여삼추如三秋 3년과 같이 길게 느껴진다는 뜻으로, 몹시 애타게 기다리는 마음을 이르는 말라. 너는 힘을 다해 남경을 순식瞬息 잠깐 사이에 득달하라."

말이 유생의 말을 듣고 백운을 헤쳐 나는 듯이 솟구치니 사람은 천신天神이요, 말은 비룡飛龍이라. 남경으로 바람처럼 달려오니 금산성 너른 뜰에 살기가 충천하고 황성 문안에 곡성이 진동하더라.

이때 천자는 옥새를 가지고 도망해 용동수에 빠져 죽고자 했는데 적진을 벗어날 길이 없어 쩔쩔매던 차였다. 고개를 들어 바라보니 문득 북편으로 천병만마千兵萬馬 들어오며 천자를 불렀는데 정한담은 천자 되어 백관을 거느리고 최일귀는 대장 되어 삼군을 경계했다. 또한 북적이 합세하여 형세 웅장함이 만고에 으뜸이라. 선봉장 정문걸이 의기양양해 명진 육국 청병을 한칼에 다 무찌르고 선봉을 헤쳐 진중으로 들어왔다.

"명제야, 항복하라! 내 한칼에 육국 청병 다 죽이고 또한 북적이 합세했으니 네 어이 당하겠는가. 바삐 나와 항복해 너의 모자를 찾아가라."

하고 들어오니 천자는 어쩔 수 없이 옥새를 목에 걸고 항복하려고 했다. 중군 조정만과 명진에 남은 군사들은 슬퍼했다. 천자는 명성원이 떠나가게 방성통곡하며 항복하러 나오더라.

이때 충렬은 금산성 밑에서 망기望氣 나타나 있는 기운을 보아서 조짐을 앎했다. 형세가 위급함을 보고 바삐 중군소로 들어가 성명을 올려 적과 싸우기를 청했다. 조정만은 허락하며 충렬을 위로했다.

"그대 충성은 지극하나 지금 황상이 항복하려 하시고 또한 적진 형세 저러하므로 그대 청춘이 전장백골戰場白骨 될 것이니 원통하고 망극하다."

충렬은 진문 밖으로 나서면서 벽력같이 소리쳐 적장을 불렀다.

"역적 정한담아! 남경 동성문 안에 사는 유충렬을 아느냐 모르느냐. 빨리 나와 목을 내놓아라."

선봉장 문걸이 크게 놀라 돌아보니 일광 투구에 안채 쏘이고 용인갑은 혼신을 감추고 천사마는 비룡이 되어 안개 속에 싸여 공중에서 소리만 나고 제 눈에는 보이지 않았다. 문걸이 창검만 높이 들고 주저주저하던 차에 벽력과 함께 문걸의 머리가 베어지니 옥새를 목에 걸고 진문을 나서던 천자가 그 광경을 보고 주위에 말했다.

"적장 베던 장수의 성명이 무엇이냐? 바삐 입시하라."

충렬은 말에서 내려 천자 앞에 무릎을 꿇었다. 천자가 급히 물었다.

"그대는 누구인데 죽을 사람을 살리는가?"

충렬은 저의 부친과 강희주 일을 절분切忿 몹시 원통하고 분함히 여겨 통곡하며 여쭈었다.

"소장은 동성문 안에 살던 정언주부 유심의 아들 충렬이옵니다. 만 리 밖에 있다가 아버지의 원수를 갚으려고 여기 잠깐 왔다가 폐하의 옥체가 어려우심을 보고 달려왔습니다. 전일에 정한담을 충신이라고 하시더니 충신도 역적이 되나이까? 그놈의 말을 듣고 충신을 원배遠配 먼 곳으로 귀양 보냄해 다 죽이고 이런 환을 만나시니 천지가 아득하고 일월이 무광無光 빛이 없음하옵니다."

천자는 이 말을 듣고 친히 계하階下로 내려와 충렬의 손을 잡았다.

"과인을 보지 말고 그대의 선조가 창건하던 일을 생각해 나라를 도와주면 공을 갚겠다."

충렬이 청명하고 물러나오니 남은 군사가 불과 일이백 명이라. 천자는 삼 층 단에 앉아 하늘에 제사하고 인검印劍 임금이 병마를 통솔하는 장수에게 주던 검을 끌러 내어 충렬에게 준 후에 대장 사명기司命旗에 친필로 '대명국大明國 대사마大司馬 도원수都元帥 유충렬'이라 써 내주었다. 원수는 사은하고 진법을 시험할 제, 장사일자진長蛇一字陳 뱀처럼 길게 한 줄로 친 진을 치고 군중에게 호령했다.

"남북 적병이 억만 병이라도 나 혼자 당하려니와 너희는 항오行伍 군대를 편성한 대오를 잃지 마라."

원수가 말하자, 적진 가운데 문걸의 죽음을 보고 일진이 진동해 서로 나와 싸우려 했다. 특히 삼군 대장 최일귀가 분기를 이기지 못해 백금 투구를 쓰고 장창대검을 좌우에 갈라 들고 적제마를 채질하며 나는 듯이 달려나왔다.

"적장 유충렬아, 바삐 나와 죽어라."

원수는 장대에 있다가 말을 듣고 바삐 나와 응성應聲 소리에 응함했다.

"정한담은 어디 가고 너만 어찌 나왔느냐. 너희 두 놈의 간을 내어 우리 부모 영위靈位前에 재배再拜하고 드리리라."

말이 끝남과 동시에 장성검이 번듯하며 일귀가 가진 장창대검이 부서졌다. 최일귀가 크게 놀라며 철퇴로 쳐봤지만 원수의 일신이 안 보이니 어이하리. 적진 중에서 옥관 도사 싸움을 구경하다가 크게 놀라며 급히 쟁錚 꽹과리을 쳐 불러 모으니, 일귀가 겨우 본진으로 돌아와 정신을 잃었는지라.

원수는 북적 선봉 마룡을 죽이고 공중에서 소리쳤다.

"정한담아, 바삐 나와 죽기를 재촉하라. 네놈도 이와 같이 죽이겠다."

목소리만 들리고 모습은 보이지 않자 군사들은 혼란에 빠졌다. 한담은 용상을 치며 소리쳤다.

"억만 군중에 충렬을 잡을 자가 없느냐?"

한담이 직접 나서려고 하자 최일귀가 급히 만류했다.

"대장은 아직 참으소서. 소장이 당하리다."

기운을 차린 최일귀는 말에 다시 올라 나는 듯이 달려들며 소리쳤다.

"적장 유충렬은 어제 미결未決 해결하지 아니함한 싸움을 결단하자."

원수는 적진을 바라보고 나는 듯이 들어가 혼신이 일광되어 가는 줄을 모른다. 원수는 장성검을 휘둘러 일귀의 머리를 베었다. 원수는 벤 머리를 칼끝에 꿰어 들고 천자 전에 바쳤다.

"이것이 최일귀의 머리가 적실하오니까?"

천자는 일귀의 목을 보고 대분大忿하며 도마 위에 올려 놓고 점점이 오렸다.

"이놈이 나를 속여 너의 부친을 만 리 연경에 보냈으니 어이하리오."

천자가 원수의 손을 잡고 백 번이나 치사致謝 고맙고 감사하다는 뜻을 표시함하니 원수는 더욱 감축하고 군중으로 물러나왔다. 조정만이 즐거움을 측량하지 못해 대하臺下에 내려 백배치사하며 즐기더라.

이때 한담은 장창대검을 다잡아 쥐고 호통을 크게 질러 원수를 불렀다.

"충렬아, 가지 말고 네 목을 바삐 납상納賞 대가로 바침하라."

원수는 한담의 부름을 듣고 응성하니 천자가 원수에게 당부했다.

"한담은 천신의 법을 배워 만부부당지력萬夫不當之力이 있고 변화불측變化不測하니 각별히 조심하라."

원수는 크게 웃고 진전陳前에 나서 한담을 망견望見 멀리 바라봄하니, 신장이 십여 척이요 면목이 웅장하더라. 황금 투구의 녹포운갑에 조화를 붙였으니 일대명장一代名將이요 역적 될 만한지라. 원수는 기운을 가다듬고 신화경을 잠깐 펴 한담을 불렀다.

"네놈은 명나라 정종옥의 자식 정한담이 아니냐. 세대로 명나라 녹을 먹고 그 임금을 섬기다가 무엇이 부족해 충신을 다 죽이고 부모국을 치려 하느냐. 비단 천하 사람뿐 아니라 지하 귀신들도 너를 잡아 황제 전에 드리고자 할 것이다. 너 같은 만고역적이 살기를 바랄쏘냐."

한담이 분노하며 나오거늘 원수가 한담을 맞아 싸울 새 칼로 치게 되면 반합에 죽을 것이지만 산 채로 잡고자 해 장성검 높이 들어 한담을 내리쳤다. 그러나 한담은 간데없거늘 원수가 급히 물러나와 신화경을 바삐 펴 일편을 왼 후에 적진을 살펴보니 한담이 채운彩雲 상서로운 구름에 싸여 십여 척 장검 번뜩이며 원수를 따랐다. 원수가 그제야 깨닫고 중얼거렸다.

"한담은 천신이라 산 채로 잡으려 하다가는 도리어 환을 당하리라."

원수가 적진 뒤로 들어가 진중을 헤칠 듯하니 한담이 원수를 따라잡으려 급히 도는 통에 탄 말이 땅에 거꾸러졌다. 이때를 노려 원수가 급히 칼로 한담의 목을 치니 목은 맞지 않고 투구만 깨졌다. 적진에서 한담의 투구가 깨짐을 보고 대경해 급히 쟁을 쳐 무리를 거두었다. 간담이 서늘해진 한담은 이후 진문을 굳게 닫고 나오지 않았다. 원수가 진문을 깨고 들어가니 한담은 도사와 더불어 황황급급 도망쳐 호산대로 높이 올라가 피난하는지라.

원수는 도성에 들어 한담의 가권을 잡고 삼족을 다 잡아 본진으로 보냈다. 동시에 만조백관을 호령하며 천자를 모셔 환궁하고 한담의 가솔을 낱낱이 문죄 후에 씨 없이 베었다. 원수가 전일 살던 집터를 가 보니, 웅장한 고루거각 빈 터만 남았더라. 슬픈 마음 진정하고 궐문을 향해 돌아서니 부모님 생각에 갑주 벗어 땅에 놓고 가슴을 두드리며 대성통곡했다.

"불효자 유충렬은 부모 잃고 도로에서 빌어먹다가 몸이 장성해 살던 터를 다시 보니 한숨 절로 난다. 우리 부모는 어디 가시고 이곳이 이런 줄을 모르시는가. 상전벽해桑田碧海 뽕나무 밭이 푸른 바다로 변한다는 것으로 세상이 많이 변했다는 뜻한단 말을 곧이 듣지 않았는데 지금 내 꼴이 그렇구나."

도성에 돌아오니 충신은 다 죽고 남아 있는 자는 정한담의 동류同類라. 낱낱이 잡아내 처참하고 군중에 정한담을 찾아내라고 전령했다.

이때 정한담이 호산대에서 도사와 의논할 새, 도사가 한 가지 꾀를 알려 주었다.

"이제 백계무책百計無策 온갖 계교를 다 써도 해결할 방도를 찾지 못함입니다. 남은 군사로 남만과 서번과 호국 등에 보내어 구원병을 청해 한번 싸워 보고 사불여의事不如意 일이 뜻대로 되지 않음하면 도망해 후일을 도모함이 어떠합니까?"

한담은 패문牌文 문서을 지어 급히 오국에 제각기 보냈다.

이때 오국 군왕이 각기 장수를 보내어 승전하기를 주야 기다리더니 뜻밖에 패군한 소식이 오자 각각 분노했다. 서천 삼십육 도 군장이며 가달, 토번 왕과 호국 대왕이 정병 팔십만과 용장 천여 명이며 신기한 도사를 좌우에 앉히고 행군을 재촉하며 달려드니 그 거동이 웅장하더라.

이때 정한담은 청병이 오는 것을 보고 기운이 펄쩍 나서 최일귀며 부장 정문걸이 죽었다는 말을 전했다. 청병은 정한담과 동심해 호산대에 진을 치고 격서를 남경으로 보냈다.

이때 원수는 도성에 들고 조정만은 금산성하에 유진留陣 군사들을 머물러 있게 했는데 뜻밖에 조정만이 장계狀啓 왕명을 받고 지방에 나가 있는 신하가 자기 관하(管下)의 중요한 일을 왕에게 보고하던 문서를 올렸다. 원수가 급히 개탁해 보니 정한담과 옥관 도사가 합력해 격서를 보냈으니 급히 와 방적防敵 공격하는 적을 막음하라는 내용이었다. 원수가 듣고 크게 웃으며 말했다.

"정문걸과 최일귀가 천하 명장이었지만 내 칼끝에 죽었습니다. 하물며 오랑캐 군대야 비록 승천입지昇天立地 하늘로 오르고 땅속으로 들어간다는 뜻하는 놈이 선봉이 됐으나 한갓 장성검의 피만 묻힐 따름이라. 황상은 염려하지 마옵시고 소장의 칼끝에 적장의 머리가 떨어지는 구경이나 하옵소서."

즉시 갑주를 갖추고 본진에 돌아와 군사를 신칙해 항오를 각별이 단속하고 적진에 글을 보내 싸움을 도울 제, 정한담이 오국 군왕 전에 한 꾀를 말했다.

"도사의 재주는 소장이 십 년을 공부해 변화무궁하니 구 척 장검 칼머리에 강산도 무너지고 하해河海 큰 강과 바다도 뒤놉니다. 명진 도원수 유충렬은 천신이요 사람이 아니니 대왕이 억만 병을 거느려 왔다고는 하나 충렬을 잡기에는 접전할 장수가 없사옵니다. 만일 싸우다가는 우리 군사의 씨가 마르고 대왕의 목숨을 보존하기 어려울 것입니다. 오늘 밤 삼경에 군사를 갈라 금산성을 치면 제 응당 구하려고 올 것입니다. 그때를 틈타 소장은 도성에 들어가 천자에게 항복받고 옥새를 빼앗으면 제 비록 천신인들 제 임금이 죽었는데 무슨 면목으로 싸우겠습니까? 저의 꾀가 이러한데 대왕의 처분은 어떠합니까?"

호왕은 기뻐하고 한담을 대장으로 삼았다. 이 밤 삼경에 한담이 선봉장 극한을 불러 군사 십만 명을 주고 금산성을 치라고 했다. 극한이 청명하고 금산성으로 군사 십만 명을 나열해 쳐들어가니 생각지도 못한 환을 만나 황황급급한지라. 원수가 도성에서 적세를 탐지하고 있는데 한 군사가 와서 보고했다.

"지금 도적이 금산성으로 쳐들어와 군사를 다 죽이고 중군장을 찾아 횡행하니 원수는 급히 이곳으로 와 구원하소서."

원수는 크게 놀라 나는 듯이 적진을 헤쳐 중군에 들어갔다. 조정만을 구원해 장대에 앉히고 필마단창으로 성화같이 달려들자 천극한의 머리가 베이고 십만 군병과 팔공산 초목이 구시월 만난 듯이 순식간에 없어졌다. 원수가 본진으로 돌아와 칼끝을 보니 정한담의 머리가 아닌 되놈의 머리라.

이때 한담은 급히 도성에 들었다. 성중에 군사는 없고 천자는 원수의 힘만 믿고 잠에 깊이 들었다가 뜻밖의 화를 당해 넋을 잃고 용상에 떨어졌다. 옥새를 품에 품고 말 한 필 잡아타고 엎더지며 자빠지며 북문으로 도망쳐 변수 가에 다다랐다. 한담이 궐내로 달려들어 천자를 찾았지만 간데없고 황후, 태후, 태자가 도망쳐서 나올 때 달려들어 잡았다. 한담은 이들을 호왕에게 맡기고 북문으로 나섰다.

이때 천자가 변수 가로 도망치는데 한담이 순식간에 달려들어 천자를 잡아 마하^{馬下}에 엎지르고 호통쳤다.

"옥새를 주고 항서^{降書} ^{항복서}를 써 올리면 죽지 않겠지만 그렇지 않으면 네놈의 노모와 처자를 한칼에 죽이겠다."

천자가 하소연했다.

"항서를 쓰자 한들 지필^{紙筆}이 없다."

한담이 분노해 창검을 번득이며 명령했다.

"용포^{龍袍}를 떼고 손가락을 깨어 항서를 쓰지 못할까."

천자가 용포를 떼고 손가락을 깨물려 하니 차마 못할 즈음에 황천인들 무심하리.

이때 원수는 금성산에서 적진 십만 명을 한칼에 무찌르고 바로 호산대로 득달했다. 적진 정병을 씨 없이 함몰코자 했는데 뜻밖에 월색이 희미해지고 난데없는 빗방울이 원수 얼굴 위로 내렸다. 원수가 이상한 생각에 잠깐 말을 멈춰 세우고 천기를 살펴보니 도성에 살기가 가득하고 천자의 자미성이 떨어져 변수 가에 비치고 있었다.

"이게 웬 변이냐. 순식간에 득달해 천자를 구원하라."

원수는 말에 채찍을 가하며 소리쳤다. 그러자 천사마가 한달음에 궁궐로 안내했다.

"이놈 정한담아, 우리 천자는 해치지 말고 나의 칼을 받아라."

원수가 한담의 목을 산 채로 잡아들고 말에서 내려 천자 앞에 복지했다. 천자는 백사장에 엎어져서 기절한 채 누워 있다가 원수가 일으켜 앉히자 그때서야 정신을 차렸다.

"소장이 도적을 함몰하고 한담을 사로잡아 말에 매달고 왔나이다."

천자가 황망 중에 원수란 말을 듣고 벌떡 일어나 앉았다. 원수가 복지하고 있는 것을 보자 달려들어 목을 안고 소리쳤다.

"네가 정말 충렬이냐. 정한담은 어디 가고 네가 어떻게 왔느냐. 죽을 뻔한 나를 네가 와서 살렸구나."

원수가 자초지종을 아뢴 후에 한담을 말에 묶고 도성으로 들어왔다.

이때 오국 군왕이 성중에 들었다가 한담이 사로잡혔단 말을 듣고 성중 보화城中寶貨 일등미색一等美色을 탈취하고 황후와 태후 태자를 사로잡아 본국으로 돌아갔다. 천자는 원수를 붙들고 대성통곡했다.

"이 몸이 하늘한테 죄를 지어 나라가 망할 뻔했는데 그대를 얻어 회복했다. 그러나 부모처자를 되놈들에게 보내고 나 혼자 살아 무엇하리. 그대에게 천하를 전하니 그리 알라. 과인이 죽은 후에 혼백이나마 호국 땅에 들어가 모친을 만날 수 있다면 구천九泉 '땅속 깊은 밑바닥'이라는 뜻으로, 죽은 뒤에 넋이 돌아가는 곳을 이르는 말에 들어가도 여한이 없으리라."

하고 궐내闕內 백화담에 빠져 죽으려고 하자 원수가 붙들어 용상에 앉히고 말했다.

"소신의 충성이 부족해 이 지경이 됐으나 신하 된 도리에 호국을 그냥 놔두겠습니까? 소신이 재주는 없으나 호국에 들어가 황태후를 편히 모시고 돌아오겠습니다."

천자는 원수의 손을 잡고 낙루하며 부탁했다.

"경이 충성을 다해 호국을 쳐 멸하고 과인의 노모와 처자를 다시 보게 하면 살을 베어도 아깝지 아니하리오."

원수는 배사하고 나와 정한담을 끌러 계하에 엎드리게 한 뒤 물었다.

"이놈, 들어라. 네 자칭 황제라 하고 날더러 천의天意 하늘의 뜻를 모른다 하더니 어찌 내게 잡혀 왔느냐?"

한담이 대답했다.

"소인이 불행하여 도사 놈의 말을 듣고 이 지경이 됐으니 아뢸 말씀이 없나이다."

"도사 놈은 어디로 갔는고?"

"소인이 변수 가에 갔을 때 호국으로 들어간 듯합니다."

한담은 계속해서 말했다.

"소인의 죄가 중重합니다. 도사의 말을 듣고 정언주부를 무함誣陷 없는 사실을 그럴듯하게 꾸며 남을 어려운 지경에 빠지게 함해 연경으로 귀양 가게 했습니다. 수일 전에 다시 잡아다 항복을 받고자 했지만 종시 말을 듣지 않아서 다시 호국 포판^{중국} 산서성이라 하는 곳으로 귀양 보냈습니다. 그 뒤의 생사는 모릅니다."

원수는 이 말을 듣고 통곡했다.

"강희주는 죽었느냐 살았느냐?"

한담이 말했다.

"강 승상도 무함해 옥문관으로 귀양 보냈는데 중도에서 야간도주해 영릉 땅 청수에 빠져 죽었다 하더이다."

원수는 모친이 봉변당한 일이 한담의 소행인 줄 모르고 강 낭자 죽은 일만 절분해 한담을 대칼에 베고자 했지만 부친을 만난 후에 죽이리라 하고 결박한 뒤 전옥^{典獄 죄를 지은 사람을 가두던 옥}에 가뒀다. 취조를 마친 원수가 갑주와 장검을 갖춰 천자에게 하직하고 나오려 하니 천자가 계하에 내려 손을 잡고 분부했다.

"짐의 수족을 만리타국에 보냈으니 과인의 마음이 어떠할꼬. 부디 충성을 다해 모친과 자식을 살려 수이 돌아오소. 만일 그동안에 환이 있으면 누구로 하여금 살아날까?"

십 리 밖까지 전송하며 만 번 당부하니 원수가 청명하고 필마단창으로 만리타국으로 들어갔다.

이때 호왕이 후환이 있을까 봐 각도 각관^{各道各關} 행관^{行關 관아에 공문을 보내던 일}해 호국 들어오는 길의 인가를 없애고 물마다 배를 없애 인적이 통하지 못하게 했는지라. 원수는 전장에 고생하며 음식을 전폐한 날이 많았지만 부친의 소식을 알고자 유주에 득달해 자사를 잡아내 문죄^{問罪}했다.

"네 이놈, 세대로 국록지신^{國祿之臣 나라에서 주는 녹을 받는 신하}으로 국가가 불안한 가운데에도 네 몸만 생각하고 국사를 돌보지 아니했다. 또한 정한담의 말을 듣고 유 주부를 네 고을에 귀양했다 하더니 어디 계시냐?"

"포판이란 곳으로 간 뒤에는 소식을 알지 못합니다. 장군의 성명은 무엇이며 무슨 일로 유 주부를 찾습니까?"

원수가 비감하며 대답했다.

"나는 이 고을에서 적거하신 유 주부의 아들이다. 부모의 원수를 갚으려고 적진에 들어가 천자를 구완하고 정한담과 최일귀를 한칼에 베었다. 오국 정병을 일시에 무찌르고 천자를 모셔 환궁했더니 뜻밖에 호국왕이 들어와 나를 속여 도성을 엄살掩殺 별안간 습격해 죽임하고 황후를 잡아갔다. 그래서 북적을 함몰하고 황후를 모셔 가려고 가는 길에 들렀노라."

자사가 이 말을 듣고 계하에 내려 백배 치사하고 주육酒肉 술과 고기을 많이 내어 대접하고 십 리 밖까지 나와 전송하니라. 원수가 유주를 떠나 호국에 다다르니 풍설이 분분하고 도로는 험악해 인적이 없는지라.

이때 호왕이 십만 병을 거느려 남경에 갔다가 한담이 사로잡혔단 말을 듣고 도성에 들어가 황후, 태후, 태자를 사로잡았다. 또 성중보화와 일등 미색을 탈취해 본국으로 돌아와 잔치를 배설하고 방비를 어둑'많이'의 옛말 튼튼히 했다.

이때 원수는 호국 지경에 득달해 상남 뜰로 바삐 갔다. 호국 선우대가 구름 속에 보이거늘 창강 갈대 밑에서 천사마에게 물을 먹이고 자신의 낯을 씻었다. 사고무인四顧無人 주위에 사람이 없어 쓸쓸함 적막한데 난데없는 일 엽편주一葉片舟 한 척의 조그마한 배가 강 위에 떠오더니 일원 선녀가 선창 밖으로 나와서 원수에게 예하고 금낭을 끌러 과실을 두 개 주며 말했다.

"행역行役 여행의 피로와 괴로움이 곤고困苦 딱하고 어려움하오니 이 과실 한 개를 드시고 한 개는 두었다가 나중에 쓰십시오. 지금 황후와 태후, 태자가 호국에 잡혀가서 동문대 도상에 온갖 형벌을 갖추고 자객을 재촉해 검술을 희롱하고 있습니다. 황후의 귀한 목숨이 경각에 있는데 어찌 바삐 가지 않습니까?"

원수가 대경해 과실 한 개를 먹고 천기를 살펴보니 태자의 장성이 떨어질 듯하고 자미성이 칼끝에 달렸다. 원수는 장성검을 펴 들고 천사마를 채질해 나는 듯이 들어갔다. 동문 밖 십 리 사장에 군사가 가득했다. 원수는 호왕을 큰 목소리로 불렀다.

"여봐라 호왕 놈아, 황후와 태후를 해치지 마라!"

이때 자객이 비수를 번뜩이며 태자의 목을 치려 할 제 난데없는 벽력 소리가 청천에 떨어지며 일원 대장이 제비같이 들어오는지라. 일진이 황겁해 주저주저하던 차에 동문 대도상에 장성검이 불빛 되어 십 리 사장 너른 뜰에 군사 씨 없이 다 베고 성중으로 달려들어 궐문을 깨치고 만조백관을 대칼에 무찔렀다. 원수는 용상을 쳐부수며 호왕의 머리를 풀어 손에 감아쥐고 동문대로로 급히 나왔다.

이때 황후와 태후, 태자가 자객의 검광 끝에 혼백이 흩어져 기절해 엎더졌는지라. 원수는 급히 달려들어 태자를 붙들어 앉혔다. 황후와 태후도 흔들어 앉히니 한 식경이 지난 후에야 겨우 인사를 차렸다. 원수가 복지해 말했다.

"정신을 차리옵소서. 대명국 도원수 유충렬이 호왕을 사로잡고 자객과 군사를 한칼에 다 죽이고 이곳으로 왔나이다."

태자는 이 말을 듣고 급히 일어나 황후의 목을 안고 소리쳤다.

"정신을 진정하시고 유충렬을 다시 보소."

황후와 태후는 유충렬이 왔단 말을 듣고 가슴을 두드리며 벌떡 일어났다.

"그대 정녕 유 원수냐. 북방 호지胡地 오랑캐가 사는 땅 수만 리를 어찌 알고 왔는가? 그대 은덕을 갚아야 하는데 백골난망白骨難忘 죽어서 백골이 되어도 잊을 수 없다는 뜻이라 어찌 다 갚으리오."

태자가 치사하고 천자의 존위를 바삐 물으니 원수가 바로 여쭈었다.

"소장이 도적에게 속아 금산성에 들어가니 적장 천극한이 십만 명을 거느리고 왔었습니다. 한칼에 다 베고 급히 돌아오다가 천기를 본즉 황상이 변수에 죽게 되었습니다. 급히 달려가 황상을 구하고 소장은 대비와 대군을 모신 후에 아비를 찾으려 하고 왔나이다."

세 사람은 백배치사하며 말했다.

"이제 돌아가 천자와 원수가 함께 결의형제하여 우리 모두 만세 유전할까 하노라."

태자는 원수의 칼을 뺏어 들고 호왕을 보고 소리쳤다.

"네 이놈아, 왕후를 질욕叱辱 꾸짖으며 욕함하고 나에게 항복받아 너의 신하로 삼고자 하더니 청천 일월이 밝았거든 언감생심인들 하늘을 욕할쏘냐?"

분심을 참지 못해 장성검을 높이 들어 호왕의 머리를 베어 칼끝에 꿰었다. 그래도 분이 풀리지 않은 태자와 원수는 성중에 들어가 남은 군사를 다 죽였다. 그 뒤 준마 세 필을 구해 황후와 태자를 모시고 호국 옥새와 지도서地圖書를 가지고 행군해 돌아왔다. 도로장을 불러 포판을 묻고 길을 재촉하며 올 때 원수가 부친을 생각하니 눈물이 비 오듯 했다.

"천자는 나 같은 신하를 두어 만리 호국 땅에서 죽을 뻔한 부모를 다시 만났지만 나는 포판에 있는 부친이 죽었는지 살았는지 모르는구나. 회사정에서 모친 잃고 만 리 북방에서 부친 잃고 영릉 천수에서 아내 잃었으니 살아서 무엇하며 죽어도 아깝지 않고 도리어 악귀가 될지도 모르겠구나. 포판으로 가서 우리 부친의 생사를 알아볼까?"

걸음걸음 슬피 우니, 태후와 태자가 원수의 손을 잡고 만단 위로하며 길을 재촉하더라. 여러 날 만에 포판에 득달하니, 이 땅은 북해상 무인지지無人之地 사람이 살지 않은 곳라. 풍랑 소리 사람의 간장을 격동하고 소슬 한풍 원숭이는 슬피 울어 객의 수심을 돕는구나. 귀신이 난잡하니 귀양 온 유 주부가 혈혈단신 살 가망이 전혀 없다. 한담 일당의 농간에 의해 깊은 토굴에 갇힌 유 주부는 죽을 날만 기다리고 있었노라. 아버지의 유배지를 수소문한 원수는 드디어 제 아비 갇힌 곳을 발견하고 뛰어들며 통곡했다. 죽어 가던 유 주부는 원수의 목소리를 듣고 중얼거렸다.

"내 아들 충렬은 회수에서 죽었는데 네가 정녕 혼신이냐? 혼백이라도 반갑고 반갑다."

충렬은 울며 대답했다.

"소자 회수에서 죽을 뻔했지만 천행으로 살아나 도적을 함몰하고 천자를 모시고 환궁하옵나이다. 밖으로 나와 보소서. 호국으로 가서 황후, 태후, 태자를 모시고 왔나이다."

유 주부가 크게 놀라며 소리쳤다.

"이게 웬 말이냐. 정녕 틀림없느냐? 내 아들 충렬은 가슴에 대장성이 박혀 있고 등에는 삼태성이 있느니라."

원수가 옷을 벗어 땅에 놓고 주부 곁에 앉으니, 샛별 같은 삼태성과 대장성이 뚜렷이 박혀 있고 금자로 번듯하게 '대명국 도원수'라고 새겨져 있었다. 유 주부는 왈칵 뛰어 달려들어 충렬의 목을 안고 물었다.

"어디 갔다 이제야 오냐. 하늘에서 떨어졌느냐, 땅에서 솟았느냐. 만고역적 정한담이 우리 집에 불을 놓아 너의 모자 죽이려 했다고 했는데 어떻게 살아나서 이렇게 장성했느냐?"

유 주부는 한참을 통곡하다가 기절했다. 원수는 행장을 급히 끌러 선녀가 준 실과를 유 주부에게 먹였다. 또 유 주부의 팔과 다리를 주물러 정신을 회복하게 했다. 유 주부가 정신을 회복하니 난데없는 맑은 기운이 청천일월 같았다. 유 주부는 아들의 손을 잡고 물었다.

"무슨 약을 얻었길래 이렇게 나를 구했느냐?"

황후와 태후는 주부가 회생함을 보고 급히 들어가 주부의 손을 잡았다.

"어찌 저리 귀한 아들을 두어 그대와 우리를 살려 내어 이곳에서 서로 만나 보게 하는고."

유 주부는 땅에 엎드려 말했다.

"이게 다 황상의 덕택입니다."

일행은 회포를 푼 뒤 서둘러 길을 떠났다. 일행이 양자강을 건너갈 때 남경이 장차 사만 오천육백 리라. 황주에 달려들어 요기療飢하고 나올 제, 멱라수 회사정에 있는 부친 글을 떼 버리고 황성으로 향했다.

한편 천자는 원수를 만리타국에 보내고 밤낮 한탄하고 천행으로 황후와 태후, 태자를 찾아올까 하여 축수했다. 이에 뜻밖에 원수가 장계를 올렸거늘 뜯어보니 이러했다.

'도원수 유충렬은 호국으로 들어가 호적을 함몰하고 황후, 태후, 태자를 모시고 오는 길에 포판으로 가 주부를 살려 내고 함께 본국으로 들어가는 중입니다.'

천자가 십 리 밖까지 나와 영접할 적에 황후와 태후가 달려들어 일변 반기며 일변 슬피 우니 차마 보지 못할 터이라. 태자가 복지하고 여쭈되 호국에 들어가 거의 죽을 뻔했는데 천행으로 원수를 만나 살아난 말을 아뢰었다. 포판에 들어가 주부를 살린 과정을 낱낱이 주달奏達 임금에게 아뢰 던 일하니 천자는 충렬의 등을 만지며 위로했다.

"옛날 삼국 시절에 유비, 관우, 장비가 도원결의했더니 과인도 경과 결의형제하리라."

그러자 유 주부가 엎드려 아뢰었다.

"소신은 연경으로 귀양 갔던 유심이옵니다. 자식의 힘을 입어 잔명이 살아나 폐하를 다시 뵈니 만행입니다. 폐하가 이렇듯 국사에 곤고하시되 소신의 충성이 부족해 죄사무석罪死無惜 죄가 무거워서 죽어도 안타깝지 아니함이로소이다."

천자는 유 주부란 말을 듣고 버선발로 뛰어 내려와 주부의 손을 잡았다.

"이게 웬 말인가! 회사정에서 죽은 줄로만 알았는데 어떻게 살아왔는가? 과인이 불명해 역적의 말을 듣고 무죄한 우리 주부를 만리 연경에 보내었으니 누구를 원망할까. 모두 다 과인이 불명한 탓이로다. 그대의 얼굴을 보니 죄 많은 이 몸이 무슨 면목이 있어 사죄할까. 그대에게 공덕을 갚을진대 살을 베어 봉양하고 천하를 반분한들 어찌 다 갚을까."

치사하고 함께 도성에 들어오니 어느 누가 송덕하지 않으며 어느 누가 축수하지 않겠는가. 반 백성이 대로마다 몰려나와 만세를 외치며 원수의 덕을 칭송하고 천자의 무병장수를 기원했다. 궁으로 돌아온 천자와 원수, 황후, 태후 등은 잔치를 열고 밤늦도록 전후 고생담을 설화했다.

이튿날 한담을 잡아다 구정뜰에 엎드리게 하니 유 주부는 천자 곁에 앉아 온갖 형벌을 갖추고 물었다.

"네 이놈 정한담아, 전상殿上 전각이나 궁전의 위을 쳐다보라. 나를 아느냐 모르느냐. 네 자칭 천자라 하더니 만승천자萬乘天子도 두 팔이 없느냐. 조그마한 유심의 아래에 복지하고 있구나. 너는 네 죄를 아느냐?"

한담이 대답했다.

"소신의 털을 빼어 죄를 논지해도 털이 모자라오니 죽여 주옵소서."

유 주부가 분부했다.

"한담의 목을 베라!"

명령이 떨어지자 나졸이 달려들어 한담의 목을 매어 수레 위에 높이 싣고 장안 대도상大道上으로 달려가며 소리쳤다.

"이봐 백성들아, 만고역적 정한담을 오늘 베려고 하니 백성들도 구경하라."

백성들이 한담을 죽이러 간단 말을 듣고 남녀노소 상하 없이 놈의 간을 내어 먹고자 하여 동편 사람은 서편을 부르고 남촌 사람은 북촌 사람을 불러 서로 찾아 골목골목에서 빈틈없이 나오며 한담을 에워쌌다. 수레소를 재촉해 사지를 나눠 놓으니 장안 만민이 벌 떼같이 달려들어 점점이 오려 놓고 간도 내어 씹어 보고 살도 베어 먹어 보며 유 원수의 높은 덕을 칭송했다. 각도 각관에 회시하고 최일귀와 정한담의 삼족을 다 멸하고, 천자는 삼 층 단에 올라 천제하고 유심의 직첩職牒 조정에서 내리는 벼슬아치의 임명장을 돋우어 금자광록태부金紫光祿太夫 대승상大丞相 연국공燕國公에 연왕燕王을 봉하고 옥새, 용포龍袍에 통천관通天冠을 상급하고 만종록을 주었다. 원수에게는 대사마大司馬 대장군 겸 승상 위국공을 봉해 만종록을 점지하고, 남은 장수와 군사들에게도 차례로 벼슬을 주니 천자를 축수하며 원수를 송덕하는 소리가 천지에 진동하더라.

하루는 원수가 천자에게 아뢰었다.

"천은이 망극하여 부자는 만났지만 모친은 어디로 갔는지 모르겠습니다. 옥문관에 적거한 강 승상은 죽었는지 살았는지 소식을 알지 못하고 강 낭자는 청수에서 죽었으니 어느 세월에 만나 볼 수 있을지 알 수 없습니다. 낭자가 부탁한 대로 옥문관에 찾아가 강 승상의 뼈를 거둬다 묻어 주고 회수에서 모친 제사를 지내고 강 낭자의 혼백을 위로하려 합니다. 그 후에 다른 데 취처娶妻 장가를 들어 아내를 얻음해 영화를 뵐까 하나이다."

천자가 비감하여 태후 전에 그 말을 고하니 태후는 강 승상의 고모라

이 말을 듣고 슬퍼하며 원수를 입시해 손을 잡고 울었다.

"강 승상은 나의 조카인데 지금까지 살아 있는지 몹시 궁금하다. 그대가 힘을 써 나의 몸은 살았지만 친정 일가는 강 승상 한 명뿐이라. 살았거든 데려오고 죽었거든 백골이나 주워 와 주오."

원수는 태후를 위로하며 강 승상 집에 머물렀던 전후 사정을 들려주었다. 태후가 놀라며 물었다.

"이게 웬 말인가. 만고 영웅 유충렬이 충신인 줄만 알았더니 나의 손녀 사위가 되었구나. 어서 가서 생사를 알고 그대의 모친과 나의 손녀를 위로해 제사를 지내고 돌아오게."

원수는 천자와 부왕에게 하직하고 군을 재촉해 서번국에 들어갔다. 서천 삼십육 도 군장들이 충렬의 재주를 알고 달려와 낱낱이 항복했다. 원수는 장대에 높이 앉아 군왕을 잡아내 일일이 수죄數罪 범죄 행위를 들추어 냄 하고 항서 삼십육 장을 연폭連幅 종이를 이어 붙임해 장계를 급히 쓴 뒤 남경으로 보냈다. 그런 다음 슬픈 마음 진정하고 성중으로 달려들어 수문장을 불러 천자의 공문을 보였다.

"적거한 강 승상이 어디 있느냐?"

수문장이 말했다.

"강 승상이 성중에 있었는데 십여 일 전에 남적이 달려들어 강 승상을 잡아내 호국으로 갔나이다."

원수는 이 말을 듣고 분심이 새로 나서 필마단검으로 남천 쪽을 바라보고 구름을 헤쳐 나는 듯이 달려 들어갔다. 호국 지경에 다다르니 분기 더욱 탱천해 격서를 보냈다.

이때 가달 왕은 남경에서 데려간 일등미색들을 좌우에 앉히고 갖은 풍악으로 날마다 즐겼다. 데려간 도사 마음이 산란해 천기를 살펴보니 남경 도원수가 지경으로 들어오거늘 크게 놀라며 왕에게 고했다.

"남경 도원수가 지경에 들어오면 어떻게 합니까?"

문무제신文武諸臣을 모아 방적을 의논할 새, 장하에 삼원 대장이 백금 투구에 흑운포를 입고 삼천 근 철퇴를 들고 구 척 장검을 좌우에 들고 계하에 엎드렸다.

"소장 삼 형제는 번약 석장동에 사는 마철 등인데 남경 유충렬이 들어온단 말을 듣고 불원천리不遠千里 왔사옵니다. 소장들에게 선봉을 주시면 충렬의 목을 베어 오겠습니다."

모두 보니 신장이 십 척이요, 기골氣骨이 엄장한지라. 가달 왕이 기뻐하며 마철을 선봉으로 삼고, 마웅은 중군을 삼고 마학은 후군으로 삼아 정병 팔십만을 조발해 석대산하에 유진留陣하고 도사와 문무백관文武百官을 거느리고 산에 올라 구경하더라.

이때 강 승상이 되놈에게 잡혀가서 험악이 극심하되 종시 항복하지 않자 호왕이 대로해 미구未久 얼마 오래지 아니함에 죽이려 하더라. 그 순간 뜻밖에 유 원수가 들어와 죽이지 못하고 전옥에 가두어 두고 주려 죽게 하는지라. 호왕이 남경에서 데려온 계집 하나가 되놈에게 종시 훼절毁節치 않고 일생 강 승상을 붙들고 떠나지 아니하고 밤마다 축원을 했다.

"유 원수 어서 와서 남적을 함몰하고 본국 사람을 살려 내어 부모 얼굴을 다시 보게 하옵소서."

이때 원수가 필마단창해 호국에 달려드니 석대산하에 천병만마千兵萬馬 유진했으며 검술을 희롱하고 의기양양하거늘 원수가 순식간에 달려들어 적진을 짓밟았다.

"네 이놈 가달 왕아, 강 승상을 해치지 마라!"

대장 마철이 출마해 원수와 싸웠지만 원수의 창검에 맞아 떨어지는지

라. 마웅, 마학은 제 형이 당하지 못할 줄 알고 일시에 달려들어 좌우로 쫓아오며 달려들었다. 그러나 일광주 용인갑은 천신의 수적手跡이요, 용궁의 조화라, 살 한 개 범하며 철환鐵丸 하나 맞을쏜가. 장성검 번개 되어 동천에 번듯하며 마철의 머리를 베고 남천에 번듯하며 마웅을 베고 중앙에 번듯 마학의 머리를 베었다. 원수는 적진 백만 대병을 순식간에 함몰하고 천사마를 재촉해 석대산하에 다다랐다. 호왕과 도사가 도망하는데 천사마 앞에 나는 제비도 가지 못하거든 하물며 사람이야 어찌 가리요. 경각에 달려들어 호왕을 치니 통천관이 깨어지고 상투마저 없어지는지라. 호왕이 벌벌 떨며 말했다.

"이는 내 죄가 아니라 모두 다 옥관 도사의 죄로소이다."

원수는 분한 중에 옥관 도사란 말을 듣고 물었다.

"도사는 어디에 있느냐?"

호왕이 일어나 앉아 도사를 가리키자 원수는 도사를 잡아내 꾸짖었다.

"너를 이곳에서 죽여 분을 풀고 싶지만 남경으로 잡아가 천자와 우리 부친 전에 바쳐 죽이리라."

하며 두 손목을 끊고 두 발을 끊어 수레에 실었다. 그런 다음 옥문을 깨고 승상을 부르니 승상과 조 낭자가 호왕이 자신들을 죽이려고 찾는 줄 알고 크게 놀라며 기절하는지라. 원수가 바삐 들어가 승상 전에 여쭈었다.

"진정하옵소서, 소자는 회사정에 만났던 유충렬이옵니다. 대명국 도원수가 되어 남적을 함몰하고 호왕을 잡고 도사를 사로잡아 이곳에 왔나이다."

승상이 혼몽 중에 충렬이란 말을 듣고 벌떡 일어나 앉아 보니 과연 충렬이 분명했다. 왈칵 달려들어 손을 잡고 통곡하며 하는 말을 어찌 다 측량할 수 있을까. 조 낭자 곁에 앉았다가 원수란 말을 듣고 앞에 달려들어 물었다.

"장군님이 어떻게 알고 와서 죽은 사람을 살려내어 고국산천과 부모 동생을 다시 보게 하니 이런 일이 또 있을까. 천자님도 살아 계십니까?"

원수는 대답하고 승상에게 말했다. 집을 떠나 백룡사 부처를 만나 전쟁 기계를 얻은 후에 남적을 함몰하고 온 일을 낱낱이 고하니 승상이 기뻐하며 칭찬하더라. 원수는 조 낭자에게 자초지종을 물은 후에 치사하고 함께 궐문에 들어가 격서를 써서 토번국에 보냈다. 번왕은 원수가 온다는 말을 듣고 황겁하여 항서를 쓰고 채단綵緞 온갖 비단을 갖추어 가달로 보냈다. 사신을 수죄하고 가달 왕과 번왕의 항서와 도사를 사로잡아 보내는 연유를 천자에게 장계하고 전일 가달 왕이 남경에서 데려간 미색들을 낱낱이 되찾았다.

이때 미색들이 고국을 생각하고 부모를 생각하며 밤낮으로 한탄했는데 원수를 만난 뒤에 전후좌우 나열해 원수 전에 백배치사하고 승상을 모시고 원수를 따라왔다. 준마 삼백 필에 미색들을 다 태우고 조 낭자는 옥교를 타고 강 승상 곁에 앉아 행군을 재촉했다. 여러 날 만에 회수에 다다르니 소연한심蕭然寒心 쓸쓸한 마음이 절로 났다. 전에 듣던 풍랑 소리는 사람의 간장을 다 녹이고 전에 보던 좌우 청산은 장부 한심을 돋웠다.

원수는 모친을 생각하며 백사장에 내려앉아 가슴을 두드리며 제물을 장만해 제사를 지내려고 했다. 번양 회수 들어갈 적에, 남만 오국에서 받은 금은 채단과, 옥문관에 두고 갔던 군사와, 데려오는 미색들이 행군해 번양 성중으로 들어오니 모두가 나와 환영했다. 태수가 바삐 불러 천금을 내어 주며 제물을 장만할 제, 온갖 어육을 갖추고 온갖 채소 등대等待 미리 준비하고 기다림해 백사장 십 리 뜰에 백포청장白布青帳 흰 배와 빛깔이 푸른 휘장을 둘러치고 제사를 준비하니 원수는 백의를 입고 백건白巾 백대白帶에 흰 갓을 쓰고 축문 일장 슬피 지어 회수 가로 나왔다.

이때 조 낭자는 목욕재계한 뒤 소복을 입고 향로香爐를 들고 원수를 배행陪行하며 물가에 나올 적에 고금이 다를쏘냐. 남경 도원수 회수에 빠져 죽은 모친을 위해 제사한다는 말을 듣고 남녀노소 모두 원수의 공덕을 치사하며 그 얼굴을 보려 했다. 원수는 제소祭所로 들어와 삼 층 단 높이 만들어 단상에 제물을 진설하고 조 낭자는 향로를 단상에 올려 놓고 낭자가 집사執事되어 분향하고 나오니 원수는 통곡하고 궤좌하며 독축讀祝축문을 읽음하더라.

"유세차維歲次 부경 십칠 년 갑자 이월 갑인삭甲寅朔 이십팔 일 신사辛巳에 남경 동성문 안에 사는 불효자 충렬은 모친 장씨 전에 예를 갖추어 해상고혼海上孤魂을 위로하오니 혼백이나 받으소서. 오호嗚呼슬플 때나 탄식할 때 내는 소리라! 우리 부모 연광이 반이 넘어 일점혈육이 없었기로 복중에 설운 마음 남악산에 정성 들여 천행으로 충렬을 낳아 놓고 애지중지 키워 내어 영화를 보려 했는데 간신의 해를 보아 부친이 만 리 연경으로 간 후에 모친만 모시고 있다가 피화避禍재화를 피함해 달아날 적에 이 물가에 다다르니 난데없는 해상수적海上水賊 사면으로 달려들어 우리 모친 결박한 뒤 풍랑 중에 내쳐 놓았다. 난리 통에 모친은 간데없고 천행으로 충렬만 살아나서 모친이 남긴 옥함을 얻었다. 전쟁 기계를 갖추어 도적을 함몰하고 정한담과 최일귀를 벤 후에 천자를 구완했다. 그 뒤 만 리 연경에 적거하신 부친을 모셔다가 천은을 입어 연왕이 되어 만종록을 받게 하고 남적을 소멸한 후에 강 승상을 살려 내고 이곳에 왔사오나 모친은 어디로 가셨는가. 호국에 갔던 부친은 살아왔는데, 옥문관 갔던 강 승상도 살아오고 호국에 잡혀갔던 고국 사람들도 살아오고 황후 태후 중한 옥체 번국에 잡혀갔다 살아왔는데 모친은 어디로 가고 살아올 줄 모르는가……."

하며 울음소리 용궁에 사무치니 들어선 수령 방백과 백성들이 방성통곡

하는 소리에 강천이 창망했다. 제祭를 파한 후에 온갖 음식을 많이 싸서

해상에 들이치고 성중에 들어와 군사를 호군하고 길을 떠나갈 새 각 읍

에 선문先文 도착 날짜를 미리 알리던 공문 놓고 금릉 성중에 득달해 숙소하고 군

사를 쉬게 하는지라.

이때 장 부인은 활인동 이 처사 집에 있으면서 세월을 보냈는데 하루

는 남경에 난리가 났단 말을 듣고 탄식했다.

"하릴없다. 이제는 주부가 속절없이 죽겠다. 우리 충렬이가 살아 있으

면 평난平亂 난리를 평정함하고 부모를 찾으련만 죽은 것이 확실하다." 하고

방성통곡했다. 마침 이 처사가 번양에 갔다가 대명국 도원수 유충렬이

회수에서 제사하는 말을 듣고 백성들 속에 섞여 함께 구경했다. 한데 원

수 축문 외는 소리를 듣고 급히 집으로 돌아와 장 부인에게 전후 본 것을

말하니 부인이 기뻐하며 서둘렀다.

"어서 가세, 내 아들 충렬이 살아왔네."

즉시 진중으로 달려가 아들 충렬을 얼싸안았다.

"네가 귀신이냐, 내 아들 충렬이냐. 내 아들 충렬은 회수에서 죽었는데

어떻게 살아온 것인가. 내 아들 충렬은 등에 삼태성이 표적으로 박혔느

니라."

원수가 급히 옷을 벗고 곁에 앉으니 과연 삼태성이 뚜렷이 박혀 있고 금

자로 새긴 것이 어제 본 듯 완연하니 서로 붙들고 방성통곡하는 정이 만

리 호국에서 부친 만날 때의 배나 더한지라. 뜻밖에 모자상봉했으니 인지

상정이 고금이 다르겠느냐. 죽은 부모 다시 만나 영화 보게 되었으니 반

갑고도 슬픈 정은 일구난설一口難說 내용이 복잡해 한마디로 설명하기 어려움이라.

이때 강 승상이 옥교를 가지고 활인동에 들어가 부인 전에 예하고 부인을 모셔 성중에 들어왔다. 구경하는 여인들이 옥교를 잡고 부인 전에 백배치하하고 송덕하는 소리에 산신령도 춤을 추고 강산도 즐기니 하물며 사람이야 말해 무엇할까. 부인이 낱낱이 위로하고 성안에 들어와 수일 즐기더니 길을 떠남에 이 처사 가권을 모두 다 거느리고 황성으로 올라갔다. 활인동 어구에 삼장 석비를 세워 자초지종을 기록하고 서천 삼십육 도 사신이며 남만 오국 금은 채단 만여 필을 앞세우고 남경 인물이며 군사 좌우에 나열하고 각도 각과 방백 수령 전후에 옹위한데 구경하는 사람조차 백 리에 연속하니 낭자한 거동은 천고에 처음이라.

원수가 모친과 승상을 모시고 길을 떠나 영릉을 바라보고 행군하며 올라갈 적에 일희일비 슬픈 마음이 절로 났다. 수중에 죽은 부모 다시 만났으나 강 낭자는 어디 가서 만나 볼까. 모친 보고 승상 보니 남궁가북궁수南宮歌北宮愁 남쪽 집에서는 노래하고 북쪽 집에서는 근심함이라. 모친은 옥교 안에서 희색이 만면했고, 승상은 수레 위에서 일희일비 슬픈 마음 처자를 생각하여 수심이 만면하더라. 원수는 줄곧 강 낭자를 생각하며 영릉 성중으로 들어오니 이 땅은 승상의 고토故土 고향 땅라. 슬픈 마음을 어찌 다 측량하리오. 객사에 숙소하고 월계촌 소식을 알고자 해 사오 일을 유련留連 차마 떠나지 못함하는지라.

한편, 강 낭자는 도망해 청수 가로 오다가 모친은 청수에 빠져 죽고 영릉 고을 관비에게 잡혀와 머무니 천한 기생 하는 행사가 예나 지금이나 다를쏘냐. 낭자로 하여금 태수의 수청을 드리고자 해 수양딸을 삼은 후에 무수히 훼절코자 한들 빙설 같은 맑은 절개 일시에 변하며 일월같이 밝은 마음 곤궁하다고 변할쏘냐. 이 꾀로 모피謀避 꾀를 써 피함하고 저 꾀로 모피하니 관장官長에게 욕도 보고 관비에게 매도 많이 맞으니 가련한 그

한결같은 마음은 차마 보지 못할 일이라.

이때 관비 딸 하나가 있었는데 제 몸은 미천하나 마음은 어질어 매일 강 낭자를 불쌍히 여겨 절개를 칭찬하며 제 어머니를 만류하고 낭자를 구완하며 매양 몸을 바꾸어 제가 수청하고 낭자는 구완해 살리는지라.

이때 유 원수 동헌東軒에 좌기하고 사오 일 유련할 제 관비가 생각하되,

'원수는 호걸이요, 낭자는 미색이라. 이런 때를 당해 수청을 드리면 원수의 혹惑한 마음이 천만 냥을 아낄쏘냐.'

급히 들어가 이날 밤에 낭자를 보내고자 하더니 저의 딸 연심이 이 기미를 알고 낭자더러 소곤거렸다.

"금야에 변을 당할 것이니 그대 생각해 사양치 말고 들어가면 내가 중로에 있다가 대신 들어갈 것이니 그리 알고 있으라."

이날 밤, 연심이 낭자를 내보내고 제가 들어가니 원수 등촉을 밝히고 낭자를 생각하며 금낭을 끌러 낭자의 글을 볼 제 일자일체一字一涕 한 글자 쓰고 울음 한 번 운다는 뜻으로, 슬퍼서 글을 제대로 못 씀을 이르는 말하니 한탄하고 그 밤을 지내는지라.

이때 낭자는 연심을 보내고 침실에 돌아와 원수를 생각하며 자탄自歎하고 잠 못 들어 생각했다.

'원수의 성명을 들으니 나의 낭군과 동명이라, 낭군이 적실하면 응당 월계촌에 들어가 우리 집 소식을 물으련만 월계촌을 아니 가니 답답하고 원통하다. 연심이 어서 나오면 진위를 알아보리라.'

이튿날 연심이 나오다가 제 어미를 만나니 관비 그 기미를 알고 대로하여 원수 전에 아뢰고 낭자와 연심을 죽이고자 하여 급히 들어가 문안하고 여쭈었다.

"소인의 딸이 얼굴이 절색이요, 태도 있는 고로 상공 전에 수청을 보냈더

니 제 몸은 피하고 다른 년이 대신 들어갔사오니 두 년을 치죄하옵소서."

원수가 대로해 소리쳤다.

"대신 온 년을 나입拿入 죄인을 법정으로 잡아들임하라!"

연심이 잡혀 들어 계하에 복지하니 원수가 물었다.

"너는 무슨 욕심으로 그런 짓을 했느냐, 죽을 때도 대신 갈까?"

연심이 말했다.

"소녀 비록 천비이오나 일생에 수절하는 사람을 불쌍히 여겼나이다. 수년 전에 어미가 외촌外村에 갔다가 어떠한 여자를 데려다가 수양딸을 삼아 동네마다 수청을 드리고자 했습니다. 그런데 그 여자의 굳은 절개가 청천에 일월 같고 삼동三冬에 촛불같이 변할 길이 없는 고로 소녀가 매양 구제하옵더니 마침내 상공이 행차하셨기에 그 여자를 구완해 대신 왔사오니 죄를 주옵소서."

원수는 이 말을 듣고 마음이 절로 비감하여 의심이 나 다시 물었다.

"그 여자의 성명이 무엇이며 절개 있다 하니 뉘 집 여자냐?"

연심이 대답했다.

"그 여자 소녀와 사오 년을 동거했지만 종시 자신의 성명을 모른다 하고 뉘 집이란 말을 안 했습니다."

원수가 고이 여겨 물었다.

"적실히 그러할진대 바삐 입시하라."

이때 낭자는 연심이 잡혀갔단 말을 듣고 신세를 자탄하더니 뜻밖에 관비 십여 명이 나와 잡아다가 계하에 복지하거늘 원수가 창문을 열고 낭자의 상을 보니 숙면熟面인 듯하고 심신이 비감해 자세히 보니 의상은 남루襤褸하나 기생妓生 되기 생심 밖이요, 천인 자식 아깝도다. 원수는 소리를 나직이 해 낭자더러 물었다.

"거동을 보니 천인 자식이 아니요, 여자의 말을 들었는데 수절을 한다 하니 뉘 집 자손이며 낭자는 누구건대 왜 수절을 하는지 자세히 말하라."

이때 낭자는 계하에 복지 해 원수의 말을 들으니 낭군과 이별할 때 하직하고 가던 말이 두 귀에 쟁쟁해 일분도 다름이 없는지라. 낭자가 전일은 도망해 왔기 때문에 거주성명을 속였는데 마음이 자연 비감해 진정으로 말했다.

"소녀는 강 승상의 무남독녀이옵니다. 부친이 만 리 연경에 귀양 간 유주부를 위해 상소했더니 만고역적 정한담이 충신을 모함해 승상을 옥문관으로 귀양 보내고 소녀와 모녀를 금부도사와 잡아갈 적에 야간도주하던 중 모친은 물에 빠져 죽고 소녀도 죽으려고 했사옵니다. 그때 영릉 관비가 외촌에 갔다 오는 길에 저를 데리고 와 이 집에 머물게 됐는데 갖은 고초 무릅쓰는 중에 연심의 도움을 얻어 이때까지 살았습니다. 그런데 오늘은 이 말을 원수 전에 고하고 자결코자 하나이다."

원수는 이 말을 듣고 당에 뛰어 내려서며 소리쳤다.

"이게 웬 말인가."

원수는 영릉 태수를 바삐 불러 강 승상을 오라 했다.

이때 강 승상이 처자를 생각해 잠을 못 자니, 몸이 곤해 졸고 있었다. 원수가 오란 말에 놀라서 들어오니 원수가 말했다.

"강 낭자가 살아왔나이다."

승상이 이 말을 듣더니 정신이 아득하고 천지가 캄캄한지라. 원수와 이별할 때 내어 주던 표를 내어놓고 상고相考 서로 견주어 고찰함하니 일호一毫 한 가닥의 털도 의심이 없는지라. 승상은 낭자의 목을 안고 물었다.

"내 딸 경화야, 청수에 죽었다더니 혼백이 살아왔냐. 꿈이냐 생시냐. 너의 낭군 유충렬이 왔으니 소식 듣고 찾아왔냐. 우리 집이 소沼가 되어 버들 푸른 가지 빈 터만 남았으니 슬픈 마음 어찌 다 진정하리."

원수가 낭자를 보고 하는 말이며 세세細細 정담情談을 어찌 다 기록할까.

이때 장 부인이 내동헌內東軒에 있다가 기별을 듣고 급히 나와 보니 낭자가 고부지례姑婦之禮로 문안하고 살아난 말을 자상히 하니 장 부인이 손을 잡고 말했다.

"세상 사람이 고생이 많다 하나 우리 고부 같을쏘냐."

이때 낭자를 데려간 관비 혼백이 상천上天하고 간장이 녹는 듯, 원수는 동헌에 높이 앉아 관비를 잡아들여 물었다.

"너를 죽일 것이로되, 너 같은 천기賤妓 년이 사람을 알아볼쏘냐? 청수에 가 낭자 구한 일로 방송하니 그 덕인 줄 알라."

그리고 연심을 불러 무수히 치사하고 보내려 하니 낭자가 곁에 앉았다가 청했다.

"연심은 백년 은인이어서 평생을 한가지로 지내고자 하니 황성으로 데려갑시다."

원수는 그 말을 옳게 여겨 연심을 불렀다.

"부인을 착실히 모셔라."

연심은 황공하게 여겼다. 원수가 전후사연을 낱낱이 기록해 나라에 장계하고 길을 떠날 때 장 부인은 금교를 타고 강 낭자와 조 낭자는 옥교를 타고 좌우로 모시고 강 승상은 수레를 타고 오국 사신이 모셨다.

청수 가에 다다르니 소 부인이 죽던 곳이라. 원수는 승상을 위해 영릉 태수를 바삐 불러 제물을 장만한 뒤, 승상을 주인 삼고 조 낭자는 집사되고 원수는 축관祝官 제사 때 축문을 읽는 사람 되어 독축하며 통곡하는 말이 회수에서 모친 제사할 때와 다름이 없더라. 제를 파하고 행군하며 나올 적에 천자와 황태후며 연왕과 조정에서 충렬을 가달국에 보내고 주야 생각하며 장 부인을 찾아오는가 하여 일야日夜 한탄했다. 그런데 뜻밖에 원수의 장계를 보고 즐거운 마음 측량없으며 장안 백성이 이 말을 듣고 각각 자식을 보려고 다투어 나오더라.

천자와 태후와 연왕이 백 리 밖까지 나와 맞을 새 원수의 위엄을 보니 금교 옥교 떠오는데 강 낭자는 좌편이요, 조 낭자는 우편이라. 좌우 청정青旌 푸른 깃발 고였는데 금수단錦繡緞 양산陽傘 비단으로 만든 햇빛 가리개대는 반공에 솟았도다.

이때 장안 만민이 남적에게 잡혀갔던 며느리며 딸이며 동생들이 본국에 돌아온단 말을 듣고 호산대 십 리 뜰에 빈틈없이 마주 나와 각각 만나 옥수玉手 나삼羅衫 부여잡고 그리던 그 정곡情曲 간곡한 정 못내 즐겨 하며 울음소리 웃음소리 반공에 뒤섞이어 호산대가 떠나갈 듯 원수를 치사하고 장 부인을 치사하는 소리 낭자해 요란했다. 금산성 밑에 다다르니 천자와 황태후 옥연玉輦에 바삐 내려 장막 밖에 나섰다. 원수가 갑주를 갖추고 군례軍禮로 현신하니 천자와 태후 원수의 손을 잡고 못내 치사했다.

"과인의 수족을 만리타국에 보내고 밤낮 염려했는데 이렇듯이 무사히 돌아오니 즐거운 마음 어찌 다 칭찬하며 회수에서 죽은 모친 데려온다 하니 만고에 없는 일이며 옥문관에 강 승상과 청수에 죽은 강 낭자를 살려오니 천추에 드문 일이라. 그대의 은혜는 백골난망이라. 그 말이야 어찌 다하리오."

황태후도 원수를 치사한 후에 강 승상을 부르니 승상이 바삐 들어와 복지했다. 천자가 내려와 승상의 손을 잡고 위로했다.

"과인이 불명해 역적의 말을 듣고 충신을 원방에 보냈으니 무슨 면목으로 경을 대면하리오. 그러나 왕사往事 지나간 일는 물론勿論 말할 것도 없음하오."

이때 황태후가 승상을 보고 하는 말이야 어찌 다 말로 하리.

이때 연왕은 다른 사처私處 개인이 사사로이 거처하는 곳에 있다가 장 부인이 금교를 타고 오는 것을 보고 마음이 허공에 떠서 충렬이 나오기를 고대했다. 원수는 천자에게 물러 나와 부왕 전에 아뢰었다.

"불효자 충렬이 남적을 소멸하고 오는 길에 회수로 와 제사를 올리다가 천행으로 모친을 만나 이렇게 왔나이다."

연왕이 반가움을 측량치 못해 물었다.

"너의 모친이 어디 오느냐?"

이때 장 부인이 모장毛帳 장막 밖에 있다가 주부의 말소리를 듣고 반가운 마음을 어떻게 할 수 없어 달려 들어가니 연왕이 부인을 붙들고 물었다.

"그대 일정 장 상서의 따님인가. 멀고 먼 황천길에 죽은 사람도 살아오는 법이 있는가. 회수 만경창파 중에 백골이 되었을 적에 어떤 사람이 살려 왔나. 어느 집 자손이 모셔 왔나. 충렬아, 네가 정녕 살려 왔나."

북방 천리만리 호국 땅에서 잡혀 죽게 된 유 주부와 만경창파 회수 중에 십 년 전에 잃은 장씨 다시 만나 즐길 줄 어느 누가 알았을까. 또 일곱 살 자식을 환란 중에 잃었더니 다시 만나 영화 볼 줄 꿈속에서나 생각할까. 장 부인이 석장동 마철의 집에 잡혀갔던 일이며, 옥함을 가지고 야간 도망해 환魂을 만나던 일이며, 옥함을 물에 놓고 죽으려 하다가 활인동이 처사의 집에서 살아난 일을 낱낱이 말했다.

천자를 모시고 성중에 들어올 새 자식 만나 치하하는 소리며, 만조제신滿朝諸臣 하례賀禮하는 말을 어떻게 다 기록하리.

이때 황후와 태후가 강 낭자를 입시해 전후 사정을 물을 적에, 부인이 고생한 말을 낱낱이 하고 서로 울며 장 부인이 치사하기를 마지아니하더라.

이때 원수가 천자와 부왕을 모셔 황극전에 전좌하고 오국 사신 예를 받아 문목수죄問目數罪 죄목을 따져 물음한 연후에 옥관 도사를 잡아들여 계하에 엎드리게 하고 문초했다.

"간사한 도사 놈아, 네 전일 정한담에게 말하기를 천재일시千載一時 천 년 동안 단 한 번 만난다는 뜻으로, 좀처럼 만나기 어려운 좋은 기회를 이르는 말라 급격물실急擊勿失 급하게 쳐서 때를 놓치지 말아야 함하라더니 어찌 조그마한 유충렬을 못 잡아서 너희 놈들이 먼저 다 죽느냐?"

도사가 말했다.

"패군지장敗軍之將 싸움에 진 장수은 불가이어용不可而語勇 가히 용맹을 말할 수 없음이라 하니, 죽은들 무슨 한이 있으리까."

원수는 그놈의 재주에 탄복하고 군사를 재촉해 장안시에서 처참한 후에 오국 사신을 각각 돌려보냈다. 그런 다음 황성 동문 밖 인가를 다 헐어 별궁을 지은 후에 직첩을 돋울 새, 산동 육국에서 들어오는 결총結總 토지세 징수의 기준이 된 논밭 면적의 전체 수은 모두 다 연왕에게 부치고 원수에게 남평 여원 양국 옥새를 주어 남만 오국을 차지해 녹을 부치게 했다. 또한 대사마 대장군 겸 승상 인수印綬 병권을 가진 무관이 발병부 주머니를 매어 차던 끈를 주어 슬하를 떠나지 못하게 했다. 장 부인을 정렬부인 겸 동궁야후東宮耶后 동궁의 어머니 연국 왕후를 봉해 경양궁에 거처하게 하고, 강 승상에게 달왕 직첩을 주어 빈사지위賓師之位 빈객의 대우를 받는 지위에 있게 했다. 강 부인으로 하여금 정숙부인 겸 동궁후 언성 왕후에 봉해 봉황궁에 거처하게 하고 활인동 이 처사로 하여금 간의태부諫議太夫 도훈관都訓官에 이부 상서吏部尚書를 겸해 육조를 다스리게 했다. 또한 영릉 관비 연심으로 하여금 남평왕의 후궁으로 봉해 봉황궁에서 강 부인을 모시게 하니 백성의 칭송이 천지에 진동하더라. 🖊

유충렬전

✍️ 작품 정리

- **작가** 미상
- **갈래** 국문 소설, 영웅 소설, 군담 소설
- **성격** 비현실적, 우연적
- **배경** 시간 – 중국 명나라 때 / 공간 – 명나라 조정과 중국 대륙
- **시점** 3인칭 전지적 작가 시점
- **구성** '발단 – 전개 – 위기 – 절정 – 결말'의 5단계 구성
- **특징** • '기이한 출생 – 시련과 고난 극복 – 투쟁과 승리'라는 영웅 소설의
            일반적 구조를 취함
          • '천상계 – 지상계'의 이원적 공간을 설정함
          • 충신과 간신의 대립을 그림
- **주제** 가문을 일으키고 나라를 구한 영웅의 충정
- **의의** 영웅의 일생이라는 유형적 구조를 가장 충실하게 그린 대표적인 영
            웅 소설임
- **출전** 완판본 『유충렬전』

✍️ 구성과 줄거리

- **발단** **유심과 부인 장씨가 뒤늦게 자식을 얻음**
         중국 명나라 영종 황제 즉위 초, 자식이 없어 고민하던 유심 부부는 정
         성껏 치성을 드린 후 사내아이를 얻게 되고, 이름을 충렬이라고 짓는
         다. 충렬은 문무를 겸비한 훌륭한 청년으로 성장한다.

- **전개** 유심은 모함을 입고 조정에서 쫓겨남

　　반란의 기회를 엿보던 정한담과 최일귀는 눈엣가시나 다름없던 유심을 모함해 귀양을 보낸다. 이에 유심의 가족은 뿔뿔이 흩어지고 충렬은 하늘의 도움으로 목숨을 건져 부친의 옛 동료인 강희주의 사위가 된다. 그러나 강희주 역시 유심의 누명을 벗기려고 상소했다가 귀양 가게 되고 그의 가족 역시 사방으로 흩어진다.

- **위기** 오랑캐가 나라를 유린하고 전국이 도탄에 빠짐

　　조정의 힘이 약해지자 사방에서 오랑캐가 들고 일어난다. 그들 가운데 남적과 북적, 가달 등이 반기를 들고 남경으로 쳐들어온다. 정한담과 최일귀는 대적하러 나갔다가 오히려 항복하고 반란의 우두머리가 되어 명나라를 공격한다.

- **절정** 충렬은 뛰어난 활약으로 적을 무찌름

　　천자가 옥새를 바치고 막 항복하기 직전에 난데없이 한 장수가 나타나 도술로 적장의 목을 벤다. 그는 다름 아닌 충렬이다. 충렬은 뛰어난 무예로 오랑캐 무리를 소탕하고 호왕에게 잡혀간 황후와 태후, 태자를 구출해 돌아온다. 돌아오는 길에 아버지 유심과 장인 강희주도 연이어 구출한다.

- **결말** 나라는 평화를 되찾고 충렬은 부귀를 누림

　　전쟁이 끝나고 나라는 평화를 되찾는다. 충렬은 헤어졌던 어머니와 아내까지 되찾고 높은 벼슬에 올라 세세토록 부귀영화를 누린다.

🖉 생각해 보세요

1 이 소설은 당시 시대적 상황과 어떤 연관이 있는가?

　　이 소설은 임진왜란과 병자호란으로 나라가 황폐해진 가운데 창작된 작품이

다. 전란 이후 백성들 사이에는 불안감과 패배 의식이 가득했고 하루속히 나라가 안정되기를 바랐다. 이 소설은 그런 민중 심리를 반영하고 있으며, 악인에 대한 통렬한 복수와 징계를 통해 고난에 대한 보상 심리를 드러내고 있다.

2 천자, 유심, 강희주의 세 가족이 이별하고 재회하는 모습 속에 담긴 의미는 무엇인가?

이 소설은 정치적 암투로 인해 가족 구성원이 생이별하면서 겪는 고난과 재회의 과정을 담고 있다. 천자의 일가, 유심의 일가, 강희주의 일가가 처한 상황은 안정된 삶을 영위하지 못하는 하층민의 비극성과 별로 다르지 않다. 특히 천자 일가의 고난을 그림으로써 무능력한 왕권을 비판하려는 의도를 드러내고 있다.

3 이 소설에 나타난 주술적 상상력이란 무엇인가?

주인공 유충렬은 천상의 신선으로 지내다가 죄를 짓고 지상으로 내려온 인물이다. 등장인물들은 선녀가 가지고 온 천상의 과일을 먹고 기력을 찾기도 하고 난이 닥칠 때마다 꿈을 통해 현실의 위험을 예고받기도 한다. 전투에 나선 유충렬은 신선의 도술 같은 파괴력으로 오랑캐들을 정벌하고 나라와 가정의 안위를 보존한다. 이러한 환상성은 도교적인 상상력과 민간의 주술적 신앙이 결합되어 현실에서 이루지 못하는 일을 이루고자 하는 바람에서 나타난 것이다.

인물관계도

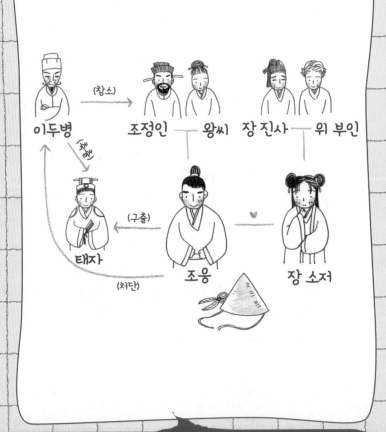

저(조웅)의 아버지(조정인)는 이두병의 참소로 세상을 떠나셨어요. 저와 어머니(왕씨)는 이두병을 피해 도망 다녔지요. 이두병은 임금이 죽자 어린 태자를 유배 보냈어요. 저는 도인을 만나 무술을 익히고 장 소저와 혼인했지요. 이후 위왕을 도와 서번을 격파한 후 태자를 구출했어요. 황성에서 이두병 일파를 처단하고 태자를 복위시켰답니다.

조웅전 趙雄傳

• 앞부분 줄거리

중국 송나라 문제文帝 중국 전한의 제5대 황제 때 공신功臣이자 좌승상인 조정인은 간신인 우승상 이두병의 참소를 입고 음독자살한다. 황제는 조 승상의 죽음을 애석히 여긴 나머지 조 승상의 아들 조웅을 궁중으로 불러들여 태자와 함께 있게 한다. 태자는 조웅을 형제처럼 사랑하게 되었는데, 이두병은 후환이 두려워 천자의 사랑을 받고 있는 조웅을 죽이려 한다. 이후 문제는 세상을 떠나고 태자가 황제로 등극한다. 이에 간신 이두병은 권세를 마음껏 부리다가 마침내 어린 황제를 외딴섬으로 축출하고 스스로 황제가 된다. 하루는 조웅이 거리에 나가서 이두병에 대한 욕을 거리에 써 붙이고 돌아온다. 그날 밤 조웅의 어머니는 이두병이 조웅을 죽이려 하는 꿈을 꾼 뒤 아들을 데리고 피신한다.

황제와 여러 신하들은 보고 나서 놀라며 분기등등憤氣騰騰 분한 마음이 몹시 치밀어 오름했다. 우선 경화문 관원을 잡아들여 그때 잡지 못한 죄로 곤장을 쳐서 내치고는 크게 호령하며 조웅 모자를 결박하고 잡아들이라 하니 장안이 분분했다. 관원들이 조웅의 집을 에워싸고 들어가니 인적이 고요하고 조웅 모자는 없었다.

관원들이 돌아와서 도망한 사연을 아뢰니, 황제는 서안書案 책상을 치며 크게 노해 대신들을 매우 꾸짖어 말했다.

"조웅 모자를 잡지 못하면 조신朝臣 조정에서 벼슬살이를 하고 있는 신하에게 중죄를 내릴 것이니 바삐 잡아 짐의 분을 풀게 하라."

하니 여러 신하가 두려워하며 매우 급하게 장안을 에워쌌다. 그러나 황성皇城 황제가 있는 나라의 서울 삼십 리를 겹겹이 싸고 곳곳을 뒤져 본들 벌써 삼천 리 밖에 있는 조웅을 어찌 잡으리오. 끝내 잡지 못하니 황제는 분기를 참지 못하고 크게 호령했다.

"우선 충렬묘에 가서 조정인의 화상畫像을 가져오라."

관원이 명을 듣고 말을 달려 충렬묘에 가서 화상을 찾으니 또한 없는지라. 관원은 황망히 돌아와 화상이 사라진 연유를 아뢰어 보고했다. 황제는 서안을 치고 좌불안석하며

"경화문 관원을 다시 잡아들여라."

했다. 곁에 있던 신하들은 마음이 급해 넋을 잃은 채 분주하더라.

순식간에 경화문 관원을 잡아들이니, 황제가 매우 화가 나 '불문곡직하고 끌어내어 효시梟示 죄인의 목을 베어 장대 끝에 매달아 여러 사람에게 보이는 형벌하라' 하니, 즉시 끌어내어 목을 매단 후에 아뢰니 또 명을 내렸다.

"충렬묘와 조웅의 집을 다 불태워라."

하고도 침식寢食 잠자는 일과 먹는 일이 불안하더라. 이에 여러 신하가 여쭈었다.

"웅은 여덟 살 어린아이고 그 어미는 여인이라서 멀리 못 갔을 것입니다. 각 도의 고을에 급히 공문을 보내면 우물에 든 고기를 잡듯 할 수 있을 것입니다. 폐하께서는 근심하지 마소서."

황제도 옳다고 여겨 각 도의 고을에 행관行關 관아에 공문을 보내던 일해 '조정 관료나 백성을 막론하고 조웅 모자를 잡아 바치면 천금의 상과 함께 만

호후^{萬戶侯}에 봉할 것이리라' 했다. 각 도에서 행관을 보고 방방곡곡에 지휘해 조웅 모자 잡기를 힘쓰더라.

이즈음에 조웅 모자는 배에서 내려 선동^{仙童}이 일러 준 대로 한 산을 넘어가니 인가가 많고 송죽이 빽빽한 고요하고 깨끗한 마을이 있었다. 마을 앞에 앉아 인물을 구경하니 사람의 거동이 유순하고 한가하더라.

조웅 모자는 우물가에서 물 긷는 사람에게 물을 얻어 마시고 여러 사람에게 하룻밤 지내기를 청했다. 그 가운데 한 사람이 인도해 한 집을 가리켜 주더라. 그 집에 들어가니 적막하고 고요해 남자는 없고 다만 나이 많은 여인과 젊은 처녀만 있거늘, 모자가 나아가 예를 표하고 방 안을 둘러보니 매우 맑고 깨끗해 사람의 모습이 비칠 듯하더라.

나이 많은 여인이 물었다.

"부인은 어디에 살고 있으며 어디로 가십니까?"

부인이 대답했다.

"신수가 불길해 일찍 남편을 여의고, 또 가정에 화를 만나 신명^{身命}신과 생명을 도망치듯 어린 자식을 데리고 갈 곳 없이 다니던 중에, 천우신조로 주인을 만난 것입니다. 이곳은 어디오며 마을 이름은 무엇이옵니까?"

주인이 말했다.

"계량섬 백자촌이라 합니다."

하고 딸을 시켜 저녁밥을 지어 왔다. 음식이 소담한 데다 종류가 많고 향기가 좋은지라. 모자가 포식하고 주인을 향해 무수히 치사^{致謝}고맙고 감사하다는 뜻을 표시함하니, 주인이 도리어 사양했다.

"변변치 못하게 차린 밥으로 큰 인사를 받으니 오히려 마음이 불편하옵니다."

부인은 더욱 치사하고 바깥주인의 유무를 물었다. 주인이 길게 탄식하며 말했다.

"저의 팔자는 참으로 기박합니다. 남편은 일찍 계량 태수를 지내다 이 마을이 한적하고 외진 곳이기에 이 집을 지었지요. 그런데 오십 후에 딸 하나를 두고 별세했습니다. 그 뒤 저희는 고향에 돌아가지 못하고 이곳에 정착해 살고 있습니다."

부인은 주인의 처지를 듣고 탄식했다. 그 뒤 조웅 모자는 그 집에 머물렀다. 둘은 몸은 편하나 고향을 생각할 때면 상심하고 근심한 마음이 저절로 일어났다. 일월이 무정해 세월이 점점 저무는데 객지에서 해를 보내니 층층한 수회愁懷 근심스러운 회포와 무한한 분기는 비할 데 없더라.

세월이 여류如流 물의 흐름과 같음해 부인의 나이는 마흔이요 웅은 아홉 살이라. 원래 백자촌은 백 가지 약초가 나서 마을 사람들이 이를 팔아 생계를 유지하기 때문에 마을 이름을 백자촌이라 했다. 하루는 주인이 부인에게 그윽이 이르기를,

"꿈 같은 세상에 부평초 같은 인생이 백 세를 편히 살아도 여한이 무궁합니다. 그런데 부인의 나이는 방년芳年 꽃다운 나이이요, 곤궁하기가 막심하니 세상의 궁박窮迫 몹시 가난해 구차함을 혼자서 지고 어떻게 살려 하십니까?"

부인이 웃으며 대답했다.

"나도 세상이 덧없고 허무한 줄 알고 있습니다. 내 신세가 이러하고 남은 생이 멀지 않았으니 이제 얼마나 살겠습니까? 자식이 있으니 후사를 잇는 것만 생각하고 남은 목숨을 보전하는 중입니다."

주인이 말하기를,

"부인의 말씀이 참혹하고 불쌍해 차마 보기 어렵사옵니다. 천지가 생

겨날 때 청탁淸濁 맑음과 흐림을 아울러 이르는 말을 가려서 사람과 만물을 구분해 만들 때 각각 짝을 정해 음양의 즐거움을 이루었습니다. 부인은 무슨 일로 인연이 끊어진 남편을 생각하며 무정한 세월을 재미없이 보내십니까? 흐르는 세월이 백발을 재촉하면 후회해도 돌이킬 수 없고 다시 젊어지기가 어렵습니다. 내가 한 가지 청하는 바가 있습니다. 내 사촌이 이 마을에 사는데 젊은 나이에 부인을 잃고 마땅한 혼처를 정하지 못해 밤낮으로 배필을 찾아 구하고 있습니다. 하늘이 인연을 보내어 부인을 만나게 되니 제 마음이 흡족합니다. 부인은 늙은이의 말을 욕되다 여기지 마시옵소서. 빙설 같은 정절을 잠깐 굽히시면 부귀가 극진하고 무궁한 즐거움을 생전에 누릴 것이니 깊이 생각하옵소서."

부인은 이 말을 듣고 이마가 서늘하고 분한 기운이 치밀어 올랐다. 늙은이의 말이기에 진정하고 변색하며 대답했다.

"고향을 떠나면 천해진다 하지만, 어찌 사람의 심정을 모르고 욕설로써 창부 대접하듯 하십니까? 인간의 천성이 같을망정 각자 가진 마음은 다릅니다. 욕설이 이러할진대 어찌 살고 싶은 마음이 있겠습니까?"

하고 노기가 등등하니, 주인은 물러앉아 부인이 말을 듣지 않을 줄 알았다는 듯이 다시 달랬다.

"저는 부인의 어려운 신세를 불쌍히 여겨 이른 말이옵니다. 이토록 성내시니 오히려 제가 부끄럽습니다."

하고 갖가지로 달래서 성난 기운을 풀게 했다. 부인은 이 말을 들은 후로 행여 무슨 화가 있을까 밤낮으로 염려했다. 하지만 늙은 주인은 저의 사촌에게 부인과 수작하던 말을 이르고 '그 마음이 빙설 같아 돌이킬 방도가 없겠다'고 했다. 사촌은 본디 강포强暴 몹시 우악스럽고 사나움한지라, 이 말을 듣고는 분하게 여겨 대답했다.

"아직은 그냥 두십시오. 그물에 든 고기이니 장차 어떻게 할 도리가 있을 것입니다."

하루는 조웅이 부인에게 말했다.

"우리가 여기에 온 지 거의 일 년입니다. 황성의 소식이 망연하옵고, 또한 이런 깊은 골짜기에 묻혀 있으면 사람이 우매해지고 심장이 상합니다. 소자는 나가서 두루 다니며 황성 소식도 듣고 선생을 정해 공부도 하고 싶습니다."

부인도 욕설을 들은 후로 더이상 머물 뜻이 없었는데 웅의 말을 듣고,

"내 마음이 설령 편하다고 해도 어찌 너를 보내고 이곳에서 혼자 머물겠느냐? 나와 함께 가자."

하고 이튿날 행장을 꾸려 주인에게 하직下直 먼 길을 떠날 때 웃어른께 작별을 고하는 것했다.

"주인의 은혜가 하해河海 큰 강과 바다를 이름 같은데 조금도 갚지 못하고 떠나기가 매우 안타깝습니다. 은혜를 한 사람에게만 끼치기가 어렵사오니 떠나려 하옵나이다."

불시에 길을 나서니 주인은 망연히 손을 잡고 이별을 슬퍼했다. 주인은 후일에 다시 만날 것을 당부했고 부인도 못내 슬퍼하며 길을 떠났다.

부인은 웅을 데리고 조금씩 조금씩 걸어 수십 리를 갔다. 발이 붓고 기운이 다하자 웅이 모친의 거동을 보고 짐을 모두 합쳐 지었다. 겨우 십 리를 가서 주점을 찾아 쉬고 또 이튿날 짐을 갈라 지고 반나절이 되도록 갔으나 주점이 없는지라. 배가 매우 고프고 힘이 다해 길가에 앉아 있었더니 마침 말 탄 사람이 다가왔다. 웅이 반겨 먹을 것을 청하니 그 사람이 말에서 내려 말했다.

"내 집이 가까우면 함께 갔으면 좋으련만 어찌할 수 없구나."

하고 **바랑**등에 지고 다니는 자루 모양의 큰 주머니에서 다과를 내어 주었다. 웅이 치
사하고 다과를 가지고 돌아와 모자가 먹으니 배고픔을 겨우 면할 수 있
었다.

이러구러이력저력 일이 진행되는 모양 삼 일 만에 한곳에 이르니 그곳은 해산
현 옥구역이라. 해가 아직 남아 있으나 발이 붓고 몸이 피곤해 쉬려고 들
어가니 그 마을 사람들이 모여 말하기를,

"새 황제께서 각 도 고을에 공문을 보내 '조웅 모자를 잡아 바치면 천
금의 상과 만호후에 봉할 것이라' 하니 우리도 천행으로 그들을 잡으면
벼슬을 할 수 있을 것이다."

하고 행인들을 살피곤 했다. 웅의 모자는 이 말을 듣고 가슴이 섬뜩하고
정신이 없었다. 급히 몸을 숨겨 그 역촌 마을을 떠나 도망가니 피곤한 기
색도 없어지고 걷기 어렵던 발도 아프지 아니한지라. 깊은 산중에 들어
가 바위 아래에 숨어 서로 붙들고 울며 말하기를,

"이제는 어느 곳에 가더라도 죽은 목숨이니 어찌하리오."

하며 무수히 통곡하니 그 정상情狀 딱하거나 가엾은 상태은 차마 헤아리지 못
할러라. 곧 날이 저물어 밤이 되니 때는 춘삼월이라. 온갖 꽃이 만발하고
수목이 울창한데 어두운 밤 적막 산중에 어디로 가리오. 바위를 의지하
며 밤을 지샐 때 승냥이와 이리가 울고 호랑이와 표범이 오았으나 조금
도 두렵지 아니한지라. 이윽고 삼경에 뜬 달이 나무 그늘로 내려와 은은
히 비추어 천봉만학千峰萬壑 수많은 산봉우리와 골짜기을 그림으로 그려냈다. 무
심한 잔나비원숭이의 울음소리는 나그네의 심정을 더욱 슬프게 하고, 한
을 품은 두견새는 꽃떨기에 눈물을 뿌려 점점이 맺어 두고 우니, 슬프다!
두견새 울음소리에 맺힌 심사를 생각하니 우리와 같도다! 이러한 공산空
山 사람이 없는 산중에 아무리 철석鐵石 간장인들 울지 않고 어이하리.

부인은 웅을 붙들고 무수히 통곡했다. 울음소리에 청산이 찢어지는 듯하고 목석이 다 서러워하는 것 같은지라. 애통하며 밤을 지내니 하룻밤 사이에 눈이 붓고 얼굴이 크게 상해 다른 사람 같더라. 날이 밝은들 어디로 갈 것인가. 또한 기갈飢渴 배고픔과 목마름이 심해 한 걸음도 옮길 기운이 없는지라. 부인은 기운이 다해 우거진 수풀 위에 누워 있었다. 웅은 비록 어리지만 꽃을 꺾어 가져다가 부인에게 드리니 부인이 말하기를,

"아무리 배가 고픈들 이것이 어찌 요기가 되겠느냐?"

하고 서러워했다. 이때 무슨 소리가 나기에 한편 반기며 한편 겁을 내어 살펴보니 대여섯 명의 여승이 오고 있었다. 부인이 여승에게 물어 말하기를,

"어느 절에 계시며 어디로 가십니까?"

하니 한 여승이 묻기를,

"부인은 어디에 사시길래 이런 산중에 외로이 계십니까?"

부인은 말했다.

"길을 잃고 이곳에 들어왔는데 기갈이 심해 오가지도 못하고 이렇게 앉아 있습니다."

여승들은 불쌍히 여겨 각각 가진 다과와 밥 두어 그릇을 주었다. 모자는 감사히 받고 사례하며 말했다.

"죽게 된 인생을 구해 주셨으니 은혜를 잊지 않겠습니다. 그런데 이곳에서 절까지는 얼마나 됩니까?"

여승들은,

"산중에는 절이 없고 저희들이 있는 절은 여기에서 백여 리쯤 되는 곳에 있는데 험한 산길을 어찌 가시겠습니까? 저희들이 절에 가는 길이라

면 모시고 가고 싶으나 이 고을 태수가 새로 부임해서 문안 가는 길이라 형편상 어쩔 수 없사옵니다. 이 길을 수십 리를 가면 마을이 있사오니 그곳으로 가소서."

라고 말하고는 길을 떠났다. 조웅 모자는 여승들과 하직하고 돌아와 밥을 나누어 먹었다. 밥을 다 먹고 웅이 떠나기를 재촉하자 부인이 말했다.

"어디로 가자는 말이냐? 가는 길에 반드시 관원들에게 잡힐 것이니 어찌 남의 손에 죽으리오. 차라리 이 산중에서 굶어 죽는 것이 낫다."

하니 웅이 말했다.

"사람의 목숨은 하늘에 달렸사옵니다. 하늘이 죽이면 죽을 것이요, 살리면 살 것입니다. 그런데 어찌 사람을 두려워해 이 산에서 짐승의 밥이 되고자 하십니까? 조금도 염려하지 마시고 마을로 나가시옵소서."

웅은 부인에게 가기를 재촉했다. 부인이 슬퍼하며 말했다.

"너는 앞으로 목소리를 크게 내지 말아라. 우리 둘이 길을 가면 반드시 행색으로 인해 잡힐 것이니 어찌 두렵지 않겠느냐? 내가 생각해 보니 행색을 다르게 하면 좋을 듯하다. 나는 삭발해 중이 되고 너는 상좌^{上佐}가 되면 어느 누가 알겠느냐?"

웅이 말하기를,

"목숨을 보전하는 것도 중요하지만, 어찌 유한한 머리카락을 없애오리까?"

부인이 달래어 말하기를,

"삭발을 한들 본래 중이 아닌데 행색에 무슨 상관이 있으랴? 너는 추호도 걱정하지 말아라. 나는 결단코 삭발하리라."

하니 웅이 울며 말했다.

"굳이 그렇게 하신다면 소자도 삭발하겠습니다."

"참으로 답답하구나. 어린아이가 삭발을 하면 사람들이 이상히 여겨 또한 의심할 것이다. 너는 그런 의심받을 행동을 하겠다고 하니 어찌 그리 미련한 것이냐."

웅은 부인이 뜻을 굽히지 않을 것임을 알고,

"그렇게 하도록 하십시오."

라고 말했다. 부인은 행장 속에서 가위를 꺼낸 뒤 웅에게 주며 말했다.

"나의 머리를 깎아라."

하니 웅은 가위를 들고 머리를 깎으려 했으나 눈물이 솟아나 차마 깎지를 못했다. 웅이 계속 통곡하자 부인이 크게 책망하며 말하기를,

"내가 여태까지 살아 있는 것은 다 너를 위해서다. 너는 비회悲懷 슬픈 회포를 없애고 나를 위로해야 옳거늘, 네가 먼저 나의 비회를 자아내고 말을 듣지 않고 거역하니, 내가 어찌 살겠느냐?"

하니 웅이 울음을 그치고 가위를 잡아 머리를 깎았다. 웅은 어머니의 그 모습을 차마 보지 못해 가위를 던지고 어머니의 머리를 안고 통곡했다. 이 모습은 마치 목석이 눈물을 머금고 일월이 빛을 잃은 것 같더라.

부인과 웅은 서로의 머리를 만지며 무수히 통곡했다. 부인은 웅의 눈물을 닦아 주고 어루만져 달래며,

"웅아, 울지 마라. 내 마음 둘 데가 없구나."

하고 옥 같은 뺨 위에 흐르는 눈물을 거두지 못하는지라. 웅은 울음을 그치고 어머니를 위로하며 말하기를,

"너무 서러워 마시고 마음을 진정하소서."

부인은 마지못해 정신을 차리고 행장 속에서 의복을 꺼냈다. 장삼을 지어 입고 머리에 고깔을 쓰니 웅이 모친의 거동을 보고 엎드려 통곡하더라. 부인은 슬픈 마음을 이기지 못하며 웅을 붙들고 무수히 달래어 앞

세웠다. 죽장竹杖을 짚고 마을로 내려오니 누가 이들을 알아보겠는가. 조웅 모자는 그 뒤로 마을에 나아가 밥을 빌어먹고 다니더라.

• 뒷부분 줄거리

유랑하던 조웅 모자는 다행히 월경 도사를 만나 강선암으로 들어가 의탁하게 된다. 그 뒤 조웅은 병법과 무술을 전수받는다. 조웅은 강선암으로 돌아가던 도중 장 진사 댁에서 유숙하다가 우연히 장 소저와 만나 혼인을 약속한다. 이때 서번西蕃 지금의 티베트이 침입하자 조웅이 이를 물리친다. 한편 황제를 자칭한 이두병은 조웅을 잡기 위한 군대를 일으키지만 도리어 조웅에게 연패한 끝에 사로잡히고 만다. 섬으로 귀양 간 황제는 다시 복귀해 이두병 일파를 처단하고 조웅을 제후로 봉한다. ✐

조웅전

📝 작품 정리

- **작가**   미상
- **갈래**   국문 소설, 영웅 소설, 군담 소설
- **성격**   영웅적, 초현실적
- **배경**   시간 – 18~19세기 / 공간 – 중국
- **시점**   3인칭 전지적 작가 시점
- **구성**   '발단 – 전개 – 위기 – 절정 – 결말'의 5단계 구성
- **특징**   • 고사성어와 한시 등을 빈번하게 사용함
  - • 연도에 따라 사건을 기술하는 연대기적 서술임
- **주제**   진충보국盡忠報國 충성을 다해 나라의 은혜를 갚음과 자유연애 사상

📝 구성과 줄거리

- **발단**   **조웅의 위기**

  충신 조 승상은 간신 이두병의 참소로 자살한다. 이에 천자는 조 승상의 아들 조웅을 궁중으로 불러 태자와 함께 지내게 한다. 이두병은 조웅을 죽이려 하고 조웅의 어머니는 아들과 함께 피신한다.

- **전개**   **조웅의 탈출**

  천자가 죽고 태자가 곧바로 왕위에 오르지만 이두병은 어린 황제를 외딴섬으로 보내 버린다. 조웅은 도승을 만나 무술을 익히고 장 진사의 딸과 혼인한다.

- 위기　태자를 구출함

　　조웅은 변방의 오랑캐 서번이 위국을 침략해 오자 위왕을 도와 서번
　　을 격파한다. 그 뒤 남해 절도로 가서 태자를 구출한다.

- 절정　이두병을 공격함

　　조웅은 명장들을 규합해 이두병이 임명한 지방 관리들을 차례차례
　　처치한 뒤 이두병의 군대마저 물리친다.

- 결말　태자의 복위

　　조웅은 위왕과 연합해 수십만 대군을 이끌고 황성으로 쳐들어간다.
　　조웅은 이두병 일파를 처단하고 태자를 복위시킨다. 황제로 복위한
　　태자는 조웅을 제후로 봉한다.

🖉 생각해 보세요

1 이 작품의 구성상 특징은 무엇인가?

　　이 작품은 연대기적 서술 방식을 취하고 있다. 이는 객관적인 서술 태도를 유
　지하기 위한 장치로 볼 수 있다. 또한 다양한 한시를 삽입해 작품 속에서 구성
　의 변화를 주고 있다. 이로 인해 구성이 다소 복잡한 인상을 주지만 전체적으
　로 통일성을 이루고 있다.

**2 이 작품은 완판본, 경판본, 안성판본으로 다양하게 간행될 만큼 인기가 높
았다. 원인은 무엇인가?**

　　이 작품은 주인공이 고난을 극복하고 빼앗긴 황제의 자리를 되찾는다는 큰
　줄거리 안에서 영웅의 활약상을 그리고 있는 영웅 소설이다. 정권과 싸워 이
　긴다는 설정은 당대의 정치 현실에 거부감을 지닌 독자들의 울분을 해소하기
　에 충분했을 것이다. 또한 당시의 관습을 뛰어넘는 자유연애 사상을 그리고
　있다는 점에서 독자의 호기심을 자극하기에 충분했다.

인물관계도

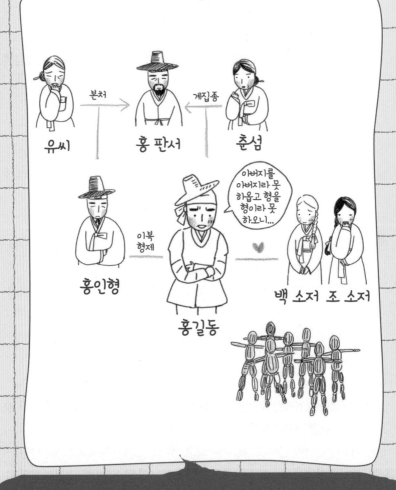

저(홍길동)는 어머니(춘섬)가 계집종이었다는 이유만으로 천대를 받으며 자랐어요. 호부호형을 하지 못하니 마음속에 한이 쌓이더군요. 아버지(홍 판서)의 첩(초란)이 저를 없애려 해서 집을 떠나 활빈당의 두목이 되었어요. 백 소저, 조 소저와 혼인한 저는 부친의 삼년상을 마친 뒤 율도국의 왕이 되었답니다.

홍길동전 洪吉童傳

조선조 세종 때에 한 재상이 있었는데 성은 홍이요, 이름은 아무개였다. 대대로 명문거족의 후예로서 어린 나이에 등과^{登科}해 벼슬이 이조 판서에까지 이르렀다. 명망이 조야^{朝野}에 으뜸인 데다 충효까지 겸비해 그 이름을 온 나라에 떨쳤다. 그는 일찍이 두 아들을 두었다. 맏이는 이름이 인형인데 본처 유씨^{柳氏}가 낳은 아들이고, 둘째는 이름이 길동으로서 시비^{侍婢} 곁에서 시중을 드는 계집종 춘섬의 소생이었다.

길동이 태어나기 전, 공^公이 낮잠에 들었다가 꿈을 꾸었다. 갑자기 천둥 벼락이 진동하며 청룡이 수염을 곤두세우고 공을 향해 달려들기에 놀라 깨어나니 꿈이었다. 공은 마음속으로 크게 기뻐하며 생각했다.

'용꿈을 꾸었으니 반드시 귀한 자식을 낳을 것이다.'

하고 즉시 내당으로 들어가니, 부인 유씨가 일어나 맞이했다. 대낮인 것을 생각하지 않고 공이 잠자리에 들려 하니 부인은 정색을 하고 말했다.

"상공께서는 위신을 생각지 않으시고 어찌 어리석고 경박한 사람처럼 행동하려 하십니까? 첩은 따를 수 없습니다."

부인은 말을 마치고 손을 떨쳐 버렸다. 공은 몹시 무안해 외당^{外堂} 사랑으로 나와 부인의 지혜롭지 못함을 탄식했다.

이때 마침 시비 춘섬이 들어와 차를 올리는데 그 자태와 얼굴 생김이 고운지라 조용한 때를 틈타 춘섬을 협실夾室 곁방로 이끌고 들어가 바로 관계했다. 그 무렵 춘섬의 나이 열여덟이었다. 춘섬은 한 번 몸을 허락한 후에는 문밖에 나가지 않고 몸조심을 했다. 공은 춘섬을 기특하게 여겨 애첩으로 삼았다.

과연 춘섬은 그달부터 태기가 있어 열 달 만에 옥동자를 낳았는데, 아기의 기골이 비범해 실로 영웅호걸의 기상이었다. 공은 한편으로 기뻐하면서도 정실부인의 몸에서 태어나지 못한 것을 안타깝게 여겼다.

길동이 점점 자라 여덟 살이 되자 총명함이 보통 사람을 뛰어넘어 하나를 들으면 백 가지를 알 정도였다. 공은 길동을 애지중지했으나 출생이 천해, 길동이 호부호형呼父呼兄하면 즉시 꾸짖어 그렇게 부르지 못하게 했다. 길동은 열 살이 넘도록 감히 아버지를 아버지라, 형을 형이라 부르지 못했다. 길동은 종들로부터 천대받는 것을 뼈에 사무치게 한탄하면서 마음 둘 바를 몰랐다.

추구월에 달은 고요하고 가을바람 소슬해 사람의 심회心懷 마음속에 품고 있는 생각이나 느낌를 돋우었다. 길동은 서당에서 글을 읽다가 문득 책상을 밀어내고 탄식하며 말했다.

"대장부가 세상에 태어나서 공맹孔孟 공자와 맹자을 본받지 못할 바에야, 차라리 병법이라도 익혀 대장인大將印 장수의 신분을 나타내는 도장을 허리춤에 비껴 차고 동정서벌東征西伐 여러 나라를 정복함해 나라에 큰 공을 세우고 이름을 만대에 빛냄이 장부의 할 일이 아니겠는가? 나는 어찌하여 일신이 적막하고 부형이 있는데도 아버지를 아버지라 부르지 못하고 형을 형이라 부르지 못해 심장이 터질 듯하니 이 어찌 통탄할 일이 아니겠는가!"

하고 뜰에 내려와 검술을 익히고 있었다. 이때 마침 공은 달빛을 구경하러 나왔다가 길동이 배회하는 것을 보고 즉시 불러 물었다.

"너는 무슨 흥興이 있어서 밤이 깊도록 잠을 자지 않느냐?"

길동은 공경하는 자세로 대답했다.

"소인은 달빛을 즐기는 중입니다. 그런데 만물이 생겨날 때부터 오직 사람이 귀한 존재인 줄 아옵니다만 소인에게는 귀함이 없사오니 어찌 사람이라 하겠습니까?"

공은 그 말뜻을 짐작했지만 짐짓 책망하는 체하며 말했다.

"그게 무슨 말이냐?"

"소인은 대감 정기를 받아 당당한 남자로 태어났습니다. 또 부생모육지은父生母育之恩 아버지는 낳으시고 어머니는 기르신 은혜이 깊사옵니다. 그러나 아버지를 아버지라 못 하옵고 형을 형이라 못 하오니, 어찌 사람이라 하겠습니까?"

길동은 이렇게 말하고 눈물을 흘렸다. 공은 비록 길동이 불쌍하다는 생각은 들었으나 그 마음을 위로하면 마음이 방자해질까 염려되어 크게 꾸짖어 말했다.

"재상 집안에 천비의 소생이 너뿐이 아닌데, 너는 어찌 이다지 방자하게 구느냐? 앞으로 다시 이런 말을 하면 내 눈앞에 서지도 못하게 하겠다."

길동은 감히 한마디도 더 하지 못하고 다만 땅에 엎드려 눈물을 흘릴 뿐이었다. 공이 물러가라 하자, 그제야 길동은 침소로 돌아와 슬퍼해 마지않았다. 길동은 본래 재주가 뛰어나고 도량이 활달해 마음을 가라앉히지 못했다. 밤마다 잠을 이루지 못하더니 하루는 모친 침소에 가 울면서 아뢰었다.

"소자와 어머님이 전생의 연분으로 금세에 모자가 되었으니 그 은혜가 지극하옵니다. 그러나 소자의 팔자가 기박해 천한 몸이 되었으니 품은 한이 깊사옵니다. 장부가 세상에 살면서 남의 천대를 받을 수는 없는지라 설움을 억제하지 못하고 어머님 슬하를 떠나려 하오니, 엎드려 바라건대 어머님께서는 소자를 염려치 마시고 귀체를 잘 돌보십시오."

길동의 모친은 듣고 나서 크게 놀라며 말했다.

"재상가의 천한 출생이 너뿐이 아닌데, 어찌 마음을 좁게 먹어 어미 간장을 태우느냐?"

길동이 대답했다.

"옛날 장충의 아들 길산은 천한 출생이었지만 열세 살에 그 어머니와 이별하고 운봉산에 들어가 도를 닦아 이름을 후세에 전했습니다. 소자도 그를 본받아 세상을 벗어나려 하오니 어머니는 안심하시고 후일을 기다리십시오. 근간에 곡산댁의 눈치를 보니 상공의 사랑을 잃을까 하여 우리 모자를 원수같이 여기는 듯하옵니다. 잘못하면 큰 화를 입을 것 같사오니 어머니는 소자가 나감을 염려하지 마십시오."

길동의 말에 춘섬은 슬픔을 억누르지 못했다.

원래 곡산댁은 곡산 지방의 기생으로 공의 첩이 되었던 것인데 이름은 초란이었다. 초란은 교만 방자해 자기 마음에 맞지 않으면 공에게 고자질을 일삼으므로 집안에 폐단이 무수했다. 이런 가운데 자신은 아들이 없는데 춘섬은 길동을 낳아 공으로부터 늘 귀여움을 받으니 속으로 시기해 길동을 없애 버릴 마음만 먹고 있었다.

하루는 초란이 흉계를 꾸미고 무녀를 불러 말했다.

"내가 편히 살려면 길동을 없애는 수밖에 없다. 만일 내 소원을 이루어 주면 은혜를 후하게 갚겠다."

무녀가 듣고 기뻐하며 대답했다.

"지금 홍인문 밖에 관상을 잘 보는 여자가 있는데 사람의 상을 한번 보면 전후 길흉을 판단한다고 합니다. 그 사람을 청해 소원을 자세하게 말하십시오. 그 뒤 공께 소개해 그녀로 하여금 전후사를 자신이 본 듯 이야기하게 하면 공이 속아 넘어가 길동을 없애고자 할 것이니 그때를 틈타 이리이리하면 어떻겠습니까?"

이에 초란은 크게 기뻐하며 먼저 은전 오십 냥을 주고 관상녀를 불러 오도록 했다.

이튿날 공이 내실에 들어와 부인과 더불어 길동의 비범함을 이야기하면서 신분이 천함을 안타까워하고 있었다. 이때 한 여자가 들어와 마루 아래서 인사를 하자 공은 이상히 여겨 물었다.

"너는 누구인데 무슨 일로 왔느냐?"

"소인은 관상을 보는 사람이온데 우연히 상공 댁에 오게 되었사옵니다."

공은 여자의 말을 듣고 길동의 장래를 알고 싶어 즉시 길동을 불러서 보였다. 여자는 길동의 상을 보다가 놀라며 말했다.

"이 공자의 상을 보니 천고 영웅이요, 일대 호걸이지만 지체가 부족하니 다른 염려는 없을 듯합니다."

하고 더 말을 하지 못하고 주저하기에 공과 부인이 크게 의심이 나서 재촉했다.

"무슨 말인지 바른 대로 이르라."

관상녀는 마지못하는 척하며 주위 사람들을 내보내고 말했다.

"공자의 상을 보니, 마음속에 조화가 무궁하고 미간에 산천 정기가 영롱해 실로 왕이 될 기상입니다. 장차 장성하면 온 집안이 멸하는 화를 당할 것이오니 상공께서는 유념하십시오."

공이 듣고 나서 놀란 나머지 한참 동안이나 묵묵히 있다가 마음을 진정시키고 일렀다.

"사람의 팔자는 피하기 어려운 것이니 너는 이런 말을 어디에도 누설해서는 안 된다."

이렇게 당부하고는 돈을 주어 보냈다.

그 뒤로 공은 길동을 산에 있는 정자에 머물게 하고 행동거지 하나하나를 엄하게 감시했다. 길동은 이런 일을 당하자 설움이 더욱 북받쳤지만, 육도삼략六韜三略 중국의 오래된 병서이라는 병법과 천문 지리를 공부하며 마음을 다스리고 있었다. 공은 이 사실을 알고 크게 근심하며 말했다.

"이놈이 본래 재주가 있으니 만일 분에 넘친 마음을 품게 되면 관상녀의 말과 같이 될 것인데 이를 장차 어찌하랴?"

이때 초란은 길동을 없애고자 거금을 들여 자객을 매수했는데 그 이름이 특재였다. 초란은 특재에게 전후 사정을 자세히 일러 주고는 공에게 가서 아뢰었다.

"며칠 전 관상녀가 얘기한 것이 귀신 같으니 길동의 앞일을 어떻게 처리하려 하십니까? 저도 놀랍고 두려우니 길동을 일찍 없애 버리는 것이 나을 듯하옵니다."

공은 이 말을 듣고 눈썹을 찡그리면서 말했다.

"이 일은 내가 알아서 할 터이니 너는 번거롭게 굴지 마라."

초란을 이렇게 야단치고 물리치기는 했으나 공은 마음이 산란해 밤이면 잠을 이루지 못하더니 병이 나고 말았다. 부인과 좌랑 인형이 크게 근심되어 어찌할 바를 모르고 있는데 초란이 곁에서 모시고 있다가 말했다.

"상공의 병환이 위중하심은 길동으로 인한 것입니다. 저의 좁은 소견으로는 길동을 죽여 없애면 상공의 병환도 완쾌되실 뿐 아니라 가문도 보존할 것이온데 어찌 이 점을 생각하지 않으시는지요?"

부인이 말했다.

"아무리 그렇다 해도 부모 자식 사이는 천륜이거늘 차마 어찌 그런 짓을 하겠느냐."

초란이 또 말했다.

"듣자오니 특재라는 자객이 있는데 사람 죽이기를 주머니 속 물건 잡듯 한답니다. 그에게 거금을 주고 밤에 들어가 해치게 하면 상공이 아셔도 어쩔 수 없을 것이오니 부인은 잘 생각해 보십시오."

부인과 좌랑은 눈물을 흘리며 말했다.

"이는 차마 못할 짓이지만 첫째는 나라를 위함이요, 둘째는 상공을 위함이며, 셋째는 홍씨 가문을 보존하기 위함이니, 너의 생각대로 하려무나."

초란은 크게 기뻐하며 특재를 불러 사정을 자세히 이야기하고 오늘 밤에 급히 일을 행하라 했다. 특재는 이를 수락하고 밤이 되기를 기다렸다.

한편 길동은 원통한 마음에 산속 정자에 잠시도 머물고 싶지가 않았다. 그러나 상공의 명이 지엄하므로 어쩔 수가 없어 밤마다 잠을 설치고 있었다. 그런데 그날 밤, 촛불을 밝혀 놓고 『주역』을 읽고 있는데, 까마귀가 세 번을 울고 가는 것이었다. 길동은 이상한 예감이 들어 혼잣말을 했다.

"까마귀는 본래 밤을 꺼리거늘 저렇게 울고 가니 매우 불길한 징조로다."

길동은 잠시 『주역』의 팔괘로 점을 쳐 보고는 크게 놀라 책상을 밀치고 둔갑법으로 몸을 숨긴 채 동정을 살폈다. 사경四更 새벽 한 시에서 세 시 사이쯤 되자 한 사람이 비수를 들고 천천히 방문으로 접근했다. 길동은 급히 몸을 감추고 주문을 외웠다. 홀연 방 안에 한 줄기의 음산한 바람이 일어나면서 집은 간 데 없고 첩첩산중이 되었다. 크게 놀란 특재는 길동의 조화인 줄 알고 비수를 감추며 피하고자 했으나 갑자기 길이 끊어지면서 층암절벽이 앞을 가로막아 오도 가도 못하는 처지가 되었다. 사방으로 방황하고 있는데 어디선가 피리 소리가 들리기에 정신을 차리고 살펴보니 어린 소년이 나귀를 타고 오다가 피리 불기를 그치고 꾸짖었다.

"너는 무슨 일로 나를 죽이려 하느냐? 무죄한 사람을 해치면 어찌 천벌이 없겠느냐?"

하고 주문을 외우니 홀연히 검은 구름이 일어나며 큰비가 쏟아지더니 모래와 자갈이 날리었다. 특재가 정신을 가다듬고 살펴보니 길동이었다. 길동의 재주가 대단하다고는 여기면서도 '어찌 나를 대적하리오' 하고 달려들면서 소리쳤다.

"너는 죽어도 나를 원망하지 마라. 초란이 무녀와 관상녀를 시켜 상공과 의논하게 하고 너를 죽이려 한 것이니, 어찌 네가 나를 원망하겠는가?"

길동은 분함을 참지 못해 요술로 특재의 칼을 빼앗아 들고 호통을 쳤다.

"네가 재물을 탐내어 사람 죽이는 것을 능사로 여기니 너같이 무도한 놈을 죽여서 후환을 없애겠다."

하고 한 번 칼을 휘두르니 특재의 머리가 방 가운데 떨어졌다. 길동은 분노를 이기지 못해 이날 밤에 바로 관상녀를 잡아다 특재가 죽어 있는 방에 밀어 넣고 꾸짖었다.

"너는 나와 무슨 원수를 졌기로 초란과 짜고 나를 죽이려 했느냐?"

하고 칼로 목을 베니 처참하기 그지없었다.

이때 길동은 두 사람을 죽이고 하늘을 살펴보니 은하수가 서쪽으로 기울어지고 달빛이 희미하고 삭풍朔風 겨울철 북풍이 불어 대므로 마음이 더욱 울적해졌다. 길동은 분함을 이기지 못해 초란마저 죽이고자 하다가 상공이 사랑하는 여자라는 데 생각이 미치자, 칼을 던지고 달아나 목숨이나 건지기로 마음먹었다. 바로 상공 침소로 가 하직下直 먼 길을 떠날 때 웃어른께 작별을 고하는 것 인사를 올리고자 하는데 마침 공도 창밖의 인기척을 이상히 여겨 창문을 열고 살펴보니 길동이었다. 공은 길동을 불러 말했다.

"밤이 깊었거늘 네 어찌 자지 않고 이렇게 방황하느냐?"

길동은 땅에 엎드려 아뢰었다.

"소인이 일찍 부모님께서 낳아 길러 주신 은혜를 만 분의 일이라도 갚을까 했는데 집안에 불의한 사람이 있어 상공께 참소하고 소인을 죽이고자 하기에 겨우 목숨은 건졌으나 상공을 오래 모실 길이 없어 오늘 상공께 하직을 고하옵니다."

공은 크게 놀라 물었다.

"무슨 변고가 있기에 어린아이가 집을 버리고 나가겠다는 거냐?"

"날이 밝으면 자연히 아시게 되려니와 소인의 신세는 뜬구름과 같사옵니다. 상공의 버린 자식이 어찌 갈 곳을 두겠습니까?"

길동은 두 줄기 눈물을 흘리며 말을 이루지 못했다. 공은 그 모습을 보고 불쌍한 마음이 들어 타일렀다.

"내 너의 품은 한을 짐작하겠으니 오늘부터는 호부호형을 허락하겠다."

길동이 절하고 아뢰었다.

"소자의 한 가닥 지극한 한을 아버지께서 풀어 주시니 죽어도 한이 없습니다. 엎드려 바라옵건대 아버지께서는 만수무강하시옵소서."

이렇게 말하고 하직하니 공은 붙잡지 못하고 다만 무사하기만을 당부했다. 길동은 또 어머니 침소로 가서 작별 인사를 했다.

"소자는 이제 슬하를 떠나려 하오나 다시 모실 날이 있을 것이니 어머니는 그 사이 귀체를 보존하소서."

춘섬은 길동의 말을 듣고 무슨 변고가 있음을 짐작하나 굳이 묻지는 않고 하직하는 아들의 손을 잡고 통곡하며 말했다.

"네 어디로 가려 하느냐? 한집에 있어도 거처하는 곳이 멀어 늘 보고 싶었는데 이제 너를 정처 없이 보내고 어찌 잊을 수 있겠느냐. 부디 쉬이 돌아와 만날 수 있기를 바란다."

길동은 하직하고 문을 나와 멀리 바라보니 첩첩산중에 구름만 자욱했다. 정처 없이 발길을 옮기는 모양이 가련했다.

한편 초란은 특재에게서 소식이 없음을 이상하게 여기고 사람을 시켜 사정을 알아보았다. 사람이 알아보니 길동은 간데없고 특재와 관상녀의 시신만 방 안에 있더라는 것이었다. 이에 혼비백산하여 급히 부인에게 달려가 알리니 부인은 크게 놀라 좌랑을 불러 이 일을 말하고 공에게도 고했다. 공은 대경실색하며 말했다.

"길동이 밤에 와 슬피 하직하기에 이상하다 여겼더니 결국 이런 일이 벌어졌구나."

이에 좌랑은 감히 숨기지 못해 초란의 계교를 아뢰었다. 공은 더욱 분노해 초란을 내쫓고 조용히 둘의 시체를 없앤 후에 종들을 불러 이런 말을 입 밖에 내지 말라고 당부했다.

이 무렵 길동은 부모와 이별하고 정처 없이 떠돌다가, 어떤 경치 좋은 곳에 이르렀다. 인가를 찾아 점점 들어가니 인가는 없고 큰 바위 밑에 돌문이 닫혀 있었다. 가만히 그 문을 열고 들어가자 넓은 평원광야가 나타나는데 거기에는 수백 호의 집들이 즐비하게 들어서 있고 여러 사람이 모여 잔치를 벌이며 즐기고 있었다. 알고 보니 그곳은 도적의 소굴이었다. 길동이 굴 안에 들어서자 한 사람이 길동을 보고 예사롭지 않다는 듯 반겨 말했다.

"그대는 어떤 사람이기에 이곳에 찾아왔소? 이곳에는 영웅이 모여 있으나 아직 우두머리를 정하지 못하고 있소. 그대가 만일 용력勇力 뛰어난 역량이 있어 참여할 마음이 나면 저 돌을 들어 보시오."

길동은 도적의 말을 듣고 다행히 여기며 절하고 말했다.

"나는 서울 홍 판서의 서자 길동인데 집에서 천대받기 싫어 아무 데나 정처 없이 다니다가 우연히 이곳에 들어왔소. 마침 모든 호걸이 나와 동료가 되기를 바라니 반갑기 그지없거니와 장부가 어찌 저만한 돌 들기를 걱정하겠소."

하고 천 근이나 되는 돌을 번쩍 들어 수십 보를 걷다가 던지니 그 광경을 지켜본 도적들이 일시에 칭찬했다.

"과연 장사로다. 우리 수천 명 중에 이 돌을 드는 자가 없었는데 오늘 하늘이 도와 장군을 내려 주셨구나."

그들은 길동을 윗자리에 앉힌 뒤, 차례로 술을 권하며 백마를 잡아 그 피로써 맹세하면서 언약을 굳게 맺었다. 이에 모든 무리가 일시에 응낙하고 온종일 즐기며 놀았다. 그 뒤 길동은 여러 사람과 더불어 무예를 닦아 수개월 안에 군법을 엄히 세웠다.

하루는 사람들이 한 가지 제안을 했다.

"우리는 예전부터 합천 해인사를 쳐 재물을 빼앗고자 했으나 지략이 부족해 실천에 옮기지 못했는데 장군님 의견은 어떠하신지요?"

길동이 웃으며 말했다.

"내가 장차 출동할 것이니 그대들은 내 지휘대로만 하라."

하고 푸른 도포에 검은 띠를 매고 나귀 등에 올랐다.

"내가 그 절에 가서 동정을 살펴보고 오겠다."

이렇게 말하고 가는 뒷모습은 완연한 재상가 자제였다.

길동은 절에 들어가 주지에게 먼저 말했다.

"나는 서울 홍 판서 댁 자제요. 이 절에 공부를 하려고 왔는데 내일 백미 이십 석을 보낼 것이니 음식을 깨끗이 장만하시오. 당신들과 함께 먹겠소."

하고 절 안을 두루 살펴보며 뒷날을 기약하고 동구를 나오니 모든 중이 기뻐했다.

길동은 돌아와 백미 수십 석을 보내고 부하들을 불러 놓고 말했다.

"내가 아무 날 그 절에 가 이리이리할 것이니 그대들은 뒤를 따라와 이리이리하라."

그날이 다가와 길동은 부하 수십 명을 데리고 해인사에 당도했다. 중들은 길동을 반가이 맞이했다. 길동은 노승을 불러 물었다.

"내가 보낸 쌀이 부족하지는 않았소?"

"어찌 부족하겠습니까. 너무 황감했습니다."

길동은 맨 윗자리에 앉아 모든 중을 청해 각기 상을 받게 하고 먼저 술을 마시며 차례로 권하니 모든 중이 황감해했다.

길동은 음식을 먹다가 모래를 슬그머니 입에 넣고 깨물었다. 그 소리가 크게 나니 중들이 듣고 놀라 사과를 했다. 길동은 일부러 화를 내어 꾸짖었다.

"음식을 어찌 이다지도 깨끗하지 않게 했소? 이는 반드시 나를 깔보고 업신여기는 짓이오."

길동은 부하들을 시켜 모든 중을 한 줄에 결박해 앉혔다. 중들이 겁이 나서 어쩔 줄을 몰라 했다. 이윽고 도적 수백 명이 일시에 달려들어 모든 재물을 제 것 가져가듯 했다. 중들은 보고 입으로만 소리 지를 따름이었다. 마침 외출했던 불목하니_{절에서 밥 짓고 물 긷는 일을 하는 사람}가 돌아오다가

이 사태를 보고 관가에 알렸다. 이에 합천 원貟 고을 수령은 관군을 뽑아 도적들을 잡아오게 했다. 군관 수백 명이 도적을 쫓다가 문득 소리가 나는 곳을 보니 송낙여승이 쓰는 모자을 쓰고 장삼 입은 중이 산에 올라가 외치고 있었다.

"도적이 저 북쪽으로 난 작은 길로 가고 있으니 빨리 가 잡으시오."

관군들은 그 중이 말한 대로 북쪽 작은 길 쪽으로 찾아갔지만 도적을 잡지 못하고 날이 저문 후에야 돌아갔다. 길동은 부하들을 남쪽의 큰길로 보내고 홀로 중의 차림으로 관군을 속여 무사히 소굴로 돌아왔다. 부하들은 이미 재물을 가져다 놓고 기다리고 있었다. 부하들이 모두 일어나 사례하자 길동은 웃으며 말했다.

"장부가 이만한 재주도 없어서야 어찌 여러 사람의 우두머리가 되리오."

그 뒤 길동은 이 도적의 무리를 일러 활빈당이라 칭했다. 활빈당은 조선 팔도로 다니며 각 고을 수령이 불의로 모은 재물이 있으면 탈취했다. 또 혹 가난하고 의지할 데 없는 사람이 있으면 구제하되, 백성의 재물은 하나라도 범하지 않고 나라의 재산에는 추호도 손을 대지 않았다. 부하들은 길동의 뜻에 감복해 마지않았다.

어느 날 길동은 활빈당을 모아 놓고 말했다.

"탐관오리인 함경 감사가 백성을 착취해 백성이 견딜 수 없게 되었다. 우리가 그대로 둘 수 없으니 그대들은 나의 지휘대로 하라."

하고 아무 날 밤으로 약속을 정하고, 하나씩 몰래 들어가 남문 밖에 불을 질렀다. 감사는 크게 놀라며 불을 끄라 하니 관리며 백성이 한꺼번에 달려 나와 불을 끄고 다녔다.

이때 활빈당 수백 명이 함께 성안으로 달려들어 창고를 열고 곡식과 무기를 찾아내 북문으로 달아나니 성안이 물 끓듯 시끄러웠다. 감사는 뜻밖의 변을 당해 어쩔 줄을 몰라 했다. 날이 밝은 후에 살펴보고서야 창고의 무기와 곡식이 없어졌음을 깨닫고 크게 놀라 도적 잡기에 전력을 기울였다. 그런데 홀연 북문에 방이 붙었는데 다음과 같았다.

'아무 날 성안의 돈과 곡식을 훔친 자는 활빈당 당수 홍길동이라.'

이를 본 감사가 군사를 징발해 도적들을 잡으려 했다.

한편 길동은 여러 부하와 함께 곡식을 많이 훔쳤으나 행여 길에서 잡힐까 염려해 둔갑법과 축지법을 써서 처소에 돌아오니 날이 새고 있었다.

길동이 하루는 여러 부하를 모아 놓고 말했다.

"이제 우리가 합천 해인사에 가 재물을 탈취한 일과 또 함경 감영에 가 돈과 곡식을 훔쳤다는 소문이 파다하다. 나의 이름이 감영에 붙었으니 오래지 않아 잡히기 쉬울 것이다. 그러나 그대들은 마음 쓸 것이 없으니 이제 나의 재주를 보라."

길동은 즉시 짚으로 일곱 사람을 만들었다. 주문을 외워 혼백을 불어넣었다. 곧 일곱 명의 길동이 한꺼번에 벌떡벌떡 일어나 팔을 뽐내며 크게 소리치고 한곳에 모여 야단스럽게 지껄이니 누가 진짜 길동인지 알수가 없었다. 이들 길동은 팔도에 하나씩 흩어졌는데 각각 사람 수백 명씩을 거느리고 다녀 어느 것이 진짜인지 가려낼 도리가 없었다.

이들 여덟 길동은 팔도를 돌며 바람과 비를 불러일으키는 술법을 부려 각 고을 양곡을 하룻밤 사이에 종적 없이 털어 내었다. 또 지방에서 서울로 올려 보내는 봉물封物 예전에 시골에서 서울 벼슬아치에게 선사하던 물건들도 놓치지 않고 탈취했다. 팔도가 다 시끄러워져 사람들이 밤에는 잠을 설치고 낮에는 밖으로 나다니지 못했다. 이에 팔도의 감사들은 임금에게 장계狀啓 왕명을 받고 지방에 나가 있는 신하가 자기 관하(管下)의 중요한 일을 왕에게 보고하던 문서를 올렸는데 그 내용이 대개 이러했다.

'홍길동이라는 대적이 난데없이 나타나 신통한 술법을 부리면서 각 고을의 재물을 탈취하고 서울로 보내는 봉물을 빼앗아 그 폐단이 극심하옵니다. 그 도적을 잡지 않으면 장차 어느 지경에 이를지 알지 못할 정도이옵니다. 엎드려 바라건대 성상께서는 좌우 포도대장에게 명해 그 도적을 잡게 하옵소서.'

임금은 장계를 보고 크게 놀라 포도대장을 불렀는데 연달아 팔도에서 장계가 올라왔다. 다 읽어 보니 도적 두목의 이름은 홍길동이라고 하고 돈과 곡식 잃은 날짜는 한날한시였다. 임금은 크게 놀라 말했다.

"이 도적의 용맹과 술법은 옛날 중국의 도적 치우蚩尤 전설상의 인물로 술법이 특이했다고 함라도 당하지 못하겠도다. 아무리 신기한 놈이라 한들 한 몸이 팔도에서 한날한시에 어떻게 도적질을 하리오? 이는 보통 도적이 아니어서 잡기 어려우니 좌포장과 우포장이 군사를 내어서 잡으라."

우포장 이흡이 아뢰었다.

"신이 비록 재주는 없으나 그 도적을 잡아오겠사오니 전하께서는 근심하시지 마옵소서. 하오나 좌우 포장이 어찌 한꺼번에 출전하겠습니까?"

임금은 옳다고 여기고 우포장에게 급히 출발하기를 재촉했다. 이흡이 하직한 후 수많은 관졸을 거느리고 출발하면서 각각 흩어져 아무 날 문경에 모이기로 약속했다. 그런 다음 이흡은 포졸들 몇 명을 데리고 변복變服 남이 알아보지 못하도록 평소와 다르게 옷을 차려입음한 채 다녔다.

하루는 날이 저물어 주막을 찾아 쉬고 있는데 갑자기 어떤 소년 서생이 나귀를 타고 들어와 인사를 했다. 이흡이 인사를 받자 그 소년은 갑자기 탄식하며 말했다.

"온 천하가 임금의 땅이 아닌 곳이 없고 모든 땅의 백성이 임금의 신하

아닌 이가 없으니, 소생은 비록 시골에 있으나 나라를 위해 근심을 하고 있습니다."

포장은 일부러 놀라는 체하며 물었다.

"그게 무슨 말이오?"

"홍길동이라는 도적이 팔도로 다니며 소란을 피워 인심이 동요하고 있는데 그놈을 잡아 없애지 못하니 어찌 분하지 않겠습니까?"

포장은 이 말을 듣고 말했다.

"그대가 기골이 장대하고 말하는 것이 충직하니 나와 더불어 그 도적을 잡는 것이 어떻겠소?"

소년이 응낙하며 말했다.

"내 일찍부터 도적을 잡고자 했으면서도 용력 있는 사람을 만나지 못해 그냥 있었는데 이제야 제대로 된 사람을 만났으니 어찌 다행이 아니겠습니까? 그러나 그대의 재주를 알 수 없으니 그윽한 곳에 가서 시험합시다."

이흡은 응낙하고 그 소년을 따라 함께 깊은 산중으로 갔다. 소년은 몸을 솟구쳐 층암절벽 위에 올라앉으며 말했다.

"그대가 힘을 다해 나를 차면 그 용력을 가히 알 것입니다."

소년이 벼랑 끝에 가 앉자 이흡은 생각했다.

'제 아무리 용력이 있은들 한 번 차면 어찌 떨어지지 않으리오.'

이흡이 젖 먹던 힘을 다해 두 발로 힘껏 차니 그 소년이 갑자기 돌아앉으며 말했다.

"진정 장사입니다. 내가 여러 사람을 시험해 보았지만 나를 움직이게 한 자가 없었는데 그 발에 차이니 오장이 다 울린 듯합니다. 이제 길동의 소굴로 들어가 탐지하고 올 것이니 여기서 기다리십시오."

포장은 속으로 의심은 되었으나 빨리 잡아오라고 당부하고는 앉아 있었다. 소년이 떠나자 홀연히 계곡으로부터 수십 명의 사내가 요란하게 소리를 지르며 내려왔다. 포장이 놀라 피하려고 하는데 그들은 삽시간에 달려와 포장을 묶으면서 꾸짖었다.

"네가 포도대장 이흡이렷다? 저승의 왕명을 받아 너를 잡으러 왔다."

그들이 쇠사슬로 포장의 목을 옭아매고는 풍우같이 몰아가니 포장은 혼이 빠져 어쩔 줄을 몰랐다.

한 곳에 이르러 소리를 지르며 꿇어앉히기에 포장이 정신을 가다듬어 보니 광대한 궁궐에 무수한 신장神將 신병을 거느리는 장수들이 주위에 늘어서 있고 위에서 꾸짖는 소리가 들려왔다.

"네 감히 활빈당 장수 홍길동을 쉽게 보고 잡으려 하느냐? 홍 장군은 하늘의 명을 받아 팔도를 다니며 탐관오리와 비리를 저지른 놈의 재물을 빼앗아 불쌍한 백성을 구휼하시는 분이다. 너희 놈들이 나라를 속이고 임금께 무고해 옳은 사람들을 해하므로 너 같은 간사한 족속들을 잡아다가 다른 사람을 경계코자 하는 것이니 한탄치 마라."

이흡은 머리를 땅에 조아리며 빌었다.

"홍 장군이 나라를 돌며 민심을 소란스럽게 하시어 임금이 진노하시므로 신하의 도리로 앉아 있지 못해 명을 받잡고 나왔사오니 무죄한 목숨을 용서해 주옵소서."

애걸하고 또 애걸하니 길동은 그 거동을 보고 크게 웃으며 말했다.

"그대 머리를 들어 나를 보라. 나는 주막에서 만났던 그 소년이오. 곧 홍길동이다. 그대 같은 이는 수만 명이라도 나를 잡지 못할 것이다. 그대를 유인해 이리로 데려온 것은 우리의 위엄을 보여 주어 일후에 그대와 같은 자가 있거든 그대로 인해 말리게 하기 위한 것이다."

길동은 말을 마치고 군사에게 명해 이흡의 결박을 풀고 술을 권했다.

"그대는 부질없이 다니지 말고 빨리 돌아가라. 혹여라도 나를 보았다 하면 반드시 죄를 추궁당할 것이니 부디 그런 말은 입 밖에 내지 마라."

하고 술을 부어 권하고 부하들에게 이흡을 내보내라 했다.

'이것이 꿈인가 생시인가? 여기에는 어찌하여 왔을까?'

이흡은 길동의 신기한 조화에 놀라 일어나 가고자 했으나 갑자기 팔다리를 움직일 수가 없었다. 괴이하다는 생각이 들어 정신을 차리고 살펴보니 자신이 가죽 부대 속에 들어 있는 것이었다. 간신히 빠져 나오니 또 다른 가죽 부대 셋이 나무에 걸려 있었다. 그것들을 차례로 끌러 내자 처음 떠날 때 데리고 왔던 부하들이 들어 있었다. 그들은 서로를 보며 말했다.

"이게 어찌된 일인고? 우리가 떠날 때는 문경에서 모이자고 했는데 어찌 이곳에 왔을꼬?"

이흡이 주변을 두루 살펴보니 다른 곳도 아니고 서울의 북악산이었다.

"너희는 어째서 여기 왔느냐?"

세 사람이 아뢰었다.

"소인들은 주막에서 자고 있었는데 갑자기 바람과 구름에 싸여 이리로 왔사오니 어찌된 까닭인지 알지를 못하겠습니다."

이흡이 말했다.

"이 일이 너무나 허무맹랑하니 남에게 말하지 마라. 길동의 재주를 헤아릴 수 없으니 사람의 힘으로 어찌 그를 잡겠는가? 우리가 이제 그냥 돌아가면 반드시 죄를 면치 못할 것이니 몇 달 정도 기다린 후에 들어가자꾸나."

이때 임금은 팔도에 공문을 내려 길동을 잡아들이도록 어명을 내렸다.

하지만 길동의 조화는 갈수록 무궁해져 서울의 큰길에 수레를 타고 다니기도 하고 각 고을에 미리 통고해 놓고는 쌍가마를 타고 왕래하기도 했다. 혹은 어사로 꾸며 탐관오리의 목을 자르고 임금에게 보고하되 임시 어사 홍길동이 올리는 공문이라고 했다. 이에 임금은 더욱 진노했다.

"이놈이 각 도에 다니며 이런 난리를 치는데도 아무도 잡지 못하니 이를 장차 어찌하리오?"

임금이 삼정승과 육판서를 모아 놓고 의논을 하는 중에도 연이어 장계가 올라왔다. 모두 다 팔도에서 홍길동이 장난한다는 내용이었다. 임금은 크게 근심해 주위를 돌아보면서 물었다.

"이놈은 아마 사람이 아니고 귀신인 것 같소. 조신 가운데 누가 그 근본을 짐작할 수 있겠소?"

한 사람이 나와서 아뢰었다.

"홍길동은 전임 이조 판서 홍 아무개의 서자요, 병조 좌랑 홍인형의 서제이옵니다. 그 부자를 잡아와 친히 문초하시면 자연히 알게 되실 줄 아옵니다."

임금은 화를 내며 소리쳤다.

"그런 말을 어찌 이제야 하는가?"

하고 즉시 둘을 잡아들이라 명했다.

임금은 홍 아무개를 의금부에 가두고 먼저 인형을 불러들여 몸소 문초를 했다. 임금은 진노해 책상을 두드리며 말했다.

"길동이라는 도적이 너의 서제라는데 어찌하여 막지 않고 그냥 두어 국가에 큰 재앙을 불러오게 하느냐? 네가 만일 잡아들이지 않으면 네 부자의 충효도 돌아보지 않을 것이니 빨리 잡아들여 나라에 변이 없게 하라."

인형은 머리를 조아리며 아뢰었다.

"신의 천한 아우가 있어 일찍 사람을 죽이고 달아난 지 몇 년이나 지났는데 그 생사를 지금까지 알지 못합니다. 신의 늙은 아비는 그 때문에 신병이 위중한 나머지 목숨이 끊어질 지경에 이르렀습니다. 길동이 착하지 못해 전하께 근심을 끼쳤으니 신의 죄는 만 번 죽어도 애석하지 않사옵니다. 그러나 엎드려 바라옵건대 전하께서는 자비로운 은덕을 내려 신의 아비를 용서하시고 집으로 돌아가 조리하게 해 주시면 신이 죽음으로써 맹서하건대 길동을 잡아 저희 부자의 죄를 면할까 하옵니다."

임금은 감동해 즉시 홍 아무개를 사면하고 인형에게 경상 감사를 제수하면서 말했다.

"경이 길동을 잡지 못하면 감사로서의 자질이 없다고 볼 것이니라. 일년 기한을 주니 그 안에 잡아들이도록 하라."

인형은 수없이 절하며 감사하고 임금에게 하직했다. 그리고 바로 그날로 경상 감사로 부임해서 각 고을에 방을 붙였다. 내용은 다음과 같았다.

"사람이 세상에 태어남에 오륜五倫이 으뜸이요, 오륜이 있음으로써 인의예지仁義禮智가 분명하거늘, 이를 알지 못하고 임금과 부모의 명을 거역해 불충불효하면 어찌 세상이 용납하리오? 내 아우 길동은 이런 일을 알 것이니 스스로 형을 찾아와 사로잡히라. 아버지께서 너로 말미암아 깊이 병환이 드셨고 전하께서도 크게 근심하시니 네 죄악은 가득 차서 흘러넘치는 바라. 이에 전하께서 나를 특별히 감사로 임명해 너를 잡아들이라 하신다. 만일 잡지 못하면 우리 홍씨 집안의 누대에 걸친 깨끗한 덕이 하루아침에 없어지리니 어찌 슬프지 않으랴? 바라건대 아우 길동은 이를 생각해 스스로 나타나 자수하면 너의 죄도 덜어질 것이요, 우리 가문도 보존할 것이니 자진 출두하라."

감사는 이 방을 각 고을에 붙인 뒤 길동이 나타나기만을 기다리고 있었다.

어느 날 나귀를 탄 소년 하나가 하인 수십 명을 거느리고 감영 문 밖에 와 뵙기를 청했다. 감사가 들어오라 하자 그 소년은 당상에 올라와 인사를 했다. 감사가 눈을 들어 자세히 보니 그토록 기다리던 길동인지라. 기쁘고도 놀라 주위 사람들을 물러가게 하고 길동의 손을 잡고 흐느껴 울면서 말했다.

"길동아, 네가 한번 집을 떠난 뒤 생사를 알 수 없어 아버지께서는 고칠 수 없는 병을 얻으셨다. 너는 갖가지로 불효를 끼칠 뿐 아니라 나라에 큰 근심을 불러일으키니 무슨 마음으로 불충불효를 하고 또한 도적이 되어 세상에 못할 죄를 짓느냐? 이 때문에 전하께서 진노하시어 나로 하여금 너를 잡아들이도록 하셨다. 이는 피치 못할 죄이니 너는 일찍 서울로 올라가 왕명을 받아라."

길동은 머리를 숙이고 말했다.

"제가 여기에 온 것은 부형을 위태로움으로부터 구하기 위함이니 어찌 다른 말이 있으오리까? 대감께서 일찍이 천한 길동을 위해 호부호형을 허락하셨던들 어찌 여기까지 이르렀겠습니까? 이제 와서 지나간 일은 말해 봐야 쓸데없거니와 이제 이 몸을 결박하시어 서울로 올려 보내십시오."

하고 다시는 말이 없었다. 감사는 이 말을 듣고 슬퍼하면서 공문을 쓴 다음, 길동의 목에 칼을 채우고 발에 차꼬두 개의 기다란 나무토막을 맞대고 그 사이에 구멍을 파서 죄인의 발목을 넣고 자물쇠를 채우게 되어 있는 형구를 채워 죄인 호송용 수레에 태웠다. 그리고 건장한 장교 십여 명을 뽑아 길동을 호송하게 한 뒤, 밤낮으로 갑절의 길을 가도록 했다. 각 고을 백성은 길동의 재주를 익히 들어 아는지라 길동을 잡아 온다는 소문을 듣고 길에 모여 구경을 했다.

그런데 이때 팔도에서 다 길동을 잡아 올리니 조정과 서울 사람들이 어찌된 영문인지 몰라 어리둥절했다. 임금은 크게 놀라며 온 조정의 신하들을 모으고 몸소 죄인을 다스렸는데 여덟 명의 길동이 다투면서 말했다.

"네가 진짜 길동이지 나는 아니다."

서로 이렇게 말을 하니 누가 진짜 길동인지 분간할 수 없었다. 임금은 괴이하게 여기고 즉시 홍 아무개를 불러 명했다.

"자식을 알아보는 데는 아비만한 자가 없다 했으니 저 여덟 가운데서 경의 아들을 찾아내라."

홍공은 황공해 머리를 조아리면서 아뢰었다.

"신의 천한 자식 길동은 왼쪽 다리에 붉은 혈점이 있사옵니다. 그것을 자세히 살피시면 진짜 길동을 알 수 있을 것입니다."

그런 후에 여덟 길동을 보고 꾸짖었다.

"네 이놈! 지척에 임금님이 계시고 아래로 아비가 있는데 네가 이렇듯 천고에 없는 죄를 지었으니 죽기를 겁내지 마라."

이렇게 말하고 홍공은 피를 토하며 엎어져 기절했다. 임금이 크게 놀라 궐내의 약국에 명해 치료하게 했으나 효험이 없었다. 여덟 길동이 이를 보고 일제히 눈물을 흘리면서 주머니에서 환약을 한 개씩 꺼내 입에 넣어드리니 홍공은 잠시 뒤 정신을 차렸다.

여덟 길동은 임금에게 아뢰었다.

"소신의 아비가 국은을 많이 입었사온데 신이 어찌 감히 나쁜 짓을 하오리까마는 신은 본래 천비의 소생이라 아비를 아비라, 형을 형이라 못 하오니 평생 한이 맺혔기에 집을 버리고 도적의 무리에 들어갔사오니

다. 그러나 백성을 범하지 않고 각 고을 수령이 백성들에게 착취한 재물만 빼앗았을 뿐입니다. 그렇게 한 지 이제 십 년, 이제 조선을 떠나서 갈 곳이 있사오니 엎드려 빌건대 전하께서는 근심하지 마시고 신을 놓아주소서."

말을 마치자 여덟 명이 한꺼번에 쓰러지니 자세히 본즉 다 짚으로 만든 허수아비였다. 임금은 더욱 놀라며 진짜 길동을 잡으라는 공문을 다시 팔도에 내렸다.

길동은 허수아비를 없애고 두루 다니다가 사대문에 글을 써 붙였다.

'소신 길동을 아무리 해도 잡지 못하실 것이오니 병조 판서 벼슬을 내리시면 잡히겠습니다.'

임금은 그 글을 보고 신하들을 모아 의논했다. 여러 신하가 말했다.

"도적을 잡으려 하다가 잡지 못하고 도리어 병조 판서를 제수하심은 이웃 나라에도 창피스러운 일입니다."

임금은 옳다고 여기고 경상 감사에게 길동을 잡아들이라 재촉했다. 경상 감사는 왕명을 받고는 황공하고 죄송해 어쩔 줄을 몰라 했다.

하루는 길동이 공중으로부터 내려와 경상 감사에게 절하고 말했다.

"제가 지금은 진짜 길동이오니 형님께서는 아무 염려 마시고 결박해 서울로 보내십시오."

감사는 이 말을 듣고 손을 잡고 눈물을 흘리면서 말했다.

"이 철없는 것아, 너도 나와 형제인데 부형의 가르침을 듣지 않고, 온 나라를 떠들썩하게 하니 어찌 애달프지 않겠느냐. 그러나 이제 진짜 몸이 와서 잡혀가기를 원하니 도리어 기특하도다."

하고 급히 길동의 왼쪽 다리를 보니 과연 혈점이 있었다. 즉시 팔다리를 단단히 묶어 죄인 호송용 수레에 태운 후에 건장한 장교 수십 명을 뽑아

철통같이 둘러싸고 풍우같이 몰아갔다. 이런 가운데서도 길동의 안색은 조금도 변치 않았다.

그리하여 호송 행렬은 여러 날 만에 서울에 다다랐다. 그러나 대궐 문에 이르러 길동이 몸을 움직이자 쇠사슬이 끊어지고 수레가 깨져 길동은 마치 매미가 허물 벗듯 공중으로 올라가며 나는 듯이 운무에 묻혀 버렸다. 장교와 모든 군사는 다만 공중을 바라보며 넋을 잃고 있을 따름이었다.

임금은 보고를 받고 탄식했다.

"천고에 이런 일이 또 어디 있으랴?"

이에 신하 한 사람이 말했다.

"길동이 병조 판서를 한번 지내면 조선을 떠나겠다고 한 것으로 아옵니다. 그 소원을 풀면 제 스스로 전하의 은혜에 감사하오리니 그때를 틈타 잡는 것이 좋을까 하옵니다."

임금은 옳다 여겨 즉시 길동에게 병조 판서를 제수하고 사대문에 글을 써 붙였다. 이때 길동이 즉시 고관의 복장인 사모관대에 서띠조선 시대에 일품의 벼슬아치가 허리에 두르던 띠를 매고 수레에 의젓하게 앉아 큰길로 버젓이 들어오면서 말했다.

"이제 홍 판서 사은謝恩하러 온다."

이때 병조의 하급 관리들이 길동을 맞이해 궐내에 들어간 뒤 여러 관원이 의논했다.

"길동이 오늘 전하께 사은하고 나올 것이니 도끼와 칼을 쓰는 군사를 매복시켰다가 나오거든 일시에 쳐 죽이도록 하자."

길동은 궐내에 들어가 임금에게 엄숙히 절하고 말했다.

"소신의 죄악이 지중하옵거늘 도리어 은혜를 입사와 평생의 한을 풀고 돌아가옵니다. 전하와 영원히 작별하오니 부디 만수무강하소서."

말을 마친 후 몸을 공중에 솟구쳐 구름에 싸이며 사라지니 간 곳을 알수가 없었다. 임금이 보고 감탄하며 말했다.

"길동의 신기한 재주는 고금에 드문 일이로다. 지금 조선을 떠난다고 했으니 다시는 폐를 끼칠 일이 없을 것이다. 비록 수상하기는 하나 대장부다운 기개를 가졌으니 이후 염려는 없을 것이로다."

임금은 팔도에 사면赦免의 글을 내려 길동 잡는 일을 그만두었다.

한편 길동은 활빈당이 있는 곳에 돌아와 부하들에게 명령했다.

"나는 다녀올 곳이 있으니 너희들은 아무 데도 출입하지 말고 내가 돌아오기를 기다려라."

하고 즉시 몸을 솟구쳐 남경으로 가다가 한 곳에 다다랐다. 산천이 깨끗하고 인구가 번성해 가히 편안하게 살 만한 곳이었다. 남경에 들어가 구경하고 또 제도라 하는 섬에 들어가 산천도 구경하고 인심도 살피다가 오봉산에 이르렀다. 그곳은 제일가는 강산이라 둘레가 칠백 리요, 기름진 논이 가득해 사람 살기에 합당했다. 길동은 마음속으로 생각했다.

'내 이미 조선을 하직했으니 이곳에 와 은거하다가 큰일을 도모하리라.'

길동은 다시 돌아와 여러 부하에게 일렀다.

"그대들은 아무 날에 양천강변으로 가서 배를 많이 만들어 몇 월 며칠 경성 한강에서 기다려라. 내 임금께 청해 벼 일천 석을 구해 올 것이니 약속을 어기지 마라."

한편 홍공은 길동의 장난이 없으므로 차차 병이 나아지고 임금 또한 근심 없이 지내게 되었다. 구월 보름께 임금이 달빛을 받으며 후원을 거닐고 있었다. 이때 갑자기 한 줄기의 맑은 바람이 일어나며 공중에서 피리 소리가 맑게 울려왔다. 그러더니 한 소년이 내려와 임금 앞에 엎드렸다. 임금이 놀라서 물었다.

"선동仙童이 어찌 인간 세상에 내려왔으며 무엇을 하려 하느뇨?"

소년은 땅에 엎드려 아뢰었다.

"신은 전임 병조 판서 홍길동이옵니다."

"네가 깊은 밤에 어찌 왔느냐?"

"신이 전하를 받들어 만세를 모실까 했으나, 제가 천비의 소생이라 문文으로는 홍문관이나 예문관 벼슬길이 막혀 있고, 무武로는 선전관 벼슬길이 막혀 있사옵니다. 이런 까닭으로 팔도를 떠돌아다니면서 관청에 폐를 끼치고 조정에 죄를 지었던 것이온데 이는 전하로 하여금 아시게 하려 함이었습니다. 엎드려 바라건대 전하께서는 만수무강하시옵소서."

이렇게 말하고 길동은 공중으로 올라가 나는 듯이 가 버렸다. 임금이 그 재주를 칭찬했고 그 후로는 길동의 폐단이 없이 사방이 태평했다.

길동은 조선을 하직하고 남경 땅 제도라는 섬으로 들어가 수천 호의 집을 짓고 농업에 힘쓰며 무기를 만들고 군법을 연습했다. 이에 병사는 잘 훈련되고 양식 또한 풍족하게 되었다.

하루는 길동이 화살촉에 바를 약을 구하러 망당산으로 가다가 낙천 땅에 이르렀다. 그곳에는 부자 백룡이라는 사람이 딸 하나를 두고 있었는데 재주가 비상해 애중하게 여겼으나 어느 날 광풍이 크게 불면서 그 딸이 없어져 버렸다. 백룡 부부는 슬퍼하면서 많은 돈을 들여 사방으로 찾았으나 종적을 찾을 수 없었다. 부부는 슬픔에 젖어 말을 퍼뜨렸다.

"누구라도 내 딸을 찾아 주면 재산의 반을 주고 사위로 삼으리라."

길동은 이 말을 듣고 측은한 마음이 들었으나 어찌 할 도리가 없었다. 하릴없이 망당산에 가서 약초를 캐다가 날이 저물어 주저하고 있는데 갑자기 사람 소리가 나며 등불이 밝게 비치는 것이었다. 등불 비치는 쪽을 찾아가니 사람이 아닌 괴물들이 앉아 지껄이고 있었다. 원래 이 괴물은 울동이라는 짐승인데 여러 해를 묵어 변화가 무궁했다. 길동이 몸을 감추고 활로 쏘니 그중 괴수가 맞았다. 모두 소리를 지르며 달아나기에, 길동은 나무에 의지해 밤을 지내고 두루 돌아다니면서 약을 캤다. 그런데 갑자기 괴물이 나타나 길동을 보고 물었다.

"그대는 무슨 일로 이 깊은 곳에 이르렀소?"

"내가 의술을 좀 알기에 이 산에 들어와 약초를 캐는 중이오."

"나는 이곳에 산 지 오래인데, 우리 왕이 부인을 새로 정하고 어젯밤 잔치를 하다가 하늘에서 내린 살煞 사악한 기운을 맞아 위중하게 되었소. 그대가 명의라 하니 선약仙藥으로 왕의 병을 고치면 큰 상을 받으리라."

길동은 생각했다.

'그놈이 어젯밤에 상한 그 놈이로구나.'

괴물은 길동을 인도해 문 앞에 세워 놓고 들어갔다가 한참 만에 들어오라고 청했다. 길동이 들어가 보니 그림으로 장식한 집이 넓고도 아름다운데 그 가운데 흉악한 것이 누워 신음하다가 길동을 보자 몸을 움직이면서 말했다.

"내가 우연히 천살을 맞아 위독한데 애들의 말을 듣고 그대를 청했으니 이는 하늘이 도우신 것이라. 그대는 재주를 아끼지 마라."

길동은 감사의 뜻을 표하고 말했다.

"먼저 몸의 내부를 치료할 약을 쓰고 다음으로 외부를 치료할 약을 쓰는 것이 좋을까 하오."

괴물의 왕이 응낙하자 길동은 독약을 꺼내 급히 온수에 타서 먹였다. 독약을 먹은 왕이 한참 만에 외마디 비명을 지르고 죽자 모든 요괴가 한꺼번에 길동에게 달려들었다. 길동은 신통술을 부려 모든 요괴를 후려치는데 갑자기 두 젊은 여자가 애걸했다.

"저희는 요괴가 아니라 잡혀 온 사람인데 남은 목숨을 구해 주셔서 부디 세상으로 돌아가게 해 주소서."

길동은 백룡의 일을 생각하고 거주지를 물었더니 하나는 백룡의 딸이요, 또 하나는 조철의 딸이었다. 길동은 요괴를 처치하고 두 여자를 구출해 각각 제 부모에게 돌려주었다. 부모들은 크게 기뻐하며 그 날로 길동을 사위로 삼았다. 길동의 첫째 부인은 백 소저요, 둘째 부인은 조 소저였다. 길동이 하루아침에 두 아내를 얻어 두 집 가족을 거느리고 제도로 가니 모든 사람이 반겼다.

하루는 길동이 천문天文을 보다가 눈물을 흘리기에 주위에서 무슨 까닭으로 슬퍼하느냐고 물으니 길동이 탄식하면서 말했다.

"내가 하늘의 별을 보고 부모의 안부를 짐작했는데 지금 하늘을 보니 부친의 병세가 위중하구나. 그러나 내 몸이 먼 곳에 있어 거기에 이르지 못하는 것이 한이로다."

이 말을 들은 모든 사람이 슬퍼했다.

이튿날 길동은 월봉산에 들어가 훌륭한 묘 터 하나를 구한 뒤 일을 시작해 석물石物을 국릉과 같이했다. 그리고 큰 배 한 척을 준비해 부하들로 하여금 조선국 서강강변으로 가서 기다리라 했다. 그런 다음 자신은 머리를 깎고 중의 모습으로 꾸민 뒤 작은 배 한 척을 타고 조선으로 향했다.

이 무렵 홍 판서는 갑자기 병을 얻어 위중해지자, 부인과 아들 인형을 불러 말했다.

"내가 죽어도 여한이 없으나, 길동의 생사를 알지 못하니 눈을 감지 못하겠구나. 제가 살아 있으면 찾아올 것이니 적서를 구분하지 말고 제 어미를 잘 대접해라."

하고 숨을 거두었다.

온 집안이 슬픔에 잠겨 장사를 극진히 치르고자 하나 좋은 묘 터를 구하지 못해 난처해했다.

하루는 문지기가 들어와 고했다.

"문밖에 어떤 중이 와서 상전의 영전에 조문하려 합니다."

인형은 이상히 여겨 들어오라 했다. 그 중은 들어와 목을 놓아 크게 울었다. 모든 사람은 곡절을 몰라 서로 얼굴만 쳐다보았다. 그 중이 상주에게 한 번 통곡한 뒤 말했다.

"형님께서는 어찌 아우를 몰라보십니까?"

상주가 자세히 보니 아우 길동이었다. 인형은 길동을 붙잡고 통곡하며 말했다.

"아우야, 그 사이 어디에 가 있었더냐? 아버지께서 유언이 간절하셨는데 이제 오니 어찌 자식의 도리라 할 수 있겠는가?"

인형은 길동의 손을 이끌고 내당에 들어가 모부인母夫人 남의 어머니를 높인 말을 뵈옵고 모친 춘섬을 뵙게 했다. 어머니와 아들은 서로 부둥켜안고 한바탕 통곡했다. 춘섬은 눈물을 거두고 물었다.

"네가 어찌 중이 되었느냐?"

"소자 처음에 마음을 그릇되게 먹고 장난을 일삼다가 부형께서 화를 당할까 염려해 조선을 떠났지요. 그 뒤 머리를 깎고 중이 되어 지술地術 묏자리의 좋고 나쁨을 알아내는 술법을 배웠습니다. 이제 부친께서 세상을 하직하심을 짐작하고 좋은 묏자리를 구해 놓고 왔으니 염려 마십시오."

인형은 크게 기뻐하면서 말했다.

"너의 재주와 효성을 내 알고 있다. 좋은 터를 구했다니 무슨 염려가 있겠느냐."

다음 날 길동은 운구運柩 시체를 운반함해 제 모친과 형을 모시고 서강 강변으로 갔다. 그곳에는 길동이 부하들에게 시킨 대로 큰 배가 기다리고 있었다. 모두 배에 올라 화살같이 빨리 저어 가니 어느덧 산 위에 다다랐다. 인형이 자세히 보니 산세가 웅장한지라, 길동의 지식에 크게 놀라워했다. 길동이 부친의 산소를 제도 땅에 모시고 제사를 정성껏 지내니 모든 사람이 감탄해 마지않았다. 일을 마치고 함께 길동의 처소로 돌아오니 백씨와 조씨가 시어머니와 시숙을 맞이했다. 인형과 춘랑은 길동의 높은 재주에 탄복하고 또한 춘섬은 길동이 장성했음을 칭찬했다.

여러 날이 지나자 인형은 길동, 춘섬과 이별하면서 산소를 극진히 모시라 당부한 뒤 본국으로 출발했다. 본국에 이르자 모부인을 뵙고 전후 사실을 말씀드리니 모부인이 신기하게 여겼다.

한편 세월이 흘러 길동이 삼년상을 마치고 모든 영웅을 모아 무예를 익히며 농업에 힘을 쓰니, 병사는 잘 조련되고 양식도 풍족했다.

이때 남쪽에는 율도국이라는 나라가 있었는데 기름진 평야가 수천 리나 되었다. 사면이 막혀 있어 금성金城 쇠와 같이 튼튼한 성이 천 리요, 천부지국天府之國 땅이 매우 기름져 온갖 산물이 많이 나는 나라인지라 길동이 늘 마음속으로 생각해 오던 곳이었다. 길동은 모든 사람을 불러 말했다.

"내가 이제 율도국을 치고자 하니 그대들은 최선을 다하라."

길동은 스스로 선봉장이 되어 그날로 진군했다. 그는 마숙으로 후군장을 삼아 잘 훈련된 병사 오만을 거느리고 율도국 철봉산에 다다라 싸움을 걸었다. 율도국 태수 김현충이 난데없는 군사를 보고 크게 놀라 왕에게 보고하는 한편, 한 무리의 군사를 거느리고 나와 싸웠다. 길동은 이를 맞아 싸워 한 번의 접전 끝에 김현충을 베고 철봉을 얻었다. 그러고는 정철로 하여금 철봉을 지키게 하고 대군을 지휘해 바로 도성을 치면서 격서檄書를 율도국에 보냈다.

"의병장 홍길동은 이 글을 율도 왕에게 부치나니 대저 임금은 한 사람의 임금이 아니요, 천하 사람의 임금이라. 내 천명을 받아 병사를 일으켜 먼저 철봉을 파하고 도성을 향해 쳐들어가고 있으니 왕은 싸우고자 하거든 싸우고 그렇지 않으면 일찍 항복해 살기를 도모하라."

왕은 다 보고 나서 소리쳤다.

"우리나라가 철봉을 굳게 믿고 있었거늘 이제 그것을 잃었으니 어찌 대항하랴?"

하고 모든 신하를 거느리고 나아가 항복했다.

길동은 성에 들어가 백성을 달래어 안심시키고 왕위에 오른 후, 전의 율도 왕을 의령군으로 봉했다. 마숙과 최철은 각각 좌의정과 우의정으로 삼고 나머지 여러 장수에게도 각각 벼슬을 내리니 조정에 가득 찬 신하들이 만세를 불러 하례했다.

길동이 왕이 되어 나라를 다스린 지 삼 년 동안 산에는 도적이 없어지고 길에서는 떨어진 물건을 주워 가는 이가 없으니 가히 태평성세였다.

하루는 왕이 백룡을 불러 당부했다.

"내가 조선 성상께 표문表文 임금에게 품고 있는 생각을 적어 올리던 글을 올리려 하니 경은 수고를 아끼지 마라."

백룡이 조선에 당도해 표문을 올리니 임금은 표문을 보고 크게 칭찬했다.

"홍길동은 진실로 기이한 인재로다."

임금은 인형을 사신으로 삼아 유서諭書 임금이 내리는 명령서를 내렸다. 인형이 성은에 감사한 후 돌아와 모부인 유씨에게 말씀드리니 모부인 또한 율도국에 가고자 했다. 인형은 모부인을 모시고 출발해 여러 날 만에 율도국에 이르렀다. 길동은 왕의 유서를 받은 뒤 모부인과 인형을 환대했다. 그들은 홍 판서의 산소를 찾아본 뒤 큰 잔치를 베풀어 즐겼다.

그 후로 여러 날이 되어 유씨가 홀연 병을 얻어 죽으니 홍 판서가 묻힌 선릉에 쌍장雙葬했다. 인형이 본국으로 돌아와 임금에게 보고하자 임금이 그를 위로했다. 율도 왕이 유씨의 삼년상을 마친 후에 대비도 이어 세상을 떠나자 선릉에 안장하고 삼년상을 마쳤다.

그동안 왕은 아들 셋에 딸 둘을 두었으니 맏아들 현과 둘째 아들 창은 백씨의 소생이고, 셋째 아들 열은 조씨의 소생이었다. 두 딸은 궁인의 소생이었는데 모두 훌륭한 덕망과 재주를 지니고 있었다. 왕은 맏아들 현을 세자로 봉하고 그 나머지는 모두 군으로 봉했다. 또 두 딸은 부마를 간택해 얻으니 온 나라가 기뻐 경축했다.

길동이 왕위에 올라 태평성대로 나라를 다스린 지 삼십 년 되는 해에 갑자기 병이 들어 세상을 떠나니 그의 나이 칠십이 세였다. 그 뒤 왕비도 죽고 세자가 즉위했는데 길동이 남긴 덕과 새 임금의 덕망으로 나라는 대대로 번창하고 백성들은 태평성대를 누렸다. ✐

홍길동전

📖 작가 소개

허균(許筠, 1569~1618)

자는 단보端甫이고 호는 교산蛟山이다. 조선 중기의 문인이자 정치가이다. 선조 때 문과에 급제한 후에 좌참찬左參贊 조선 시대에, 의정부에 속한 정이품 문관 벼슬까지 올랐으나 세 번이나 파직되는 등 파란만장한 생활을 했다. 그는 스승 이달이 서얼 차별로 불우한 일생을 보내는 것을 보고 서얼 출신 문인들과 어울리며 당시 사회 제도의 모순을 과감히 비판했다. 국문 소설의 효시인 「홍길동전」은 봉건 체제의 모순과 부당성을 폭로한 그의 개혁 사상을 잘 나타내고 있다. 허균은 한문학에서 당대 제일의 문장가였으며 시와 비평에도 안목이 높아 『국조시산』 등의 시선집과 『성수시화』 등의 시 비평집을 편찬했다. 이 밖에도 사회의 모순을 비판한 글로 「성소부부고」, 「교산시화」, 「학산초록」 등이 있다.

📖 작품 정리

- **갈래** 국문 소설, 사회 소설, 영웅 소설, 도술 소설
- **성격** 비판적, 현실적, 전기적
- **배경** 시간 – 조선 시대 / 공간 – 조선과 율도국
- **시점** 3인칭 전지적 작가 시점
- **구성** '발단 – 전개 – 위기 – 절정 – 결말'의 5단계 구성
- **특징**   • 서술자가 작중에 직접 개입함
  - • 본격적으로 소설의 형태를 갖춤
  - • 저항 정신이 반영된 참여 문학임
- **주제**   • 적서 차별과 봉건적 신분 제도 타파

- 탐관오리 응징과 빈민 구제
- 해외 진출 사상과 이상국 건설에 대한 염원
- **의의**   우리나라 최초의 국문 소설임
- **연대**   조선 광해군 때
- **출전**   경판본『홍길동전』

✐ 구성과 줄거리 -

- **발단**   **길동은 홍 판서의 서자로 태어나 천대를 받음**

  길동은 홍 판서의 시비 춘섬의 소생으로 태어난다. 어려서부터 훌륭한 인물이 될 기상을 보였으나, 서자의 신분으로 호부호형을 하지 못해 마음속에 한을 품게 된다. 한편 아들이 없는 홍 판서의 첩 초란은 계교를 꾸며 길동을 없애려고 한다.

- **전개**   **길동은 집을 떠나 활빈당의 두목이 됨**

  길동은 위기를 피해 집을 나온 뒤 도적의 소굴에 들어간다. 그의 용력과 신기한 재주로 도적의 두목이 된다. 길동은 무리의 이름을 활빈당이라 짓고, 팔도 지방 수령이 비리로 모은 재물을 기묘한 계책과 도술로 빼앗아 빈민에게 나누어 준다.

- **위기**   **왕은 길동을 잡으려 애쓰나 길동은 도술을 부려 피함**

  활빈당의 두목이 길동임을 안 임금은 포도청에 어명을 내려 길동을 잡으라 한다. 팔도에서 잡힌 여덟 도적이 모두 똑같은 생김새를 한 길동이었는데 이는 길동이 짚으로 허수아비를 만들어 도술을 부린 것이다.

- **절정**   **길동은 조선을 떠나 율도국의 왕이 됨**

  조정에서 길동을 회유하려고 병조 판서로 임명하자, 길동은 조선을 떠나 남경으로 간다. 그 뒤 백룡의 딸, 조철의 딸과 혼인한다. 제도라는 섬으로 간 그는 군대를 조련하고 농사를 풍요롭게 해 살기 좋게 만든다. 그 뒤 그는 부친의 부음을 알고 집으로 찾아간다. 길동은 모친과 함께 부친의 시신을 운구해 자신이 정한 묏자리에 모시고 삼년상을 마친다. 다시 제도로 돌아온 그는 군대를 모아 율도국을 점령하고 왕이 된다.

- **결말** **율도국에서 나라를 다스리다 죽음**

  길동이 조선에 사절을 보내 임금에게 표문을 올리니, 왕은 길동의 재주를 칭찬하고 형 인형과 모부인 유씨를 율도국에 보내 가족이 상봉하도록 한다. 길동은 태평성세로 나라를 다스린 지 30년 만에 세상을 떠나고 맏아들 현이 새 임금이 된다. 나라는 번창하고 백성들은 복을 누리며 살아간다.

🖋️생각해 보세요

1 길동이 세운 율도국은 어떤 세상을 의미하는가?

길동은 조선을 떠나 활빈당을 이끌고 새로운 곳에 나라를 세운다. 모든 백성이 먹을 걱정 없이 평화롭게 지낼 수 있는 곳, 올바른 정치가 이루어지는 곳이 바로 율도국이었다. 율도국은 가난과 지배층의 착취에 신음하는 백성의 이상향을 의미한다. 이 작품에서 작가는 태평성대를 누리는 이상 국가의 모습을 제시함으로써 고통받는 피지배 계층인 독자들에게 위안을 주었다.

2 이 작품에 나타난 당시 사회는 어떠한가?

당시는 적서 차별이 엄격한 사회였다. 길동이 한탄하는 것에서 알 수 있듯이, 당시 서자들은 자식으로서 대접받지 못하고 벼슬길에도 나아갈 수 없었다. 그리고 봉건적 신분 제도로 인해 계층이 뚜렷이 나누어져 있었다. 길동의 아버지 홍 판서는 양반이지만 어머니 춘섬은 시비에 불과했다. 따라서 자식인

길동은 집안의 노복들에게조차 천대를 받을 수밖에 없었다. 마지막으로 백성에 대한 탐관오리들의 착취와 약탈이 극심했다. 길동이 팔도를 돌며 탐관오리들을 응징하는 것으로 보아, 부패한 관리들로 인해 백성이 고통을 받고 사회가 혼란했음을 알 수 있다.

3 이 작품은 고전 소설의 한계를 어떻게 극복하고 있는가?

이 작품은 영웅적 소설 구조와 전기적인 전개로 고전 소설의 전형을 보여 준다. 그러나 신분 제도의 문제와 문란했던 사회상을 사실적으로 고발하고 있기 때문에 고전 소설의 한계를 극복하고 있다. 또 대부분의 고전 소설이 중국 소설의 소재와 주제를 모방하고 있는 데 비해, 이 작품은 우리나라를 무대로 하고 한자가 아닌 한글로 표기해 독자층을 서민 계층까지 확장시켰다.

조선 시대 1 朝鮮時代

• **우화 소설** 寓話小說

우화 소설이란 인격화된 동식물이 등장하고 풍자와 교훈의 성격을 지닌 소설입니다. 우

화 소설의 시초는 신라 시대 때 설총이 지은 「화왕계」로 볼 수 있지만 본격적으로 창작된

시기는 양반 중심의 봉건 사회가 여러 가지 모순을 드러내기 시작한 조선 후기입니다.

· 까치전　· 장끼전　· 토끼전

인물관계도

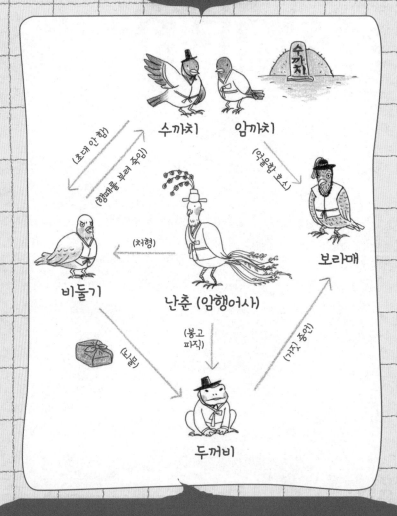

수까치 암까치

(초대 안 함)

(향매를 불러 죽임)

(억울함 호소)

비둘기

(처형)

난춘 (암행어사)

보라매

(뇌물)

(봉고 파직)

(거짓 증인)

두꺼비

저(암까치)와 남편(수까치)은 잔치를 열어 온갖 날짐승을 초대했어요. 비둘기는 초대받지 못한 것에 불만을 품고 남편과 다투다가 남편을 죽였지요. 저는 군수(보라매)에게 억울함을 호소했어요. 하지만 두꺼비가 거짓 증언을 해 비둘기는 풀려났지요. 암행어사(난춘)가 재수사해 결국 비둘기는 처형당했어요.

까치전

• 앞부분 줄거리

까치 부부는 나무 위에 보금자리를 짓고 잔치를 벌인다. 온갖 날짐승을 초대해 낙성연을 즐기는데 비둘기는 초대하지 않는다. 비둘기는 성품이 고약해 이 것에 앙심을 품고 까치 부부를 찾아간다. 비둘기의 행패에 결국 수까치가 죽게 되고 뭇 새들이 비둘기를 잡아 사또 보라매에게 데려간다. 하지만 비둘기의 행 패가 두려워 아무도 올바른 증언을 하지 못한다. 이에 보라매는 두꺼비를 관아 로 소환한다.

차시此時 이때에 두민頭民 동네에서 나이가 많고 식견이 높은 사람 섬 동지의 이름은 두꺼비요, 자는 불룩이었다. 일찍이 육도삼략六韜三略 중국의 오래된 병서과 손 오병서孫吳兵書 손자와 오자의 병서를 능통했다. 또 이전 쥐나라와 싸울 적에 다 람쥐의 도원수都元帥가 되어 쥐나라를 파하니, 다람쥐는 그 공을 이룬 두 꺼비에게 노직老職 노인에게 주던 벼슬 동지同知 동지중추부사의 직분을 내렸다. 세 상이 섬 동지라 부르니, 동지의 의사가 창해 같아 그른 일도 옳게 하고 옳은 일도 그르게 했다. 마침 비둘기의 처제가 심야에 두꺼비를 찾아가 금백 주옥과 채단綵緞 온갖 비단을 주며 이르되,

"동지님의 창해 같은 도량으로 이 일을 주선했으니 아무쪼록 수까치

의 죽음이 희살戱殺 장난을 치다가 실수로 죽임되게 해 주옵소서."

동지는 듣고 말했다.

"염려하지 마라. 내 들으니 책방冊房 구진매과 수청 기생 앵무가 총애를 받고 있다 하니, 금은보배를 드린 후에 여차여차하자."

하고 약속을 정했다.

"각 청 두목과 제반 관속에게도 뇌물을 쓰고 이리저리하면 고독단신孤獨單身 암까치가 어찌할 수 없으리라. 그런즉 저절로 희살이 되리라."

비둘기는 기뻐하며 두꺼비의 말대로 했다.

섬 동지 두민으로 관아에 소환되어 오니 연만 팔십이라. 숨이 차서 배때기를 불룩이고 눈을 껌벅거리고 입을 넙적이며 말했다.

"어찌 일호一毫 '한 가닥의 털'이라는 뜻으로, 극히 작은 정도나 속임이 있겠습니까. 본 대로 아뢰리이다."

하니 군수는 기뻐하며 가까이 앉히고 물었다.

"나이 많고 점잖은 백성이구나. 추호도 숨기지 말고 이실직고以實直告 사실 그대로 고함해라."

섬 동지는 일어나 절하고 다시 말했다.

"늙은 제가 뭐라고 남의 원통한 일을 조금이라도 속이겠습니까? 소인은 근본이 길짐승이오나 나이가 많아 두민이 되었으니 까치 낙성연에서 본 것을 그대로 고하겠습니다. 그때 까치가 오직 비둘기만 초대하지 않아 저는 이상하게 여겼었습니다. 그런데 본디 까치와 비둘기는 서로 혐의가 있었습니다. 마침 지나가던 비둘기한테 까마귀가 청하자 비둘기는 말석에 참예하고 말했지요. 비둘기가 '금일은 봉황 대군의 국기일國忌日 임금이나 왕후의 제삿날인데 풍악이 불가하다'라고 말하자 까치는 분해 취중에 비둘기를 책망했습니다. 까치가 '남의 잔치에 왔으면 음식이나 주는 대로 먹고 갈 것이지, 청치 아니한 데 와서 묻지도 않은 말을 하느냐'고 하자 모든 손님이 그 말이 옳다 했지요. 이에 비둘기가 무료하여 말했습니다. '저놈이 제 잔치에 왔다 하고 날 욕하는 것이 구태여 나한테만 하는 것이 아니다. 속담에 팽두이숙烹頭耳熟 머리를 삶으면 귀까지 익는다는 뜻으로, 한 가지 일이 잘되면 나머지도 잘된다는 말이라고 했으니, 제 손님인들 어찌 부끄럽지 아니하리오. 국기일에 벌인 풍류 연락宴樂 잔치를 베풀고 즐김이 알려지면 중죄를 당할 것이니 돌아감이 옳다' 하온즉, 결곡한 까치가 분을 이기지 못해 비둘기에게 달려들어 걷어찰 적에 수만 장 높은 가지에서 허전해 떨어져 죽으니, '나로 인해 죽는구나'라고 했고, 연후 비둘기가 정범正犯 범인이 되었나이다."

군수는 두꺼비의 말을 듣고 돌려보낸 후에 고민했다.

"이 일을 어찌할꼬?"

하니 뇌물을 받았던 책방 구진이 아뢰었다.

"저도 염탐하온즉 비둘기의 입장이 난처한 것이 분명하옵니다. 성정이 조급한 까치가 제 결에 질려 죽고 살아나지 못한 것을 애매한 비둘기가 정범이라고 하니 어찌 원통하고 억울하지 아니하겠사옵니까?"

구진이 말할 적에 앵무새도 말했다.

"비둘기의 처가 소녀의 사촌이옵니다. 엎드려 바라옵건대 사또님은 굽어살펴 주시옵소서."

하며 애걸했다. 군수는 즉시 희살 보장報狀 보고서를 올린 후에 정범을 잡아들여 국문하니 비둘기가 울며 아뢰었다.

"이 몸은 근본 충효를 본받고자 『사서삼경』과 『외가서』를 많이 보았습니다. 족히 육십사괘를 짐작하오며 충효를 효측'효칙(效則)'의 옛말. 본받아 법으로 삼음하면서 살았지요. 그런데 근년 정월에 신수身數를 본즉, 근년 수가 불길하게 나오는 것이 아니겠습니까? '관재官災 관아의 억압이나 착취로 인해 생기는 재앙 구설수口舌數 남과 시비하거나 남에게서 헐뜯는 말을 듣게 될 운수가 있으니 연락하는 곳에는 가지 말라'는 것을 무심히 알고 지나갔는데 까치 낙성연에 우연히 들렀다가 이 지경에 이르오니, 오는 수는 면하기 어렵다는 말이 옳사오며 일전에 어려운 줄을 알지 못한단 말이 옳은 듯합니다. 저 암까치가 사리도 알지 못하고 이 몸을 모함했사오니, 이 몸의 사생死生 죽고 사는 것은 명철하신 사또 처분에 있사오니 더는 아뢰올 말씀이 없나이다."

하니 군수는 비둘기의 말을 다 듣고 명했다.

"감영監營 보장의 회신을 기다려 결처決處 결정해 조처함하리라."

하고 엄수했더니, 하루는 보장이 회신했다. 드디어 결처하니 모든 증인은 풀어 주고 정범은 곤장 세 대에 방출했다. 비둘기는 기뻐 춤추며 "큰 죄를 면하기 어렵단 말은 허언이다. 돈만 있으면 귀신도 부릴 수 있다는 말이 옳도다." 하고 의기양양하게 돌아가는지라.

• 뒷부분 줄거리

군수의 판결을 듣고 돌아온 암까치는 수까치의 시신을 붙들고 통곡한다. 여러 날짐승은 불쌍한 암까치를 위해 수까치의 장례를 치러 준다. 세월이 흘러 그 고을에 암행어사로 내려온 난춘이 할미새가 죽은 수까치에 대한 억울함을 말하는 것을 듣는다. 사건을 재조사한 난춘은 두꺼비를 봉고파직하고 비둘기는 사형에 처한다. 비둘기 간을 수까치의 무덤에 진설陳設 제사나 잔치 때, 음식을 법식에 따라 상 위에 차려 놓음한 암까치는 남편의 원수를 갚았음을 기뻐한다. 세월이 흘러 어느 날 잠깐 졸고 있던 암까치에게 수까치가 찾아오고 그 뒤 암까치는 잉태하여 일남 일녀를 낳는다. 암까치 가문은 대대손손 부귀영화를 누린다. ✎

까치전

📝 작품 정리

- **작가** 미상
- **갈래** 우화 소설, 의인 소설, 송사 소설
- **성격** 교훈적, 풍자적, 비유적
- **배경** 시간 – 18세기로 추정 / 공간 – 황해도 안악군
- **시점** 3인칭 전지적 작가 시점
- **구성** '발단 – 전개 – 위기 – 절정 – 결말'의 5단계 구성
- **특징**   • 국문 필사본임
            • 인간의 행태를 조류로 설정해 풍자함
- **주제** 무능한 관리와 부패한 사회상을 비판

📝 구성과 줄거리

- **발단** **까치의 낙성연**

  까치 한 쌍이 나무 위에 보금자리를 짓는다. 까치 부부는 잔치를 열어 두루미, 까마귀, 꾀꼬리 등 온갖 날짐승을 초청한다.

- **전개** **비둘기가 수까치를 죽임**

  비둘기는 심술궂고 욕심이 많아 초청받지 못한다. 이에 불만을 품은 비둘기는 까치 부부를 찾아간다. 비둘기와 수까치는 다투고 그 과정에서 수까치가 죽는다.

- **위기   두꺼비가 거짓 증언을 함**

  과부가 된 암까치는 군수인 보라매에게 억울함을 호소한다. 보라매는 날짐승들의 증언을 듣는데, 비둘기에게 뇌물을 받은 두꺼비가 거짓 증언을 하자 비둘기를 풀어 준다.

- **절정   암행어사가 등장함**

  암행어사가 된 난춘 난조(鸞鳥), 봉황과 비슷한 상상의 새 이 사건을 원점에서 재수사한다. 마침내 수까치의 죽음에 관한 진실이 밝혀진다.

- **결말   비둘기가 심판을 받음**

  난춘은 두꺼비를 봉고파직하고 비둘기를 처형한다. 암까치는 비둘기의 간을 꺼내 남편의 무덤 앞에서 통곡한다.

생각해 보세요 -

1 이 작품에 등장하는 동물들은 각각 어떤 인물을 상징하는가?

군수로 등장하는 보라매는 무능력한 위정자를 상징한다. 또한 비둘기는 위정자와 결탁해 백성을 수탈하는 토호 세력을, 지방 관속으로 등장하는 두꺼비와 앵무새 등은 실세에 빌붙어 이익을 챙기려는 기회주의자를 상징한다. 그리고 까치와 까마귀 등은 지배층의 횡포에 시달리며 살아가는 힘없는 백성을 상징한다. 할미새는 사건의 진상을 폭로하는 개혁가를, 암행어사로 등장하는 난춘은 부정한 권력을 심판하는 인물을 상징한다.

2 마지막 부분에서 1남 1녀를 얻게 된다는 설정은 어떤 의미인가?

이는 암까치의 억울함을 조금이나마 풀어 주려는 의도이다. 암행어사를 등장시켜 수까치의 사망 원인을 밝혀낸 것과 같은 의미이다.

인물관계도

(치근덕)

갈까마귀

(수절
요구)

(청혼)

장끼

까투리

물오리

(승낙)

(구애)

아홉 아들 & 열두 딸

홀아비 장끼

남편(장끼)과 저(까투리)는 아이들을 데리고 먹이를 찾아 헤맸어요. 남편은 콩알 하나를 발견하고는 기뻐했지요.
저는 불길한 꿈 이야기를 하며 콩을 먹지 말라고 말렸어요. 하지만 남편은 콩알을 먹으려다 덫에 걸렸지요. 남편은
저에게 수절하라는 말을 남기고 죽었어요. 하지만 저는 홀아비 장끼의 청혼을 받아들여 행복하게 살았답니다.

장끼전

　마침내 하늘과 땅이 열리고 만물이 번성하니 그 가운데 귀한 것은 인간이며 천한 것은 짐승이라. 날짐승도 삼백이요 길짐승도 삼백인데, 꿩의 모습을 볼라치면 의관衣冠은 오색이요 별호는 화충華蟲이었다. 천성이 산새와 들짐승이라, 사람을 멀리해 푸른 숲 시냇가에 휘어 뻗은 소나무를 정자 삼고, 길게 펼쳐진 밭과 들에 널려 있는 곡식을 주워 먹고 살아갔다.

　그러나 임자 없이 생긴 몸이라 포수와 사냥개에게 툭하면 잡혀 가서 삼태육경三台六卿 삼정승과 육조 판서과 수령방백守令方伯 각 고을의 지방관과 관찰사, 다방골 제갈동지나 잇살이나 먹고 전방지며 살림살이는 넉넉하되 지체가 낮은 사람들이 질리도록 장복長服 오랫동안 계속해서 먹음하고, 좋은 깃 골라내 사령使令 관아에서 심부름하던 사람의 깃대 장식과 전방廛房 가게 먼지떨이며 온가지로 쓰이니 어찌 그 공적이 적다고 하겠는가?

　오랜 세월 숨은 자취와 좋은 경치를 보고자 구름 위로 우뚝 솟은 봉우리에 허위허위 올라가니, 날쌘 보라매는 여기서 '떨렁', 저기서 '떨렁' 하고 몽치짤막한 몽둥이 든 몰이꾼은 여기서 '우여', 저기서 '우여' 했다. 냄새 잘 맡는 사냥개는 이리저리 컹컹거리며 나무 포기 떡갈잎을 뒤적뒤적 찾아 대니 살아날 길이 없었다.

　샛길로 가려 하나 여러 무리의 포수가 총을 메고 늘어섰으니, 엄동설

한에 주린 몸은 어느 곳으로 가야 한단 말인가? 하루 종일 푸른 산 더운 볕 아래로 펼쳐진 밭이며 너른 들에 혹시라도 콩알이 있을지 모르니 한 번 주워 먹으러 가 볼까나.

이때 장끼^{수꿩} 한 마리를 보니, 당홍대단唐紅大緞 비단의 종류 곁마기^{두루마기}에 초록궁초草綠宮綃 비단의 종류 깃을 달아 흰 동정을 씻어 입고, 주먹 같은 옥관자玉冠子 옥으로 만든 망건 관자에 꽁지 깃털 만신풍채滿身風采 겉모양이 빛나고 드러나 보이는 모습이니 장부 기상이 역력했다.

까투리^{암꿩} 한 마리를 보니, 잔누비 속저고리를 폭폭이 누벼서 위아래로 고루 갖추어 입고 아들 아홉과 딸 열둘을 앞세우고 뒤세우며 재촉하고 있었다.

"어서 가자, 바삐 가자! 질펀한 너른 들에 이리저리 줄을 서서 너희는 저 골짜기를 줍고 우리는 이 골짜기를 줍자꾸나. 알알이 콩알을 줍게 되면 사람의 공양이 부러울 게 뭐 있으리. 하늘이 낸 만물은 모두 타고난 자기의 녹祿이 있으니 한 끼의 포식도 자기 재수가 아닌가."

장끼와 까투리가 들판에 떨어진 콩알을 찾으러 갈 때, 장끼가 붉은 콩알 한 알을 먼저 보고 눈을 크게 뜨며 말했다.

"어허, 이 콩알 먹음직스럽기도 하구나! 하늘이 주신 복을 내 어찌 마다하리오. 이것이 바로 내 복이니 어디 먹어 볼까."

옆에서 장끼가 하는 양을 지켜보던 까투리는 불길한 예감이 들어 말렸다.

"아직 그 콩알을 먹지 마시오. 눈 위에 찍힌 사람 자취가 수상하오. 자세히 살펴보니 입으로 홀홀 불고 비로 싹싹 쓴 흔적이 괴이쩍으니 제발 그 콩알일랑 먹지 마오."

"자네 말은 미련하기 짝이 없네. 지금은 동지섣달 눈 덮인 겨울이오. 첩첩이 쌓인 눈이 곳곳에 덮여 있어 날아다니는 새도 없거늘 사람의 자취가 어디 있다는 것이오?"

까투리도 지지 않고 입을 열었다.

"일의 이치는 그럴듯하오만 지난밤 꿈이 불길하니 잘 처신하오."

장끼가 또 말을 받았다.

"내 간밤에 꿈을 하나 꾸었는데 황학黃鶴을 비껴 타고 하늘에 올라가 옥황상제께 문안을 드렸네. 상제께서 나를 보시고 산림처사山林處士 시골에 은거하며 글을 읽는 사람를 봉하시고 쌀 창고에서 콩 한 섬을 내주셨으니, 오늘 주운 이 콩알 하나가 어찌 반갑지 않겠는가? 옛글에 이르기를 '주린 자 달게 먹고 목마른 자 쉬 마신다'라고 했으니 어디 한번 주린 배를 채워 봐야겠네."

까투리가 지지 않고 또 말했다.

"당신 꿈은 그러할지 모르나 내가 꾼 꿈을 해몽해 보겠소. 어젯밤 이경二更 밤 아홉 시에서 열한 시 사이 초에 첫잠의 꿈이었는데, 북망산 음지 쪽에 궂은 비가 흩뿌리더니 맑은 하늘에 떠 있던 쌍무지개가 홀연히 칼로 변해 당신 머리를 뎅겅 잘라 내는 것이 아니오? 당신 죽을 흉몽임에 틀림없소. 제발 그 콩알일랑은 먹지 마오."

장끼 또한 그대로 있지 않았다.

"염려 말게. 춘당대春塘臺 창경궁에 있는 대 알성과謁聖科 임금이 문묘에 참배한 뒤 성균관에서 치른 과거에 문과 장원 급제하여 어사화御賜花 장원 급제한 사람에게 임금이 내린 종이 꽃 두 가지를 머리 위에 꽂고 장안 큰 거리로 왔다 갔다 할 꿈이로다. 어디 과거에나 한번 힘써 봐야겠네."

까투리가 다시 말했다.

"야삼경夜三更 밤 열한 시에서 새벽 한 시 사이에 또 꿈을 꾸었는데, 당신이 천 근

무쇠 가마를 머리에 이고 만경창파 깊은 물에 풍덩 빠지는 게 아니겠소?
나 홀로 물가에 앉아 대성통곡했소. 이 꿈이야말로 당신이 죽는 꿈이지
뭐요. 부디 그 콩알일랑 먹지 마오."

장끼가 또 말했다.

"그 꿈은 더욱 좋은 꿈이 아니오? 명나라가 흥할 때, 구원병을 청해 오
면 이 몸이 머리에 투구 쓰고 압록강 건너가서 중원을 평정하고 승전 대
장이 되어 올 꿈이오."

까투리가 지지 않고 또 말했다.

"사경四更 새벽 한 시에서 세 시 사이에 또 꿈을 꾸었소. 노인은 당상에 있고 소
년이 잔치를 하는데, 스물두 폭 구름 장막을 받쳤던 장대가 갑자기 우지
끈 뚝딱 부러지며 우리 머리를 덮쳤소. 이 꿈은 좋지 않은 일을 볼 꿈이
분명하오. 오경五更 새벽 세 시에서 다섯 시 사이 초에 또 꿈을 꾸었소. 낙락장송이
뜰 앞에 가득한데 삼태성三台星 자미성을 지키는 별 태을성太乙星 병란과 생사를 다스
리는 별이 은하수를 둘렀는데, 별 하나가 당신 앞으로 뚝 떨어집디다. 삼국
때의 제갈무후諸葛武侯 제갈량가 오장원五丈原에서 운명할 때도 긴 별이 떨어
졌다 하더이다."

장끼란 놈 더욱 신이 나서 말했다.

"그 꿈도 염려할 게 전혀 없네. 장막이 우리를 덮친 것은 푸른 산에 해
저물면 화초병풍 둘러치고 잔디 장판에 등걸로 베개 삼아 칡 잎으로 요
를 깔고 갈잎으로 이불 삼아 자네와 나와 덮어쓰고 이리저리 뒹굴 꿈이
오. 별이 내 앞으로 길게 떨어진 것도 길몽임에 틀림없소. 옛날 중국 황
제 헌원씨 대부인이 북두칠성 정기를 받아 아들을 얻었고, 견우직녀성
은 칠월 칠석 상봉이라, 자네가 귀한 아들을 낳을 꿈이오. 그런 꿈이라면
제발 좀 많이 꾸어 주게."

그러자 까투리가 또 한 가지 꿈 이야기를 했다.

"새벽녘 닭이 울 때 또 꿈을 꾸었소. 색저고리 색치마로 단장하고 푸른 산 맑은 물가에서 노니는데, 청삽사리검고 긴 털이 곱슬곱슬하게 난 개가 입술을 앙다물고 난데없이 달려들어 발톱으로 할퀴는 것이 아니겠소? 아연실색하여 삼밭으로 달아나는데, 긴 삼대가 쓰러지고 굵은 삼대가 춤을 추며 몸에 친친 감겨 오니 이 몸 과부되어 상복 입을 꿈이오. 제발 그 콩알을 먹지 마오."

이 말을 들은 장끼란 놈이 진노해 까투리 먹살을 잡고 이리 치고 저리 차며 큰 소리로 말했다.

"화용월태花容月態 아름다운 여인의 얼굴과 맵시 저 간사스러운 것이 기둥서방 놔두고 다른 남자와 즐기다가 어깻죽지 결박을 당해 이 거리 저 거리 종로 네거리를 북 치며 조리 돌리고 삼모장三稜杖 세모진 방망이과 치도곤治盜棍 조선 시대 죄인의 볼기를 치던 곤장의 한 가지으로 난장亂杖 마구 때리는 고문을 맞을 꿈이로구나. 그 따위 꿈 얘기이거들랑 다시는 하지 마라! 정강이를 꺾어 놓을 테다."

그래도 까투리는 장끼 아끼는 마음이 간절해 입을 다물지 않았다.

"기러기 물가를 울며 갈 때 갈대를 물고 나는 것은 장부의 조심하는 바이고, 봉황이 천 길을 날 수 있으되 주려도 좁쌀을 쪼아 먹지 않는 것은 군자의 염치라 하오. 당신이 비록 미물이라 하나 군자를 본받아 염치를 좀 알 것이며, 백이숙제 충렬 염치 주속周粟 중국 주나라의 국록을 먹지 않고, 장자방의 지혜 염치 사병벽곡辭病僻穀 건강을 이유로 벼슬을 사양하고 곡식을 끊음했으니 당신도 이런 것을 본받아 제발 그 콩알을 먹지 마오."

이 말을 들은 장끼 또한 그대로 있지 않았다.

"자네 말 참으로 무식하네. 예절을 모르거든 염치를 내 알겠느냐? 안

자顔子 공자의 수제자 안회님 도학道學 염치로도 삼십까지밖에 못 살았고, 백이 숙제의 충절 염치로도 수양산에서 굶어 죽었으며, 장자방의 사병벽곡으로도 적송자赤松子 비를 다스렸다는 신선의 이름를 따라갔소. 그러니 염치도 부질없고 먹는 것이 으뜸이 아니겠는가? 호타하滹沱河 보리밥중국 광무제가 토끼 고기와 함께 먹었던 보리밥을 문숙文淑이 달게 먹고 중흥 천자中興天子 됐고, 표모漂母 빨래하는 나이 든 여자의 식은 밥을 달게 먹은 한신韓信도 한漢의 대장이 됐으니 나도 이 콩알 먹고 크게 될 줄 어찌 알겠느냐?"

까투리는 그래도 가만히 있지 않고 말했다.

"그 콩알 먹고 잘 된다면 말은 내가 먼저 하오리다. 잔디 찰방수망察訪首望 잔디로 덮인 무덤을 돌보는 사람으로 황천부사黃泉府使 황천으로 가는 사신이 됨. 죽음을 의미함 제수해 푸른 산을 생이별할 것이니 내 원망은 하지 마소. 옛글을 보면 고집 너무 피우다가 패가망신한 자 그 몇이오. 천고 진시황은 몹쓸 고집으로 부소扶蘇 진시황의 큰아들의 말을 듣지 않았다가 민심소동民心騷動 사십 년 이세二世 때 나라를 잃었고, 초패왕楚覇王 항우은 어리석은 고집을 부려 범증의 말을 듣지 않았다가 팔천 제자 다 죽이고 자살하고 말았으며, 초나라 회왕이 굴삼려屈三閭 중국 전국 시대 초나라의 굴원의 옳은 말을 고집불통으로 듣지 않다가 진무관秦武關에 군게 간혀 가련공산可憐空山 삼혼三魂 사람의 마음에 있는 세 가지 영혼되어 강 위에서 우는 새 어복충혼魚腹忠魂 멱라수에 투신 자살한 굴원을 말함이 부끄럽구려. 당신도 고집 너무 피우다가 목숨을 그르칠 것이오."

하지만 장끼란 놈은 계속 고집을 부리며 말했다.

"아무렴 콩알 먹고 다 죽을까? 옛글을 보면 콩 태太 자가 든 사람은 모두 귀하게 되었소. 태곳적 천황씨天皇氏 중국 태고의 전설적 인물는 일만 팔천 년을 살았고, 태호복희씨는 풍성이 상승해 15대를 전했소. 한 태조 당태종은 풍진세상에서 창업지주創業之主가 되었으니 오곡, 백곡, 잡곡 가운데서 콩 태 자가 제일이오. 궁팔십窮八十 강태공은 달팔십達八十 강태공이 여든 살까지 가난하게 살다가 주나라 문왕이 정승이 된 뒤 팔십 년을 호화롭게 산 일을 말함 살아 있고, 시중 천자侍中天子 이태백은 고래를 타고 하늘로 올랐고, 북방의 태을성은 별 중에 으뜸이 아니오? 나도 이 콩알을 달게 먹고 태공같이 오래 살고 태백같이 하늘에 올라 태을선관太乙仙官이 될 것이오.”

장끼가 끝내 고집을 꺾지 않자 까투리는 할 수 없이 물러났다. 그러자 장끼란 놈이 얼룩 꽁지깃을 펼쳐 들고 꾸벅꾸벅 고갯짓을 하며 콩알을 주워 먹으러 다가가는 것이 아닌가. 반달 같은 혀뿌리로 날래게 콩알을 콱 찍으니, 두 고패깃대 따위의 높은 곳에 기나 물건을 달아 올리고 내리기 위한 줄을 걸치는 작은 바퀴나 고리가 둥그러지며 머리 위에서 와지끈뚝딱하더니 장끼 놈이 꼼짝없이 덫에 잡혀 들고 말았다.

이 꼴을 보고 까투리는 땅을 치며 말했다.

“이런 일을 당할 줄 몰랐단 말인가. 여자 말 잘 들어도 패가하고 계집의 말 잘 안 들어도 망신하네.”

까투리는 넓은 자갈밭을 뒹굴다가 가슴을 치고 일어나 두 발을 땅땅 구르며 애통 절통해했다. 아홉 아들과 열두 딸, 친구들도 불쌍타 탄식하며 조문을 와 애곡하니 가련공산 낙목천落木天에 울음소리만 들릴 뿐이었다. 까투리는 통곡하며 한탄했다.

“공산야월空山夜月에 두견새 울음소리가 들리니 슬픈 회포 더욱 섧구나. 『통감通鑑』에 이르기를, 좋은 약은 입에 쓰나 병에는 이롭고, 충언은 귀에 거슬리나 행실에는 이롭다 했소. 당신도 내 말을 들었더라면 이런 변고를 왜 당했겠소. 답답하고 불쌍하다. 우리 부부 좋은 금실 누구에게 말할 것인가. 슬피 서서 통곡하니 눈물은 못이 되고 한숨은 폭우가 되는구나. 애고, 가슴에 불이 붙네. 이내 평생 어찌할꼬?”

아직 숨이 끊어지지 않은 장끼가 덫 밑에 엎드려 말했다.

"에라, 이년 요란하다! 호랑이에게 잡아먹힐 줄을 미리 알면 산에 갈 이가 뉘 있으리? 미련은 먼저 오고 지혜는 그 뒤의 일이라 했는데 죽는 놈이 탈 없이 죽을까. 그것은 그렇다 치고 사람도 죽고 삶을 맥脈 기운이나 힘으로 안다 하니 나도 죽지는 않겠는지 맥이나 짚어 보소."

까투리는 장끼의 맥을 짚고는 말했다.

"비위맥은 끊어지고, 간맥은 서늘하고, 태충맥은 굳어 가고, 명맥命脈은 떨어지오. 애고, 이게 웬일이오? 원수요 원수. 고집불통이 원수요."

장끼란 놈 '푸드덕' 떨고 또 말했다.

"맥은 그러하나 눈청'눈망울'의 방언을 살펴보게. 동자부처눈동자에 비추어 나타 난 사람의 형상는 온전한가?"

까투리는 장끼의 눈청을 살펴본 뒤 한숨을 쉬며 말했다.

"이제는 속절없네. 오른쪽 눈의 동자부처는 첫새벽에 떠나가고, 왼쪽 눈의 동자부처는 지금 막 떠나려고 하네. 애고애고, 내 팔자가 왜 이다지 도 기구한가. 상부喪夫 지아비를 잃음도 자주 하는구나. 첫째 낭군 얻었다가 보라매에 채여 가고, 둘째 낭군 얻었다가 사냥개에게 물려 가고, 셋째 낭 군 얻었다가 살림도 못한 채 포수에게 맞아 죽고, 이번 낭군 얻어서는 금 실도 좋더니 아홉 아들과 열두 딸을 남겨 놓고는 혼사도 못 치른 채 콩알 하나 먹으려다 덫에 덜컥 치였으니, 속절없이 이별하겠구나. 도화살桃花 煞을 가졌는가, 이내 팔자 험악하다. 불쌍하다 우리 낭군, 나이가 많아서 죽었나, 병이 들어서 죽었나, 망신살을 가졌나, 고집살을 가졌나. 어찌하 면 살려 낼꼬. 앞뒤에 서 있는 아들딸들은 어찌 혼인을 하겠으며 배 속에 든 유복자 해산구완해산바라지은 누가 할 것인가? 운림초당雲林草堂 넓은 들 에 백년초百年草를 심어 놓고 백년해로하자더니 삼 년도 못 지나서 영결

종천永訣終天 죽어서 영원히 이별함 이별초가 되었구나. 저렇듯 좋은 풍채 언제 다시 만나 볼꼬? 명사십리 해당화야 꽃 진다고 한하지 마라. 너는 내년 봄이 되면 또다시 피겠지만 우리 낭군 이번에 가면 다시 오기 어렵구나. 미망未亡 남편은 죽었으나 따라 죽지 못하고 홀로 남아 있음일세, 미망일세, 이내 몸이 미망일세."

까투리가 한참 동안 통곡하니 장끼란 놈이 눈을 반쯤 뜨고 말했다.

"자네, 너무 서러워 마소. 남편을 자주 잃는 자네 가문에 장가간 게 내 실수요. 이 말 저 말 하지를 말게. 죽은 자는 다시 살아나지 못하는지라, 이제 다시 보기 어려울 테니 나를 굳이 보려거든 내일 아침 일찍 먹고 덫 임자를 따라가소. 그러면 이 몸이 김천 장에 걸렸거나 청주 장에 걸렸거나, 그렇지 않으면 감령도監令道 감사 직무를 행하는 관아가 있는 곳나 병영도兵營道 병마절도사가 있는 영문이 있는 고을나 수령도守令都 원이 직무를 행하는 관아가 있는 곳나 관청고官廳庫 수령의 음식물을 넣어 두던 광에 걸렸거나, 봉물封物 예전에 시골에서 서울 벼슬 아치에게 선사하던 물건 짐에 얹혔거나 사또 밥상에 올랐거나, 그렇지도 않으면 혼인 폐백 건치乾雉 바짝 말린 꿩고기가 되어 있을 것이오. 내 얼굴 못 본다고 서러워하지 말고 자네 몸이나 수절해 정렬부인 되어 주게. 불쌍하다 이내 신세. 울지 마라, 울지 마라, 내 까투리 울지 마라. 장부 간장이 다 녹아나니 네 아무리 슬퍼해도 죽는 나만 불쌍하도다."

그러면서 장끼란 놈은 안간힘으로 기를 썼다. 아래 고패를 번디디고 위 고패를 당기면서 버럭버럭 기를 썼으나 살길은 전혀 없고 털만 쑥쑥 다 빠져나갔다.

이때 망을 보고 있던 덫 임자인 탁 첨지가 서피鼠皮 쥐 가죽 회양 모자를 우그려 쓰고 허위허위 달려들더니, 장끼를 빼 들고는 희희낙락 춤을 추었다.

"지화자 좋을시고, 안 남산 벽계수에 물 마시러 네 왔느냐, 밖 남산 작작도화灼灼桃花 꽃놀이하러 네 왔느냐. 먹는 걸 밝히면 몸 망치는 줄 모르고서 식탐이 과해 콩알 하나 먹으려던 너를 내 손으로 잡았구나. 산신님께 치성을 드려 네 구족九族을 다 잡으리라."

그러더니 장끼의 비껴 문 혀를 빼내어 바위 위에 얹은 다음 두 손을 합장하고 빌었다.

"아까 놓은 저 덫에 까투리마저 걸리게 하옵소서. 나무아미타불 관세음보살."

꾸벅꾸벅 절하며 빌기를 마친 탁 첨지는 어깨를 우쭐거리며 내려갔다.

까투리는 바위에 얹힌 털을 울며불며 찾아다가 갈잎으로 소렴小殮 시체에 옷을 입히고 이불로 쌈하고 댕댕이로 매장하고 원추리로 명정銘旌 죽은 사람의 관직과 성씨 등을 적은 기을 써서 어린 소나무에 걸어 놓았다. 밭머리 사태 난 데 금정金井 뫼를 쓰기 위해 판 구덩이 없이 산역山役 시체를 묻고 뫼를 만들거나 이장하는 일해 하관下棺하고, 산신제山神祭와 불신제佛神祭를 지낸 후에 제물을 준비했다. 가랑잎에 이슬 받아 도토리 잔에 따라 놓고, 속잎 대를 수저 삼아 친가유무 형세대로 그렁그렁 차려 놓았다. 호상護喪 초상 치르는 데 온갖 일을 주장해 보살핌의 소임대로 집사執事를 나누어 정하니 의관 좋은 두루미는 초헌관이 됐고, 몸 가벼운 제비는 접빈객이 됐으며, 말 잘하는 앵무새는 진설陳設 제사나 잔치 때, 음식을 법식에 따라 상 위에 차려 놓음을 맡았다. 따오기는 제상 앞에 꿇어앉아 축문을 읽었다.

유세차維歲次 모년 모월 모일 미망 까투리 감소고우敢昭告于 삼가 밝게 고합니다 현벽顯辟 남편 장끼 학생부군學生府君 생전에 벼슬 못한 사람이 형귀둔석形歸窀穸 육신은 무덤에 묻혔으나 신반실당神返室堂 신위를 집으로 모시고 신주기성神主旣成 신주를 이미 이루었으니 복유존령伏惟尊靈 엎드려 생각하건대 존령께서는 **사구종신**捨舊從新 옛것을 버리고 새것을 좇아 시빙시의是憑是依 여기에 의지하옵소서

축문이 끝난 뒤 제물을 치울까 말까 하는데, 마침 굶주린 솔개 한 마리가 날아오다가 아래를 내려다보며 말하는 것이었다.

"어느 놈이 만상제냐? 내 한 놈 데려가련다."

솔개가 득달같이 달려들어 두 발로 꿩 새끼 한 마리를 채 가지고는 공중으로 높이 떠올랐다. 층암절벽 상상봉에 덥석 올라앉아서는 꿩 새끼를 이리 뒤적 저리 뒤적 하며 말했다.

"감기로 십여 일 굶주려 입맛이 떨어졌더니 오늘에야 인간 제일미를 얻었구나. 문어, 전복, 해삼 찜은 재상宰相의 제일미요, 전초좌반煎炒佐飯 졸이고 볶은 반찬 송엽주松葉酒는 수재手才 중의 제일미요, 십년일경十年一莖 해궁도海宮桃 신선들이 먹는 복숭아는 서왕모西王母 중국 신화에 나오는 선녀의 제일미요, 저 일년장춘一年長春 약산주藥山酒는 상산사호 제일미요, 절로 죽은 강아지와 꽁지 안 난 병아리는 연鳶 솔개 장군의 제일미라. 크나 작으나 꿩 새끼 하나 생겼으니 배고픈 김에 먹고 보자."

너울너울 춤추다가 아차 하고 돌아보니, 꿩 새끼는 바위 아래 절벽으로 떨어져 어디론지 자취를 감추어 버렸다. 솔개가 어처구니없어 탄식하며 말했다.

"삼국 명장 관공님이 화용도華容道 좁은 길에서 다 잡은 조조를 놓아주었음은 대의를 생각해서였겠다? 험악한 연 장군도 꿩 새끼 놓아주었으니 이 또한 적선이라 자손들이 창성하리로다."

이때 태백산 갈까마귀가 북악北岳을 구경하다 배가 고파 요기를 하고 나서 까투리에게 조문하고 과실을 나눠 먹은 후 탄식하며 말했다.

"그 친구 풍채 좋고 심덕이 좋아 장수할 줄 알았더니, 불은 콩알 하나를 잘못 먹고 비명횡사를 했단 말인가? 가련하고 불쌍하도다. 여보, 까투리 마누라님, 내 말 좀 들어 보오. 옛말에 이르기를 장수 나면 용마가 나고, 문장이 나면 명필이 난다 했소. 그대는 상부하고 나는 상처해 오늘에 이르렀으니 이는 곧 삼물조합三物組合이 맞음이오. 꽃을 본 나비가 불을 망설이겠소? 또 물을 본 기러기가 어옹魚翁을 두려워하리오. 그 성세聲勢와 그 가문 내가 알고, 내 성세와 내 가문 그대가 알 터인즉, 우리 둘이 백년동락百年同樂함이 어떠하오?"

이 말을 들은 까투리가 한심해하며 톡 쏘아붙였다.

"아무리 미물인들 삼년상도 못 마치고 개가하는 것을 뉘 예문禮文에서 보았소? 옛말에 용은 구름을 따르고 범은 바람을 따른다 했고, 계집은 필히 지아비를 따르라 했거늘 어찌 임마다 따라가겠소?"

까투리의 말을 들은 까마귀가 제 경솔함은 모르고 크게 노해 말했다.

"가소로운 말이로다! 『시전詩傳』「개풍장凱風章」에 이르기를 '유자칠인有子七人하되 막위모심莫違母心'이라 했으니, 이는 일곱 아들을 두고 개가할 때 탄식한 말이라. 사람도 그러한데 하물며 그대 같은 미물에게 수절이 가당한 말이던가? 자고로 까투리의 열녀 족문族門 가문을 내 일찍이 본 적이 없다."

이때 조문을 끝낸 부엉이가 까마귀를 돌아보며 책망했다.

"몸뚱이도 검더니 주둥이도 고약하구나. 어른이 오시면 벌떡 일어나 인사를 할 일이지, 일어날 생각도 아니하고 그대로 앉았느냐?"

까마귀가 이 말을 듣고 가만있지 않았다.

"거만한 부엉아! 눈이 우묵하고 귀만 쫑긋하다고 다 어른이더냐? 내 몸 검다고 웃지 마라. 겉이 검다 한들 속까지 검을쏘냐? 이내 몸 응달진

산을 날아다니다가 걸어진 것이니라. 내 부리 또한 비웃지 말라. 남월왕
南越王 구천句踐이도 내 입과 흡사하나 삼시로 장복하고 십 년을 돌아들어
제후왕이 되었느니라. 옛글도 모르면서 어찌 진짜 어른을 꾸짖느냐? 내
일 식후에 통문通文 여럿이 돌려 보는 통지문을 놓아 대동회大洞會를 방 붙이고 양
안良案에서 제명하리라."

까마귀와 부엉이가 서로 다투고 있을 때, 푸른 하늘에 외기러기가 구
름 사이로 떠다니다가 내려와서 목을 길게 늘어뜨리고 소리 질러 꾸짖
었다.

"너희가 무슨 어른이냐? 한나라 소자경蘇子卿 소무이 북해상北海上에 십구
년을 갇혀 있을 때 고국 소식을 몰라 하기에 편지 한 장을 맡아다가 한나
라 천자에게 바쳤으니, 이런 일을 보더라도 내가 진정 어른이지 어찌 너
희가 어른이냐?"

이때 앞 연못 물오리가 일곱 번을 상처하고 혈육이 하나 없어 후처를
구하고 있었는데, 까투리의 상부 소식을 듣고 통혼通婚도 아니한 채 혼
인 잔치를 하겠다고 나선 것이었다. 옹옹 명안鳴雁 기러기를 안부雁夫 기력
아비장으로 삼았고, 관관저구關關雎鳩 끼룩끼룩 우는 징경이를 함진아비혼
인 때 신부 집에 보내는 함을 지고 가는 사람로 삼았으며, 쾌활한 황새는 후행後行 혼인
때 가족 중에서 신랑이나 신부를 데리고 가는 사람을, 소리 큰 왜가리는 길방이를, 맵시
좋은 호반새는 전갈하인專喝下人 소식을 전하는 하인으로 삼았다.

이날 전갈 하인 호반새가 들어와 뜬금없이 말했다.

"까투리 신부 계신가? 신랑이 들어가시네."

느닷없이 일을 당한 까투리는 울음을 뚝 그치고 말했다.

"아무리 과부가 만만하기로 궁합도 안 보고 혼인을 하자는 법이 어디
있소?"

뒤따라오던 오리가 불쑥 나서서 말했다.

"과부 홀아비 혼인에 예절 보고 사주 보리? 신부와 신랑 둘이 만나면 자연히 궁합이 되지 않겠소. 이러지 말고 택일이나 해 보세. 일상생기一上生氣, 이중천의二重天宜, 삼하절체三下絶體, 사중유혼四中遊魂, 오상화해五上禍害, 육중복덕일六中福德日이요, 천덕일덕天德日德이 합했으니 오늘 밤이 으뜸이로다. 이성지합異性之合 남녀의 혼인은 백복百福의 근원이거늘 잔말 말고 잠이나 자세."

슬피 울던 까투리 얼굴에 비로소 웃음이 번지었다.

"곧 죽어도 남자라고 음흉한 말은 제법 하네."

오리가 또 말했다.

"쓸데없는 소리 말고 이내 호강 한번 들어 보소. 영주 봉래 청강수에 모든 신선이 배를 타고 완월장취玩月長醉 달을 벗 삼아 오래도록 술에 취함하는 모습을 구경하고, 소상동정 넓은 물에 홍요백빈을 집으로 삼아 오락가락 노닐면서 은린옥척銀鱗玉尺 아름답고 큰 물고기 좋은 생선을 양껏 장복하니 천지간에 좋은 생애 물밖에 또 있는가?"

오리의 자랑을 듣고는 까투리가 반박했다.

"물 생애가 좋다 한들 육지 생애보다 좋을까? 육지 생애 이를 테니 우리 생애 들어 보오. 평원광야 넓은 들에 오락가락하며 노닐다가 층암절벽 높은 봉우리에 허위허위 올라가서 사해 팔방을 구경하고, 춘삼월 꽃 시절에 버들잎 새로울 때 황금 같은 꾀꼬리는 양류 간에 오락가락 춘풍도리春風桃李 복숭아꽃과 자두꽃 꽃핀 밤에 소쩍새 슬피 울어 초목과 금수라도 심화가 산란하니 그도 또한 경景이로다. 추구월 누런 국화 피었을 때 만산에 널린 실과를 주워다가 앞뒤로 쌓아 놓고, 치雉 장군의 좋은 옷과 춘치자명春雉自鳴 봄철의 꿩이 스스로 옮 우는 소리 예나 지금이나 비길 데 없네. 물

생애가 좋다 한들 육지 생애 당하겠소?"

말문 막힌 오리가 할 말이 없어 잠자코 있는데, 그 옆에 조문 왔던 장끼란 놈이 썩 나서서 말했다.

"이 몸이 홀아비로 산 지 삼 년이 지났으나 마땅한 혼처가 없어 외롭게 지내 왔소. 오늘 그대가 과부가 되어 내가 조문하러 온 것은 하늘이 정한 배필을 만날 운명이라. 우리 둘이 짝을 지어 아들딸 낳고 시집 장가 보내 백년해로함이 어떠한가?"

장끼의 말 들은 까투리가 얼굴을 살짝 붉히며 말했다.

"죽은 낭군 생각하면 개가하기 야박하나, 내 나이 세어 보면 늙지도 젊지도 않은 중늙은이니 숫맛^{수놈의 맛} 알고 살림할 나이구려. 오늘 그대 모습 보니 수절할 맘 전혀 없고 음란지심^{淫亂之心} 불붙소. 허다한 홀아비가 여기저기서 통혼해 오나, 끼리끼리 논다 했으니 까투리는 장끼 신랑을 따라감이 실로 마땅한 일이오. 아무렴 같이 한번 살아 봅시다."

까투리는 장끼의 통혼을 쾌히 승낙했다. 장끼란 놈이 껄껄 푸드득 하더니 벌써 이성지합이 됐다.

가차 없이 거절당하고 이 모양을 멀거니 구경하던 까마귀, 부엉이, 물오리는 무안해서 훨훨 날아갔다. 손님들도 그 뒤를 따라 모두 날아갔다. 깜장새, 방울새, 앵무, 공작, 기러기, 왜가리, 황새도 모두들 날아갔다. 까투리는 새 낭군 앞세우고, 아홉 아들과 열두 딸을 뒤세웠다. 그들은 눈보라를 무릅쓰고 운림벽계^{雲林碧溪}로 돌아갔다.

다음 해 삼월 봄이 되니, 아들딸 시집 장가 다 보내고 명산대천으로 노닐며 다니다가 시월 십오 일에 양주부처^{兩主夫妻} 내외가 함께 큰 물속으로 들어가 조개가 됐다. 세상 사람들은 이를 가리켜 치입대수위합^{雉入大水爲蛤}이라 했으니 치위합^{雉爲蛤 꿩이 조개가 됨}이 바로 그것이다. 🖋

장끼전

🖉 작품 정리

- **작가** 미상
- **갈래** 국문 소설, 판소리계 소설, 우화 소설, 의인 소설
- **성격** 우화적, 우의적, 풍자적, 현실 비판적
- **배경** 시간 – 조선 후기의 어느 봄날 / 공간 – 강원도의 어느 산골 마을
- **시점** 3인칭 전지적 작가 시점
- **구성** '발단 – 전개 – 위기 – 절정 – 결말'의 5단계 구성
- **특징** • 운문체, 가사체, 만연체를 사용함
  - • 인격화된 동물이 사건을 전개함
  - • 중국의 고사를 자주 인용함
  - • 당대 서민들의 의식이 반영됨
  - • 인간의 본능적 욕구를 중시함
- **주제** 조선 시대의 남존여비와 개가(改嫁) 금지에 대한 비판과 풍자
- **별칭** 「웅치전」, 「화충전」
- **연대** 영조 · 정조 무렵으로 추정됨
- **출전** 구활자본 『장끼전』

🖉 구성과 줄거리

- **발단** **장끼가 산에서 콩알을 발견함**

  어느 겨울, 장끼와 까투리가 아홉 아들과 열두 딸을 데리고 먹이를 구하러 산기슭으로 간다. 이리저리 먹이를 찾아 헤매던 장끼는 콩알 하나를 발견하고 기뻐한다.

- **전개** 까투리의 꿈 해몽과 부부의 말다툼

  장끼가 콩알을 먹으려 하자 까투리는 지난밤의 불길한 꿈 이야기를 하면서 말린다. 장끼는 까투리의 말을 무시하면서 까투리의 꿈을 길하게 해몽하고 콩알을 먹겠다고 고집을 부린다.

- **위기** 장끼가 덫에 걸림

  까투리는 옛 성현의 말씀을 예로 들며 콩알을 먹지 말라고 한다. 하지만 장끼는 반론을 제기하며 고집을 꺾지 않는다. 결국 장끼는 콩알을 먹으려다 덫에 걸리고 만다.

- **절정** 장끼의 유언과 장례

  죽어 가는 장끼를 보고 까투리는 슬퍼한다. 자신의 처지를 한탄하는 까투리에게 장끼는 수절하라는 유언을 남기고 죽는다. 덫의 임자가 장끼를 주워 가자 까투리는 장끼의 깃털 하나를 주워다가 장례를 치른다.

- **결말** 홀아비 장끼의 청혼을 받아들인 까투리

  장끼의 장례식에 조문을 온 온갖 잡새가 까투리를 희롱하며 수작을 부린다. 까투리는 수절을 해야 한다며 거절하나 홀아비 장끼가 나타나 구애하자 개가한다. 재혼한 장끼와 까투리는 아들딸 모두 시집 장가 보내고, 명산대천으로 놀러 다니다가 큰 물속에 들어가 조개가 된다.

✍️ **생각해 보세요** -

1 이 작품에서 까투리는 네 번이나 개가를 한다. 이를 통해 전달하려고 한 메시지는 무엇인가?

조선 후기로 갈수록 '남존여비'와 '출가외인' 사상은 더욱 강화되었다. 이에 따라 여성의 지위는 점점 더 낮아졌다. 따라서 이 작품에서 까투리가 네 번이나 개가하는 설정은 당시로서는 거의 현실성이 없는 이야기이다. 그런데도 불구하고 까투리가 수차례 개가를 한 것은 신장된 여권과 인간의 본능적 욕구를 중시했던 조선 후기 서민들의 의식을 반영한 결과라고 할 수 있다.

2 이 작품이 다른 판소리계 소설과 다른 점은 무엇인가?

판소리계 소설의 주제는 권선징악과 현실적 합리주의로 이원화되어 있다. 선을 행하면 복을 받고, 악을 행하면 벌을 받는다는 '인과론'과 현실의 경험과 합리적 가치를 중시하는 '합리주의'를 통해 서로 다른 가치관이 대립했던 당시의 사회상을 반영하고 있는 것이다. 그런데 「장끼전」에서는 주제의 이원화 현상이 나타나지 않는다. 이것이 「장끼전」이 다른 판소리계 소설과 다른 점이다.

저(토끼)는 용궁에 가면 벼슬을 주겠다는 자라의 설득에 넘어가 용궁으로 들어갔어요. 알고 보니 용왕의 병을 고치기 위해서는 제 간이 필요했기 때문에 자라가 거짓말을 한 것이더군요. 저는 꾀를 내어 용궁에서 탈출해 자라를 놀리며 달아났지요. 그런데 독수리가 덥석 저를 붙잡더군요. 저는 다시 꾀를 내어 위기에서 벗어났답니다.

토끼전

  천하의 모든 바다 가운데 동해, 서해, 남해, 북해가 가장 넓었다. 네 바다에 각각 용왕이 있었으니 동은 광연왕이요, 남은 광리왕이요, 서는 광덕왕이요, 북은 광택왕이라. 남, 서, 북의 세 왕은 무사태평한데 동해 광연왕만 병이 들어 천만 가지 약으로도 효험을 보지 못했다. 하루는 왕이 모든 신하를 모아 놓고 의논했다.

  "가련하도다. 과인이 죽으면 북망산 깊은 곳에 백골이 진토에 묻히니 세상의 영화며 부귀가 다 허사로다. 옛날에 여섯 나라를 통일한 진시황도 삼신산에 불사약을 구하려고 동남동녀 오백 명을 보냈고, 위엄이 사해에 떨치던 한 무제도 백대柏臺 중국 한 무제가 장안의 북서쪽에 지은 누대를 높이 짓고 승로반承露盤 중국 한 무제가 불사약인 이슬을 받기 위해 구리로 만든 그릇에 신선의 손을 만들어 이슬을 받았지만 여산廬山 중국의 루산 산의 무덤 신세를 면치 못했다. 하물며 나처럼 작은 나라의 임금이야 일러 무엇하리오. 누대 상전相傳 대대로 이어 전함하던 왕의 기업을 영결永訣 영원히 이별함하고 죽을 일을 생각하니 망연하도다. 고명한 의원을 널리 구해 자세히 진찰한 후에 약으로 치료하는 것이 마땅하도다."

  왕이 하교下敎 임금이 명령을 내림했다.

  "과인의 병세가 위중하니 경들은 충성을 다해 명의를 널리 구해 과인을 살려서 군신이 더욱 서로 동락^{同樂}하게 하라."

한 신하가 출반주^{出班奏} 여러 신하 가운데 혼자 나아가 임금에게 아룀 했다.

"신이 들자오니 오나라 범상국, 당나라 장사군, 초나라 육처사는 지경에서 제일가는 호걸이라 하오니 이 세 사람을 찾아보소서."

모두 쳐다보니 수천 년 묵은 잉어라. 왕이 신하를 보내 세 사람을 청하니 수일 만에 모두 왔다. 왕은 전좌하고 치사^{致謝} 고맙고 감사하다는 뜻을 나타냄하며 말했다.

"선생들이 천 리를 멀다고 여기지 않고 누지^{陋地} 누추한 곳로 왕림하시니 감사하노라."

세 사람은 공경하며 대답했다.

"저희는 진세^{塵世} 세상 부생^{浮生} 덧없는 인생으로 청운^{靑雲} 높은 지위나 벼슬과 홍진^{紅塵} 세속적인 세상을 하직^{下直} 어떤 곳에서 떠남하고 강산 풍경을 사랑해서 궁벽한 곳으로 임의로 왕래하며 무정한 세월을 헛되이 보내던 중입니다. 뜻밖에 대왕의 명을 받자오니 황송하옵기 가이 없사옵니다."

왕이 부탁했다.

"과인이 병든 지 지금 수년째가 되도록 약 신세를 지고 있지만 효험을 보지 못하고 있노라. 죽게 된 이 목숨을 선생들이 살려 주기를 바라노라."

세 사람이 아뢰었다.

"술은 사람을 미치게 하는 약이고 색^色은 사람의 수한^{壽限} 타고난 수명을 줄이는 근본이옵니다. 대왕이 술과 색을 과하게 하시어 이 지경에 이르셨으니 수원수구^{誰怨誰咎} 누구를 원망하고 누구를 탓하겠느냐는 뜻하오리까만 혹은 이르되 사람의 소년 한때의 예사라 하옵니다. 이렇듯이 병이 한번 들면 회춘하기 어렵나이다. 푸른 산에 안개가 걷히듯, 봄바람에 눈이 슬듯^{사라지듯} 오장육부가 마디마디 녹으니 화타^{華陀} 중국 후한의 명의와 편작^{扁鵲} 중국 전국 시대의 명의이 다시 살아나도 용수用手 손을 씀할 수 없사옵고, 금강초와 불사약이 구산丘山 산더미처럼 쌓였어도 즉효卽效할 수 없사옵니다. 또 인삼과 녹용을 장복長服 오랫동안 계속 먹음해 재물이 쌓였어도 대속代贖 대신 속죄함할 수 없고, 용력勇力 뛰어난 역량이 절인絶人 남보다 아주 뛰어남해도 제어할 수 없나이다. 아무리 생각해도 천명이 궁진窮盡 다해 없어짐하심인지 대왕의 병환이 평복平復 건강을 회복함하기는 어렵나이다."

왕은 세 사람의 말을 듣고 정신이 산란해 말했다.

"그러면 어찌할꼬? 죽을 자는 다시 살지 못하리로다. 이 세상 일년 일도一到 저같이 좋은 이삼월 도리화桃李花 복숭아꽃과 자두꽃와 사오월 녹음방초綠陰芳草 여름철의 자연 경관와 팔구월 황국단풍黃菊丹楓과 동지섣달 설중매화며 저렇듯이 아리따운 삼천 궁녀의 아미 분대粉黛 화장한 아름다운 여자를 비유함를 헌신짝처럼 버리고 나는 속절없이 황천객이 되게 됐으니 어찌 가련하지 않으리오. 효험이 없을지라도 선생들이 묘한 술법을 다해 약방문藥方文이라도 하나 내주시면 죽어도 여한이 없겠노라."

세 사람은 웃으며 대답했다.

"천병만약千病萬藥 천가지 병이 있으면 약은 만 가지나 됨에 대증투제對症投劑 병의 증세에 따라 약을 쓰는 일함은 당치 아니하옵고 신효神效한 것이 한 가지가 있긴 있사오니 토끼의 생간이옵니다. 그 간을 얻어 더운 김에 진어進御 임금이 먹는 일을 높여 이르는 말하시면 즉시 평복하시오리다."

왕이 반갑게 말했다.

"토끼의 생간이 왜 좋은가?"

"토끼란 것은 천지개벽한 후 음양과 오행으로 된 짐승이라. 병은 음양 오행의 상극相剋으로도 고치고 상생相生으로도 고치는 법입니다. 그러므로 토끼 간이 두루 제일 좋은 것이옵니다. 더구나 대왕은 물속 용신이시고 토끼는 산속 영물이라. 산은 양이고 물은 음이온데 간은 목기木氣로 된 것입니다. 즉, 대왕이 토끼의 생간을 얻어 쓰시면 음양이 서로 화합할 것입니다."

세 사람은 말을 마치고 하직下直 웃어른께 작별을 고하는 것하며 말했다.

"녹수청산綠水靑山 벗님네와 무릉도원 화류花柳 꽃과 버들 촌에서 만나기로 언약하고 왔습니다. 대왕의 무궁한 회포를 다 못 펴 드리고 총총히 하직 하옵니다."

세 사람은 말을 마치고 백운산으로 표연히 향했다. 왕은 세 사람을 보내고 즉시 만조백관을 모아 놓고 하교했다.

"과인의 병에는 영약이 다 소용 없고 오직 토끼의 생간만이 신효하다 하니 누가 인간 세상에 나가 토끼를 사로잡아 올꼬?"

한 대장이 출반주하며 아뢰었다.

"신이 비록 재주는 없사오나, 인간 세상에 나가 토끼를 사로잡아 오겠 습니다."

모두 쳐다보니 머리는 두루주머니허리에 차는 작은 주머니 같고 꼬리는 여덟 갈래로 갈라진 수천 년 묵은 문어라. 왕이 크게 기뻐하며 말했다.

"경의 용맹은 과인이 아는 바라. 경이 급히 인간에 나가 토끼를 사로잡 아 오면 그 공을 크게 치하하리라."

왕이 문어를 장차 문성장군으로 봉하려 할 적에 한 장수가 뛰어 내달 으며 문어를 크게 꾸짖었다.

"문어야, 네 아무리 기골이 장대하고 위풍이 약간 있다 하나, 언변이 없고 의사가 부족하니 네 무슨 공을 이루겠다 하느냐. 또한 사람들은 너 를 보면 영락없이 잡아다가 요리조리 오려 내어 국화 송이, 매화 송이 형 형색색 아로새겨 혼인 잔치며 환갑잔치에 큰상의 어물 접시 웃기음식의 모양을 내기 위해 없는 재료로 긴요하게 쓴다. 또 재자가인才子佳人 재주 있는 남자와 아름 다운 여자 놀음상과 남서 한량들 술안주에 필요한 것이 네 고기라. 무섭고 두렵지 않으냐? 나는 세상에 나아가면 칠종칠금七縱七擒 마음대로 잡았다 놓아 주었다 함을 이르는 말하던 제갈량의 신출귀몰한 꾀로 토끼를 사로잡아 오는 것이 여반장如反掌 손바닥을 뒤집는 것처럼 쉬움이라."

모두 쳐다보니 수천 년 묵은 자라로 별호는 별주부鼈主簿라. 문어가 자라의 말을 듣고 분기충천憤氣衝天 분한 마음이 하늘을 찌를 듯함해 두 눈을 부릅뜨고 다리를 엉버티고 검붉은 대가리를 설설 흔들면서 벼락같이 소리를 질러 꾸짖었다.

"요망한 별주부야, 내 말을 잠깐 들어 보아라. 포대기에 싸인 어린아이가 감히 어른을 능멸하다니, 하룻강아지 범 무서운 줄 모르는 격이로구나. 네 죄를 의논하고 보면 태산이 오히려 가볍고 하해河海 큰 강과 바다는 진실로 얕을지라. 또 네 모양을 볼 것 같으면 괴괴망측 가소롭다. 사면이 넓적해 나무 접시 모양이라. 저토록 작은 속에 무슨 의사 들었으랴? 세상 사람들이 너를 보면 두 손으로 움켜다가 끓는 물에 솟구쳐 끓여 내니 자라탕이 별미로다. 세가자제勢家子弟 권세 있는 집안의 자제가 즐기나니 네 무슨 수로 살아올꼬?"

자라가 반박했다.

"너는 우물 안 개구리라. 하나만 알고 둘은 모르는구나. 자서子胥 오자서의 겸인지용兼人之勇 혼자서 몇 사람을 당해 낼 만한 용기도 검광劍光에 죽었고, 초패왕楚覇王 항우의 기개세氣蓋世 세상을 덮을 만한 기운도 해하성垓下城에서 패했으니, 우직한 네 용맹이 내 지혜를 당할쏘냐? 나의 재주를 들어 보라. 만경창파 깊은 물에 청천의 구름 뜨듯, 광풍에 낙엽 뜨듯, 기엄둥실물 위를 기는 듯이 헤엄치거나 떠 있는 모양 떠올라서 사족을 바투 끼고 긴 목을 뒤움치고 넓죽이

엎디면 둥글둥글 수박 같고 편편납작 솥두깨솥뚜껑라. 나무 베는 초동樵童이며 고기 잡는 어부들이 무엇인지 몰라보니 장구하기 태산이요, 평안하기 반석盤石이라. 남모르게 변화무궁 육지에 당도해 토끼와 마주치면 잡을 묘계妙計 신통하다. 광무군廣武君 이좌거의 초패왕을 유인하던 수단으로 간사한 저 토끼를 잡아 올 이 나뿐이라. 네 어이 나의 지모묘략智謀妙略 슬기로운 꾀와 묘책을 따를쏘냐?"

문어가 자라의 말을 들으니 언즉시야言則是也 말인즉 옳음라. 하릴없이 뒤통수를 툭툭 치며 흔들흔들 물러났다. 용왕은 별주부의 손을 잡고 술을 부어 권했다.

"경의 지모와 언변은 진실로 놀랍도다. 경은 충성을 다해 공을 이루어 수이 돌아오면 부귀영화를 대대로 유전하리라."

자라가 다시 아뢰었다.

"소신은 용궁에 있사옵고 토끼는 산중에 있사오니 그 형상을 알 길이 없사옵니다. 바라옵건대 성상은 화공을 패초牌招 임금이 승지를 시켜 신하를 부르던 일하사 토끼의 형상을 그려 주옵소서."

용왕은 도화서에 하교해 토끼 화상을 그리라 했다. 여러 화공이 둘러앉아 토끼 화상을 그리는데 각기 한 가지씩 맡아 그리되 천하 명산승지名山勝地 이름난 산과 경승지에서 경개景慨 경치 보던 눈, 두견과 앵무새 지저귈 때 소리 듣던 귀, 동지섣달 설한풍雪寒風에 방풍防風 바람을 막음하던 털, 만학천봉萬壑千峰 무수한 골짜기와 봉우리 구름 속에서 펄펄 뛰던 발 그리니, 두 눈은 도리도리, 앞다리는 짤막, 뒷다리는 길쭉, 두 귀는 쫑긋해 완연한 산토끼라.

왕이 보고 크게 기뻐하며 모든 화공에게 각기 천금씩 상급하고 그 화본을 자라에게 주었다.

"어서 길을 떠나라."

자라가 재배하고 화본을 받아 들고 이리 접고 저리 접어 등에다 지려 하니 수침水沈 물에 가라앉음될 것이라. 한참 생각하다가 움친 목을 길게 늘려 한 편에 집어넣고 도로 움츠리니 염려 없는지라. 용왕이 신기하게 여기고 친히 잔을 들어 권하며 말했다.

"경이 큰 공을 이루어 수이 돌아오면 부귀를 한가지로 하리라."

즉시 호혜청互惠廳에 전교傳敎 임금이 명령을 내림해 전곡錢穀 돈과 곡식의 다소를 생각하지 않고 별주부에게 사송賜送 임금이 신하에게 물건을 내림했다. 별주부는 천은에 감읍해 사은숙배謝恩肅拜 임금의 은혜에 감사하며 공손하게 절함하고 만조백관과 이별한 후에 집에 돌아와 처자와 이별할 때 아내가 당부했다.

"인간 세상은 위지危地 위험한 곳이니 부디 조심해 큰 공을 세워 수이 돌아오시기를 축수하옵니다."

자라가 대답했다.

"수요장단壽天長短 오래 살거나 일찍 죽음이 하늘에 달렸으니 무슨 염려가 있으리오. 돌아올 동안 늙으신 부모와 어린 자식들을 잘 보호하시오."

행장을 수습해 소상강으로 들어가니 때는 방출화류放出花柳 꽃과 버들이 피어남 좋은 시절이라. 초목군생草木群生 모든 생물이 다 스스로 즐거움을 가졌고 작작한灼灼 몹시 화려하고 찬란하게 편 두견화는 향기를 띠고 얼숭얼숭 호랑나비는 춘흥을 못 이겨서 이리저리 흩날렸다. 청청한 수양 늘어진 시냇가에 날아드는 황금 같은 꾀꼬리는 벗 부르는 소리로 구십춘광九十春光 봄의 구십 일 동안을 희롱하고, 꽃 사이에 잠든 학은 자취 소리에 자주 날고, 가지 위에 두견새는 불여귀不如歸를 화답하니 별유천지비인간別有天地非人間 이백의 시 「산중문답」의 한 구절로 이상향을 뜻함이라. 소상강 기러기는 가노라고 하직하고, 강남서 나오는 제비는 왔노라고 현신現身 나타남하고, 조팝나무 비쭉새 울고, 함박꽃에 뒤웅벌이다. 방울새 떨렁, 물떼새 찍걱, 접동새 접둥, 뻐꾹새 뻐꾹, 까마귀 골각, 비둘기 국국 슬피 우니 어찌 아니 경景일쏘냐? 천산과 만산에 홍장紅粧 붉게 피어 있는 꽃 찬란하고 앞 시내와 뒤 시내에 흰 깁거칠게 짠 비단을 편 듯, 푸른 대나무와 소나무는 천고의 절개요, 복숭아꽃과 살구꽃은 순식간에 봄이라. 기괴한 바윗돌은 좌우에 층층한데 절벽 사이 폭포수는 이 골짝 물, 저 골짝 물 한데 합수合水해 와당탕퉁텅 흘러가는 저 경개 무진無盡 좋을씨고.

산천경개 구경 다하고 나무 수풀 사이로 들어가 사면으로 토끼 자취 살피니 각색 짐승이 내려왔다. 발발 떠는 다람쥐며 노루, 사슴, 이리, 승냥이, 곰, 도야지, 너구리, 고슴도치, 사자, 원숭이, 범, 코끼리, 여우, 담비, 성성이라. 자라는 토끼의 자취가 안 보여 움츠린 목을 길게 늘여 이리저리 휘둘러 살펴보았다. 자라의 뒤로 짐승 한 마리가 오는데 화본과 방불彷佛 비슷함했다. 그 짐승 보고 그림 보니 영락없는 토끼로구나. 자라 혼자 기뻐하며 진가眞假 진짜와 가짜를 알려 할 때 저 짐승 거동 보소. 풀도 뜯고 싸리순도 뜯고 층암절벽 사이로 이리저리 뛰어 뺑뺑 돌며 강똥강똥 뛰놀고 있었다. 자라는 음성을 높여 점잖게 불렀다.

"고봉준령高峰峻嶺 높이 솟은 산봉우리와 험준한 산마루에 신수도 좋다. 그대는 토선생 아니신가? 나는 본시 수중호걸인데 양계陽界 육지 세계를 수중 세계에 상대해서 하는 말에 사는 좋은 벗을 널리 구하는 중이었소. 오늘에야 산중호걸을 만나 기쁜 마음으로 청하니 선생은 부디 허락해 주시오."

토끼는 자신을 대접해 청함을 듣고 점잖은 체하며 대답했다.

"거 뉘라서 날 찾는고. 산이 높고 골이 깊은 이 강산은 경개가 좋은데 날 찾는 이 뉘신고. 수양산에 백이숙제伯夷叔齊가 고비고사리를 캐자고 날 찾는가. 소부허유巢父許由가 영천수에서 귀 씻자고 날 찾는가. 부춘산 엄

자릉嚴子陵 엄광이 밭 갈자고 날 찾는가. 면산에서 불탄 잔디 개자추介子推면산에 숨은 개자추를 찾기 위해 중국 진나라 문공이 산에 불을 질렀으나 나가지 않고 타 죽음가 날 찾는가. 한 천자의 스승 장량張良 한신과 함께 중국 한나라 창업의 일등 공신이 통소 불자고 날 찾는가. 상산사호 벗님네가 바둑 두자 날 찾는가. 굴원屈原 중국 초나라 사람으로 간언이 받아 들여지지 않자 멱라수에 투신 자살함이 물에 빠져 건져 달라 날 찾는가. 시중천자 이태백이 글 짓자고 날 찾는가. 「주덕송酒德頌」 유영劉伶 술의 덕을 찬양한 중국 위진 시대 죽림칠현의 한 사람이 술 먹자고 날 찾는가. 석가 여래 아미타불 설법하자고 날 찾는가. 안기생安期生 적송자赤松子가 약 캐 자고 날 찾는가. 한 종실 유황숙劉皇叔 유비이 모사 없어 날 찾는가. 적벽강 소동파蘇東坡 중국 당송 팔대가의 한 사람으로 「적벽부」를 지음가 선유船遊 뱃놀이하자고 날 찾는가. 취옹정醉翁亭 구양수歐陽修가 잔치하자고 날 찾는가.”

토끼는 두 귀를 쫑그리고 사족을 부지런히 놀려서 옆으로 와 자라를 살펴보았다. 둥글 넙적 거뭇 편편하거늘 괴이하게 여겨 주저할 즈음에 자라가 가까이 오라 불렀다. 서로 절하고 마주 앉자 자라가 먼저 말을 꺼 냈다.

“토공의 성화聲華 세상에 드러난 명성는 들은 지 오래된지라. 평생에 한 번 보 기를 원했더니 오늘에야 호걸과 상봉했도다.”

토끼가 대답했다.

“세상에 태어나서 사해를 편답遍踏 널리 돌아다님하며 인물 구경도 많이 했 는데 그대 같은 박색은 처음이로다. 담 구멍을 뚫다가 정강이뼈가 빠졌 는가 발은 왜 그리 뭉툭하며, 양반 보고 욕하다가 상투를 잡혔는가 목은 왜 그리 기다란가. 색주가色酒家 술과 함께 계집이 몸을 파는 곳 다니다가 한량패에 밟혔는가 등은 어이 그리 넓적하오. 사면으로 돌아보니 나무 접시 모양 이로다. 다 농담이니 너무 노여워하지는 마시오.”

자라는 토끼의 말을 듣고 불쾌했지만 참고 대답했다.

"내 성은 별이요, 호는 주부로다. 등이 넓은 것은 물에 다녀도 가라앉지 않기 위함이고 발이 짧은 것은 육지에 다녀도 넘어지지 않기 위함이오. 목이 긴 것은 먼 데를 살펴보기 위함이고 몸이 둥근 것은 행세를 둥글게 하기 위함이라. 그러므로 수중의 영웅이요, 수족水族 수중 종족의 어른이라. 세상에 문무겸전文武兼全 문과 무를 다 갖춤은 나뿐인가 하노라."

토끼가 말했다.

"내가 세상에 나서 만고풍상萬古風霜 오랜 고생 다 겪었는데 그대 같은 호걸은 처음 본다."

자라가 물었다.

"그대 연세가 어떻게 되기에 그다지 경력이 많다 하는고?"

토끼가 대답했다.

"내 나이로 말하자면 육십갑자六十甲子를 몇 번이나 지냈는지도 모를 터이오. 소년 시절에 월궁의 계수나무 밑에서 약 방아 찧다가 유궁후예의 부인이 불로초를 얻으러 왔기에 내가 얻어 주었으니 삼천갑자 동방삭東方朔 서왕모의 복숭아를 훔쳐 먹고 삼천갑자를 살았다고 전하는 인물은 내게 시생侍生 어른 앞에 자신을 낮추어 부르는 말이요, 팽조彭祖 중국 요임금의 신하로 은나라 말까지 칠백여 년을 살았다는 인물의 나이는 내게 비하면 구상유취口尙乳臭 입에서 젖내가 남요, 종과 상전이라. 이러한즉 내가 그대에게 몇십 갑절 존장尊長이 아니겠는가?"

자라가 대답했다.

"자칭 천자라고 하는 것과 다름이 없구나. 내가 한 일을 대강 말할 터이니 들어 보라. 반고씨盤古氏 중국의 신화에서 세상을 처음 만든 신 생신날에 산곽産藿 해산미역 진상 내가 하고, 천황씨天皇氏 중국 태고의 전설적 인물 등극하실 때 술안주 어물 진상 내가 하고, 지황씨地皇氏 상고 시대의 제왕의 화덕왕火德王 불을 다스리는 신과 **인황씨**人皇氏 태고 때 있었다고 전하는 삼황의 하나의 **구주**九州 중국의 행정 구역를 마련하던 그 사적을 어제까지 기억하고 있도다. 수인씨燧人氏 태고 때 있었다고 전하는 삼황의 하나의 불을 내어 음식 익혀 먹는 일을 나와 함께했고, 복희씨伏羲氏의 팔괘八卦로 용마龍馬 하도수河圖數 오행 상생의 원리를 나와 함께 풀어냈고, 신농씨神農氏 전설 속의 제왕으로 의료의 신가 쟁기를 만들어 내고 온갖 풀을 맛보아서 의약을 마련할 제 내가 참견했고, 탁록涿鹿 지금의 북경 일대 들에서 치우가 싸울 적에 돌기를 내가 천거해 치우를 잡게 했고, 요임금의 '강구요康衢謠 중국 요임금 때 태평성대를 노래한 동요'와 순임금의 '남풍가南風歌 순임금이 오현금을 만들어 지은 노래'는 어제 들은 듯 즐거워라. 우임금이 구년 홍수 다스릴적에 그 공덕을 내가 도왔고, 탕임금이 상림 들판에서 비를 내려 달라고빌던 일이며, 주나라 문왕, 무왕과 주공의 찬란하던 예악 문물이 다 눈에역력하도다. 이로 헤아려 보면 나는 그대에게 몇백 갑절 왕존장이 아니신가? 그나저나 세상 살아가는 재미나 서로 이야기해 보세."

토끼가 말했다.

"인간 재미를 말해 주면 오줌을 졸졸 쌀 것이고 그렇게 되면 둥글넓적한 몸이 오줌에 빠져서 더 헤어나지 못할 것이니 그 아니 불쌍한가?"

"어찌 됐던 대강 말해 보라."

"심산 풍경 좋은 곳에 산봉우리는 칼날같이 하늘에 꽂혔는데 배산임류背山臨流해 앞에는 봄물이 온갖 연못에 가득 차고, 여름 구름은 기이한봉우리에 많이도 걸렸구나. 명당에 터를 닦아 초당 한 칸 지어 내니, 반칸은 청풍이요 반칸은 명월이라. 흙섬돌에 대사리짝이 정쇄精灑 매우 맑고깨끗함하기 이를 데 없도다. 학은 울고 봉은 나는도다. 뒤 뫼에서 약을 캐고 앞 내에서 고기 낚아 입에 맞고 배부르니 어찌 즐겁지 아니한가? 청천에 밝은 달은 조요照耀 밝게 비쳐서 빛남하되, 만학천봉에 문이 홀로 닫혀 있도다. 한가한 구름은 그림자를 희롱하니 별유천지비인간이라. 몸이 구름과 같아 종적을 알 길이 없으니 세상 시비 없도다. 녹수청산 깊은 곳에 만화방초 우거지고, 난봉과 공작새의 서로 부르는 소리 이 봉 저 봉 풍악이라. 앵무새와 두견새, 꾀꼬리 소리 이 골 저 골 울리도다. 석양에 취한 흥을 반쯤 띠고 강산 풍경을 구경하며 곤륜산 상상봉에 흰 구름을 쓸어치고 지세 굽어보니 태산은 청룡이요, 화산은 백호요, 상산은 현무요, 형산은 주작이라.

적벽강의 무한한 경개를 풍월로 수작하고, 아미산의 반달 빛은 취중에 희롱하며, 삼신산에 불로초도 뜯어 먹고 동정호에서 목욕도 하다가 산 속으로 돌아드니, 층암은 집이 되고 낙화는 자리 삼아 한가히 누웠으니, 수풀 사이 밝은 달은 은근한 친구 같도다. 소나무에 스치는 바람 소리가 은은하거늘 돌베개에 높이 누워 취흥에 잠이 드니 어디에선가 들리는 학의 소리가 잠든 나를 깨우는구나. 이윽고 일어나 한산 석경石徑 돌이 많은 좁은 길 빗긴 길에 청려장靑藜杖 명아줏대로 만든 지팡이 짚고 배회하니 흰 구름은 천리만리 덮여 있고 밝은 달은 앞 시내와 뒤 시내에 얹혔구나. 금릉의 삼산은 푸른 하늘에 반 토막 고개를 내밀고, 진회의 강물은 백로주 끼고 갈라져 흐르도다. 도도한 내 몸 산수 사이에 누우니 무한한 경개는 정승 자리를 준다고 해도 안 바꿀 터라.

이화 도화 만발하고 푸른 버들가지 휘어지니 동서남북 미색들이 시냇가에 늘어앉아 섬섬옥수를 넌짓 들어 한가로이 빨래할 적에 물 한 줌을 덤벅 쥐어다가 연적 같은 젖퉁이를 슬근슬쩍 씻는 모습은 요지연을 방불한다. 오월이라 단오일에 녹음방초 우거지고 녹의홍상綠依紅裳 곱게 차려 입은 젊은 여자의 옷차림을 이르는 말 미인들이 버들가지 그네 매고 짝지어 추천鞦韆 그네뛰기하는 모양은 광한루 경개가 완연하다. 풍류호걸 이 몸이 절대가

인 구경하니 아마도 세상 재미 아는 자는 나뿐인가 하노라."

자라가 웃으며 말했다.

"하하, 가소롭다. 우리 수궁 이야기 좀 들어 보소. 오색구름 같은 곳에 진주궁과 자개 대궐 반공에 솟았는데 일월이 명랑하다. 이 가운데 날마다 잔치요, 잔치마다 풍류로다. 연꽃 같은 용녀龍女 용궁의 선녀들은 쌍쌍이 춤을 추며 천일주와 포도주며 금강초 불사약을 유리병과 호박 잔에 신선하게 담아 대모소반玳瑁小盤 거북의 등껍데기로 만든 작은 밥상 받쳐다가 늘어놓고 '잡수시오'라고 권할 적에 심정이 황홀하니 헛장단 절로 난다. 아미산의 반 바퀴 달과 적벽강의 무한한 경개며, 양자강, 소상강, 동정호, 파양호, 대동강, 압록강을 임의로 왕래하니, 흰 이슬은 강 위에 비껴 있고 물빛은 하늘을 접했도다. 한들한들하는 돛대는 만경창파를 업신여기는 듯, 떨어진 노을은 외따오기같이 날고 가을 물은 높은 하늘과 같은 빛일세. 평평한 모래에 기러기는 떨어지고 흰 갈매기 잠들 때라. 지극히 슬픈 퉁소를 불어 「어부사漁父辭 중국 초나라 굴원이 지은 글」로 화답하니 깊은 구렁에 숨은 교룡을 춤추게 하고 외로운 배에 있는 과부를 울리누나. 달은 밝고 별은 드문드문한데 까막까치는 남쪽으로 날아가네. 내 말은 다 정말이거니와 그대 하는 말은 백 가지 중 한 가지도 취할 것이 없도다. 흉한 말 감추고 좋은 말만 자랑하는 것을 내 어찌 모르리오. 그대 신세 생각하니 여덟 가지 어려움을 면하기 어렵도다. 두 귀를 기울이고 자세히 들어 보라.

동지섣달 엄동에 백설이 흩날리고 층암절벽 빙판 되고 만학천봉 막혔으니 어디 가서 발붙일까? 이것이 첫째 어려움이오. 먹을 것 전혀 없어 콧구멍을 핥을 적에 냉한 땀이 질질 흘러 팔자타령 절로 나니 이것이 둘째 어려움이오. 오뉴월 삼복 때 산과 들에 불이 나고 시냇물이 끓을 적에 산에서는 기름내고 털끝마다 누린내라. 짧은 혀를 길게 빼고 급한 숨을 헐떡일 적에 그 정상이 오죽할까. 이것이 셋째 어려움이오. 춘풍이 산들 불 때 풀잎이나 뜯어 먹으려고 산으로 들어가니 독수리 두 죽지를 옆에 끼고 살 쏘듯이 달려들 적에 빠르게 바위틈으로 들어가며 혼비백산하니 이것이 넷째 어려움이오. 천방지축 달아나서 조용한 곳을 찾아가니 매 쫓는 사냥꾼이 높은 봉에 우뚝 서서 냄새 잘 맡는 사냥개를 몰며 급히 쫓 아올 적에 진땀이 바짝 나니 이것이 다섯째 어려움이오. 죽을 뻔한 후에 사냥 포수 일자총一字銃 한 방으로 바로 맞히는 총을 들어 메고 길목에 질러 앉아 탄환 장약해 염통 줄기 겨냥하고 방아쇠를 당길 적에 꼬리를 샅에 끼고 간신히 도망쳐 숨을 곳을 찾아가니 이것이 여섯째 어려움이오. 소리는 우레 같고 대가리는 왕산王山 큰 산만 하며 허리는 반달 같고 터럭은 불빛 같구나. 칼 같은 꼬리를 이리저리 두르면서 주홍 같은 입을 열고 써레 같 은 이빨을 딱딱이며 번개같이 날랜 몸을 동서남북 편답하니 당당한 산 군山君 호랑이이라. 제 용맹을 버럭 써서 횃불 같은 두 눈깔을 번개같이 휘 두르며 톱날 같은 앞발을 떡 벌린 채 숨을 한 번 '씩' 쉬면 수목이 왔다 갔 다 하고, 소리 한 번 '응' 하고 지르면 정신이 아득하니 이것이 일곱째 어 려움이라. 죽음을 면한 후 광야로 달려드니 나무 베는 목동과 소 먹이는 아이들이 창검과 몽치짤막한 몽둥이를 들고 달려들어 치려할 적에 지향 없 이 도망하니 이것이 여덟째 어려움이라. 이렇듯 궁곤窮困할 적에 무슨 경 황에 삼신산에 가 불로초를 먹으며 동정호에 가서 목욕할꼬. 그대는 다 영웅이라 이르니 어찌 아니 가소로운가. 하지만 실없는 농담이니 너무 노여워하지 마소."

토끼는 민망해하며 말했다.

"소진 장의蘇秦張儀 소진과 장의 둘 다 전국 시대의 변론가임의 구변口辯 말솜씨인지 말씀도 잘도 하고 소강절邵康節 중국 북송 때의 학자의 추수推數 앞으로 닥쳐올 운수를 미리 헤아려 앎인지 영험도 하다. 남의 단처短處 부족한 점를 너무 떠벌리지 마시오. 듣는 이도 소견 있소. 만고의 대성大聖 공부자孔夫子 공자도 진채액陳蔡厄 공자가 진나라와 채나라에서 당한 액운에 욕보시고, 천하장사 초패왕도 대택大澤 큰 못에 빠졌소. 화복이 하늘에 있고, 궁하고 달함이 명수命數 운명과 재수에 달렸거늘 수부水府 물을 다스린다는 신의 궁전에서 호강깨나 한다고 산간 처사로 있는 나를 괄시하니 무슨 연유인지 알 수 없노라.”

자라가 변명했다.

“그런 게 아니라 친구끼리 서로 권하려 함이노라. 옛글에 이르기를 위태한 방위에는 들어가지 말라 했는데 그대는 왜 이같이 어수선한 세상에서 살고 있느뇨. 이제 나를 만난 김에 이 요란한 풍진을 하직하고 나를 따라 수부에 들어가면 선경도 구경하고 천도, 반도, 불사약, 천일주, 감홍로, 삼편주三鞭酒 샴페인를 매일 장취하고, 악양루嶽陽樓. 중국 후난 성에 있는 누각 경개도 보며 노닐 적에 세상 고락 꿈속에서나 생각할까?”

토끼는 자라의 말을 듣고 수상하게 여기며 대답했다.

“어허, 싫다. 그대 말은 좋으나 위태하도다. 속담에 이르기를 노루 피하면 범 만난다 했고, 불가대명佛家大命은 독 안에 들어가도 못 면한다 했으니, 육지에서 살다가 공연히 수궁에 들어가리오? 수궁 고생이 육지 고생보다 더하지 말라는 법 어디 있으며, 두 콧구멍이 멀걸게 뚫렸지만 호흡을 제대로 하지 못할 것이니 숨 못 쉬고 어이 살며, 사지가 멀쩡해도 헤엄칠 줄 모르거니와 만경창파 깊은 물을 무슨 수로 건너갈꼬. 팔자에 없는 남의 호강을 부질없이 욕심내 그대를 따라 수궁에 들어가다가는 필연코 칠성구멍눈, 귀, 코, 입에 해당하는 일곱 개의 구멍에 물이 들어 하릴없이 죽을 것이오. 이내 목숨 속절없이 고기 배때기 안에서 장사 치르면 임자 없는

내 혼백은 창파 중에 고혼이 되어 어하魚蝦 물고기와 새우를 벗으로 삼게 될
것이오. 그렇게 되면 일가친척 자손 중에 그 누가 나를 찾을까. 콩으로
메주를 쑤고 소금으로 장을 담근다 해도 도무지 곧이듣지 않을 것이니
다시는 그따위 말로 권하지 마오."

자라는 웃으며 말했다.

"그대는 한 가지만 알고 두 가지는 알지 못하는구나. 옛글에 이르기를
강의 먼 곳을 한 갈대로 건너간다 했으니 이태백은 고래를 타고 달 건지
러 들어가고, 삼장 법사는 약수弱水 중국 서쪽에 있었다는 전설적인 강 삼천 리를 건
너가서 대장경을 내어 왔노라. 또한 한나라 사신 장건張蹇 중국 후한 때의 외교
가은 뗏목을 타고 은하수에 올라가서 직녀의 지기석支機石 직녀가 베를 짤 때 베
틀이 움직이지 않도록 받쳐 놓았다는 돌을 주워 오고, 서왕 세계西往世界 불교에서 말하는
극락 아난존자阿難尊者 석가모니의 제자 가운데 한 사람는 연잎에 거북을 타고 만경
창파를 임의로 헤쳤노라. 자신의 목숨은 하늘에 달렸거든 공연하게 죽
을쏜가. 대장부로 태어나서 이다지 잔망孱妄 행동이 옹졸하고 경망함할까? 그대
상을 보니 미색이 누릇누릇 금빛을 띠었으니 이른바 금생어수金生於水 오
행의 금에서 수가 생함을 이르는 말라. 물과 상생이니 조금도 염려 말라. 목이 기다
라니 고향을 바라보며 타향살이를 할 기상이오, 하관下觀 얼굴의 아래쪽이 뾰
족하니 위를 구하면 역리가 되어 매사가 극난極難 극히 어려움하되, 아래를
구하면 순리가 되어 만사가 크게 길할 것이오. 또한 두 귀가 쫑긋하니 남
의 말을 잘 들어 부귀를 할 것이고 미간이 탁 트였으니 용문龍門 잉어가 이곳
을 뛰어오르면 용이 된다고 함에 올라 이름을 빛낼 것이오. 음성이 화평하니 평생
에 험한 일이 없을 것이라. 그대의 상격相格 관상이 가지가지로 구비됐으
니 영화 부귀 무궁해 행락은 당명황唐明皇 중국 당나라 현종의 양귀비며 한 무
제의 승로반이요, 팔자는 곽자의郭子儀 중국 당나라 현종 때 안사의 난을 평정한 인물

요, 부자로는 석숭石崇이요, 풍악으로는 요임금의 대황곡과 순임금의 봉조곡, 장자방의 옥퉁소가 자재自在 속박이나 장애가 없어 마음대로임하고, 유시로 사마상여司馬相如 중국 전한 때의 문인 거문고에 탁문군이 담을 넘어올 것이오. 또한 언변은 여섯 나라를 종횡하던 소진 장의에게 양두讓頭 지위를 남에게 넘겨줌할 것 전혀 없고, 경륜으로는 팔진도八陣圖로 지휘하던 제갈량이 적수가 못될 것이오. 이러한 기골 풍채와 경영 배포로 보아 경천위지經天緯地 온 천하를 경륜해 다스림의 영웅호걸이나 그대가 마치 팔팔 뛰는 버릇이 있어 본토에만 묻혀 있어서는 여러 가지 복락을 결단코 한 가지도 누리지 못하고, 도리어 전일과 같이 곤란한 재앙만 돌아올 것이오. 본토를 떠나 외지로 가야만 만사여의萬事如意 모든 일이 뜻과 같음할 것이니 내 말을 추호도 의심하지 말고 나와 함께 수부로 들어가기로 결단하라. 나처럼 친구 잘 인도하는 사람을 만나 보기도 그대 평생 처음일 걸세. 토 선생 댁에 복성福星 길한 별이 비치었나니."

토끼는 아직도 의심하며 말했다.

"나의 기상도 이와 같이 출중하거니와 형의 관상하는 법이 신통하다마는 대저 수요궁달壽天窮達 장수와 단명, 빈궁과 영달이라 하는 것이 다 상설相說 관상을 보는 사람이 하는 말로 되는 법은 아니니 치부할 상이라 해서 태산 상상봉 백운대 꼭대기에 누웠어도 석숭의 재물이 저절로 와서 부자가 될 것이오? 또 장수할 상이라 해서 걸주桀紂 포악한 임금의 상징적인 인물의 포락炮烙 불에 달군 뜨거운 쇠로 단근질하는 극형하는 형벌을 당하면 살아날 수 있겠는가? 누구든지 제 상만 믿고 처신하다가는 십중팔구 패가망신할 것이오."

자라가 말했다.

"그대는 무식한 말만 하는도다. 누구든지 자기 관상대로 되는 것이오. 융준용안隆準龍眼 우뚝한 코와 용처럼 부리부리한 눈 한 태조中國 한고조 유방는 사상의

정장亭長으로 창업한 임금 되셨고, 용자일표龍姿逸飄 뛰어나게 깨끗한 몸맵시 당

태종은 서생으로서 나라를 얻고, 백면대이白面大耳 하얀 얼굴과 커다란 귀 송 태

조는 필부로서 천자가 되고, 금반대 채택蔡澤은 범수范雎 전국 시대 위나라의 변

설가를 대신해 정승이 되었으니 왕후장상의 씨가 어찌 따로 있다 하겠

소? 옛말에 이르기를 호랑이 굴에 들어가야 호랑이 새끼를 얻을 것이라

했으니, 대장부가 세상에 태어나 무엇이 무서워서 계집아이처럼 요리

빼끗 조리 빼끗 저물도록 시간만 허비하리오. 그대가 바위 구멍에 홀로

있어 무정한 세월을 보내고 초목과 같이 썩어지면 어느 누가 토 처사가

세상에 나온 줄 알겠는가. 이는 형산의 흰 옥이 진토 중에 묻힌 양상이

요, 영웅호걸이 초야에 묻혀 있어 때를 만나지 못한 것이라. 도토리와 풀

잎이며 칡 순과 잔디 싹을 천일주와 불사약에 비하면 어떠한가. 돌구멍

차가운 자리에 벗 없이 누워 있는 것이 그리도 좋은가. 분벽사창粉壁紗窓

하얗게 꾸민 벽과 비단으로 바른 창 반쯤 열고 운문병풍 그림 속에 원앙금침 비단

이불에 절대가인과 벗이 되어 밤낮으로 희롱하는 그 행락行樂과 비할쏘

냐. 그대의 말은 졸장부의 말이고 내가 하는 말은 정론 아닌가? 온갖 방

법으로 유예미결猶豫未決 망설여 결정을 짓지 못함하는 자는 자고로 매사불성每事

不成 하는 일마다 실패함하는 법이라. 옛날에 한신이 괴철의 말을 듣지 않다가

팽구烹狗 토사구팽의 화를 당하고, 대부 종種이 범여范蠡 범려. 중국 춘추 시대 월나라

의 재상의 말을 들었던들 사금의 환이 없었으리니, 내 어찌 미리 일을 증험

證驗 실제로 경험함하여 후에 일을 도모치 아니하리오. 이제 내 말을 듣지 않

고 후일에 나를 보고자 하려다가는 그대의 고故 고조高祖가 다시 살아와

도 할 수 없으리니, 때가 한번 가면 다시 오지 않느니라. 세상인심은 처

음에는 좋아하다가 나중 되면 헌신같이 버리거니와 우리 수부는 동무를

한번 천거하면 처음부터 끝까지 한결같으니 앞길을 열어서 세상에 나서

기에 이렇게 좋은 곳은 구해도 얻지 못하리오.”

토끼는 자라의 말을 듣고 밑구멍이 옴질옴질해 쌩긋쌩긋 웃으며 말했다.

“내 형을 보니 시체時體 그 시대의 풍습이나 유행 사람은 아니로다. 의량意量 생각과 도량이 넓고 위인이 관후하니 남을 속이지 않을 것 같소. 나 같은 부생을 좋은 곳에 천거하니 감격하기 측량없으나 수부에 들어가서 벼슬하기가 쉬울쏘냐.”

자라는 이 말을 듣고 속으로 웃으며 생각했다.

‘요놈, 인제야 속았구나.’

자라는 흔연히 대답했다.

“그대가 오히려 경력이 적은 말이로다. 역산에서 밭을 가시던 순임금도 당요唐堯 요임금의 천자 위位 수선受禪 임금의 자리를 물려받음하고, 위수에서 고기 낚던 강태공도 주문왕의 스승 되고, 산야에서 밭 갈던 이윤伊尹 탕왕을 보좌해 하나라의 걸왕을 멸망시킨 인물도 탕임금의 아형阿兄 형을 친근하게 부르는 말 되고, 표모漂母 빨래하는 나이 든 여자에게 밥 빌던 한신도 한 태조의 대장이 되었으니, 수부나 인간이나 발천하기는 마찬가지라. 이런고로 밝은 임금이 신하를 가리고 어진 신하가 임금을 가리나니 우리 대왕께서는 한 가지 재능과 한 가지 지조가 있는 선비라도 벼슬 직책을 맡기시는지라. 이렇기때문에 나같이 재주 없는 인물도 주부 일품 자리에 외람히 올랐거늘, 하물며 그대같이 고명한 자격이야 수군절도사는 떼어 놓은 당상이지. 또한 신수 좋은 얼굴을 능연각凌煙閣 중국 당나라 때 개국공신 이십사 명의 초상을 그려 걸었던 누각에 걸어 두고 춘추에 빛나는 이름을 죽백竹帛 역사를 기록한 책에 드리우리니, 이것이 기남자奇男子 재주가 뛰어난 사나이의 보배로운 영광이라. 이 어찌 아름답지 않겠소. 토끼 가문 중에 시조始祖 되기는 아무 염려 없는지라.”

토끼는 웃으며 말했다.

"형의 말은 그럴듯하나 어젯밤 꿈이 불길해 꺼림칙하도다."

자라가 말했다.

"내가 젊어서 해몽하는 법을 약간 배웠으니 그대의 몽사를 들려 주오."

토끼는 어젯밤 꿈 이야기를 했다.

"칼을 빼서 배에 대고 몸에 피 칠을 하니 아마도 좋지 못한 정상을 당할까 염려되오."

자라는 토끼를 책망하며 말했다.

"아주 좋은 몽사를 가지고 공연히 고민하는구려. 배에 칼을 댔으니 칼은 금이라 금띠를 띨 것이요, 몸에 피 칠을 했으니 홍포紅袍 조선 시대 삼품 이상의 관원이 입었던 옷를 입을 징조라. 이 어찌 공명할 길몽이 아니겠소? 장자의 나비 된 꿈은 달관의 꿈이요, 공명의 초당 꿈은 선각의 꿈이라. 그 외에 꿈이라 하는 것은 무비관몽無非觀夢 꿈으로 보이지 않는 것이 없음이요, 개시허몽皆是虛夢 모두가 헛된 꿈이라는 뜻이로다. 오직 그대의 꿈은 몽사 가운데 제일이니 수궁에 들어가면 만인 위에 거한다는 것이니 어찌 아니 좋을쏜가."

토끼는 점점 곧이듣고 희색이 만면해 말했다.

"노형의 해몽하는 법이 귀신 아니면 도깨비라 할 만하오. 소강절 이순풍夷順風 판수 점쟁이의 조상으로 섬기는 맹인신이 다시 살아온들 이보다 더할쏜가. 아름다운 몽조가 이미 나타났으니 내 부귀 어디 가랴. 떼어 놓은 당상은 좀이나 먹지. 하지만 만경창파를 어찌 득달하오?"

"그대는 조금도 염려 마오. 내 등에만 오르면 순식간에 득달할 터이니 그런 걱정은 행여 하지도 마소."

토끼가 크게 기뻐하며 말했다.

"세상 천하에 못 당할 노릇이 있으니 저 몹쓸 사람들이 일자총을 메고 암상스럽게 보채일 적에 송편으로 목을 따고 접시 물에 빠져 죽고 싶은 적이 한두 번이 아니었는데, 천만뜻밖에 그대 같은 군자를 만나 어두운 곳을 떠나 밝은 곳으로 가게 됐으니 이는 하늘이 도우심이라. 성인이 성인을 안다 했으니, 나 같은 영웅을 형 같은 영웅이 아니면 어찌 능히 알리오? 형이 아니었다면 나는 헛되이 산중에서 늙을 뻔했고, 나 아니었다면 수중 백성들은 어진 관원을 만나지 못할 뻔했도다."

토끼가 의기양양하여 자라 등에 오르려 할 즈음에 저 바위 밑에서 너구리 달 첨지가 썩 나서서 말했다.

"토끼야, 너 어디 가느냐? 내 아까 수풀 옆에 누워서 너희 둘이 하는 수작을 대강 들었지만 위태하다. 옛말에 위태한 지방에 들어가지 말라 했고 분수를 지키면 몸에 욕이 없다 했으니, 부귀를 탐내면 나중에 어찌 재앙이 없을쏘냐? 고기 배때기 안에서 장사지내기 십중팔구다."

토끼가 그 말을 듣고 두 귀를 쫑긋하며 물러날 적에 자라가 속으로 생각했다.

'몹쓸 놈이 남의 대사를 그르치니 좋은 일에 마가 끼는 격이로구나' 하며 짐짓 발을 빼는 듯 말했다.

"허허, 우습구나. 그대가 잘 되면 내가 술잔이나 얻어먹으려니와 죽을 곳에 들어가는 데야 내게 무슨 좋을 일이 있을쏜가? 달 첨지가 토 선생일에 대해 배를 앓고 꽃밭에 불 지르려 하는구나. 유유상종이라더니 졸장부뿐이라. 부귀가 저희에게 아랑곳 있나?"

비방하고 작별하려 하니 토끼가 생각하되 '천우신조하여 천재일시로 좋은 기회를 만났으니 때를 잃지 아니하리라' 하고 자라에게 달려들어 두 손을 덥석 쥐며 말했다.

"여보시오, 별주부. 누가 무슨 말을 한다 해도 일단 내 말이 우선이온

대 형은 어째서 이다지 경솔하시오? 죽어도 내가 죽고 살아도 내가 살 것이니 아무 염려 말고 갑시다."

자라는 반색하며 말했다.

"형의 마음이 굳건해 변치 않는다면 내 어찌 태를 부리리오."

자라는 토끼를 얼른 등에 얹고 물로 살짝 들어가 만경창파를 희롱하며 소상강을 바라보고 동정호로 들어갔다. 이에 토끼는 흥에 겨워 혼잣말을 했다.

"홍진자맥紅塵紫陌 속세의 번화한 거리 장안 만호에 있는 벗님네야. 사람마다 백 년을 산다 해도 걱정 근심과 질병 사고를 빼면 태평 안락한 날이 몇 해가 되겠는가. 천백 년을 못 살 인생 안 놀고 무엇하리. 소상 동정의 무한한 경개를 나와 함께 즐기세."

의뭉할 손 별주부요, 미욱할 손 토끼로다. 자라의 허한 말을 꿀같이 달게 듣고, 서왕 세계 얻으려고 지옥으로 들어가며, 첩첩청산 버려두고 수중고혼水中孤魂 되러 가니 불쌍하고 가련하다. 붉은 고기 한 덩이로 용왕에게 진상 간다. 일개 자라의 첩첩이구喋喋利口 거침없고 빠른 말솜씨에 그 약은 체하던 경박한 토끼가 속았구나.

자라는 범이 날개 돋친 듯, 용이 여의주 얻은 듯 기운이 절로 나서 만경창파를 순식간에 헤엄쳐 가더니 곧 내리라 했다. 토끼는 자라의 등에서 내려 사면을 살펴봤다. 천지가 명랑하고 일월이 조요한데, 진주로 꾸민 집과 자개로 지은 대궐은 반공에 솟았으며, 수놓은 문지게마루에서 방으로 드나드는 곳에 안팎을 두꺼운 종이로 바른 외짝문와 깁으로 바른 창이 영롱한지라. 토끼가 홀로 기뻐 젠체하는데잘난 체하는데 한편에서는 수군숙덕하며 수상한 기색이 있는지라.

토끼는 혼잣말로 '하늘이 무너져도 솟을 구멍 있다 하나 나야말로 속수무책이로다. 도덕이 높은 탕 임금은 한대옥을 면하시고, 만고 성인 공부자도 진채의 액을 면하시고, 천고 영웅 한 태조도 영양의 포위에서 벗어났으니, 설마 이내 몸을 삼킬쏘냐? 차차 하는 거동 보아 가며 감언이구甘言利口와 신출귀몰한 꾀로 임시변통 목숨을 보전하되, 공명이 남병산에 칠성단 모으고 동남풍 빌던 수와 백등白登 중국 산시 성에 있는 산에서 칠 일 동안 포위당한 진평陳平 중국 한나라 초기의 공신이 화미인하던 꾀를 진심갈력盡心竭力 마음과 힘을 있는 대로 다함해 내겠노라' 하고 사족 바싹 웅크리고 죽은 듯이 엎드리니 전상에서 분부했다.

"토끼를 잡아들여라."

수족 물고기들이 일시에 달려들어 토끼를 잡아다가 정전正殿에 꿇리니 용왕이 하교했다.

"과인의 병이 중한데 백약이 무효하더니, 네 간을 먹으면 살아나리라 하기에 너를 잡아왔으니 죽는 것을 슬퍼 마라."

용왕이 군졸에게 명해 간을 내라 하니, 군졸이 명을 받들고 일시에 칼을 들고 날쌔게 달려들어 배를 단번에 째려 했다. 토끼는 달 첨지의 말을 듣지 않은 것을 후회했다.

'약명을 일러준 도사 놈은 나와 무슨 원수인가? 소진의 구변이라고 해도 욕심 많은 저 용왕을 무슨 수로 꾀어내며, 관운장關雲長 관우의 용맹인들 서리 같은 저 칼날을 무슨 수로 벗어날 수 있을까? 요행히 벗어난다 한들 만경창파 넓은 물에 무슨 수로 도망할까? 가련하다. 이내 목숨 속절없이 죽는구나' 하고 이리저리 생각하다가 문득 한 꾀를 떠올렸다. 토끼는 마음을 담대히 먹고 고개를 들어 전상을 바라보며 말했다.

"이왕 죽을 목숨이오니 한 말씀 아뢰고 죽겠나이다. 토끼 족속이란 것은 본시 곤륜산 정기 받고 태어나 일신을 달빛으로 환생해 아침 이슬과

저녁 안개를 받아먹고, 기화요초琪花瑤草 옥같이 고운 풀에 핀 구슬같이 아름다운 꽃와
좋은 물을 명산에 다니면서 매일 장복했으므로 오장육부와 심지어 똥집
오줌똥까지도 다 약이 된다 하나이다. 막걸리 오입쟁이들을 만나면 간
달라고 보채는 소리에 대답하기 괴롭사와 간 붙은 염통 줄기째 모두 다
떼어 내 청산유수 맑은 물에 설설 흔들어서, 고봉준령 깊은 곳에 깊이깊
이 감추어 두고 무심중에 왔나이다. 온몸을 다 발기발기 찢는다 해도 간
이라 하는 것은 한 점도 얻을 수 없을 터이오니 어찌하면 좋을는지? 저
미련한 별주부가 거기에 대해 일언반구도 없었으니 아무리 내가 영웅인
들 수부의 일을 어찌 아오리까? 미리 알려 줬으면 염통 줄기까지 가져다
가 대왕께 바쳐 병환을 회춘하시게 하고, 일등공신되어 부귀공명했으면
얼마나 좋았겠나이까? 만경창파 멀고 먼 길 두 번 걸음 별주부 너 탓이
라. 하지만 병환이 시급하신데 언제 다시 다녀올는지 알 수 없나이다."

용왕이 듣고 어이없어 꾸짖었다.

"발칙하고 간사한 요놈. 천지 사이 만물 가운데 제 배 속에 붙은 간을
무슨 수로 꺼냈다 집어넣었다 하겠는고? 요놈 언감생심 어느 존전尊前이
라고 거짓을 아뢰느냐."

용왕이 빨리 배를 째고 간을 올리라 하거늘 토끼 또한 아무리 생각해
도 죽는 것밖에 다른 수가 없도다. 토끼는 '이것 참 독 안에 든 쥐요, 함정
에 든 호랑이라. 하지만 말이나 한 번 더 하여 보리라' 하고 다시 용왕에
게 말했다.

"옛말에 이르기를 지혜로운 자는 천 번 생각하는데 한 번 실수할 때가
있고, 우매한 자는 천 번 생각하는데 한 번 잘할 때가 있다 했사옵니다.
이런고로 어린아이 말도 귀담아 들으라 했사오니, 대왕의 지극히 밝으
신 지감知鑑 사람을 잘 알아보는 식견으로 세세히 통촉해 보시옵소서. 만일 소신

의 배를 갈랐다가 간이 있으면 다행이거니와 만약 간이 없으면 누구에게 간을 달라고 하오리까? 후회막급이실 터이니, 염라대왕의 아들인들 황건역사黃巾力士 신장의 하나로 힘이 셈의 동생인들 한번 가면 다시 돌아오지 못할 황천길을 무슨 수로 면하오리까. 소신의 몸에 분명한 표가 하나 있사오니 바라건대 자세히 살피시고 의심을 푸시옵소서."

용왕이 듣고 말했다.

"이 요망한 놈, 네 무슨 표가 있단 말인가?"

토끼가 말했다.

"세상 만물의 생긴 것이 거의 같사오나 오직 소신만은 밑구멍이 셋이오니 어찌 표가 다르지 않겠습니까?"

왕이 말했다.

"네 말이 더욱 간사하도다. 어찌 밑구멍이 셋이나 된단 말인가?"

토끼는 말했다.

"그러하시면 소신의 밑구멍의 내력을 들어 보시옵소서. 하늘이 자시子時 밤 열한 시에서 새벽 한 시 사이에 열려서 하늘 되고, 땅이 축시丑時 새벽 한 시에서 세 시 사이에 열려 땅이 되고, 사람이 인시寅時 새벽 세 시에서 다섯 시 사이에 나서 사람 되고, 토끼가 묘시卯時 새벽 다섯 시에서 일곱 시 사이에 나서 토끼 되었으니, 그 근본을 미루어 보면 생풀을 밟지 않는 저 기린도 근본은 저의 몸이요, 주려도 곡식을 찍어 먹지 아니하는 봉황도 소종래所從來 지내 온 내력가 저의 몸이라. 천지간 만물 가운데 오직 토 처사가 본국이라. 이러하므로 옥황상제께서 명하시되 토 처사는 나는 새 가운데 조종祖宗 시조가 되는 조상이요, 기는 짐승 가운데 본방이라. 만물 가운데 제일 자별自別 본디부터 남다르고 특별함하니 신체 만들기를 별도로 해 표를 주자고 하시고, 일월성신 세 가지 빛을 응하며 정직강유正直剛柔 정직하고 굳세고 부드러움 세 가지 덕을 겸해 세 구명을 점지했사오니, 보시면 자연 통촉하시리다."

용왕이 나졸에게 명해 적간摘奸 부정이나 거짓이 있는지 캐어 살핌하라 하니 과연 세 구멍이 분명히 있는지라. 왕이 주저하니 토끼가 말했다.

"대왕은 어찌 이다지 의심이 많으시나이까? 소신 같은 목숨은 하루 천만이 죽어도 관계가 없사오나 대왕은 만승萬乘의 옥체로 동방의 성군이시라 경중輕重이 판이하오니, 만일 불행을 당하시면 천리강토, 구중궁궐, 종묘사직, 억조창생을 누구에게 전하시렵니까? 소신의 간을 가져다 쓰시면 환후患候가 즉시 평복할 것이고 평복하시면 대왕은 만세나 향수하실 것이니, 소신이 일등공신 아니겠습니까?"

토끼가 첩첩이구로 발림살살 비위를 맞추어 달래는 일하며 용왕을 푹신 삶아내는데 언사가 절절이 온당한지라. 고지식한 용왕은 폭 곧이듣고 생각하기를 '만일 토끼 말이 사실이라면 죽은 후에 누구에게 물을쏜가? 차라리 잘 달래어 간을 얻음만 같지 못하다' 하고 토끼를 궁중으로 불러 올려 상좌에 앉히고 공경하며 말했다.

"과인의 망령됨을 허물치 마라."

토끼는 무릎을 싹 쓰러뜨리고 단정히 앉아 공손히 대답했다.

"불우의 환을 성현도 면치 못하거늘 하물며 소신 같은 것이야 일러 무엇하오리까? 그러하오나 별주부가 자세치 못하고 충성치 못함이 가엾나이다."

문득 한 신하가 출반주하여 말했다.

"옛글에 이르기를 하늘이 주시는 것을 받지 않으면 도리어 그 앙화殃禍 지은 죄의 앙갚음으로 받는 재앙를 받는다 했사오니 토끼는 본시 간사한 짐승입니다. 흐지부지하다가는 간을 잃어버릴 염려가 있을 듯하옵니다. 어서 급히 잡아 간을 내어 옥체를 보중케 하옵소서."

모두 쳐다보니 이는 수천 년 묵은 거북이었고 별호는 귀위 선생龜位先生이었다. 왕은 크게 노해 꾸짖었다.

"토 처사는 충효가 겸전兼全 완벽하게 갖추어져 있음한 자이니 어찌 허언이 있으리오. 너는 잔말 말고 물러나 있으라."

귀위 선생은 물러 나와 탄식해 마지않았다.

왕은 크게 잔치를 배설해 토끼에게 대접했다. 서왕모西王母 중국 신화에 나오는 신녀는 술잔을 차지하고 연비는 옥소반을 받들어 드릴 적에 천일주와 포도주에 신선 먹는 교리화조交梨火棗 신선이 먹는 과일로 안주 하고, 백낙천白樂天 중국 당나라의 시인 백거이의 장진주사로 노래하며, 무궁무진 권할 적에 한 잔 또 한 잔이라. 술에 취해 세상의 갑자를 잃어버리는도다. 토끼 생각하되 '만일 내 간을 내주고도 죽지만 않는다면 내주고 수부에서 호강 누릴 만하다.'

날이 저물어 잔치가 파하자 용왕이 토 처사에게 말했다.

"토공이 과인의 병만 낫게 하면 천금 상에 만호후를 봉하고 부귀를 한 가지로 누릴 것이니 속히 나아가 간을 가져오라."

토끼가 취한 중에 '한 번 속기도 원통하거든 두 번 속을까?' 하고 혼잣말을 했다.

"대왕은 염려 마시옵소서. 대왕의 은혜를 만분지일이라도 갚고자 하오니 급히 별주부를 같이 보내어 소신의 간을 가져오게 하옵소서."

이튿날 왕에게 하직하고 별주부의 등에 올라 만경창파 큰 바다를 순식간에 건너 육지에 내리자 토끼가 자라에게 말했다.

"내 너의 다리뼈를 추려 보내고 싶지만 용서하노니 너의 용왕에게 내 말 전해라. 세상 만물이 어찌 간을 임의로 꺼냈다 넣었다 하리오. 신출귀몰한 나의 꾀에 너의 미련한 용왕이 잘도 속았다 해라."

자라가 하릴없이 뒤통수 툭툭 치고 무료히 회정回程 돌아오는 길에 오름하니 용왕의 병세와 별주부의 소식을 다시 알 길이 없더라.

토끼는 별주부를 보내고 희희낙락하며 너른 들에서 이리 뛰고 저리 뛰며 흥에 겨워 말했다.

"인제 살았구나. 수궁에 들어가서 배 쨀일 뻔했는데 내 꾀로 살아 돌아와서 예전 보던 만산 풍경 다시 보고, 옛적 먹던 산의 열매며 나무 열매 다시 먹을 줄 알았더냐."

한참 이렇게 노닐 적에 난데없는 독수리가 살 쏘듯이 달려들어 사족을 훔쳐 들고 반공에 높이 나니 토끼의 위급이 경각에 달했다.

토끼는 스스로 생각했다.

'간을 달라 하던 용왕은 좋은 말로 달랬는데 이 미련하고 배고픈 독수리는 무슨 수로 달래리오.'

토끼는 창황망조蒼黃罔措 다급해 어찌할 바를 모름한 중에 문득 한 꾀를 내어 말했다.

"여보, 수리 아주머니! 내 말 좀 잠깐 들어 보오. 아주머니 올 줄 알고 몇몇 달 경영해 모은 양식이 쓸데없어 한이니, 오늘 이렇게 늦게나마 만났으니 어서 바삐 갑시다."

"무슨 음식이 있다고 감언이설로 날 속이려 하느냐? 나는 수궁 용왕이 아니거든 내 어찌 너한테 속을쏜가?"

"여보, 수리 아주머니! 토진吐盡 다 털어놓음하는 정담 들어 보시오. 사돈도 이리할 사돈이 있고 저리할 사돈이 있다 함과 같이 수부의 왕은 아무리 속여도 다시 못 볼 사이지만 우리는 종종 서로 만날 사이거늘 어찌 감히 속이겠소. 건넛마을 이 동지가 납제臘祭 산짐승을 잡아 한 해 동안의 농사 형편과 그 밖의 일을 신에게 고하는 제사 사냥하느라 나를 심히 놀래기로 그 원수 갚기를 생각하더니, 금년 정이월에 그 집 맏배^{처음 낳은 새끼} 병아리 사십여 수를 둘만 남기고 다 잡아 왔소. 또 제일 긴한 용궁에 있던 꾀주머니도 내게 있으니, 아주머니는 듣도 보도 못한 물건이오니 가지기만 하면 조화가 무궁하지만, 내게는 다 부당한 물건이오. 아주머니에게는 모두 긴요한 것이니 나와 함께 어서 갑시다. 음식 도적은 매일 잔치를 한대도 다 못 먹을 것이고 꾀주머니는 가만히 앉았어도 평생을 잘 견디게 해 주니 어찌 아니 좋겠소?"

미련한 독수리가 솔깃해하며 말했다.

"아무려나 가 보세."

독수리가 토끼의 처소 찾아가니, 바위 아래로 들어갈 때 조금만 놓아 달라고 토끼가 부탁하자 독수리가 말했다.

"조금 놓아주다가 아주 들어가면 어쩌나?"

토끼가 대답했다.

"그러면 조금만 늦춰 주오."

독수리 생각에 '조금 늦춰 주는 거야 어떠하리' 하고 한 발로 반만 쥐고 있었더니 토끼가 바위 아래로 점점 들어가다가 톡 채치며 말했다.

"바로 요것이 꾀주머니지." 🖎

토끼전

✍ 작품 정리

- **작가** 미상
- **갈래** 판소리계 소설, 우화 소설, 풍자 소설
- **성격** 해학적, 풍자적, 우화적, 교훈적
- **배경** 시간 – 옛날 / 공간 – 용궁과 산속
- **시점** 3인칭 전지적 작가 시점
- **구성** '발단 – 전개 – 절정 – 결말'의 4단계 구성
- **특징** • 구토지설 등의 근원 설화가 있음
  - • 우화적 수법을 사용해 집권층을 풍자함
  - • 고사성어와 속담, 한자어가 많이 사용됨
- **주제** • 자라와 토끼 – 속고 속이는 인간 세태 풍자
  - • 토끼 – 허욕에 대한 경계, 위기를 극복하는 지혜
- **출전** 완판본 『토끼전』

✍ 구성과 줄거리

- **발단** **중병에 걸린 동해 용왕**

  동해 용왕이 병에 걸리자 신하들은 백방으로 수소문해 약을 구한다. 약을 먹어도 낫지 않자 천하의 고명한 세 의원을 부른다. 세 의원은 토끼의 간이 효험이 있다고 일러 준다. 동해 용왕은 토끼의 간을 구해 오라고 자라에게 명한다. 자라는 용왕의 명을 받고 육지로 나간다.

- **전개** **자라의 유혹에 빠진 토끼**

  자라는 산중에서 토끼를 만난다. 자라는 토끼에게 용궁에 가면 높은 벼슬을 주겠다고 하며 토끼를 유혹한다. 토끼는 반신반의하며 자라를 따라나선다. 토끼는 자라의 등에 오르고 둘은 파도를 헤치고 용궁으로 들어간다.

- **절정** **위기에서 벗어난 토끼**

  용왕은 토끼를 보자 벌떡 일어나 토끼의 배를 가르라고 지시한다. 토끼는 용왕의 말을 듣고 놀라지만 곧 벗어날 꾀를 생각한다. 토끼는 간을 육지에 두고 왔다고 둘러대고 용왕은 처음에는 토끼의 말을 믿지 않지만 이내 속아 넘어간다. 용왕은 토끼를 다시 물 밖으로 내보낸다.

- **결말** **토끼의 기지**

  토끼는 육지에 도착하자 자라를 조롱하고 달아난다. 자라는 허탈한 마음으로 돌아간다. 경망스럽게 행동하던 토끼는 이번에는 독수리에게 잡힌다. 토끼는 다시 한 번 기지를 발휘해 위기를 모면한다.

🖊 생각해 보세요

1 이 작품의 근원 설화는 무엇인가?

이 작품은 인도에서 유래된 불전 설화의 하나인 본생담에 근원을 두고 있으며, 훗날 구토지설로 각색되어 우리나라에 전해졌다. 구토지설은 『삼국사기』 등에 기록되어 있다. 이후 조선 후기에 이르러 설화가 판소리계 소설로 전승되면서 「토끼전」이 탄생했다. 「토끼전」은 외국에서 들어온 설화가 국내의 정치 현실과 조화를 이루어 풍자 소설로 발전했다는 점에서 의미가 크다.

2 이 작품의 사회적 배경은 어떻게 되는가?

이 작품은 무능한 지배층 때문에 백성들이 불만을 가지고 있었던 시대에 등장했다. 백성들의 불만은 민란이나 폭력적인 방식을 통해 표출되기보다 설화나 판소리라는 간접적이고 문화적인 방식으로 주로 표출됐다. 주색을 탐하다 병에 걸린 용왕의 모습과 토끼의 꾀에 넘어가는 용왕의 어리석음 등을 통해 당시의 사회를 풍자한다. 즉, 백성들에게 일방적인 희생을 강요하는 지배층의 탐욕과 무능한 집권층의 위선을 우회적으로 조롱하고 있다.

3 이 작품에 등장하는 '토끼'와 '자라'는 어떤 인간형을 상징하는가?

토끼는 허욕에 눈이 멀어 유혹에 넘어갔다가 기지를 발휘해 가까스로 목숨을 건진다. 이는 힘없는 일반 백성의 모습을 보여 준다. 반면 자라는 자신의 입신양명을 위해 용왕에게 충성을 바친다. 이는 충성심은 있지만 결국은 무능력함을 보여 주는 사회 지도층의 모습으로 보여 준다. 용왕은 무능한 군주를 상징하고 너구리는 토끼에게 충고를 해 주는 진정한 친구의 모습을 대변한다.